Ronso Kaigai
MYSTERY
238

キャッスルフォード

J. J. Connington
The Castleford
Conundrum

J. J. コニントン
板垣節子［訳］

論創社

The Castleford Conundrum
1932
by J. J. Connington

目次

主要登場人物

ウィニフレッド・キャッスルフォード……キャロン・ヒルの女主人
フィリップ・キャッスルフォード……ウィニフレッドの夫
ヒラリー・キャッスルフォード……フィリップの娘
コンスタンス・リンドフィールド……ウィニフレッドの異母妹
ローレンス・グレンケイプル……ウィニフレッドの義弟。医者
ケニス・グレンケイプル……ローレンスの兄。ビジネスマン
フランシス・グレンケイプル……ケニスの息子
ディック（リチャード）・スティーヴニッジ……地元の若者
ハッドン夫人……シャレーの管理人
ジャック・ハッドン……ハッドン夫人の夫
ガムレイ巡査……サンダーブリッジの巡査
ウェスターハム警部……地元警察の警部
フェリーヒル巡査部長……地元警察の巡査部長
リッポンデン医師……監察医
オリヴァー・レニショー……検視官
クリントン・ドリフィールド卿……警察署長
ウェンドーヴァー……治安判事
テンベリー……公共図書館主任司書
ペンドルベリー医師……サニーサイド病院の医者

キャッスルフォード

第一章　第一陣営

幅広の階段を下りてきたフィリップ・キャッスルフォードの耳に、閉じた応接間のドアを通して、突然沸き起こった笑い声がかすかに届いた。二人の男たちの低い声に交じる、妻の耳障りな忍び笑い。その声にキャッスルフォードは一瞬ひるみ、こみ上げた怒りを吐き出した。低い呟きだっただけに、いっそう苦々しさが増す。

「まったく、あの連中ときたら！」

その短い罵りの対象は、キャッスルフォードの妻、彼女の最初の夫の兄弟二人、そして、妻の話し相手《コンパニオン》であるコンスタンス・リンドフィールドだ。敵意を感じさせる一団に向き合う勇気を掻き集めようと、階段の袂《たもと》でしばし躊躇う。しかし、キャッスルフォードの内なる葛藤は、まだ見ぬ結果を恐れての気後れのようなもので、単なる見せかけに過ぎなかった。その夜、どうしても応接間に踏み込む気持ちになれないことはわかっていた。それでも、何とか自尊心を奮い立たせるためのささやかな試みとして、例の一団に加わるかどうか、考えるふりをしていたのだ。

キャッスルフォードにとって、グレンケイプル兄弟の訪問は決して歓迎できるものではなかったが、その日のディナーはこれまで以上に不愉快なものだった。テーブルの上座に座る彼は、名目上、この家の主《あるじ》だったが、全員からほぼ完全に無視されていたのだ。会話に加わろうとしても、冷たい視線を向けられ、そっけない返事を返されるだけ。すぐにほかの誰かが別の話題を持ち出し、彼はのけ者にされる。あからさまに無礼というわけではないが、キャッスルフォードの話には一切関心を持たないという態度を、彼らは明らかに示していた。大人の会話に無理やり割り込もうとする子供なら、そんな態度を取られても仕方がないかもしれない。正確には無視とは言えない。しかし、結果的には同じことだ。

娘のほうは、もう少しましな対応を受けていた。何はともあれ、それは感謝すべきことだろう。赤ら顔のケニス・グレンケイプルが、時折、無感情な目を娘に向けては、テーブル越しにぽつぽつと話しかけていた。もちろん、ヒラリーの存在を十分に意識した上で、彼女が勝手にしゃべらないようにするためだ。ローレンス・グレンケイプルのほうは、もう少し思いやりがあった。彼なりの幾分皮肉っぽい方法で、娘に話をさせようとしていた。しかし、彼女が二言も話そうものなら、すかさず継母かコンスタンス・リンドフィールドが巧みに彼女を会話から締め出し、話題を別の方向に変えてしまった。

その夜のディナーで、キャッスルフォードが一番腹立たしかったのは、彼が口にするパンの一切れでさえ、グレンケイプル家の金で支払われていることだった。そして、その事実を二人の兄弟が決して忘れていないということ。彼の妻は、グレンケイプル一族の三代目当主の未亡人だった。裕福な男で、今やその全財産を彼女が享受している。ローレンスのような町医者や、ケニスのように日々戦いに明け暮れるビジネスマンが、自分たちの代わりにのうのうと暮らし、兄が残した財産を共有するよそ者を妬むのは当然だろう――〝まして、ろくでもない一文無しの芸術家なんて、なおさらのこと〟。

彼らとのあいだに何か共通点でもあれば、キャッスルフォードもその溝を埋められたかもしれない。

しかし、あの兄弟たちときたら、共通点など何一つないことを立証するために躍起になっているようだった。コーヒーの時間になり、女たちが部屋を出ていったあとも、二人の兄弟はブリッジのことや（ブリッジなんてキャッスルフォードは大嫌いだった）株の相場のこと（そんなものには興味のかけらもない）、自分たちの知り合い（彼が一度も会ったことのない人々だ）について話していた。戦略的に談笑から締め出されていたのだ。テーブルの上座に座っていても、二人の兄弟にとってキャッスルフォードは主でも何でもなかった。加えて二人は、キャッスルフォードをどう見ているのかを隠すのに何の努力もしていなかった。

応接間に移るために立ち上がったところで、キャッスルフォードは二人の元を離れて二階に上がった。何かを忘れたとか、必要なものがあるとか、そんな情けない言い訳をして。予想通り――二人に彼を待つ様子はなかった。そうしたければ書斎に逃げ込むこともできるだろう。自分を望む人間が誰もいないのであれば。

応接間の閉ざされたドアにじっと目を据えたまま、まだ見ぬ結果についてぐずぐずと考えているうちに、階段の上で軽い足音が響いた。裁縫箱を手にした金髪の娘が、優雅な物腰で下りてくるところだった。キャッスルフォードは彼女を通すために脇に避《よ》けた。

「応接間に行くのかい、ヒラリー？」近づいてきた娘に彼は尋ねた。

返ってきた娘の口ぶりは、完全に他人事のようだった。

「あんなところに入るつもりはないわ」

キャッスルフォードはもっともだろうと思った。二十歳のヒラリーは、いとも簡単に男たちの目を継母から引き剝がしてしまう。娘にはライバル意識などかけらもなかった。しかし、十五歳年上のウィニフレッドにすれば、可能な限り、比較される危険は避けたいだろう。はっきりと言われたわけではない。それでも、男の客がいるときには、適当な口実を作ってその場を離れるのが、継母にとっては何よりであることをヒラリーはしっかりと理解していた。ウィニフレッドは、男たちが血の繋がらない娘を相手に時間を無駄にするのではなく、自分と話をすることを望んでいたのだ。

娘とのちょっとした会話が自尊心を黙らせる言い訳になった。何と言っても、妻とグレンケイプル兄弟は家族のようなものなのだ。彼らがグレンケイプル家のことを話し合いたいと思っているなら、その邪魔をしないようにするのは、それなりに筋が通っている。

書斎へ向かう途中、ヒラリーがホールのテーブルに置かれたままになっているものに目を留めた。

「グレンケイプル先生の鞄じゃない?」通り過ぎながら、彼女は何気なく訊いた。「控えの間にお持ちになればいいのに」

「手間を省きたかったんだろう」父親は答えた。「きっと、新しいインシュリンを持ってきてくれたんだよ。最後の一箱もなくなりかけていたから」

確かにローレンス・グレンケイプルは、あの薬でウィニフレッドの病状を改善させた。キャッスルフォードもその点は認めている。厳しい食事制限と、お茶やコーヒーの砂糖代わりにサッカリンを使うことを別にすれば、明らかにほぼ正常な状態に戻したのだ。妻が医者を信じ切っても当然のことだろう。それがあの医者に、妻に取り入る手づるを与えたのだ。その考えに、キャッスルフォードは顔をしかめた。その後、その手づるがどのように利用されたかは容易に想像できる。彼の妻は、自分の考えを隠しておけない女だった。彼女が時折漏らす言葉の端々から、グレンケイプル兄弟が妻の意思を変えるために用いている手練手管を予測するのは難しいことではなかった。

自分の娘は、こうした状況をどの程度把握しているのだろうか？　ヒラリーは決して、捉えどころのない娘ではない。それでもキャッスルフォードには、彼女が何を考え、どのくらいのことに気づいているのか、わからなかった。継母がそばにいるときには、常に用心深く口をつぐんでいる娘だった。キャッスルフォードは、自分の正確な立場についての説明をずっと避けてきたのだ。時折、娘が継母の指示に逆らうことがあっても、家庭内の平和を保つため、彼は個人的な理由からこう訴えることしかできなかった。「頼むから、お父さんのためにそうしておくれ。争い事は嫌いなんだよ」ヒラリーは父親のことが好きだった。これまでのところは、難なく妥協してくれた。しかし、その娘も成長した今、遅かれ早かれ、説明しなければならないときはやってくるだろう。

書斎に入ったヒラリーは、自分の椅子の近くに読書用ランプを置き、縫物を始める準備をした。娘が腰を落ちつけたのを見届けた父親も、ゆったりとしたアームチェアを選んでそのそばに腰を下ろした。小さく安堵のため息が漏れる。少なくともここにいれば、自分の生活の背景を織りなす小さな悪意や不快な出来事から逃れることができる。

しばらくのあいだ、ヒラリーは自分の針仕事に没頭していた。それが不意に、顔も上げず、ことさら呑気な口調で彼女は話し始めた。

「今夜、グレンケイプルさんたちが食事にいらっしゃるなんて、知らなかったわ」

「わたしも知らなかったよ。身支度合図のベルが鳴るまで」キャッスルフォードは素直に認めた。「二階に上がるときになって初めて、彼女から聞いたんだ」

父と娘のあいだで、継母を名前で呼ぶことは決してない。ウィニフレッドは常に〝彼女〟だった。八年前、キャッスルフォードと結婚したとき、彼女は義理の娘に〝お母さま〟と呼ぶように言った。

しかしヒラリーは、面と向かって拒否することはなかったものの、ウィニフレッドに話しかけるときには常に呼びかけ言葉を省くことで、巧みに逃げを打ってきた。第三者に対しては、〝キャッスルフォード夫人〟と呼んでいた。

父親の最後の言葉に対して、彼女は何も言わなかった。縫物に集中する娘の姿を、キャッスルフォードは穏やかな満足感とともに見つめていた。この家で、自分は軽蔑の対象かもしれない。しかし、ヒラリーについては何の欠点も見出せないはずだ。読書用ランプが娘の横顔を照らしている。カメオのように端整な顔立ち。キャッスルフォードはその造作の一つ一つを、細密画を諦めてしまった日の後悔とともに眺めていた。かつて自分が使ったどのモデルよりもいいモデルになったことだろう。周りに男たちがいるときに、ウィニフレッドがヒラリーを遠ざけておくのも無理はない。明らかに残忍な満足感を抱きながら、彼はそう考えた。これほどの娘では、三十五歳という年齢そのままの妻の引き立て役には決してならないのだ。それに、ウィニフレッドには、天秤にかけるほどの知性もなかった。あのわざとらしい、だらだらとした話し方で彼女が語るのは、つまらないことに対するつまらないおしゃべりばかりだ。最近の出来事に関する知識も、新聞の挿絵から得たものばかり。熱心に読むのは、ある種のでっちあげ記事――〝常識はずれ〟としか思えないような記事だけだ。夢中になる話題と言えばドレスについてだろうか。それでも、かなりの金を自分のワードローブに注ぎ込んでいるにもかかわらず、わずかな小遣いでやりくりしているヒラリーの成果にも及ばない。

キャッスルフォードはポケットから小袋を取り出し、パイプに莨《たばこ》を詰め始めた。莨は自分の金で買っている。いずれにしても、それだけはグレンケイプルの金で買ったものではないから、何の言い訳もなしに楽しむことができた。火皿に莨を詰めているのは左手だ。彼の右手には、人差し指と中指の

第一関節までがなかったから。しかし、そんな状態も長年のことで、器用に莨を詰める仕草には何のぎこちなさもなかった。

「そう言えば、ウィニフレッドは今夜、夕食のためにあの子に遅くまで起きているのを許していたな」パイプに火をつけると、キャッスルフォードは呟いた。「父親が来ていたからだろう。あの子のお行儀はちっともよくならないな」

〝あの子〟というのは、ケニス・グレンケイプルの息子のことだ。ケニスはここから五十マイルほどのところに住んでいる。その息子が学校の休暇中、最近罹った病気の療養のために、キャッスルフォード家に預けられていたのだ。青白くたるんだ顔をした子供だが、子宝に恵まれなかったウィニフレッドにとっては大のお気に入りだ。このフランシスという少年も、グレンケイプル兄弟が仕掛けてくるゲームの手先なのではないか。キャッスルフォードは、そんな疑念を抱いていた。

「コニー・リンドフィールドがあの子にプレゼントをあげたのよ――鳥撃ち用のライフルなんだけど」ヒラリーが不意に口を挟んだ。「今日の午後の郵便小包で届いたの。早くそれで遊びたくて、ディナーなんかさっさと終わらせたくて仕方なかったでしょうね」

「あの子向きのおもちゃとは思えないな」父親の口調は不安げだ。「この辺で銃を撃ちまくるようになったら、人を近づけないようにしなきゃならない。注意力なんてかけらもない野蛮児なんだから。あっと言う間に大変なことになってしまう」

「あの子ったら、とんでもない小悪魔なのよ!」ヒラリーが割って入った。「今朝、車から降りようとしたときに、ガレージのそばで見かけたんだけど。何をしていたと思う? どこからか、みすぼらしい黒い子猫を見つけきて、バケツに張った水に沈めて溺れさせていたんだから。モップで上から押さえつけて。もうこれで最期っていうときに引き上げて、息を吹き返らせる。そして、また沈めるの。『楽しみは引き延ばさなきゃ』現場を取り押さえたとき、あの子ったら、大真面目な顔でそう言ったのよ。やめさせたわたしのことを、きっと恨んでいるでしょうね」

「そのことで彼女ともめないでくれよ」キャッスルフォードは娘の目を見ずに呟いた。

父親の声に不安を感じ取ったヒラリーは、自分の針仕事に目を戻して答えた。

「大丈夫よ。そんなことをして何の意味があるの？　あの人は、お気に入りのフランキー坊やの肩を持つに決まっているもの。どうでもいいことでトラブルを引き起こすだけよ。あの子だって、嘘をついて言い逃れるんでしょうし。ものの善悪というものがわかっていないんだわ、あの子」

「まあ、確かにあまり素直な子ではないがね」父親は認めた。「でも、いずれにしろ……」

ヒラリーは言いたいことを言ってしまったようだ。もう、話題を変えてもいいだろう。この家では、誰が不用意な発言を聞いているか予想もつかない。言葉は少なければ少ないほどいい。

「新しい夜会服を縫っているのかい？」娘の針仕事を見ようと、身を乗り出してキャッスルフォードは尋ねた。

ヒラリーのほうでも、父親が話題を変えたがっていることに気づいていた。膝から布を持ち上げ、相手によく見えるよう広げてみせる。しかし、いかに興味深そうに見つめていても、キャッスルフォードの思いは、どこかほかの場所にあるようだ。ヒラリーは手先が器用だった。もし、然るべき訓練を受けさせてやることができたら。そして、元手を出して商売を始めさせてやることができたら、この娘も自立できていたかもしれない。しかし現実は、彼の願望とは似ても似つかない状況だった。

ヒラリーが茶色い大きな目で自分を見つめているのに気づいて、キャッスルフォードは我に返った。

娘は何か言いたそうにしている。今、この話題を持ち出しても大丈夫だろうか。今夜の父親は、いつも以上に不安げに見える。もしかしたら、また別の機会にしたほうがいいのかもしれない。いくら何食わぬ顔でやり過ごそうとしても、最近の父親ときたら、すっかり心配事に捕らわれてしまっているのだから。しかし、何かが背中を押したのだろう。ヒラリーは話してみることにした。

「わたしのお小遣いを上げてくれる余裕なんて、きっとないわよね、お父さん？」

その要求に、思わず目をぱちくりさせている父親を見て、ヒラリーは慌てて声を落とした。

「あの、どうせ無理だとか、そんなふうに思っているわけじゃないのよ。ただ、もうちょっとだけ、そうしてくれる余裕はないかしらと思って。ものすごくお金が足りないものだから」

父親の表情の変化は、とても無理な相談を持ち出してしまったことを意味していた。

「やっぱり、無理よね」父親の言葉を先回りして、ヒラリーは相手を庇った。「ひょっとしたらと思って、訊いてみただけ……」

こんな話、持ち出さなければよかったとヒラリーは心から悔やんでいた。父親がすでに抱えている心配事を、さらに増やしてしまったことが悲しかった。この父親なら、断らなければならないことにも心を痛めてしまうだろう。いずれにしても、今のお小遣いで何とかやっていけるはずだ。それはつまり、自分で思う以上に何度も、同じドレスを着なければならないということだけれど。十六、七歳の娘に与えられていた小遣いが、四つも五つも年齢を重ねたあとも同じ額だなんて信じられない。いくら彼女が、自分のものは自分で作り、出費を抑えたとしても、最近のお財布状況はかなり苦しくなっていた。それに、彼女はドレス類が好きだった。男たちの気を引くためにドレスを着る娘たちがいる。周りの女性たちよりも目立つためにと考える娘も。しかしヒラリーは、まず第一に自分が楽しむためにドレスを着た。そして、そうすることで、ほかの二つの目的にもそれなりの成果をあげようとしていた。でも、小遣いが上がらないのであれば、どんな泣き言を言っても仕方がない。彼女はどうしても漏れてしまう失望のため息を押し殺し、自分の針仕事に戻った。

キャッスルフォードは、すぐに返事をしなければならない気まずさから逃れることができた。書斎のドアがあいたのだ。二人は、予想もしていなかった侵入者にそろって目を上げた。ウィニフレッドの異母妹が立っていた。

コンスタンス・リンドフィールドは、この分裂した家の玉座の背後に座る権力者の一人だ。かわいらしいというよりは、りりしいというイメージ。引き締まった口元とてきぱきとした態度が、有能で決断力のある雰囲気を与えていた。三十三歳という年齢のため、確かに若々しさは失われている。しかし、外見に細心の注意を払うことで、コンスタンスはそれを取り戻す努力をしていた。彼女の黒髪は、どういう不思議な方法によるものか、常にウェーブをかけたばかりのように見えた。唇と眉は、どちらかと言えば手をかけ過ぎ。爪の手入れにいたっては、はっきりとその傾向が見て取れた。もしかしたら、少しやり過ぎなのかもしれない。生まれながらの美点が、そうした華やかな仕上げのせいで、わずかに失われているようなのだ。しかし、鏡台を埋める様々な化粧道具で、彼女が過度に時間を費やすことはない。コンスタンスには、物事を速やかに整然と、完璧にこなす能力が備わっていた。

女友だちで、コンスタンスがある種の魅力を持っていることに異議を唱える者はいないだろう。彼女の外見や機転の早さに惹かれる男たちがいる。一方で、多少無神経とも呼べそうな部分や、彼女が自分で言うところの〝性的魅力〟を行使しようとする欲望に嫌悪感を抱く男もいた。しかし、キャッスルフォード夫人がそばにいるときには、この欲望は巧みに制御される。コンスタンスは、当然のことなから素早く目立たない位置に引き下がり、姉と競い合うことはしない。

彼女は、ドア口よりも中へは入ってこなかった。

「ああ、ヒリー、明日の十一時半までに車を出しておいてね。ウィニーがサニーサイドまで送ってもらいたがっているから」

ヒラリーは、不愉快そうな表情をはっきりと浮かべて顔を上げた。

「でも、今日の午後には、車はいらないって言っていたのよ。明日の午前中は、四人でゴルフをする約束をしてしまったのに」

リンドフィールド嬢は、ヒラリーの事情など何の関心もないことを示すかのように、かすかに肩をすくめた。

「まあ、無理だって言うなら……」リンドフィールドは答えた。「あなたは行けない、ってウィニーに伝えておくわ」

しかし、その口調ははっきりと伝えていた。〝断りたいなら、お好きにどうぞ。あとでひどいことになるから。そうなっても知らないわよ〟

テーブル越しに父親を見やる。ヒラリーは、父親が無言で訴えかけていることに気づいた。キャッスルフォード夫人はあらゆる点で愚かだが、ずる賢い部分もある。ヒラリーが継母の機嫌を損ねたとしても、娘のことは放っておくかもしれない。しかし、夫にその怒りをぶつけることになるだろう。自分のせいで父親がいじめられるよりは、継母の言いなりになったほうがいい。父親に対する娘のそんな愛情を利用するのだ。狡猾なやり方だが、それは常に成功を収めてきた。

しかし今回は、ヒラリーもゴルフの試合に執着していた。何とか約束を守れるよう、頑張っている。

「ディック・スティーヴニッジと組んでいるの。先週もプレーの約束をしていたのに、キャンセルしなければならなくなって。二度も続けて約束を破って、がっかりさせたくないわ」

リンドフィールド嬢は一瞬考えたようだ。

「もし、よければ、わたしが代わりにプレーしてもいいわよ」いかにも譲歩してあげるという口ぶりだったが、その声には明らかに、自分が行きたいという気持ちが潜んでいた。

ヒラリーのほうは、その提案にあまり乗り気ではなさそうだ。

「試合のあとで、午前中にサニーサイドに送っても同じことじゃない？」

ごく稀にではあるが、リンドフィールド嬢が偉ぶって継母との橋渡しをしてくれることもある。しかしそれは彼女の気分次第で、決して当てにできるものではない。ヒラリーに対する親切は出し惜しみするし、仮に親切なことがあっても、そうする理由は、その時々で様々なのだ。今夜は明らかに、手を貸す気分ではないらしい。

「自分でウィニーに訊きにいけば？」そんな返事が返ってくる。

今回の肩のすくめ方は、はっきりと見て取れた。リンドフィールド嬢の素振りは、こう語っていた。〝まあ、わたしの提案を採用しないなら、自分で解決策を見つけることね〟ウィニフレッドに直接頼んだらという提案は、明らかに本心からの言葉ではない。そんなことをしたらどうなるか、ヒラリーにはよくわかっていた。今すぐにも、敵意に満ちたあの応接間に足を踏み入れなければならなくなるのだ。そして、自分の嘆願は、グレンケイプル兄弟の冷たい視線のもと、にべもなく退けられてしまうだろう。そんなことになれば、恥ずかしい思いをするだけだ。

「そんな必要はないわ」悔しさを押し隠しながらヒラリーは答えた。「誰かに電話して、わたしの代わりをしてもらうから」
彼女は腹をくくった。リンドフィールド嬢が助けてくれないなら、ディック・スティーヴニッジのパートナーの代わりになるチャンスだって与えてやるものか。ディックの名前を出してしまうなんて、何てバカだったんだろう！　リンドフィールド嬢が彼とゴルフをしたがることを、思い出すべきだったのだ。助けるどころか、こちらをずっと仲間外れにするチャンスを得ようとするかもしれないことを。

リンドフィールド嬢には、自分の提案が退けられてもさほど失望した様子はなかった。かすかな仕草が、はっきりと語っている。〝降参っていうわけね〟

「じゃあ、ウィニーには、十一時半過ぎにはあなたの用意もできているって言っておくわね」リンドフィールドは後ろ手にドアを閉めて、仲間たちのところに戻っていった。

キャッスルフォードは恥を忍びつつも黙ったまま、そのやり取りを傍観していた。ここで口を挟んでも、コンスタンス・リンドフィールドがヒラリーを気の毒に思ってくれる最後のチャンスを失ってしまうだけだろう。リンドフィールド嬢は彼に好意を持っていない。娘を通して彼を打ちのめすチャンスを嬉々としてつかみ取るはずだ。これまでの経験から、妻の気まぐれを宥めることなど何をしても無駄なのはわかっていた。気まずい口論になるだけだ。キャッスルフォードやヒラリーの都合など、ウィニフレッドには関係ない。多くの点で、大人の女性というよりは甘やかされた子供に近い人間だった。どんなに小さな気まぐれでも、反対されようものならますます意地を張ることになる。

キャッスルフォードは、アームチェアの柔らかい背に肩を押しつけ、落ち着かない様子でパイプを口元に引き寄せた。目の前でこんなことが起こるのを見ているのは屈辱的だった。それでも、それを止めるために指一本上げることもできない。こっそりと、針仕事に集中している娘に目を向ける。ヒラリーは、こんな状況をどのように考えているのだろう？　こんなことになっても、自分の意見さえ主張することもできない情けない父親だと思っているはずだ。これまでぐずぐずと引き延ばしてきた説明をしなければならないのは、わかっていた。ヒラリーも、この最悪な状況に自分なりの結論を出せるだけの年齢になっている。それができれば、我が身を守るためにどうすればいいのかもわかるはずだ。いずれにしろ、恥ずべきことなど何一つないのだから。

ヒラリーが顔を上げ、一瞬、父親の目を捉えたが、また視線を手元に戻した。話し始めた彼女の言葉は、本人の性格をよく表すものだった。大きな不満は口にせず、どうでもいいようなことだけに集中する。

「あの人たち、〝ヒリー〟って呼ぶのをやめてくれないかしら。響きが好きじゃないのよね」

キャッスルフォードは、その通りだと言わんばかりに頷いた。彼も、その呼び方が嫌いだった。どうして、たかが一音節を省くために、〝ヒラリー〟を〝ヒリー〟などと呼ぶのだろう？　しかし、この家では、彼とその娘以外はみな、相手をフルネームでは呼ばない。キャッスルフォードは短縮形の世界で生きていた。コンスタンス・リンドフィールドは〝コニー〟だし、ローレンス・グレンケイプルは〝ラリー〟、ケニスは〝ケン〟や〝ケニー〟に短縮され、その息子は〝フランキー〟とか〝フランキー坊や〟だ。ウィニフレッドは人から〝ウィニー〟と呼ばれるのを好んでいる。たぶん、そのほうが若々しく聞こえるからだろう。キャッスルフォード自身は、キャロン・ヒルに来て以来、自分の名前が正しく呼ばれるのを聞いたためしがない。彼は、誰にとっても〝フィル〟だった。妻が——それも、今となっては稀になったが——少し長めに〝フィリー〟と呼ぶ以外には。まるで、託児所に戻ったような気分だった。彼の中に潜む学者気質が、そうしたことすべてに反感を覚えさせた。もちろん、ベッドの中のパン屑のように、些細なことではある。しかし、そうした些細なことも、長く続けば大きな苛立ちの元に成長する。そして、永続的な苛立ちは、公平な視点を人から失わせるものだ。

ヒラリーは縫物を脇に置いて、立ち上がった。

「代わりを頼むのに、誰かに電話をしなきゃ」ひどく残念そうに彼女は言った。「すぐに戻ってくるわ」

キャッスルフォードは椅子の中でわずかに身をよじり、娘が部屋から出ていくのを見送った。このごろではいつもそうなのだが、自分の腹立ちをすっかり抑え込むようになってしまった。何もそれは、彼女本来の従順な性格によるものではない。キャッスルフォードはよく覚えているが、子供時代のヒラリーはかなりの癇癪持ちだったのだ。しかし、成長してからは、少なくとも表面的には感情を抑えるようになっていた。その静かな面持ちの下で、いったい何が起こっているのかと、時々思うことがあった。

今回の車の件は、特に厄介な問題だった。ウィニフレッドには、お抱え運転手を雇うだけの余裕は十分にある。しかし、けちくさい節約心から、ヒラリーを代わりに使うほうが経済的だと思っているのだ。実際、ヒラリーが車を洗うように命じられているわけではない。それは庭師の仕事になっている。それなのに、車が必要になると、自分の約束はすべて諦めるようにヒラリーは求められているのだ。ウィニフレッドは常に、車の運転を習うことを拒んできた。コンスタンス・リンドフィールドも、自分が運転したほうがよさそうなときでさえ、姉を連れ出す役目をヒラリーに押しつけてきた。そのこと自体には何の害もない。ギブ・アンド・テイクという考え方が成り立つ場合もあるだろう。つまるところ、ヒラリーは継母の財産で賄われている家に住んでいるわけだし、自分が何か役に立つことをしなければならないと思ったとしても、少しもおかしくはない。問題は、ウィニフレッドが自分の都合以外は何も気にしないということだった。今回の車の件も、ヒラリーの感情や個人的な約束については、完全に無視をした要求だった。

キャッスルフォードは物憂げにパイプをふかし、これまで幾度となくそうしてきたように、自分の状況について考え込んだ。こんなごたごたから解放される方法が一つだけある。ヒラリーが結婚してくれれば、問題は自然に解決するはずだ。ウィニフレッドに縛りつけられているのは、ただただヒラリーのためなのだ。彼女が誰かに安全に養ってもらえるようになれば、自分は一人でも何とかやっていける。

「もし、自分の意思で何でも自由にできるなら」と、彼は果敢にも自分に言い聞かせた。「あんな女はお払い箱にしてやるのに――それも、今すぐ！」

キャッスルフォードが恐れているのは、自分の立場に業を煮やしたヒラリーが反撃に出ることだった。このキャロン・ヒルから逃げ出すためだけに、最初に求愛してきた男と結婚してしまうこと。それでは単に、フライパンから火の中に飛び込むことにしかならない。二十歳の娘なら、ちゃんとした男とでも、ろくでもない男とでも、簡単に恋に落ちてしまうだろう。例えば、ディック・スティーヴニッジのような男とでも。その男のことを思い出したキャッスルフォードは、痛む歯を噛んでしまったかのように口元を歪めた。ヒラリーは、あの若い与太者にずいぶん熱を上げているようなのだ。このところ、いつもキャロン・ヒルの周りをうろついている。ウィニフレッドのスカートの裾にすがりつき、彼女がそばにいないときにはコンスタンス・リンドフィールドに色目を使う。そして最近では、その二人の姿が見えなくなると、ヒラリーのあとを追いかけ回していた。スティーヴニッジ！　ウィニフレッドのことなど少しも気にかけていないが……夫婦のあいだにほかの男が割り込んでくるのを好む男はいない。しかし、最悪の場合、それにも耐え忍ばなければならないのかもしれない。離婚などということになれば、ヒラリーもろとも世間の荒波に投げ込まれてしまうのだから。

「まったく、どいつもこいつも、あの連中ときたら！」キャッスルフォードは、息を押し殺すように呻いた。どんな感情も、直接吐き出すことさえ許されない弱い男の、ありったけの苦々しさを込めて。

第二章　政略結婚

ヒラリーが戻ってきてキャッスルフォードの物思いは中断された。

「代わりを頼んできたわ」縫物を手に取り、再び椅子に腰を下ろしながら、ヒラリーは報告した。しばし、無言のまま針仕事を続ける。しかし、落ち着きのない、せかせかとした針の動きが、今回もまた、継母の理不尽な気まぐれで自分の都合が無視されたことに対する腹立ちを現していた。とうとうヒラリーは縫物を肘掛に置き、テーブル越しにキャッスルフォードを見つめた。

「どうして彼女と結婚しようなんて思ったの、お父さん？」

キャッスルフォードにとっては、娘がその質問を、自分の不満の種と結びつけてくれるほうが有難かった。ほかの話題に逃げ込む余地のない、不吉なほどの唐突さがそこにはあった。パイプを唇から離し、指の欠けた手で力ない仕草を返す。

「最善のためを思ってそうしたんだよ。本当に、それが一番いい方法だと思ったんだ、ヒラリー」

怒りを感じながらも答えを望んでいた娘は、父親の声の調子にぎょっとした。打ち砕かれた希望、小さな苛立ちでさらに悪化した抑圧の日々、今夜、新たに加えられた憤懣、自分の立場に対する情けなさ。そこに、唯一頼りとする者から同情を求める訴えが発せられたのだ。そうしたもののすべてが、弱々しい申し開きには込められていた。今回ばかりは、これまで慎重に押し殺してきた心の澱《おり》をはっきりと説明する機会を与えられたというわけだ。

ヒラリーを驚かせたのは、声の調子だけではなく、その強さだった。キャッスルフォードが望んでいたほど、娘の目は節穴ではなかった。父親に関することには注意深く目を配り、耳をそばだててきたのだ。そして、寡黙さという城壁の背後で少しずつ周囲の状況に目を留め、記憶し、極めて堅牢な証拠という構築物を積み上げてきた。そうすることで彼女は、キャロン・ヒルに横行する嘘の実態について父親に詳しく説明することができたのだ。ヒラリーが現実に幻想を抱くことはなかった。彼女が知らなかったのは、この現状を導き出した一連の出来事だった。

父親が再婚したとき、ヒラリーはまだ子供だった。そのとき、父親は何の説明もしなかった。後日、説明を求めても、押し黙ってしまうばかりだった。今夜、ヒラリーはあえて父親にその説明を求める決心をした。父親がぽつりと漏らした言葉の感触に怯えてもいた。というのも、彼女はずっと、父親が静かな生活のために余計なことを言わぬよう努めてきたのだと思っていたからだ——「大騒ぎはやめようじゃないか！」——そして、ヒラリー自身は、父親のそんな態度に少なからず怒りを感じていた。父親が自分の利益のためにそうするときはもちろん、平和を維持するために彼女が犠牲にされたときには特に。今夜、彼女は初めて、父親の忍耐強い態度の陰に、かすかな苦悩を感じ取ったのだ。

父親の言葉そのものに対してではなく、その調子に反応してヒラリーは答えた。

「ごめんなさい。お父さんを傷つけるつもりはなかったの。それは、わかってくれるでしょう？」

キャッスルフォードの態度に娘はほっとした。父親はパイプをくわえ直し、目の前をしばし見つめたままパイプに歯を立てていた。説明しなければならない話の糸口を探しているようだが、なかなか難しい仕事らしい。

「お母さんのことは、もう覚えていないだろう?」キャッスルフォードはやっと話し始めた。「少なくとも、はっきりとは。お母さんはお前に似ていた——目の色も、髪の色も。背丈も同じくらいだった」

「お父さんが描いた細密画なら見たことがあるわ」機械的に縫物をまた手に取りながら、ヒラリーは答えた。「もちろん、はっきりとは覚えていないけど。お母さんが亡くなったとき、わたしは八歳だったんだもの。そうでしょう?」

キャッスルフォードは頷いた。その細密画も、隠しておかなければならないものの一つだった。彼はそれを、二階に置いた鍵つきの書類鞄に保管し、一人でいるときにだけ眺めていた。生き生きとした繊細な作品で、彼が到達し得た最高レベルの作品の一つだ。単なる職人技以上のものがつぎ込まれていたが、それも今は、暗闇の中で息を潜める運命に陥っている。

「お母さんが生きていたら、事情はもっと違っていただろうな」わかりきった事実に気力を注ぎ込むような調子でキャッスルフォードは言った。「お母さんはお前にそっくりだったよ。リスクに賭けることをものともしなかったんだ。わたし自身は残念ながら、常に安全策を選ぶタイプだったがね。わたしと結婚したときにも、彼女はリスクに賭けたんだよ。当時のお父さんはまだ二十二歳で、当然ながら、細密画家としての評価なんて何もなかったんだから。お母さんの収入も——年に百ポンドくらいだったかな——お父さんと同じようなものだった。何とか暮らしていける程度の金だったが、今から見れば話にもならないような額だな。それでも、お母さんはわたしのことを信じてくれていたんだよ。お父さんを励まし続けてくれた。彼女はリスクに賭けたんだ」

ヒラリーに話すというよりは、自分の思いをただ口に出しているだけのようだった。

「彼女はリスクに賭けた。自分だったら、とてもそんなことはできなかっただろう。でも、やってみると何ということもなくてね。思った以上に早く、顧客のようなものがついたんだ。きっと、人の期待に応えられるだけの仕事ができていたんだろう。いずれにしても、何とか帳尻を合わせる以上の収入を得ることができた。そして、やがてお前が生まれた。それがまた、思いがけない変化を生むことになった」

キャッスルフォードは、おどけた眼差しを娘に向けた。ヒラリーには、その眼差しが嬉しかった。

「それはそれは素晴らしい出来事だったんでしょうね？」父親を励ますような口調でヒラリーが言う。

「いいや、それほど有頂天でもいられなかったよ——実を言うと、かなり不器量な赤ん坊だったからね。芸術家夫婦はがっかり、というわけさ。それでも、わたしたちはお前のためにできる限りのことをした。揺り籠を覗いては、普通の若い夫婦が抱くようなあらゆる種類の夢を思い描き、子供の未来について果てしもない計画を立てたものさ」

ヒラリーはそこで、話も終わってしまいそうなため息を聞いた。それでも、思い出すことも辛い何かから事実を引き出すよう父親を急き立てる。

「それから？」

「ああ、それからわたしは、それまでの倍以上、頑張って働いたよ。それで、しばらくはうまくいったんだ。四年間かそのくらい、経済的にはまったく問題がなかった。本当にラッキーだったと思う。だが、そのうち戦争が始まった」

「戦争？」ヒラリーは訊き返した。

彼女は明らかに、何の説明がなくても理解できる話を期待していたのだろう。

「ああ、戦争だよ」キャッスルフォードは続けた。「もちろん、細密画家にとっては大打撃だった。愛しい将校様に自分のポートレートを持たせたがる若い娘は、いることにはいたさ。でも、そんな娘たちの多くは、わたしのところになど来なかった。わたし自身も、兵士に志願してみたんだよ。でも、軍隊は、何だかんだと言い訳をつけては、わたしを受け入れようとはしなかった。当時の軍隊は、そのあとよりもずっと、些細な欠陥にうるさかったからね。片耳の聴力が基準に達しないという理由で、彼らはわたしを退けた——子供のころの猩紅熱のせいさ」

キャッスルフォードは立ち上がり、パイプを灰皿に打ちつけた。莨《たばこ》入れを取り出し、また座っていた椅子に戻ってくる。

「そこで、すべては行き詰まってしまった。お前はまだ小さかったから、何も覚えていないだろうね。また振り出しに戻ってしまったんだ。何の収入もなかったから、年に数百ポンドの年金がなければ破綻していただろう。それでも、お前のお母さんはへこたれなかった。それもまた、闘うべきリスクの一つに過ぎなかったんだろう。それが彼女の考え方だった。ところが、まったく予想もしなかったところから、安定した収入源が見つかった——お前には想像もできないと思うよ」

「何だったの？」考える努力も投げ捨ててヒラリーは尋ねた。

「戦争時代には、それはもう、いろんな種類のおかしな職業が存在したんだ」父親は続けた。「世にも奇妙な物事が、突然、なくてはならないものに様変わりする。想像もできなかったようなものが、戦時中には便利なものに変わったりするんだ。わたしは、そんなものの一つをつかんだというわけさ。海軍本部で細密画家が必要になったんだよ」

「何のために？」ヒラリーは驚いて尋ねた。

やがて、漠然とした記憶が彼女の心を過《よぎ》った。

「ねえ、きっと、船のカモフラージュに関係することなんじゃない？　敵の目をはぐらかすために船体に何か描くとか？」

「目くらましの絵かい？　いいや、そんなことじゃないよ。船の側面におかしな模様を描くのに、細密画家なんて必要ないからね。羅針盤《コンパスカード》の指針面の文字描きだったんだ」

「コンパスカード？」ヒラリーにはわけがわからなかった。

「夜用の羅針盤だよ」キャッスルフォードは説明した。「戦艦は一晩中、ビナクル（羅針儀の架台）でさえ明かりをつけずに航行しなければならなかった。それで軍は、コンパスカードにラジウム塗料で文字を書くことにしたんだ。もちろん、それには結構な費用がかかる――一回につき四百ポンドから五百ポンドだと人から聞いたことがあるな――当然のことながら、軍はそんな費用などかけたくない。コンパスカードに正確な文字を書く――細かい作業をする訓練を受けてきた細密画家以外に、そんな仕事をこなせる人間がいると思うかい？　もちろん、それ以降は、夜間飛行をする飛行機の指針板でも同様の仕事が大量に必要になってきた。わたしたちを忙しくさせる仕事は山ほどあったというわけさ。それで、戦時中は、指針板に小さな文字を書き込む仕事だけをしていたんだよ。最初は骨の折れる作業だったが、大量生産というわけではなかった。今でも、それまでやってきたのと同じくらい、質のいい仕事をしていたと思う。軍が払ってくれた金は、借金をしないでやっていくのに十分な額だった。お母さんもわたしも、それだけの金が入ってくることがわかって喜んでいたんだ」

キャッスルフォードの声はしばし、ヒラリーという聞き手がいるのを忘れてしまったかのように消え入った。

「やがて終戦がやってきた」彼は続けた。「当然のことながら、我々の多くは解雇されることになった。収入はないのに物価だけが上がる。しばらくは、何の希望も見えない日々が続いた。お母さんがどんなふうにやりくりをしていたのかはわからない。それでも、何とか暮らしていたんだ。でも、一九一九年、あのスペイン風邪の大流行が起こった。お母さんは、その病気のせいで倒れてしまった……」

キャッスルフォードの声は再び小さくなり、しばらく沈黙が続いた。

「そのことについては、あまり話したくないな」明らかに気力を振り絞るようにして、彼はまた話し始めた。「そのせいで、わたしの世界はめちゃくちゃになってしまったんだから。どんなに言葉を尽くしても、そのときの気持ちをお前に理解してもらうことはできないだろう。お母さんが死んでしまって初めて、自分がどれだけ彼女に頼っていたのかがわかった。わたしをしゃんとさせてくれたのは、お前だよ。お前のために、何とか窮地を切り抜けなければならなかったんだ。そうだろう？　それでも、絵画報酬は入ってこない。生活するために、恐る恐る貯えに手をつけなければならなかった。大変な時代だったよ。大変なんていう言葉では説明しきれないほど」

「そのあとは？」父親が、憂いを古い悲しみに上塗りしてしまわないように、ヒラリーは急いで口を挟んだ。

「そのあと？　そうだな、ますます悪くなるばかりだった。物価は上がるし、生活費は増える。それに、あの莫大な税金――あんな税金を払わなければならないほど、収入があったわけでもないのにね。わたしたちの貯えも、日に日に心細くなっていった。でも、わたしとしては、ある程度の外見を保たなければならなかったんだよ。仕事を得るための外見。みすぼらしい恰好では仕事にならないからね。

当然のことながら、そんな恰好は客に好かれない。そして何よりも、お前の将来のことを考えなければならなかった。そうだろう？　いつもそのことが心のどこかに引っかかっていた。貯えに手をつけるたびに、お前の安全を少しずつ削り取っているような気がしていたんだ」

　思いもよらない打ち明け話に、ヒラリーは父親の椅子のそばにさっと近寄り、膝をついた。それだけで十分だった。自分がどれほど娘のことを大切に思ってきたか。それをヒラリーが理解してくれたことを知るのに、どんな言葉も必要なかった。

「状況は理解できるだろう？」キャッスルフォードは話を続けた。「わたしは――わたしたちは日に日に坂道を転げ落ちていったんだ。這い上がる術《すべ》など、どこにもなかった。心配で心配で気がおかしくなりそうだったよ――自分のことではなく、お前のことがね。そんなときだった。不運なことに、株にちょっと手を出している男から助言をもらったんだ。ダンロップ社の株だった。上がるはずだと、その男は言った。簡単に元手が三倍にも四倍にもなると。しばらく迷ったよ。株なんて、興味を持ったこともなかったからね。わたしには専門外のことだし、〝相場〟なんてまったく理解できない。でも、ますます金の心配が募るにつれて、お母さんのことを思い出したんだ。彼女の声が聞こえてくるようだった――『やってみなさいよ』」

　思い出に心を奪われたように、キャッスルフォードはしばし空《くう》を見つめていた。

「そうこうしているうちに、わたしもようやくダンロップ社に賭けてみようと心を決めた。手持ちの金のほとんどを投げ打って――中途半端なことをしている場合ではないと感じていたんだ――ダンロップ社に投資した。その後の数週間、わたしがどんな気持ちでいたか、想像もできないだろうね。夢が現実になったような気分だった。株は上がり続けたんだ。毎日、毎日、確認するたびに、株価は上がっていた。もうこれで大丈夫という線は越えていた。そのときに手持ちの株を売り払っていれば、お前の生活を一生保障するだけの金は手に入れられたんだ」

キャッスルフォードは、呻きともため息ともつかない声を漏らした。

「もう少し、分別があればよかったのに！　でも、わたしが株を売ろうとすると、助言をしてくれた男が猛反対をしたんだ。ダンロップの株は、もっともっと上がるはずだってね。わずかばかりの利益を上乗せしたくて、もう一週間待ってみようと思ってしまった。それなのに、株価は暴落した。もちろん、わたしがバカだったんだ。単に一時的な値下がりで、今、売ってしまっては損だと判断した。そして、もうだめだと思いつつも、利ざや分が消え去り、元本のほとんどが消えてなくなるまで、わたしはそう考え続けていた。そんな思惑の末には、もう何も残っていなかったよ――たぶん、数百ポンドほどしか。飢え死にしそうになりながらもやっと食いつないでいけるだけの金で、それ以上のものではない。ひどい時代だった。

でも、そのあとは結局、また流れが戻ってきた。絵の注文が少しずつ入るようになってきたからね。それなりの収入が入り始めた。自分本来の道で、ささやかな評価を得られる方向に戻りつつあったんだ。戦後のにわか景気だったんだよ。あぶく銭を得た人たちは盛大に金を使ってくれた。そうした連中の奥方たちの多くが、自分の顔を塗りたくるのと同じように、画布の上にも自分の顔を描かせたがったんだ。どうして誰も彼もが、そんな危険を冒したいと思うのか、わからなかったよ。でも、そんなことはどうでもいい。また、金を稼げるようになったんだから。それが一番肝心な点だった。たとえそれが、パグ犬のような人間たちの肖像画を描くことだとしてもね。それに、結局、そんな連中ばかりだったわけでもないし。世界はまた、明るく輝き出したように見えた。

ところが、太陽の輝きのあとには景気の落ち込みがやって来た。誰もが金に困っていた。あるいは、金がないと感じていた。いずれにしても、家宝としての細密画を望むような余裕はなかったんだろう。瞬く間に、元の状態に逆戻りだ。ほかのみんなと同じように、わたしもそのにわか景気が永遠に続くものだと思っていた。金に気を配ろうなどとは思わなかった――つまり、できたはずの貯蓄もしていなかったということだ。そんなわけで、にわか景気が終わったときには、ダンロップ株が暴落したときと変わらないくらいの貧しさだった。

でも、今は、何とかこうして暮らしていける状態になった。状況が変わったんだよ、ヒラリー。ダンロップ株でかなりの架空利益を得たときに、わたしの考えも少しばかり拡大していてね。お前のために、ありとあらゆる計画を立てたものさ。全寮制の学校、そのあとはパリかスイスで二、三年。それから、二人で一年間外国旅行をする。すべて可能だったんだ――得られるはずの利益の額面からすれば。そんな夢を見たあとの貧乏生活は、どういうわけか以前よりもずっと苦しかった。

そうした経験のすべてから、わたしの心には一つの考えがしっかりと植え込まれたんだ――お前の身の安全ということ。もう二度と株には手を出さなかった。そんなことができる状況ではなかった。でも、わたしは心に決めたんだ。お前の生活を保障できるのであれば、この身に何があっても、たとえそれが何であっても、巡ってきたチャンスは必ずつかみ取るとね。お前にもわかっている通り、わたしたちに親族はない。わたしが死んで、お前がこの世に一人取り残されることを思うと、幾夜も眠れずに過ごしたものさ。投資する金ならいくらかあった。でも、ダンロップの一件で、まっとうな投資でさえ手を出すのが怖くなっていた。そういうことに関しては、子供も同然なんだ。その点は素直に認めるよ。でも、ダンロップの一件で、少しは知恵の利く子供になれたというわけさ。

そのうち――これが最後の決め手になったんだが――心臓に違和感を覚えるようになった。それがどのくらい悪いのか、確かめることもできなかったよ。医者が嘘をついて、病気の深刻さを隠すんじゃないかと思うと怖くてね。わたしが突然倒れて、お前が独り残される状況も目に浮かぶようになった。そのころのお前はまだ十一歳だった。医者は、心配性がそんな症状を引き起こしているんだと言った。心配するのをやめないと、もっとひどくなるとも。まったく、素晴らしいアドバイスじゃないか！　ものすごい速さで脈打つ心臓と喉のしこりに悩まされながら、眠れない夜を過ごしたものさ――医者は確か、ヒステリー球（喉に丸い塊が詰まったように感じるヒステリー症状）とか言っていたな。そして、何時間も、お前のことを心配したまま眠れずに横になっていたんだ。何度も何度も自分に誓ったよ。もし、自分の身に何かあったときにお前を守ってくれるものなら、目の前に現れたチャンスは必ず手に入れる。たとえ、それがどんなものであろうと」

　キャッスルフォードは無言の問いかけを浮かべて、ヒラリーを見下ろした。

「よくわかるわ」娘は父親を促した。「かわいそうなお父さん！　こんな話、夢にも思っていなかったもの。そこに彼女が現れた。そうなんでしょう？」

「その通りだよ」キャッスルフォードは話を続けた。「たとえお前に対してでも、自分を正当化しようとしているわけではないよ、ヒラリー。わたしはただ、説明しているだけなんだ。彼女が現れた。最初は単なる客だった。知り合いの誰かが紹介してくれたんだ。彼女は自分の肖像画を欲しがっていた。仕事のあいだ、二人でいろんな話をするうちに、彼女のことも徐々にわかってきた。彼女の夫は言わば、戦争で一儲けした人でね――かなりの成功を収めた鉄器商人とか、そんな類《たぐい》だった――ところが、大金を儲けた途端、インフルエンザの流行で死んでしまった。彼女は有り余るほどの金を持っていた。そして、どうやら、その金を自由に使える身のようだったんだ。

彼女の細密画は、実物以上に見えるように、細心の注意を払って描き上げてやったよ。応接間に飾ってあるやつさ、わかるだろう？　彼女自身も素人ながら絵を描いていて、そのうち、個人的に指導をしてくれないかと頼んできた。そんな口実に、彼女の人となりがはっきりと見えてきたよ。わたしに好意を持っているんじゃないかと確信したんだ。そのころはわたしだって、今よりはずっと見栄えがよかったからね。わたしは、その好意を煽り立てるように仕向けた。わざとと言うよりは、もっと機械的な気持ちで。どんなことになるか、よく考えたほうがいいという気持ちも、あるにはあったんだがね。言葉にしてみると、ひどく汚らわしく聞こえるのはわかっている。わたしは、彼女なんか全然望んでいなかった。でも、お前のために、彼女の金が欲しかったんだ。二人でいるときには、ころころと態度を変える方法を学んでいったよ。それがたまたま、彼女をひどく刺激したというわけさ。彼女がどんな女かは、お前にもわかっているだろう、ヒラリー。何かが欲しいとなると、是が非でも手に入れなければ気の済まない女だ。それも、今すぐ、どれだけ金がかかるとしても。そんなわけで、すぐにわたしは、彼女が望む存在になった。わたしに恋をしていたわけではないと思う――少なくとも、わたしが理解しているような意味で恋に落ちたわけではない。でも、そのときの彼女にとっては、わたしはある種のお気に入りだったんだろうね。それで、彼女はわたしを手に入れようと思ったわけだ。たとえ、一カ月もしないうちに、また放り出してしまうんだとしても。

やがて、まだどうしようかと迷っているうちに、意を決しなければならない出来事が起こった。そのせいで、わたしに残された道は一つだけになってしまったんだ。当時、彼女はよく車を借りて、わたしを日帰りのドライブに連れ出すことがあった。その出来事は、そんな日の帰りがけに起こった。

彼女は帰り道の途中でわたしを降ろすつもりでいたから、わたしは外に出た。ツーリングカーだったな。わたしは舗道に立って、車に手をかけたまま彼女に話しかけていた。自分がどういう姿勢を取っているかなんて気にしていなかったし、彼女もわたしの手がどこにあるのかなんて見ていなかったんだと思う。いずれにしても、彼女は身を屈め、わたしの指を挟んだままドアを閉めてしまったんだ」

キャッスルフォードは指先の欠けた手を掲げた。

「どういうことになったかは、わかるだろう。医者が処置をしてくれる前に、わたしの生計の手段は潰《つい》えてしまった。わたしたち父娘はこの上ない窮地に陥ったというわけだ。残された道は一つだけだった。もちろん彼女も、その事故と結果に動転していた――あるいは、少なくとも動転しているように見えた。まあ、そのうちのどれだけが憐みと自責の念で、どれだけが〝欲しかったものを手に入れたい〟という気持ちだったのかは言いたくないがね。わたしがまだ物珍しい怪我人だったあいだは、それこそ彼女はわたしにつきっきりだった。ほかに考えられる道はなかった。わたしは彼女の望みに身をまかせた。こちらも必死だったんだよ。

彼女は何でもてきぱきとやってくれたよ。わたしがほのめかすことは何でも。結婚してすぐに遺言書も書き換えてくれたし、自分が死んだ場合に備えて、お前とわたしのための金も用意してくれた。死ぬほど嬉しかったよ。どうして、それ以上のことが望めただろう？　お前は寄宿学校に入れられた。わたしはここ、キャロン・ヒルに移ってきた。こんなわたしでも、まだプライドは残っているんだ。わずかばかりの収入で賄える限り、自分の費用は自分で払っている――洋服代とか、莨代《たばこ》とか。もちろん、土地の管理とか、生活費のすべては彼女が引き受けているがね。彼女にはそれだけの余裕がある。でも、彼女に金の無心をしたことは一度もない」

キャッスルフォードのパイプの火は消えていた。時間をかけて、火をつけ直す。恐らくは、ここまで聞いた話を、ヒラリーがじっくりと反芻することができるように。

「まあ、こんな具合なんだよ」ややしばらくして、彼は口を開いた。「自分のことを正当化するつもりはない。でも、お前がそれをどう受け止めるかは、わたしにとっては大問題だ。いつか話さなければならないと思うたびに尻込みしてきたんだよ。自慢できるような話ではないからね。でも……とにかく、こんな具合だったんだ」キャッスルフォードは弱々しく締めくくった。

ヒラリーがしばし考え込んでいるあいだ、彼の様子は不安げだった。

「恥ずかしく思うことなんか一つもないわ」娘の言葉にキャッスルフォードはほっとした。「彼女はお父さんを不具者にしたのよ。今の生活で償える以上の負債をお父さんに負っているじゃない。愛情なしに結婚する人はたくさんいるわ。でも、お父さんは、わたしのためにそうしてくれたのよ。責めたいと思っても、そんなことはできない。責める理由さえないわ。話してくれてありがとう。教えてくれなければ、お父さんがわたしのためにどれだけのことをしてくれたのか、決してわからなかったもの。事実を知ったからには、これからその埋め合わせをしないと」

ヒラリーの口調は言葉以上のことを語っていた。話を聞いた娘が、今まで以上に父親のことを思ってくれていることを、キャッスルフォードは大きな安堵とともに悟った。自分の行ないが卑劣だったことはわかっている。しかし、その行ないと困難な状況を、娘がよく理解してくれたのは大きな慰めだった。

「最後まで話してしまったほうがいいな」彼は先を急ぐように言った。「わたしたちは登記所で入籍した。それはそれはこっそりとね。彼女が、そうすると言い張ったんだ。どうして彼女がそうしたかったのか、理解するのにさして時間はかからなかったよ。グレンケイプル兄弟がどう思うか、彼女にはよくわかっていたんだ。既成事実という方法で、彼女は二人に向き合うつもりでいた。もちろん、あの兄弟に反対する権利などない。いくら自分たちの兄の未亡人でも、彼女はれっきとした女主人なんだから。でも、事前に事が漏れれば、あの二人が躍起になって止めようとすることを彼女は確信していた。我が道を決めていた彼女は、あれこれ口出しされたくなかったんだ。

あの兄弟に初めて会ったのは、籍を入れたあとだった。反りは合わなかったよ。彼らを責めるつもりはないがね。そうこうするうちに、遺言書が書き換えられて、自分たちが切り捨てられたことを知ったんだから。自分が彼らの立場だったら、やっぱり面白くなかっただろうし。それが人間の自然な感情というものさ。

彼女がわたしを驚かせたのは、グレンケイプル兄弟だけではなかった。前夫が死んで少し経ったころ、彼女は自分の異母妹を話し相手《コンパニオン》として迎え入れていたんだ。わたしと出会う直前、そのリンドフィールドという女の姉が健康上の理由で南アフリカに行くことになった――肺がだいぶ悪くなっていてね――誰かが面倒を見るために同行する必要があった。それで、リンドフィールドが一緒に行って、わたしたちの結婚直後までここを離れていたんだ。病気の姉が亡くなると、彼女はコンスタンス・リンドフィールドを、自分のコンパニオンという元の立場に呼び戻した。わたしには一言の断りもなしにね。当然のことながら、キャロン・ヒルに戻ってきた信頼すべきコンパニオンは、そこに女主人の夫が居座っているのを知って面白いわけがない。わたしのほうは、彼女が呼び戻されたことに不服だったわけだから、リンドフィールドのわたしに対する印象は最初からよくなかったんだ」

「わたし、彼女のことはずっと好きになれなかったわ」ヒラリーがぼそりと口を挟んだ。

「あの女はわたしたち父娘を嫌っているからね」キャッスルフォードが返す。「それに、グレンケイプル兄弟よりもまだ質《たち》が悪い。あの女はいつでもここにいるんだから。二人の兄弟たちからなら、時々は逃れられる。でも、あのリンドフィールドは、いつでもすぐそばにいるんだ。わたしがここに来る前から、すでにしっかりとした足場を築き上げていた。彼女の立場は、ちょっとやそっとのことでは揺るがないよ。それに、ここで起こるトラブルの大半は、あの女が原因だ。手がかりを最後まで追えれば、まず間違いないと思う。あの女はわたしを憎んでいるんだ。ここでの立場から、あれこれと結構なものを手に入れられるはずだと当て込んでいたんだろう。それに、もしものことが起こっても、最初の遺言書からある程度の金をもらえるものと期待していたはずだ。かなりの額だったんじゃないかな。ところが現状では、そんなにもらえなくなっている」

父親の話が途切れたあと、ヒラリーはしばし無言のまま考え込んでいた。

「ここから出ていくことはできないのかしら?」しばらくして、そんなことを言い出す。「ここから脱出できるなら、少しくらいお金に困ってもかまわないわ」

キャッスルフォードは悲しげに首を振った。

「そんなことができたなら、今もここにこうしていると思うかい?」父親は訊き返した。「無理な話だよ。指を何本も失ってしまっては、わたしにはもう金は稼げない。経験不足の事務員よりも役に立たないだろう。お前にしても、何の訓練も受けていない。わたしには、お前に与えてやれるものが何もなかった。我々の今の収入では、一年のうちの百日だって暮らしていけないんだ。いいや、まったくの問題外だ。ここで、現実に向き合っていくしかないんだよ」

キャッスルフォードは指のあいだでパイプを転がし、陰鬱な口調でつけ加えた。

「それだけで済むならいいんだがな」

その口調に、ヒラリーはさっと顔を上げた。

「どういう意味？」

「ここまで話したんだから、全部知っておいたほうがいいだろう」父親は話を続けた。「わたしが何のために結婚したのかはわかっただろう？――安定のため。特に、お前の生活の安定のためだ。わたしは、彼女がお前のためにしてくれることを、あれこれと期待していた。それも、わかるよな？　あれだけの金を持っているんだ。まずはお前を、最良の寄宿学校にやってくれるだろうと思っていた。それから――ドレスだの裕福な暮らしだの、様々なチャンスだの、そんな類《たぐい》のことを期待していたんだ。ところが、何一つしてくれなかった。彼女は、自分のために好き勝手に金を使う。あのリンドフィールドも、彼女から相当な給料をもらっているんだろう。ところが、お前は……？　最初から最後まで、お前にはびた一文かけることはなかった。食費以外には何も。結婚した当初から、彼女はお前に嫉妬していたんだ。自分の思い通りにして、結局は新しいおもちゃにも飽きてしまうと、わたしが以前に結婚していた事実が気に入らなくなったんだろう。お前は、そのことを常に思い出させる存在だからね。まあ、いずれにしろ、そんなところだ」

「それで、いったい何が問題なの？」ヒラリーは話の核心部分を求めてきた。「あの人だって、今以上のことはできないでしょう？」

「いいや」キャッスルフォードの声は暗かった。「我々の安定を根底から覆すようなことが一つだけできるんだよ。遺言書を書き換えることさ。そのあとで彼女が死んでしまったら――グレンケイプルの治療で何とか持ちこたえているように見えても、あの糖尿病が悪化したら――わたしたちは路頭に迷うことになる。新しい遺言書を書くよう、彼女にかけられている圧力が見えないほど、わたしも愚かではないよ。グレンケイプル兄弟が彼女をけしかけている。自分たちの兄の後釜に収まり、その金に手を出そうとしたわたしを、彼らは決して許そうとはしないんだ。もしものときには、自分たちがその金を受け取るべきだと彼らは思っている——そのことで、連中を責めたりはできないがね。もう一方では、あのリンドフィールドという女が、同じゲームをけしかけている。我々と彼女のあいだの溝がより深くなるように、常に小さなトラブルを引き起こそうとしているんだ。連中の試みは、ほぼ成功を収めているようだな。彼女が遺言書を書き換えたらどうしようなんて、悠長に心配している場合じゃなくなってきたんだ。お前は間違いなく切り捨てられる。わたしも、遺産の受取人から抹消される。当初の約束にもかかわらず、彼女は何の迷いもなくそうするだろう。そういう女だというのは十分にわかっている。そして、もし、彼女が死んでしまったら、わたしたちの〝安定〟はどうなる？　これまでのあいだ、その安定を守るために、わたしは相当な努力をしてきた。それが今、崩れ落ちそうになるなら……」

思っていた以上のことをうっかり漏らしてしまったかのように、キャッスルフォードは不意に言葉を止めた。さらに声を潜めて話を再開したのは、ややしばらく経ってからのことだ。

「現状はこんな具合なんだ。彼女は弁護士に手紙を書いて、今朝、遺言書を自分の元に取り戻した。朝食用のテーブルに手紙が置いてあったのを見たよ。今夜、グレンケイプル兄弟が夕食にやってきた。二つの事実を繋ぎ合わせるのは簡単なことだ。彼らは今、その件について話し合っているんだろう。たぶん、応接間で。わたしにいったい、何ができる？　何もできはしないさ！　彼女にはわたしなど必要ないし、わたしは彼女に対して何の支配力もない——これっぽっちも。もし、彼女が遺言書を書き換えて、来週にでも死んでしまったら、グレンケイプル兄弟は何の躊躇もなしに、わたしたちをキャロン・ヒルから放り出すだろう」

ヒラリーが、若々しくきりっとした顔を父親に向けた。そこには、キャッスルフォードがこれまで見たこともないような表情が浮かんでいた。それが何であるのか、説明はできない。それでも、今回の打ち明け話のおかげで、娘の気持ちがずっと自分に近づいたのは感じられた。率直に話してよかったと彼は思った。

「自分の力で生活できないというのは忌々しいことだな」その声の苦々しさに、ヒラリーは反射的に身を震わせた。

「あまり心配し過ぎないで」声を詰まらせながら、そう答える。「お父さんの心配はよくわかるわ。でも、どこかに抜け道があるかもしれないし」

キャッスルフォードは、うっかり忘れていたことを不意に思い出したようだ。

「あの持参人払い債券は自分の手元に置いておいたほうがいいな」突然、そんなことを言い出した。「この部屋の金庫に入れてあるんだ。彼女の宝石やら何やらと一緒に。銀行に預けておいたほうが安全かもしれない。何かあったときに、彼女の財産と間違えられる危険性が少ないから。わたしたちの財産は、あれがすべてなんだよ」

パイプの火は消えていた。キャッスルフォードは立ち上がって、パイプの灰を灰皿に打ちつけた。父親が椅子に落ち着いたのを見届けて、ヒラリーがまた縫物を手に取る。キャッスルフォードはしばし、自分の物思いに捕らわれて、ぼんやりと前を見つめていた。これだけ胸を割って話しても、まだヒラリーに話せないでいることが一つある。とても、自分の娘に話せるようなことではなかった。妻とディック・スティーヴニッジに関する、あの忌々しい手紙。そのことを思い出して、キャッスルフォードはパイプの端を噛んだ。今日の午後、届いた手紙だった。その中の心ない言葉が記憶に焼きついていた。事実なのかもしれない。静かな表情を保ちながらも、単なる可能性に過ぎないことに対して、彼は怒りを燃えたぎらせていた。それが、最後のひと押しになるかもしれない。しかし、まだこの段階で、どんな行動が取れると言うのか？　こんな危うい立場では、たった一つの間違いでも、自分ばかりかヒラリーまで巻き込みかねない破滅を招いてしまうことになる。

第三章　第二陣営

「撃っちゃうぞ、ウィニー伯母さん。ほら！」

フランキーは新しいおもちゃを肩に担ぐと、応接間の向こうから慎重に狙いを定めた。

「下ろしなさい！」自分に向けられた銃口を見て、ウィニフレッドはピリピリとした声で怒鳴った。

「そんなものはすぐに下ろしなさい、いい子だから。弾が入っていたら発射してしまうかもしれないじゃない。事故っていうのは、いつだってそんなふうに起こるものなのよ。つい最近も、そんな事故を〈デイリー・スケッチ（イギリスのタブロイド新聞）〉で見たわ」

フランキーは膨れっ面で鳥撃ちライフルを下ろした。

「弾なんて入っていないわよ」コニー・リンドフィールドが冷めた声で女主人に声をかける。「部屋に持ち込む前に調べておいたから」

「それ見ろ！」単純な子供が追いかけるように呟く。

ただし、そんな言葉が伯母の耳に入らないよう、十分に気をつけて声を潜めていた。伯母を怒らせてはならない。それは、父親からはっきりと言い渡されていたことだ。リンドフィールド嬢の耳には入ったかもしれない。しかし、そうだとしても、彼女は何の素振りも見せなかった。フランキーから見れば、リンドフィールド嬢は〝信頼できる相棒〟だった。決して自分を裏切らない。何度嘘をついても騙されてくれて、励ますような笑みを浮かべながら聞いてくれる。欲しくてたまらないものを、彼女なら買ってくれるかもと思わせてくれることもあった。それに、もし、彼女が自分の行動を押し止めることがあっても——そんなことはめったにないのだが——共謀者のような態度で注意してくれた。怒りで目を吊り上げて厳しく叱りつけるヒリーとは、まったく違うタイプの人間だ。子猫の一件は、ヒラリー同様、フランキーの心にも、まだ苦々しい思いを残していた。

ウィニフレッド・キャッスルフォードはすでに、鳥撃ちライフルのことは忘れていた。ぱらぱらとめくっていたファッション雑誌に関心を戻している。印刷された文字をじっくり読み込むことは、彼女の集中力をはるかに超える作業なので、いつもぱらぱらとめくるだけだ。

「スカートの丈が長くなってきているのね、コニー」雑誌から目を上げることもなく、彼女は言った。

「いい傾向だと思う?」

「たぶん」

実際のところ、リンドフィールド嬢はそれがいい傾向だとは思っていなかった。ゴルフシューズによく映えるすらりとした脚と足首の持ち主だ。短いスカートはその長所を際立たせてくれる。もし、丈の長いスカートが流行《はや》ることになれば、否定しようのない彼女の長所が男たちの好色な目から隠されてしまう。彼女はそんな変化など望んでいなかった。しかし、自分の意見をそのまま口に出してしまうほど、機転の利かない人間でもない。ウィニフレッドの足首もそれなりに細かったが、その上のふくらはぎが酪農婦のように逞しかったのだ。スカート丈が少しでも長くなることは、彼女にとっては大きな違いになるだろう。

「いい傾向よね。本当にそう思うわ、コニー」キャッスルフォード夫人は続けた。「わたしたちが長めのスカートをはくようになれば、仕事をしている女性たちはこちらの真似ができなくなるもの。大きな変化を生むことになるわ。彼女たちはバスに飛び乗ったり、地下鉄に身体をねじ込んだりしなければならないんだから、どうしたって短めのスカートのほうがいいわよね。長めのスカートが、わたしたちと彼女たちとの階級の違いを色分けしてくれる。今では何の区別もないもの。本当にいい傾向だと思うわ、そうでしょう？」

リンドフィールド嬢としては、別段、賛成でも反対でもなかった。

「違いは出てくるでしょうね」自分の意見に賛成してもらえたとウィニフレッドが信じるような口調で、彼女は答えた。

「男性陣はずいぶんコーヒーに時間をかけているのね」ファッション誌を脇に押しのけ、キャッスルフォード夫人は不平を漏らした。「フィルがうんざりしていなければいいんだけれど。本当に」

そして、突然怒りを爆発させる。

「そんなふうに銃をカチカチいわせるのはやめてちょうだい、フランキー。苛々するわ、まったく」

室内の装飾品を目がけて手当たり次第に空《から》の銃を撃ちまくっていたフランキーは、しょんぼりと銃を下ろした。自分には、周りの大人を怒らせずに何かをするということができないのだろうか？　そんなことは絶対に無理なのかもしれない。フランキーは腹立たしく思いながらも、落ち着かない気持ちのままおとなしくした。手持ち無沙汰だったリンドフィールド嬢が銃を手に取り、さして興味もなさそうな顔でそのおもちゃを調べ始める。

ドアがあき、グレンケイプル兄弟が順番に入ってきた。他人が二人の顔を見れば、彼らがそれぞれの片親に偏って似ているのだと思うだろう。それほど、二人のあいだには類似点がない。最初に入ってきたのはケニスだった。ずんぐりとした頭に、丸い顔と丸い目。部屋を横切る短い脚が、わずかにふらついている。赤い顔としわくちゃになったシャツの胸から、ディナーでいささか飲み過ぎたことが窺われる。弟とは違って凡庸な印象だ。ローレンスはもっと長身で、細長い顔にいつも厳めしい表情を浮かべていた。しかし、患者の病状が要求するときには、いかにも心配げな顔を装うこともできる。世間の評判では、物静かで自信に満ち、治療においては機転の利く、まっとうな医者。彼自身は外科手術などしないが、外科医の持つ手際のよさを備えていた。

ケニスがよたよたと部屋を横切り、暖炉前の敷物の上にある椅子に陣取った。火の入っていない炉を背に、だらしなく脚を広げている。ローレンスは後ろ手にドアを閉めると、部屋の中に散らばる椅子を眺め回した。気に入った椅子に落ち着くと、物憂げに尋ねる。

「ヒリーはどうした？」

「どこかに引っ込んだんだと思うわ。何か、しなければならないことでもあるんでしょう。手紙を書くとか。そんなこと、わたしにはわからないわよ。あの娘《こ》に用なんてないでしょう、ローレンス？」

不満げな様子をかすかに滲ませて、ウィニフレッドは答えた。

「ないですよ。ちょっと気になっただけで」

「フィルはどうしたの？」キャッスルフォード夫人が尋ねる。

「どこかに引っ込んだんでしょうね」相手の返事をわずかに真似て、ローレンスは答えた。もっとも、夫人が気づかないように、言葉の調子はちゃんと変えていた。

ケニスが暖炉前の敷物の上から、屋敷の主人の不在をまんざらでもなく思っていることを示すように鼻を鳴らした。そして、今更思いついたかのように、快活な声を上げる。

「いなくたっていいだろう？　人が聞きたいと思うような話は何一つできない男なんだから。いないほうがいいんじゃないのか？」

賛同を求めるかのように、ケニスは丸い目を人々の顔から顔へと巡らせた。

「今夜は、奴にもしゃべらせてやろうとしたんだ」ぶつぶつと言い訳を始める。「無駄だったね。ああいう芸術家の排他的なこととときたら、まったく。キルヒナー（ドイツの画家。一八八〇―一九三八）とかいう画家の絵をどう思うか水を向けてやったのに。お前も覚えているだろう、ローレンス？　あの、かわいい女たちの絵さ。確か、戦時中、『ラ・ヴィ・パリジェンヌ』に掲載されていたんじゃなかったっけ（キルヒナーによって この雑誌に掲載された女性像は〝キルヒナー・ガール〟と呼ばれた）？　奴は思い出しもしなかったみたいだな。そんな話を向けてみても、蜘蛛みたいに黙り込んじまって」

ウィニフレッドが耳障りな忍び笑いを上げた。リンドフィールド嬢は真っ白な歯を見せて、その通りだという笑みを浮かべている。ローレンスも笑い声を上げげたが、兄の発言よりも何か別のことを面白がっているようだ。フランキーは大笑いをしている。苛めにかかったときの蜘蛛がどんな行動に出るか、彼にはよくわかっていたからだ。そこが、父親のジョークのポイントなのだと彼は思っていた。

ケニスは無意識に、ねじれていたネクタイを直した。視線を弟に向ける。

「今夜はディナーに遅れるところだったじゃないか、ラリー。どうしたんだ？　お前らしくもない」

ローレンスは煙草ケースを取り出し、女性二人に許可を求める視線を向けてから一本引き抜いた。

「ここに来る途中で寄らなきゃならないところがあったんだ――ヘックフォードだよ。思ったよりも長く引き留められたんだ」

ヘックフォードの病気は有名だった。薬物中毒患者なのだ。皮下注射を求めて、医者の家の玄関先で恥ずべき発作を起こしては警察沙汰になっていた。ローレンスの元で治療を受けることを条件に、釈放されていたのだ。

「ヘックフォードだって？　ふん！」ケニスの口ぶりには、健全な人間が弱い人間に向ける嘲りが込められていた。「あの、ろくでなしが。まったく役に立たん。あんな男に関わっていても、一銭にもならないぞ、ラリー。与える薬を少しずつ減らしていくってか？　完全に手を切ってしまうことだな――すっぱりと！――そのほうがいい」

ローレンスはゆっくりと煙草に火をつけてから答えた。

「それは、そうした患者を完全な監視下に置いて初めてうまくいく方法なんですよ。わたしとしては、そういう状況になっても確信は持てませんが」

そして、燃え尽きたマッチを器用に炉格子の中に投げ入れた。

「ああいう薬物患者というのは面白い生き物ですよ」ローレンスは一般的な話でもするように先を続けた。「決まった症状がしばしば現れるんです。知り合いにもその薬物を広めようとする。他人を同じ状況に引き入れたがるようですね。『ちょっと試してみろよ！』みたいに。もちろん、そんな薬に関して、連中を信用することなどできません。ちゃんと一回分ずつ服用するなんていう言葉を信じて三日分の薬を渡そうものなら、こちらが背を向けた途端に全部呑んでしまうでしょう。一日分の薬を渡すときにも、警戒を怠ってはならない。隙あらば、薬を求めてこちらのポケットを漁ろうとするんですから。まったく、今夜だって、薬を鞄に戻そうとすると……」

ローレンスは不意に、あまりにも具体的な話をしていることに気づいて、口をつぐんだ。

リンドフィールド嬢は義理で耳を傾けていたが、ウィニフレッドは明らかに一言も聞いていなかった。じりじりと義弟の話が終わるのを待っていたようで、ここぞとばかりに口を挟む。

「コニー！」

リンドフィールド嬢が顔を向ける。

「大変、コニー！　忘れていたことがあるわ。何てバカなんでしょう！　病院に花を持っていくのって、今日じゃなかった？　何かすることがあると思っていたんだけど、思い出せなかったのよ。本当に癪に障るったらないわ。そうじゃない、コニー？」

ウィニフレッドにとっては、約束を思い出すのが至難の業だったのだ。確かに、予定表は持っている。しかし、その予定表を頼りにしながら、そこに予定を書き込むのを忘れてしまうのではどうにもならない。コンスタンス・リンドフィールドは、サニーサイド病院への訪問をウィニフレッドに思い出させなかったことは自分に非があると密かに感じていた。ウィニフレッドは、患者たちのことを思いやっているわけではない。ただ、バウンティフル夫人（ジョージ・ファーカー著『だて男の策略』に登場する金持ちの慈善家）のように振る舞い、週に一度、キャロン・ヒルの庭で摘んだ花を抱えて車で出かけるのが好きなだけだ。

リンドフィールド嬢は、ウィニフレッドが大っぴらに自分を責め出す前に、急いで事態の立て直しを図ろうとした。

「明日でもいいんじゃない？」落ち着いた声で提案する。「午前中は特に用事もないでしょう？　ヒリーが車で連れていってくれるわよ」

「そうね」ウィニフレッドは仕方なく承諾した。「そうするしかないわね。ヒリーに言ってきてくれる、コニー？　十一時半には車の準備をしておいてほしいって。必ずそうしてって、きつく言っておいてね。待たされるのは嫌だから」

リンドフィールド嬢はすぐさま立ち上がって部屋を出た。何も答えず、愛想のいい頷きだけを返して。戻ってくるころには、ウィニフレッドも別のことを話していて、危うかった不平の種も忘れているだろう。口を閉じているときさえわきまえていれば、こんなことはいつだって簡単だ。

　リンドフィールドの背後でドアが閉まる直前、フランキーがあとを追うように立ち上がり、こっそりと部屋を抜け出した。その瞬間、ケニスが問いかけるような視線を弟に向けた。ローレンスは異を唱えるように眉をわずかに上げ、用意してきた話題を持ち出すにはまだ早いとケニスを押し止めた。

「ヒリーはいい娘《こ》になったな」ローレンスが感慨深そうに漏らす。

　そう言いながら肘掛椅子に深く身を沈めた彼は、煙草の灰を落とさぬよう気を取られているように見えた。その義弟が、かすかに細めた目で自分を注意深く観察していることに、ウィニフレッドは気づかなかった。いかにもさりげない口調だったが、実は巧妙に計算された言葉だったのだ。

「大きくなってきれいになった」今、気づいたというふうにケニスが相槌を打つ。「美しさが花咲く速さときたら、驚くばかりだな。ついこのあいだまでは、ほんの子供みたいだったのに。今が売り出し時というわけだ。おや、おや！　求婚者はいるのかい、ウィニー？　あの娘《こ》を追いかけて、この屋敷の周りをうろついている男は？」

　この話題は、明らかにウィニフレッドのお気には召さなかったようだ。

「冗談はやめてちょうだい、ケニー」肩をすくめながら、夫人はたしなめるように言った。「まだ、ほんの二十歳なんだから」

「二十歳《トウェンティ》だって？　『恋《カム》人よ《アンド》、今《キスミー》すぐ甘《スウィート》い口《アンド》づけを《トウェンティ》』シェイクスピア、シェイクスピアが何を言いたかったのかなんて、説明しないでくれ。もう何十人も、そんな男を引き連れていないほうが驚きだ。

若くて、ぴちぴちしたのを、たぶん、こっそりと。でも、大概はそんなものさ。そのうち、あんたにもわかるよ、ウィニー」

物知り顔もあからさまにケニスは一人で頷いた。

「まあ、確かに、彼女が早く結婚してくれれば、それに越したことはないけど」ウィニフレッドの返事はかなりむっとした感じだ。

ローレンスが煙草から目を上げ、兄に無言の警告を送る。

〝もう、いい。これ以上続けたら、何もかも台無しだ〟

ケニスの役目は、ウィニフレッドに血の繋がらない娘のことを思い出させるだけで十分だったのだ。最後の数語が、決して鎮火することのない嫉妬の炎を燃え上がらせていた。これ以上、あれこれ言う必要はない。もし、そんなことをすれば、却って反感を募らせてしまうだろう。二人の心理状態を計るローレンスとしては、今のところこれで十分だった。

ケニスが新たな話題を探しているところに、息子がリンドフィールド嬢と一緒に戻ってきた。フランキーは段ボール箱を抱えている。

「ねえ、お父さん、今日、屋根裏部屋でこれを見つけたんだ。コニー叔母さんがお父さんに見せたほうがいいって。お父さんに訊いてみるまで、触っちゃいけないって言われたんだ」

ケニスは箱を受け取り、テーブルの上に置くと目を見開いた。死んだ兄の古い自動拳銃が二挺、数箱の弾丸と一緒に入っていたのだ。

「ロニーの古い銃じゃないか！」ケニスは驚いて声を上げた。「これは、これは！　懐かしいな、なあ、ラリー？　戦争が始まったとき、兄さんがどれだけ怯えていたか、覚えているだろう？　革命、飢え、略奪、何が起こるかわかったものじゃない！　それで、兄さんは用心のためにこんなものを買い込んだんだ。心配性だったんだよな、かわいそうなロニー！　いつも、そうだったんだ」

ケニスは銃を取り上げると、感傷的な面持ちで眺め回した。

「A32のようだな」ぼそりと呟く。

リンドフィールド嬢が近づいてきて、もう一挺の銃を取り上げげた。長いあいだに積もりに積もった埃を気にした用心深い手つきで。

「わたしにも見せてくれよ、ケニー」銃を箱に戻した兄にローレンスが声をかけた。

ケニスがその銃をフランキーに手渡す。フランキーは渋々、それを叔父のもとに持っていった。コニー・リンドフィールドは、まだまじまじともう一挺の銃を眺めていた。

「まだ撃てるのかどうか、まったくわからないわね」しばし考え込んだあとで彼女は口を開いた。

「弾を込めるには、どうやって弾倉をあけるの？」

「見せてあげるよ」ローレンスが言う。

リンドフィールド嬢は彼の椅子に近づき、銃尾部分を器用に操作するローレンスの手元を見つめた。

「わかった――こんな感じ？」

彼女は自分が持っている銃で同じ操作を繰り返した。

「ねえ！　ぼくにもやらせてよ、コニー叔母さん」フランキーが割って入り、彼女の手から銃を取り上げた。

砲身のカバーを一、二度音を立てて戻し、壁の絵に狙いを定めて引き金を引く。

「弾を入れたらだめかな、お父さん？」

ウィニフレッドは心配そうな目でその様子を見ていた。

「フランキー！　この部屋で弾を入れるなんて許さないわよ。弾なんて入れさせないいんだから。わかった？」

「はい、わかかかりました！」フランキーは無作法にも聞こえそうな返事を返した。

父親が銃に手を差し出すことで、その場の緊張を回避した。ケニスはさらに銃を調べるふりをしてから、何事もなかったかのように箱に戻した。ローレンスからリンドフィールドへ渡された銃もケニスの手へと戻り、もう一挺の銃とともにしまわれた。フランキーは物欲しそうな目でそれを見つめていた。

「それ、ぼくにくれない、お父さん？　伯母さんがだめだって言うなら、家の中では絶対に使わないから」交換条件のようにフランキーは言い足した。

ケニスは決然と首を振った。

「だめだ。お前のためにならない。危ないからな」

「でも、お父さん……」

「お父さんの言ったことが聞こえたでしょう？」ウィニフレッドが口を挟む。「ここでそんな物騒なものは使えないのよ。あなたはきっと誰かを撃ってしまうわ、フランキー」

打ちのめされたフランキーは、不満げに口答えをしようとしたが、父親の意味ありげな視線に気づいた。

「うん、わかったよ、伯母さん。もし、伯母さんが嫌なら」

リンドフィールド嬢は明らかにフランキーの落胆に同情したらしい。子供の気を逸らせるような提案を持ち出してきた。

「あなたの鳥撃ちライフルの性能を見てみたいわ、フランキー。まだ撃ってないんでしょう？　昔の馬具置き場で試してみましょうよ。壁に的を作って。あそこなら安全だもの」ウィニフレッドのためにもつけ加える。「何の害もないと思うわ」

コニー・リンドフィールドの提案は、フランキーのためだけではなかった。グレンケイプル兄弟はウィニフレッドと内密な話をしたがっている。そんな雰囲気を抜け目なく感じ取っていたのだ。〝夕食後に話し合うことがある〟とローレンスがほのめかしていたし、その話題が何なのか、想像することも難しくなかった。今や、グレンケイプル兄弟の影響力は絶大で、コニー・リンドフィールドとしても二人とはうまくやっていきたいと思っていたのだ。この重大時にフランキーと一緒に席を外せば、かなりの高得点を稼げるだろう。

触ることを禁じられたテーブルの上の二挺の拳銃に、いまだ未練たっぷりの視線を向けながらも、フランキーは彼女の提案に飛びついた。鳥撃ちライフルを取り上げ、リンドフィールド嬢のあとについて部屋を出ていく。二人の背後でドアが閉まるとすぐに、ケニスは無意識に自分のネクタイを直し、椅子の上でぴんと背筋を伸ばした。そして、重要な問題を議論する前にはいつもそうするように、小さく息を吐き出した。

「さてと、これでしばらくはあの二人から解放されるな。邪魔をされることはないだろう。静かに問題を話し合える。そうだろう？　では！　弁護士には連絡を入れたのかな？」

商売人たちと対峙するに当たって、ウィニフレッドは二つの見せかけの態度を検討していた。一つは、自分が何もできないことを示し、世にも簡単な問題をてきぱきと処理する彼らの能力を尊敬しているふうを装って二人におもねること。もう一つは、何事もきちんとしておきたい点で意見が一致する人間のふりをすること。今回の場合、彼女は二つめの態度を装うことにした。

「昨日、ワドハーストさんに電話したわ」ウィニフレッドは答えた。「伝えるように言われたことを、そのまま言っておいたけど。自分の遺言について考えが変わったって。すっかり書き換えるつもりだから、どんな内容だったかを確認するために、こちらに郵送してほしいって言っておいたわ。どんなふうに変えるのかは、まだ正確には決めていない。主要な部分を書き換えることになるだろう。でも、少額の遺産については、そのままになりそうだ。だから、中身を確認したい。それが、書類を手元に用意したい理由だって。気持ちが決まったら連絡をする。彼が新しい遺言書を作れるように、直接会うことにするか、下書きを郵送するって。それでよかった？」

「それでいい」ケニスは丸い頭で頷いた。「遺言書はここにあるのかな？　一緒に見てみよう。たぶん、わたしたちが一緒に見たほうが、よくわかるだろうから」

「そこの机の右側の引き出しの中よ」ウィニフレッドは指さした。「取ってもらえる、ケニー？」

ケニスはよろよろと部屋を横切り、引き出しの中をしばし探して分厚い書類を取り出した。暖炉前の椅子に戻りながらその書類を広げ、ぶつぶつと注釈を加えながら各条項に目を走らせている。

「ふむ！　『キャロン・ヒル在住のわたくし、ウィニフレッド・リンドフィールドことキャッスルフォード、フィリップ・キャッスルフォードの妻は』云々。受託者、フィリップ・キャッスルフォード、老ウィンガム――すでに死亡――、二十一歳になった時点での娘ヒリー。大変、結構！　ふむ！　さて、ここからが本題だ。『第一、わたくし個人の正当かつ法的な負債の支払い、病床代、葬儀費用……』云々。このおれに五千ポンド――これは有難い！　ラリーにも五千ポンド。ドリス・リンドフィールドことセルドンに数百ポンド。ここは削除だな。彼女はもう死んでいるんだから。コニーに五千ポンド。まあ、これもよしとしよう。彼女には数点の宝石類も与える。そのほかの人々には百もくは二百ポンドずつ。そして――」次の条項に、ケニスはかすかに声を詰まらせた。「『残りの財産は、夫フィリップ・キャッスルフォードに。夫がわたくしよりも早く亡くなった場合は、彼の娘、ヒラリー・キャッスルフォードに遺すものとする』」

頭の中での計算に没頭し、ケニスはしばし黙り込んだ。

「ええと。ロニーはあんたに四万六千ポンド以上の金を遺したんだったよな。確か、そのくらいだったはずだ。そこから相続税が差し引かれたんだろうが。つまり――」

「相続税は十四パーセントだったたはずだよ」兄が苦心しているのを見て、ローレンスが口を挟んだ。

「十四パーセント？　よかろう。約七分の一を差し引いて、およそ六千五百ポンドが国庫に入ったというわけだ。つまり、四万ポンドほどの金があんたの手に残ったというわけだな、ウィニー。さて、そうなると――ラリー、コニー、おれに五千ポンドずつ、これで一万五千ポンド。相続税やら何やらで約六千ポンド――実際にはそんなにかからないだろうが。ということは、フィル先生のところに行く金が二万ポンドくらいということか。ちょっと多過ぎないか」

ケニスはそこで口をつぐみ、弟に視線を向けた。場を牛耳る順番がローレンスに回ってきたというわけだ。ウィニフレッドは、兄弟のうちでもローレンスのほうを好いていた。何と言っても彼は独身なのだ。ウィニフレッドは独身男のほうを好む。世間の人々も、彼女とローレンスのことであれば、あれこれ想像を膨らませることができるだろう。しかし、中年の手強い女房持ちのケニスが相手となれば、ロマンチックな状況を想像できる人間はいない。

ローレンスは椅子の上で背筋を伸ばし、気さくな様子で身を乗り出した。

「わたしはこんなふうに考えているんですよ、ウィニー」第三者的なアドバスでもするような調子で、彼は話し始めた。「この件に関して、ケニーもわたしも、どうこう言うつもりはまったくありません。あなたはわたしたちよりもお若いですし、インシュリン療法でわたしがあなたの病気を抑え込んだ以上、あなたがわたしたちよりも長生きすることは間違いないでしょうから」

自分の言葉が相手に十分滲み込むよう、ローレンスは密かに間を置いた。ウィニフレッドは死の恐怖に怯えていた。自分の死が頭を過《よぎ》ることにも耐えられないほどだ。糖尿病が発覚したときには、墓穴の縁に立つ自分の姿を想像したくらいだった。ローレンスの言葉は——注意深く計算された通り——彼の医者としての技量が自分を回復させたこと、すぐ身近にあった病の恐怖を遠ざけてくれたことをウィニフレッドに思い出させた。この医者には、どれほど感謝しても足りないくらいなのだと。

「でも、わたしたちが死んでしまったとしても」と彼は続けた。「まだ若いフランキーがいるんです。あの子のことは、あなたもお好きでしょう。あの子の父親もわたしも、彼に多くを遺してやれそうにはありません。でも、ロニーはあの子の伯父なんです。ロニーの金がヒリーに行ってしまって、フランキーが無一文同然で放り出されるのは、ちょっとおかしくないですか？」

自分が放った最後の言葉の効果を測るのに、ローレンスが義姉の顔をまじまじと観察する必要はなかった。常に潜んでいる嫉妬心は、即座に反応して頭をもたげたようだ。件《くだん》の遺言書が作成されたとき、ヒラリーはまだほんの子供だった。たとえ意識していなくても、彼女はもはやライバルなのだ。あの娘《こ》に金を遺すですって？　その可能性を悟ったウィニフレッドに遺言書を書き換えさせるのに、拍車をかける必要はない。単に、ヒラリーを締め出すためだけにでも、即座に書き換えるだろう。そして、確実にそうできるよう望む熱意から、ウィニフレッドは兄弟が提示するどんな指示にでも容易に従うはずだ。

「もちろん」ローレンスが呑気を装って続ける。「単に体裁上のためだけですよ。新しい書類にケニーとわたしの名前を入れたほうがいいのは。わたし自身は、全財産をフランキーに遺すようにしています。もちろん、ケニーも」

「当然のことだな」弟の言葉を確認するように、ケニスが突然、口を挟んだ。

「ですから、あなたがわたしたちの名前を明記したとしても、何の問題もないんですよ」ローレンスが畳みかける。「あなたの遺言書が読み上げられるとき、わたしたちはもう、この世にはいないかもしれない。でも、自分の名前がそこに含まれていると思いたいですね。兄さんもそうだろう?」

「同感だね。言葉の問題、違うかい? 単なる体裁のためさ。いずれにしろ、おれたちはいい友人同士だ。そうだろう、ウィニー?」

ウィニフレッドは半分も聞いていなかった。自分には何の損もなく、ヒラリーに打撃を与えることができるかもしれない。気持ちの大部分が、そんな悪意のある喜びに占領されていたのだ。何て間が抜けていたのだろう。この遺言書を作ったとき、ほかのことに気を取られていて、細かい部分には少しも注意を払っていなかった。そして今夜、ローレンスが遠慮なく指摘してくれるまで、遺言書の内容をそのまま遂行しようとしていたほど、自分は愚かだったのだ。自分の立ち位置がわかった今、彼女は自分の金がそんな方向に流れてしまわないよう、うまく処理するつもりでいた。自分より長生きしたヒラリーが、まだ若くて美しく、裕福に暮らしている様子が目の前に浮かぶ。そんなことは絶対に許さない!

「ええ、ええ」半分だけ耳に入ったケニスの言葉に、ウィニフレッドは心ここにあらずといった様子で答えた。「もちろんよ、ケニー。あなたの言う通りだわ。本当に」

ローレンスはすぐさま追い討ちをかけた。今の気分なら、ウィニフレッドは何にでも同意するはずだ。一度文書になってしまえば、悶着を避けるためだけに、彼女はそれに固執する。彼はノートブックを取り出すと膝の上に置き、いくつかの項目を急いで書き留めた。

「その遺言書を貸してくれるかな、ケニー。ありがとう。さあ、こんな具合でどうでしょう？　わたしが要点を書き留めておきます。ワドハーストにあとから法律的な文書に書き換えてもらいましょう」

ウィニフレッドはぼんやりと頷いた。

「じゃあ、まず第一」ローレンスは続けた。「『正当かつ法的な負債』云々。まあ、ここは無難なところだな。第二……ええと」ローレンスが遺言書を読み込む。「ケニーとわたしへの遺贈はあとにもってこよう。だから、ここでは省略。異母妹のドリスも同様に省略。次はコニーだな。コニーについてはどうだろう？」

「その遺言書でのコニーへの遺贈は五千ポンドだよ」ケニスが口を挟んだ。

「そんなことはわかっている」ローレンスの返事には、かなりの苛立ちが混じっていた。「でも、彼女に五千ポンドというのは十分だと思いますか、ウィニー？　わたしたちと血の繋がりはないが、あなたにとっては異母妹ですよ。血縁というものは重要視されるべきです。わたしだったら、コニーにはもっと与えてあげたいところですね。七千五百ポンド。それでどうです？」

ケニスは異を唱えようと口を開きかけたが、ローレンスが眉をひそめたのを見て、慌てて言葉を呑み込んだ。ケニスには――いずれ自分たちの出費となる――この寛大さの意味がわからなかった。それでも、二人のうちの策士は常にローレンスだ。首謀者が引いたラインに盲目的に従うことに、ケニスは慣れ切っていた。

「そうね。コニーにはそれだけ渡しましょう。わたしも、彼女ならそのくらい受け取ってもいいと思うわ。本当に」ウィニフレッドはあたふたと同意した。

「それから、宝石類は?」ローレンスは先を続けた。「ひょっとしたら、ヒリーにもいくらか分けたいと思っているんじゃないですか?」

「まさか! そんなことはしたくないわ。あの娘《こ》には一つも譲らない。わたしの宝石類はすべてコニーへって書いておいて。その遺言書に書いてあるものだけじゃなくて。それを書いてからも、ずいぶんいろんなものを買い込んだのよ。全部、コニーに譲るわ。その点は、はっきり書いておいてね、ラリー」

「それなら、それで結構。では次に、いくつかの少額の遺贈。これは、このままでいいんじゃないでしょうか? よろしいですか? では、これで終わり。さて、次はフィルに関する項目。ふむ! 昨今、男なら自分で自分の面倒くらい見るべきじゃないでしょうかね。フィルには数千ポンドっていうところではないですか? それでどうです? フィルの死後は、そこからヒリーに年百ポンドずつ渡せるでしょう。そうしませんか?」

あの成り上がり者に年百ポンドですって! ウィニフレッドは俄然抗議したい衝動に駆られた。

「あの娘《こ》に年百ポンドなんて多過ぎると思うわ、ラリー。あの年齢なら、とっくに自分の生計くらい自分で立てられるはずだもの。あの娘《こ》はわたしの血縁でも何でもないのよ。わたしには何の要求もできないはずだわ、これっぽっちも。コニーとはわけが違うのよ」

ローレンスの顔は、作戦成功の喜びをみごとに押し隠していた。キャッスルフォードという暗礁を実にうまく迂回したのだ。

「何も遺さないというのは、卑しく見えてしまうかもしれませんね」確たる口調で指摘する。「公正でありたいとは思いませんか？　十分に公正な金額だと思いますけどね——公正でありつつ、寛大でもある。この点であなたが何もしなければ、物議をかもすことになるかもしれませんよ。ロニーとの思い出のことを考えれば、そんな類《たぐい》の物議は避けたいところですが。そうだろう、ケニー？」

「ああ、まったくもってその通りだ」ケニスは不機嫌そうな顔で同意した。

不意に、彼独特のユーモアセンスから冗談が飛び出した。

「お前自身も、いつだってあの娘と結婚できるわけだしな、ローレンス。それで、みんなが家族っていうわけだ？　は、はっ！　いい考えじゃないか？」

ローレンスは眉をひそめて、ケニスを睨みつけた。

「いつか、ヴィクトリア女王のような気分になったらね（子供たちをヨーロッパの各国元首と結婚させ、血縁政策を勧めた英国女王）、ケニス。『朕はおもしろくないぞよ（ヴィクトリア女王が言ったとされる科白）』もし、結婚を考えるなら、ヒリーより十か十五は年上の女性を選ぶことにするよ——人生経験の豊富な」

この言葉に、ウィニーは思わず頷いた。ローレンスには眼識がある。彼女は密かにそう思った。自分と同年代の女に比べて、頭が空っぽな若い女たちにどれほどの魅力があるのか、この男には見抜く力があるのだ。

ケニスは、一度はあけた口を慌てて閉じた。「コニーみたいにかい？」そう言おうとしたのだが、余計な名前は出すなと弟の顔が警告していた。

「これでだいたい全部だな」ローレンスは遺贈の問題に戻って言った。「財産の残余部分については、こういう調整であなたの意向と合致するものと考えます――ケニーとわたしが終身の不動産受益者。二人のあいだで均等に分割。わたしたちの死後は、その大部分をフランキーが受け継ぐ。つまり、最終的には彼のものになるということ。そのため、文言上の必要から、ケニーとわたしの名前が遺言書に記載される必要がある。遺言執行人――コニー、ケニー、そして、わたし。ケニーとわたしが先に死んだ場合、銀行もしくは公認受託者が加わる。これがあなたの希望ということでいいですか、ウィニー？」

「ええ、ええ、わたしの希望はその通りよ。それで、すべてうまくいくと思うわ、ローレンス。あれこれきっちりと整理してくれてありがとう。あなたもそれでいいでしょう、ケニー？」

ケニスは小賢しく頷いた。

「実にしっかりとした計らいをしてくれたと思うよ、ウィニー。あんたには優秀なビジネスマン並みの頭が備わっているんだな」

その言葉が、ウィニフレッドの頭にあることを呼び起こしたようだ。

「あら、今、思い出したわ」彼女は唐突に声を上げた。「このあいだ、ある会社から手紙が来ていたのよ。改築とか、そんなようなことなんだけど。あなたたちにも見てもらいたいの。二階にあるから、取ってくるわね」

ウィニフレッドは手紙を探しに出ていった。彼女が席を外したチャンスを、ケニスが逃すことはなかった。

「お前の考えていることはさっぱりわからん、ラリー。何だって、コニーに二千五百ポンドも余計にくれてやろうなんて思ったんだ？　あの女には五千ポンドで十分じゃないか。もちろん、お前の考えには従うよ。ちょっとばかり気に食わない部分があったとしても。年に百二十五ポンドも投げ捨てるなんて、まったく！」

ローレンスは軽蔑の笑みを押し隠しながら答えた。

「こんなふうに考えてみろよ、ケニー。思っていた以上に、事は簡単に運んだ。ウィニーがヒリーに嫉妬しているのは知っていたが、実際に引き出してみるまで、これほど根深いものだとは思っていなかった。今回は、さして苦労もせずにうまくいった。でも、わたしたちがこれほど簡単にやれることなら、後日、同じゲームを仕掛けてくる者が現れるかもしれない。わたしたちには何の利益もない方向でね。その場合、コニーを味方につけた者が得をする。あの女は、いつでも口を挟めるように抜かりなく準備を整えているんだ。彼女がキャッスルフォードの味方をするとは思えない。二人のあいだには何の愛着もないからな。それでも、彼の側につくほうが安全な立場ではある。わたしたちが彼女の面倒を見るつもりでいることを、コニーにわかってもらいたいんだよ。彼女は感謝なんかしないかもしれない――人に感謝をするような女でもないし――でも、どっちにつくのが正しい選択かは理解してくれると思うんだ。もし、今後何かあれば、こちらの手助けをしてくれるはずだよ」

ケニスはしばし真剣に考え込んでいた。

「そういうことなら」と素直に認める。「確かにコニーを取り込んでおく価値はあるな。文句をつけているのは、その額だよ。でも、まあ、お前の言うことが正しいんだろう。わかった。それで行こう」

「この状態が続く限り、フィル先生の立場を抑え込んでおくことができる」ローレンスは冷たく言い放った。「それに、年百ポンドの収入があれば、ヒリーも飢え死にすることはないだろう。それで、良心の咎めも感じないですむ」

「こっちがいくら心配してやっても、あの娘は飢え死にするさ」ケニスは事も無げに答えた。「おれたちが若かったころには、あの娘なんぞ影も形もなかったんだ。そもそも、おれたちの金なんだぞ。ロニーがこつこつと稼いだ金なんだ。おれだったら、あんな連中、きれいさっぱり追い出してやるのに」

「今日《こんにち》でも、世間の評判というのはそれなりの意味を持つものなんだよ」ローレンスが言い返す。「この遺言書が公表されたとき、不当な影響力が働いていたなんていう話はいっさい聞きたくないからね。年に百ポンドという条項が、かなりのゴシップを封じ込めてくれるはずだ」

「〝真の悪人〟はいない、っていうわけか？　恐れ入ったね」ケニスは呟いた。

ウィニフレッドが戻ってきたので、話はそこで打ち切りになった。書類がケニスに手渡される。彼女が取るべき行動について理解させるのに多少手間取ったのち、ケニスは自ら進んで、その案件については自分が調べ、片づけることを請け合った。

その一件が落ち着くまでには、フランキーとリンドフィールド嬢が間に合わせの射撃場から戻ってきた。

「一度で十発中六発を命中させたんだよ、お父さん」部屋に飛び込むなり、フランキーは大声で報告した。「そうだよね、コニー叔母さん？」

リンドフィールド嬢はフランキーの言葉を認めるには認めたが、如才ない彼女のことだ、弾を命中させた距離のことまでは言及しなかった。

「コニー叔母さんもやってみたんだよ。でも、あまり上手じゃなかった」フランキーは夢中でしゃべり続けている。「引き金を引くときに目をつぶっちゃうんだもん」

「二十ヤードの距離なら、干し草の山のほうがわたしには安全だわ」リンドフィールド嬢は素直に認めた。

フランキーは突然、まだ父親に話していなかったことを思い出したようだ。

「お父さん！　ぼく、花火を作ったんだよ。すごくかっこいいやつ。シュッと飛び出して、星のようにピカピカ光って、金色の雨みたいになって落ちてくるんだ。ベンガル花火さ。ぼくが寝る前に見てくれない？　ぼくが家《うち》に帰る前に、お父さんが夜、ここにいることはもうないでしょう？」

「花火だって？」父親は気乗りしない様子だ。「注意しないと頭を吹き飛ばしてしまうぞ。うっかりしていると、指の一本や二本だってなくなってしまう」

「本当にそうよね」リンドフィールド嬢が口を挟んだ。「わたしが手伝ったんだけど、注意だけは十分にしていたから」

「ああ、あんたが見てくれていたんなら、コニー」ケニスは譲歩した。「問題はない。自分の美貌を吹っ飛ばすようなリスクを、あんたが負うはずはないものな、そうだろう？　あんたが一緒なら安全だ」

「見て、お父さん！」ポケットから何かを引っ張り出しながら、フランキーが割って入った。「二人で作った導火線なんだ。煙草でこれに火をつけてみてよ、ラリー叔父さん。そしたら、これがどんなふうに燃えるか、わかるから」

「きっと、ひどく嫌な臭いがするんだろうな」叔父は答えた。「きみの言葉からすると、そう解釈したほうがいいみたいだ、フランキー」

「撚糸《よりいと》を硝酸カリウムに浸して乾かしただけだよ」叔父が無関心なのに少なからずがっかりした様子で、フランキーは説明した。

「だけど、花火の作り方の説明書や安っぽい材料なんかは、どこで手に入れたんだ？」ローレンスが尋ねる。

「コニー叔母さんが車で公立図書館に連れていってくれたんだ。そこで、花火についての本を探したんだよ。欲しかった作り方の部分は叔母さんがコピーしてくれたし、必要な材料は薬屋さんで買った。ねえ、お願い、お父さん。一緒に来て、花火に火をつけるのを見てよ。一緒に見てもらいたいんだよ、お父さん」

「家の前で、うるさく音を立てるものを発射させるなんて許しませんからね、フランキー」ウィニフレッドが命じた。「わたしの神経は今、バイオリンの弦みたいになっているの。どんな騒音にも耐えられないのよ」

フランキーが浮かべた反抗的な表情に気づいたリンドフィールド嬢は、慌てて口を挟んだ。

「花火の音は昼でも夜でも同じよね、フランキー。でも、きらきらした光とか、そういうきれいなところを披露できるのは夜だけだものね。音だけなら、お父さんが昼間来たときに聞かせてあげられるでしょ。色とりどりの光や星明りは、また別の機会にしない？」

フランキーは頑として譲らなかった。結局、ほんの数分だけ花火を披露してベッドに送り込まれ、大人たちは応接間に戻ることになった。

「呼び鈴を鳴らしてちょうだい、ケニー。一番近いところにいるんだから」ケニスが暖炉前のお気に入りの椅子に陣取ると、ウィニフレッドが声をかけた。「ウィスキーのソーダ割でいいのかしら？ラリーも？　わたしにはお茶を持ってきてもらうことにするわ」

「お茶の中毒患者みたいだな、ウィニー」ケニスが言う。「いったい、一日に何度、そんなものを飲んでいるんだ？」

「わたしはお茶が好きなのよ」ウィニーは質問のポイントを外して答えた。

「また同じことの繰り返しかい？」ケニスは食い下がった。「お茶をカップに注ぐ。ぬるくなるまで待つ。一気に喉に流し込む。そしてまた、冷ますために注ぐ？」

「熱いお茶は嫌いなのよ」ウィニフレッドが説明する。「喉が敏感なの。お茶に限らず、熱過ぎるものは飲みたくないのよ。だから、まず冷ましておく。それが、お茶を飲むときの用心深い方法だと思っているの」

ローレンスが忘れていたことを思い出した。

「あなたにインシュリンを持ってきたんですよ、ウィニー。最後の一箱がなくなりそうだと言っていたから。忘れるとまずいから、取ってきます。ホールに置いてきた鞄の中なんです」

ローレンスは立ち上がって部屋から出ていったが、すぐに真新しい小箱を手に戻ってきた。

「はい、これですよ」炉棚の上にその箱を置きながら言う。「今までと同じ薬です。ところで、皮下注射器なんかの殺菌はちゃんと続けていますか？」

「フィルがやってくれているわ」ウィニーは答えた。「注射くらい自分でしようと思うんだけど、皮膚に針を刺すなんて、どうしても耐えられなくて。誰かにやってもらうのも悪くないわよ。自分ではどうしてもだめなの。針を近づけると、どういうわけかいつも、しくじってしまいそうな気になるんだもの。それで、フィルがやってくれているの。全部面倒を見てくれているわ。注射器を消毒したりとか、いろいろ」

「彼なら間違いないと信用しているんでしょうね」ローレンスはやれやれといった顔で答えた。「まあ、しくじりようはないですけどね。大した技術も要りませんから」

ウィスキーのデカンタやソーダと一緒にお茶が運ばれてきた。ウィニフレッドが自分のカップに茶を注ぐ。リンドフィールド嬢は、お茶に手を出そうとはしなかった。

「ケニー！　ちょっと後ろの炉棚の上を見てくれない？——そう、その右側——サッカリンの錠剤が入った小瓶を取ってくれないかしら」ウィニフレッドは声をかけた。

ケニスは言われるまま炉棚の上を探した。小瓶を手に振り返ったものの、手渡す前にまじまじとその瓶を眺めている。

「一粒で角砂糖一個分の甘さ」ラベルの文字を読み上げる。「こんな文句を信じているのか？」錠剤の説明書きを見つめながら、ケニスは不審げに尋ねた。

「砂糖の三百倍の甘さを備えているんだよ」ローレンスがぴしゃりと返す。

「本当か？」

ケニスは納得していない様子だ。小瓶の口をあけ、錠剤を一粒取り出すと口の中に放り込んだ。

「そんなに甘くはないけどな」顔をしかめながら、ぶつぶつと呟く。「むしろ、苦いんじゃないか」

「人それぞれだね」ローレンスは苛立たしげに答えた。「もっとも、それは固形ではなくて、かなり薄い濃度の液体にして使用するように作られたものだがね。後味が何時間も口の中に残ることになると思うよ、ケニー」

　ケニスは慌てて錠剤を吐き出し、小瓶をウィニフレッドに手渡した。

「錠剤を無駄にしないでちょうだい、ケニー」瓶の中の錠剤がかなり少なくなっているのに気づいて、ウィニフレッドが不平を漏らす。

「大丈夫よ。なくなる前に、また買っておくから」リンドフィールド嬢が宥めにかかった。

　ケニスが驚いて目を見張るなか、ウィニフレッドは三錠取り出してティーカップに入れた。

「三錠？　一錠だって仰天なのに、三錠も入れるのか？」

「お茶にはいつも角砂糖を三つ入れていたのよ。甘いものが大好きなの。でも、今は砂糖なんて絶対にだめでしょう？　ラリーがやめたほうがいいって言うもの。だから、代わりにこれを使っているのよ。ラベルには、一錠で角砂糖一個分の甘さって書いてあるわ。まったく同じっていうわけではないんでしょうけど。ラリーが言う通り、確かに口の中に後味が残るわね。でも、最近はこればかりなの」幾分自分を憐れむような口調でウィニフレッドは説明した。

　そのころには、お茶の温度も彼女の好みまで冷めたようだ。ティーカップを口元まで運んだウィニフレッドは、一口で中身のほとんどを飲み干した。これは、どうしても改めることのできない彼女の習慣だった。他人がそばにいるときにはウィニフレッドも用心して、彼女が良家のお作法と称する方法で、ちびちびとお茶をすする。しかし普段は、三十も過ぎているというのに、一気に中身の大半を飲み干してしまうのだ。

　とりとめのない会話が三十分も続いたころ、グレンケイプル兄弟は視線を交わし合った。ケニスがグラスを炉棚の上に置き、ネクタイをまっすぐに直して帰り支度を始める。

「もう帰るよ、ウィニー。すっかり遅くなってしまった、そうだろう？　実に楽しかった。夕食もうまかったし。家《うち》にも、ここみたいな料理人がいるといいんだがな。フランキーの奴がここに来て元気になったのを確認できてよかったよ。まるで、違う子のようだ。引き受けてくれてありがとう。本当に感謝している」

ローレンスも立ち上がり暇乞いをした。ウィニフレッドが、彼とリンドフィールド嬢を残して、ケニスと一緒に部屋を出ていく。

「こんなことは話すべきではないのかもしれないが」ドアの外には漏れないような小声で、ローレンスは話し始めた。「ウィニーはまた、遺言書を書き換える予定だ。きみに少しばかり有利になるようにアドバイスしておいたよ——最終的な遺言書では、五千ポンドではなく七千五百ポンドを受け取れるように。たぶん、そうしてくれると思う」

そのニュースとともに向けられた眼差しが、リンドフィールド嬢に極めて多くのことを語っていた。〝今はどんな摩擦も彼女とは起こすな。言ったように、現状をよくわきまえるんだ〟。

コニー・リンドフィールドが返した笑みは、感謝に満ちているようにも狡賢そうにも見えた。彼女に状況を理解させるのに、くどくどと説明する必要はない。不意に何かひらめいたのか、コニーは傍《はた》目《め》にはわからないような仕草で書斎を示した。

「それで……？」肝心な部分は口にすることなく、そう尋ねる。

ローレンスの仕草も意味有りげだった。

「文無しさ！」彼は答えた。「もはや、ロニーの金の取り分で、あの男が肥え太ることはないだろうな」

リンドフィールド嬢は何も答えなかった。必要な情報を手に入れた以上、内々の問題に関する無駄なおしゃべりなど、かけらも信用する気はなかったのだ。わかったというふうに頷き、ローレンスと一緒にホールに出ると、ほかの面々に加わった。

「あの二人に、わざわざさよならを言わなくてもいいよな?」書斎のほうを指し示しながらケニスが問う。「必要なし。結構、それなら、もう行くよ。お休み、コニー。お休み、ウィニー。じゃあ、またな」

弟にも頷きかけて、ケニスはよろよろと闇の中へ出ていった。すぐにヘッドライトがつき、エンジン音が聞こえてくる。今度はローレンスが、少しばかりそっけない挨拶をして、ケニスと同じように車で帰っていった。ウィニフレッドはすぐに屋内へと引っ込んだ。しかし、リンドフィールド嬢は、二台の車のテイルランプが私道を曲がって見えなくなるまで、立ったまま見送っていた。

「わたしはもう寝るわ、コニー」階段の途中からウィニフレッドが声をかける。「頭が痛くなってきたみたい。もう、起きていたくないの。あなたの好きな時間に明かりを消しておいてちょうだい」

「わかったわ」夜の戸締りをしながら、リンドフィールド嬢はその声に応えた。

第四章　晴天の霹靂

ホールにあるテーブルの脇を通り過ぎながら、リンドフィールド嬢は午後の郵便で届いた手紙を取り上げた。応接間に戻り、大方の明かりを消す。お気に入りの椅子を選んで腰を下ろすと、つい今しがたローレンスが与えてくれたニュースから、自分の立ち位置についてじっくりと考え直してみた。

面白いことでも思い浮かんだかのように、その唇に時折、皮肉っぽい笑みが浮かぶ。今夜の策略がうまくいったにもかかわらず、あの兄弟が心底安心していないのは明らかだ。そのうちまた思い立てば、ウィニーは再度、遺言書を書き換えるかもしれない。そんな心配があるからこそ、彼らはこちらの取り分を増やしておいたのだろう。常にウィニーのそばにいて、そっと口を出せる立場にいる人間は、懐柔しておく価値があるというわけだ。リンドフィールド嬢としては、どちらの肩を持つつもりもなかった。ずっと、どっちつかずの立場を取り続けるつもりだ。将来的にいつか、グレンケイプル兄弟が自分の助けを必要とすることがあるなら、少しくらいの見返りがあっても当然だろう。そんな暗黙の意思表示で、彼女の心が揺らぐことは一切なかった。

ゴルフの試合についても、リンドフィールドは何も思っていなかった。しかし、そのことを思い出した途端、ディック・スティーヴニッジのことが急に気になり出した。あの男がウィニーに飼い慣らされているふりをすることには、まったく問題はない。彼に惹かれ始めたとき、そうした役割をあの男にほのめかしたのは、ほかならぬ彼女自身だった。そして、その役割を苦心して勤め上げようとしている男に手を貸すことを、リンドフィールド嬢は楽しんでもきた。そうすることで、ディックはこの屋敷に確たる足場を築くことができたし、ほかの方法ではどうしても手に入れられないチャンスを二人にたっぷりと与えてくれたのだ。ディックがここに来るのは、ただただコンスタンスのためだとウィニーが気づいてしまったら、彼女はすぐにも彼が来られない方法を考え出すだろう。ディックをがっちりと捕まえているリンドフィールド嬢としては、ウィニーに媚びへつらうディックを皮肉な目で観察することができたし、ウィニーにとってなくてはならない存在になるための最善の方法をディックにアドバイスすることもできた。

しかし、そのディックがヒラリーのスカートを追いかけ始めたとなると、話は別だ。リンドフィールド嬢が自分をごまかすことはほとんどない。自分がもはや所有していないものをヒラリーが持っていることを、彼女はわかっていた――若さ、新鮮さ、生まれながらの魅力、そうしたものを生み出すあらゆる要素。ウィニーは、ディックが関わっているゲームの一部に過ぎない。しかし、ヒラリーは危険な存在になるかもしれない。ディックは意志が弱くて当てにならず、一貫性に欠ける男だ。そして、手に入りそうなものは、必ずつかみ取ろうとする。こうしたことはすべて、はっきりとわかっていた。それにもかかわらず、リンドフィールド嬢はディックを自分のものにしようと思っていた。今すぐにでも、自分と結婚させることはできる。しかし、生憎、彼は金に困っていた。恋愛の業《わざ》に長《た》けた、肉体的な魅力を有するのらくら者。冷静なときには、コンスタンスにもそう理解できる。しかし、いかにその通りだと認めても、欲望を押し止めることはできなかった。ウィニーが何かの用事で外出しているときだけの密やかな逢瀬。彼女はそれを興奮を募らせて待ち焦がれ、別れるやいなやすぐにも次の機会を待ち望むようになっていたのだ。

落ち着いて考えれば彼女にも理解できた。ディックがいかに簡単に自分の手中に落ちたように見えても、決して信用などできないことを。すぐにも彼は、新しい恋を求めて逃げ去ってしまうかもしれない。ヒラリーは事実上無一文だ。そんな相手との結婚について怯える必要はまったくない。それでも、ディッキーがヒラリーと二人だけでいることを考えただけで、コンスタンス・リンドフィールドは怒りに震えた。

その光景が思い浮かんだ途端、彼女は拳を握り締めた。そして、手にしていた手紙のことを思い出した。宛て名の文字は、いかにも教養がなさそうな、のたくるような字で、まったく見覚えがない。ヒラリーとディッキーのことをまだぼんやりと考えながら、彼女は封を切り、汚い字で乱暴に書かれた手紙を引っ張り出した。細心の注意を払って、恐る恐る手紙を広げる。

親愛なるリンドフィールドさんへ
あんたの若い恋人とキャッスルフォード夫人が、陰であんたのことを笑っているのを知らせるためにこの手紙を書いたんだ。〈シャレー〉に行って、一緒にいる二人を窓から覗き込んでみればすぐにわかるだろう。きっと楽しい散歩になるよ。あんたのパトロンやキャロン・ヒルのご立派な方々が、新鮮な空気のためにって言うようにね。「コニーが何て言うだろう」男のほうがそう言って、二人で笑っていた。親愛なるリンドフィールドさん、おれも笑っちまったけどね。何て愉快だったことか。自分で見てみるといいよ、リンドフィールドさん。一銭の金もかからない代わりに、みんながあんたのことをあさましい女と呼ぶだろうけどね。キャッスルフォードにも、同じ手紙を書いてやるつもりさ。そうすれば、ますます愉快なことになる。あんたが思っているよりも、いろんなことを知っている者より

リンドフィールド嬢は、怒りで顔が赤くなるよりも青ざめるタイプの人間だった。悪意に満ちた言葉が書き連ねられた手紙を何度も読み返しては、真っ青な顔で固まっていた。

それが事実であるかどうかを問う必要はない。ほのめかしを受けたからというわけではないが、これまで完全に独立して存在し、疑うこともなかった記憶が次々に甦り、その順番を変えた。長いこと途切れていたウィニーの絵を描く趣味が、急に再開したこと。絵の題材に、山小屋《シャレー》からの眺望を彼女が選んだこと。その絵の仕上がりに対する不満。「ちゃんと描かなきゃ」という、驚くほどの執着。邪魔をされずに一人で絵を仕上げたいという彼女の希望。ウィニーがシャレーに行って何の危険もないときに限って、コニーとの密会を妨げるディッキーの〝人と会う約束〟。リンドフィールド嬢がいつになくぼうっとしているときの、ウィニーの不自然な無頓着さ。そうした記憶が次々に湧き上がってきて、明確な結論へと落ち着いた。

「陰であんたのことを笑っている」！　彼女はウィニーのことを笑ってきた。ウィニーは彼女のことを笑っていた。そして、ディッキーはたぶん、陰でこっそりと二人の女のことをずっと笑ってきたのだろう。あの男は明らかに、どちらに対しても同じゲームを仕掛けていたのだ。彼とウィニーが一緒にいるとき、欺かれていたのはコニー。彼とコニーが一緒にいるときには、ウィニーが蚊帳の外に置かれていた。そんなとき、自分がどれほどの喜びに浸っていたのか、リンドフィールド嬢は覚えている。ウィニーもきっと、同じ気分を味わっていたのだろう。しかも、ウィニーは二倍のスリルを楽し

んでいたはずだ。彼女の場合、キャッスルフォードも蚊帳の外に追い出さなければならなかったのだから。

　でも、あの男がそんなに長く騙され続けたりするだろうか？　コンスタンス・リンドフィールドは不意に、キャッスルフォードが午前の郵便で手紙を受け取っていたことを思い出した。宛て名の文字までは見なかった。しかし、遠目からでも、自分が今手にしている手紙とそっくりだったことは覚えている。わずかに皺の寄った黄色っぽい安封筒は、彼女が受け取った手紙の片割れなのかもしれない。悪意ではち切れんばかりの厭らしい差出人が、彼女だけを攻撃して、フィリップ・キャッスルフォードには手を出さないことなど考えられない。

　しかし、今のところ、フィリップ・キャッスルフォードのことはどうでもよかった。リンドフィールドには、自分にのしかかってくる問題があったのだ。何としても自分のものにしたいディッキーという問題。厭らしい手紙が暴いた事実など、彼女にはショックでも何でもなかった。リンドフィールド嬢にショックを与えるのは、並大抵の仕事ではないのだ。それでも、彼女の冷静な頭は、この一件の重要なポイントを明確に捕らえていた。ウィニーの立場の強さは、グレンケイプルの金によるものだ。その金のおかげで、ウィニーは誰にも頼らないでいられる。最悪なのは、キャッスルフォードと離婚しても経済的に困らない余裕があること――そして、ディッキーのほうも、チャンスがあるなら金のための結婚も厭わないタイプの人間だということだ。恋人の性格のそういう側面について、コンスタンス・リンドフィールドが幻想を抱くことはなかった。しかし、状況がそこまで進んでいない場合、ウィニーはその金で、現在の夫を一定期間支配下に置き続けるかもしれない。一定期間？　結構、でも、いつまでだろう？　いったいいつまでなら、キャッスルフォードもそんな状況に耐えられるのだろう?

かすかな人声が聞こえた。キャッスルフォードとその娘が書斎から出てきて、寝室へと上がっていくようだ。リンドフィールド嬢の思いはその前の案件へと戻った。拳銃と弾薬が入った箱を手に取り、部屋の明かりを消してホールに出る。何とか、キャッスルフォードを引き留めるのに間に合った。

「ねえ、ちょっと待って」ホールにいる二人に近づきながら、彼女は声をかけた。「フランキーがこんなものを見つけたの、フィル。安全だと思う?」

リンドフィールドはホールのテーブルに箱を置き、二挺の拳銃を取り出してキャッスルフォードに手渡した。

「そうは思えないね」拳銃をまじまじと見つめながら、キャッスルフォードは答えた。

この件に関してコンスタンスがどんな立場にあるのか、彼女の声からは判断できない。だから、彼としては、相手が手の内を見せるまでは、はっきりしたことは言いたくなかったのだ。

ヒラリーが父親の手から銃の一挺を受け取り、物珍しそうに見つめた。

「あの子にこんなものは持たせたくないわ」娘のほうがあっさりと自分の意見を口にした。「鳥撃ちライフルだけでも危険なのに」

ゴルフの試合に関して、ヒラリーはまだ相手のことを許せないでいるようだ。

リンドフィールド嬢がキャッスルフォードの手から銃を受け取る。

「あなたの言う通りだと思うわ」彼女は愛想よく認めた。「少なくとも、拳銃に関しては。問題は、どこにしまっておけば、あの子に見つからないかっていうことなのよね。書斎に隠しておくのはまずいかしら?　あなたの私物をしまってある戸棚の中に。あそこなら、あの子も探したりしないと思うんだけど」

　キャッスルフォードは、胡散臭く思いながらも頷いた。

「ただ、あの戸棚には鍵がついていないんだ」そう、指摘してみる。

「大丈夫よ。あそこなら、あの子が覗いたりすることはないから」笑みを浮かべて、リンドフィールド嬢は言い切った。「今すぐ、あそこに入れておいてもらえる、ヒリー？　わたし、もう眠たくて」

　彼女は拳銃をヒラリーに手渡すと、お休みと言って、二人をホールに残したまま階段を上っていった。この出来事にフィリップ・キャッスルフォードの心は波立っていた。自分の面倒を片づけるのにヒラリーを使うなんて、まったくもってあの女らしい。不愉快なのは、そういう態度だった。これではまるで、娘をこの屋敷の雑用係に貶めるような態度ではないか。

「拳銃と弾を一緒に箱に戻しておくれ、ヒラリー」彼は娘に声をかけた。「わたしが戸棚に入れておくよ。お前ももう休んだほうがいい。思っていたより、ずっと遅い時間だからな」

　ヒラリーは、普段以上に愛情を込めて父親にお休みのキスをした。娘が階段を上がっていく姿を見送り、キャッスルフォードは拳銃の箱を手に、書斎に戻り始めた。忌々しい手紙の悪意に満ちた言葉が心に甦る。その手紙を求めてポケットの中を手探りする。しかし、夕食用に着替えたときに、前の上着のポケットに入れたままにしておいたようだ。もっとも、そんなものは必要なかった。悪意のある文句なら、すべて頭に焼きついている。ヒラリーは、ひどい話を聞かされたと思っているだろう。しかし、この一件は、過去のどんな出来事よりもはるかに質《たち》の悪いものだった。

　戸棚をあける。銃が入った箱を取り上げ、立ったままぼんやりと見つめていた。ややしばらくして、それを戸棚の奥へと押し込んだ。これが、あの不文律（妻の情夫や娘を誘惑した者を殺害しても刑事罰が処されない）が許されるフランスだったら……。

かすかな物音が聞こえ、彼はびくりと振り向いた。また階下《した》に下りてきていたリンドフィールド嬢が、不可解な表情を浮かべて立っていた。

「ヒリーの前では話したくなかったのよ」彼女は先を急ぐように話し始めた。「でも、あなたには話しておいたほうがいいと思って。わたしが何を言っても、ほかの人には漏らさないわよね？　それなら結構。ウィニーが遺言書を取り消したの。新しいのに書き直すつもりでいるわ。あなたのことを除外して」

「わたしを除外して？」まったく理解できないかのように、キャッスルフォードはのろのろと繰り返した。

長いこと予期してきたとは言え、彼はショックに打ちのめされていた。ヒラリーが無一文になってしまう。少なからぬ苦難を耐え忍んできた日々が、何一つ報われなくなってしまうのだ。だめ押しのように、その事実をこの女――自分でも承知している通り、自分と娘を憎んでいるこの女から知らされるなんて。ウィニーには、まずは自分で報告するだけの礼儀さえなかったというわけだ。

「お気の毒なんだけど」リンドフィールド嬢はそう言ったものの、明らかに上辺だけの口調だった。

「まだ書き直してはいないんだよな？」気まずい瞬間を、あたかもありきたりの問いで埋めるように、キャッスルフォードは尋ねた。

「ええ、まだ」

「ふむ！　まあ、わたしにどうこうできることではないようだな」

「ええ、たぶん」

どういうわけか、リンドフィールド嬢の口調には、こんな状況になってもまだ、何かできることがあるかもしれないというニュアンスが含まれていた。しかし、キャッスルフォードは鋭くも、相手はただ、自分がたじろぐ姿を見たいだけなのだということを嗅ぎ取っていた。

「知らせてくれてありがとう」できるだけ形式ばった口調で彼は礼を言った。「ワドハーストには手紙で知らせているんだろうな?」

「ええ」リンドフィールド嬢はもちろんとばかりに頷いた。「気持ちが変わったって、ワドハーストに手紙を書いていたのよ。破棄するから、遺言書を送り返してくれって。法律事務所で新しい遺言書を作成できるように、近々変更の指示を出すって言っていたわ。そのときにはまだ、何をどう変えるか決めていなかったから」

「もう、破棄してしまったんだろう。今となっては、どうにもならないよ」

リンドフィールド嬢の仕草は何の情報も与えてくれなかった。

「最後に見たときには、ライティングデスクの引き出しの中にあったけど」頼みもしないのに、そんなことを教えてくれる。「破棄していないなら、まだそこにあると思うわ」

「どうにもならないよ」キャッスルフォードは重い口調で答えた。「お休み」

この諦めの速さに、リンドフィールド嬢は特別驚いた顔も見せなかった。お休みなさいと返し、部屋を出ていく。やるべきことはやったのだ。ぐずぐずしている理由はない。

リンドフィールド嬢の背後でドアを閉めたキャッスルフォードは、自分の肘掛椅子に座り直し、これまでのやり取りを思い返した。遺言書――現在、有効なもの――は、もはやどうでもいい。たとえ法律的な細部は満たしていなくても、ウィニフレッドが遺言書を無効にしたことをワドハーストが証言するだろう。そして数日中には、グレンケイプル兄弟が示した方向で、新たな指示が出される。彼とヒラリーは受取人から締め出されるというわけだ。

しかし、彼は遺言書の件に集中することができなかった。どうしても、あの忌々しい手紙に思いが戻ってしまう。その一節を思い出しただけでも頬が紅潮し、喉の奥で何かが膨れ上がったように、息をするのも苦しくなる。二階で寝ている妻の姿が目に見えるようだ。自分が引き起こした恥ずべき状況や災厄にはまったく無頓着で、己の行ないに少しも心を痛めることもなく、寝ている妻の姿が。ディック・スティーヴニッジに血迷い、遺言書の件では自分の夫に最後の一撃を加えることに何の気遣いもしなかった妻。ありきたりの礼節さえ心得ていれば、こんなことにはならなかっただろうに。キャッスルフォードは苦々しくそう思った。

椅子に深く身を預け、弱い男の特権とも言える復讐劇の想像に耽る。あの拳銃に弾を込め、彼女の寝室に上がっていくというのはどうだろう？　あの厭らしい手紙を見せてやったら、あの女はどんな顔をして、どんな言い訳をするのか？　そんな状況を思い描いているうちに、サディスティックな笑みがうっすらと唇に浮かんだ。あの女が自分に与えた苦しみからすれば、そのくらいは当然の報いだろう。目を覚まして、凶器を手にした夫がすぐ脇にいることに気づいたときの、彼女の驚いた目と怯えた顔が目に浮かぶ。自業自得というものだ！

そのとき、新たな考えが心を過《よぎ》った。今、彼女が死んだら、遺言書は残らない。彼女の金はどこに行くのか？

どこか病的な好奇心に駆られてキャッスルフォードは立ち上がり、百科事典がずらりと並ぶ本棚へと部屋を横切っていった。無遺言死亡者の遺産。相続権。最初はいい加減だったのが、徐々に真剣さが増していく。理解できたことによると、もし、ウィニーが新たな遺言書を作成する前に死亡した場合、彼女の全財産は自分に遺されることになるらしい。グレンケイプル兄弟は完全に除外される。もし、彼女の身に何かあれば、キャッスルフォードの問題はすべて解決することになるのだった。

様々な可能性が頭の中を駆け巡り始めた。例えば、銃による事故——新聞によれば、こういう事故はしょっちゅう起きている。どこかの異常者か誰かが突然現れて、「装塡されているなんて知らなった」と言う。あの野蛮なフランキー坊主なら、簡単に人を撃ち殺してしまいそうだ——どうしてそれが、ウィニーではないと言える？　あるいは、自動車事故に遭うとか。これも、最近では非常に多い。ゴルフ場での不幸な事故。めったにないことではあるが、ゴルフボールが頭に命中して死んでしまった人もいる。はたまた、どこかで読んだような皮下注射の失敗とか……そうだ、あれは確か、ドロシー・セイヤーズ（英国の探偵小説家。一八九三—一九五七）の『不自然な死』の中の話だ。ウィニーが自分でインシュリンを打とうとして失敗し、死んでしまうことがないなんて、いったい誰に言えるだろう？

こうした可能性について考えていくうちに、キャッスルフォードは恐ろしいほどのめり込んでいった。考えれば考えるほど魅了されていく。ポケットからパイプを取り出して莨《たばこ》を詰め、さらに考えるために腰を下ろす。〝事故を捏造〟する場合、人はどのように取りかかるのだろう？　例えば、拳銃での事故の場合。目撃者を用意して、彼らを欺いたほうがいいのだろうか？　それとも、目撃者などいない完全な〝事故〟と、水も漏らさぬアリバイか？

キャッスルフォードはどんどん夢中になっていった。パイプをふかし続けるうちに、時は知らぬ間に過ぎていった。犯罪性のある投球やバッティングに疑惑が持たれるクリケットの試合のようだ。球場に出張った捜査班が、どんな不注意な発言にも飛びつこうと待ち構えている。第一声が死者発見の声明に変わる。殺人犯はそれにどう対処すべきだろう？　冷静に振る舞う？　怯えたふりをする？　それとも、そのニュースにひどく動揺しているふうを見せかける？　そこでの失言は、すぐさま自分への疑惑につながるだろう。容疑者であると断定されたときの態度は？　憤慨する？　真面目に取り合うのを拒否する？　それとも、そんな事実がでっち上げられたことを素直に受け入れる？

夜も明けるころになって、キャッスルフォードはようやく莨の灰を打ち出し、腰を上げた。明かりを消し、家の金庫がある部屋に向かう。彼の持参人払い債券はその金庫の中に入っていた。もうこれ以上、妻の財産と一緒に保管するのはやめておこうと決めていた。もしもの場合に間違いが起こらないようにしておくほうがいい。しかし、そのときの彼は、そんなことに手間をかけるには眠た過ぎた。いつでも必要なときに持ち出すことができるのだ。それにと、意地悪い笑みを浮かべながら、彼は思い出した。もし、遺言書を書き換える前に彼女が死んでしまえば、すべては自分が受け取ることになるのだ。遺言書の下書きの所有権については、どんな口論も起こりようがない。一日、二日のうちなら十分間に合うだろう。キャッスルフォードは眠そうにあくびをし、自分の部屋へと上がっていった。

第五章　シャレーでの悲劇

ハッドン夫人は、手にしたジャム瓶用の紙シールから、自分の家の割れた窓ガラスに視線を移した。人生なんて面倒なことばかりだと、再び思う。ジャックが夕方帰ってきて、割れた窓ガラスに気づけば、怒り出すに違いない。虫の居所が悪ければ、キャロン・ヒルに押しかけて、文句の一つでも言ってやろうと思うかもしれない。そんなことになれば、シャレーの管理人というささやかな仕事も失ってしまう。

西部戦線（第一次世界大戦におけるドイツ西方の戦線）から戻ってきたジャックは、すっかり人が変わってしまった。鬱々とした気分でハッドン夫人は思い返した。軍隊で悪い仲間と関わり、ソ連の共産主義だの階級闘争だの、そんな思想ばかりを吸収してきたのだ。最近では一日のほとんどを飲み屋の〈雉《きじ》亭〉で過ごしている。そこで、忠実な保守党員である店主が苛々し始めるまで、自分よりも裕福な者に対する文句を言ったり、土地のお偉方を嘲笑ったりしているのだ。誰からも嫌われるようなことばかりしている。そんなことで雇い主から睨まれることはなくても、昨今ではちゃんとした仕事を見つけるのは難しいというのに。

ハッドン夫人はジャム瓶用シールの糊部分を丹念に舐め、星型に割れた窓ガラスに貼りつけた。ジャックがいつか競馬で勝ってくれれば、新しい窓ガラスを入れることができる。早ければ早いほうがいい。無様な補修部分を点検しながら、彼女は思った。プライドが、まだ少しは残っている。こんな間に合わせでは、小屋の前を通る人たちにこの家の貧しさを宣伝しているようなものだ。外からはどんなふうに見えるのだろう。確かめるために、ハッドン夫人はドアへと向かった。

小屋の北側には、草を食む羊たちが点在するなだらかな牧草地が広がっている。その遥か向こうからキャロン・ヒルの敷地が始まるが、手前でうねる草地に隠れて見えない。小屋のすぐ背後には、下草の茂る小道が複雑に入り組む農園が斜面の上方に向かって続く。そして南側に面しているのが、シャレーのある細長い林だ。一番近い自動車道は、そこからさらに離れたところ。ハッドン夫人の近所に住人はいない。通りかかる人間と言えばもっぱら、農園の空き地で人目につかない場所を探す恋人たちくらいだ。ハッドン夫人は、そうした恋人たちが夏の夕べに小屋の前を通り過ぎていくのを、妬みとも憐みともつかない思いで眺めていた。そのうちの一人が、庭にある井戸の水を求めて、一言、二言、言葉を交わす機会を与えてくれることもあった。それ以外に会話のできる相手はジャックだけ。それと、時折必需品の買い物のためにバスケットを下げて出かけるときに出会う人々だけだ。

窓に貼りつけたシールを改めていると、農園の迷宮へと続く小道の一本から出て来た人影が目の端に入った。茶色のゴルフ用スカートをはいた小奇麗ないで立ち。顔を向けてみるとリンドフィールド嬢だった。たぶん、シャレーからの帰りなのだろう。牧草地を横切るのが近道なのだ。ふとひらめいて、ハッドン夫人はノウゼンハレンが縁取る小道を門へと急いだ。もし、彼女が割れた窓ガラスの弁償をしてくれるなら、帰ってきて報告を聞いたジャックが面倒を起こす可能性も減るかもしれない。

通りかかったのが、キャッスルフォード夫人ではなくてリンドフィールド嬢でよかったと彼女は思った。キャッスルフォード夫人なら、彼女の言い分など無視するか、シャレーの掃除の不行き届きに小言の一つでも言い出すだけかもしれない。でも、リンドフィールド嬢なら幾分取っつきやすく、瞬く間に願いを聞き入れてくれることもありそうだ。ハッドン夫人のささやかな基準からすると、リンドフィールド嬢こそ、自分の立場も他人の立場もきちんとわきまえている〝本物の淑女〟ということになる。それに比べてキャッスルフォード夫人は、〝自分のことを少しばかり過大評価し、他人を屑のように扱う女性〟だった。それに、もし、自分の小屋に多少の修繕が必要となるなら、リンドフィールド嬢こそすがりつく相手だろう。彼女を騙すことはできない。でも、こちらの言い分には耳を傾けてくれる。キャッスルフォード夫人に話してみると彼女が言ってくれたら、こちらの望みは叶ったも同然だ。キャッスルフォード夫人に直接相談しても、何の解決にもならない。そんな相談事など、あの女主人はすぐに忘れてしまうし、再度口にすれば機嫌を損ねてしまうだろうから。

リンドフィールド嬢は、門に駆け寄ってくるハッドン夫人に目を留めた。近道から外れ、小屋のほうに近づいてくる。茶色のスカートに帽子はなし。カーディガンをふわりと腕にかけ、きびきびとした動きだ。

「お疲れ様です、お嬢様」人づき合いが薄く細々とした礼儀にうるさいハッドン夫人は、そう声をかけた。

「こんにちは、ハッドンさん」

相手の声の調子からは、リンドフィールド嬢が上機嫌なのかどうかはわからない。でも、今更引き返すわけにはいかなかった。

「ちょっと見ていただきたいだけなんです」小屋への小道に戻りながら、ハッドン夫人は説明した。「ちょっとだけこちらに来ていただければ、ご自分の目で確認していただけますわ」

窓辺に連れていかれたリンドフィールド嬢には、手を貸そうなどという素振りは少しも窺えなかった。ただ黙って説明を待っているだけだ。

「フランキー様の仕業なんですよ、お嬢様」すがるような思いでハッドン夫人は説明した。「あの新しい銃を林の中で撃ちまくっているんです。その一発が、たまたま木立のあいだを通り抜けたんだと思います」

夫人は、農園から小屋の西側に突き出しているように見える、細い木立を指さした。

「とにかく、あの方が撃った弾の一つが原因なんですよ、お嬢様。部屋の中で銃弾を見つけましたから。危ないったらありませんわ、本当に。窓を突き破った弾が、わたしに当たっていたかもしれないんですから。さして注意もせずに、こんな近くで銃を撃つなんて、本当にやめてもらいたいんです。あんな弾が命中したら、こちらはひとたまりもありませんからね。ちょっと神経質になってしまって……ほら！　また撃っていますわ。聞こえましたでしょう?」

リンドフィールド嬢の耳にも、はじけるような銃声が届いた。

「最初は気にもしていなかったんですけどね」ハッドン夫人は続けた。「こんなに遠くまで弾が飛んでくるなんて、思ってもいませんでしたし。それに、しばらく音が聞こえなくなったものですから、遠くに行ってしまったんだと思っていたんです。それが、また始まって。窓ガラスが割れたと思ったら、何かが反対側の壁に当たりました。どれほど驚いたことか」

「よくわかるわ」リンドフィールド嬢は、いつもとは違う強張った声で答えた。「あなただけが被害者じゃないのよ！」

彼女は、自分のカーディガンを広げて見せた。小さな穴があいていることにハッドン夫人も気がついた。

「何てこと！　お坊ちゃまがあなた様を撃ったんですか？」ハッドン夫人の声は怯えている。

リンドフィールド嬢は首を振った。

「いいえ。ご覧の通り、わたしはこれを腕にかけていたの。歩いていたときに、弾が突き抜けたのよ」

「まあ、すれすれじゃないですか」ハッドン夫人が甲高い声を上げる。「お嬢様に当たらなかったのは、不幸中の幸いでしたわ。こんなことなら、銃なんか持たせるべきではありませんよ、本当に」

「これ以上心配する必要はないわ」リンドフィールド嬢の声には、抑え切れない怒りが滲み出ていた。

「あの子なら、今夜にもあの銃を取り上げられるでしょうから」

リンドフィールド嬢は、ちらりと自分の腕時計を見た。

「今、取り上げたほうがいいかもね」声に出して、そう言う。

そこで、生来の徹底ぶりが顔を出した。

「あなたが見つけた銃弾を見せてもらえるかしら」彼女は言葉を続けた。「子供相手でも、はっきりとした証拠を持っていたほうがいいと思うのよ」

ハッドン夫人は急いで小屋の中に駆け込み、小ぶりではあるが歪んだ鉛の塊を手に戻ってきた。

「これですわ、お嬢様」

「間違いなく、あの子が撃った弾だわ」リンドフィールド嬢はあっさりと認めた。「あの子に割れた窓ガラスの弁償をさせるから。新しい窓ガラスを入れるのにいくらかかるか書いてもらえる？　それが筋っていうものだし、教訓にもなるし……」

農園からまたも銃声が響き、リンドフィールド嬢は言葉を止めた。

「今の声、聞こえた？」不安そうに尋ねる。

「何ですって、お嬢様？　銃声のことですか？　ええ、もちろん聞こえましたとも」

「そうじゃなくて、銃声のあとに聞こえた声――わたしには小さな悲鳴みたいに聞こえたんだけど」

「きっと、ウサギでも撃ったんでしょう。農園にはウサギもいくらかいますからね。撃たれたらウサギでも悲鳴を上げますよ」

リンドフィールド嬢は苛立たしげに首を振った。

「わたしだってウサギの悲鳴くらい知っているわよ。でも、そんなんじゃなかった」

自分が耳にした音の正体を探ろうとでもするかのように、リンドフィールド嬢は唇を嚙んだ。不穏な空気を感じ取ったハッドン夫人が、遠くからまた声が聞こえないかと、空しく聞き耳を立てる。

「お嬢様、まさか……？」

「しっ！」

二人はしばし、じっと耳を澄ませた。しかし、農園で囀る鳥の鳴き声以外、何も聞こえない。

「ほら！」

リンドフィールド嬢が不安げに片手を上げた。

「わたしには聞こえませんでしたわ、お嬢様」ハッドン夫人は正直に認めた。「どういうわけか、わたしの耳は以前ほどよく聞こえなくなってしまって。耳が悪いとか、そういうのではないんですよ。でも、ジャックには聞こえる音が、わたしには聞こえないことがたびたびあって」

リンドフィールド嬢はそんな説明など聞いていなかった。再び「しっ！」と仕草で示し、二人で聞き耳を立てる。しかし、残念なことに、いつもの森のさざめきしか聞こえなかった。

「何だか嫌な感じがするわ」しばらくしてリンドフィールド嬢が呟いた。不意に、何か思いついたようだ。「今日の午後、キャッスルフォード夫人はシャレーにいたのかしら？」

「さあ、どうでしょう、お嬢様。いらっしゃったとしても、こちらのほうにはお見えにはなりませんでしたけど」

リンドフィールド嬢は、また口を開く前にしばし躊躇っていた。

「嫌な感じがする。シャレーに行ってみたほうがいいわ。何か、事故が起こっているかもしれないし……」

ハッドン夫人が黙って従うのを当然と思っていたのか、彼女は小さな庭から外へと続く道を進み始めた。農園の端までたどり着いたところで、ハッドン夫人がやっと自分の意見を口にした。

「これが一番の近道ですよ、お嬢様」そう言って、無数に伸びる小道の一つに分け入っていく。「わたしがシャレーにお皿洗いに行くときに、いつも通る道なんです」

主導権を引き渡したリンドフィールド嬢は、言われるままに迷宮を抜ける道案内に身を委ねた。これだけ下草が厚く生い茂っていては、前方からでも二人の姿は見えないだろう。藪を避《よ》けて、小道自体もくねくねと曲がっている。

「お嬢様、まさか……」先を急ぐハッドン夫人の息は切れ、声も不安げだ。

「わたしの勘違いかもしれないわ」リンドフィールド嬢はあっさりと返した。

衝動的な行動を悔やみ始めたかのように、彼女の声には疑念と不安が混じっていた。

「銃声のあとに何か聞こえたような気がしたんだけど」すっきりしない様子をさらに深めながら、リンドフィールド嬢は続けた。「わたしの思い違いかもしれない。でも、ここまで来たんだから、とにかくシャレーまで行ってみましょう」

二人はすぐに、シャレーの裏の木立から抜け出した。幅三十フィートほどの平屋の建物。建築様式としては、まさに与えられた名にふさわしいスイス風の建物だ。それが大きな談話室や居間、屋上にある雨水用のタンクから給水される流しのついた小さな台所などに、不均等に区切られている。木立に面する壁に窓はない。南側からはよい景色が望められ、コンクリート敷きのベランダがついていた。ロッジア（建物の正面や側面にある、庭などを見下ろす柱廊）と呼べるほど凝ってはいない。中に入るドアは一つだけだ。このベランダから、牧草地が百ヤードほどゆるやかに下っている。そして、その先で土地は急下降し、その底にあるのが自動車道だ。そのため、その道路からシャレーは見えない。

先を歩いていたハッドン夫人が建物の角を曲がる。リンドフィールド嬢は、夫人がその途中で叫び声を上げるのを聞いた。すぐにあとを追った彼女の目にも、ベランダの様子が見えてくる。二人に背を向けている木製のアームチェア。女性がその椅子に座っている。コンクリートの床では、滴り落ちる血が血だまりを作っていた。

お上品な人々なら病的と呼びそうな、しかし、実際には動物的と言ったほうがいい好奇心に駆られて、ハッドン夫人はそばに駆け寄り、目の前の状況をまじまじと見つめた。

「キャッスルフォード夫人ですわ、お嬢様」恐れとも興奮ともつかぬ声で、彼女は叫んだ。「撃たれたんですよ。ほら、背中を撃たれています。何て恐ろしいこと。いったい、どうしましょう？　早くどうにかしないと、すぐに死んでしまいますわ」

指示を仰ぐような目で、夫人は同伴者を見つめた。しかし、このときばかりは、リンドフィールド嬢の有能さも役に立たなかったようだ。落ちた顎、恐ろしいほどの血色の悪さ、どんよりとした目。すべてが誤解しようのない事実を語っていた。コンスタンス・リンドフィールドはもう二度と、ウィニーが自分とディック・スティーヴニッジのあいだに割り込む心配をする必要はなかった。

死体発見ですでに動揺していたにもかかわらず、頼りにしていた人間が何の役にも立たないことを知って、ハッドン夫人は心底驚いていた。リンドフィールド嬢は、指示を出すどころかヒステリックに笑い出したのだ。やがて、ハッドン夫人のあっけに取られた顔に気づくと、シャレーの中に駆け込み、後ろ手にドアを閉めた。窓を通してでも、説明のできない感情がぶつかり合う声が聞こえてきた。ハッドン夫人自身は、興奮しやすい部分はあってもヒステリーに陥ることはない。そんな彼女にとって、リンドフィールド嬢の心が壊れてしまったという考えは、目の前の椅子に座る死体よりもずっと受け入れがたい事実だった。

「まったく、もう！　あの人の頭があんな調子なら、わたしはどうしたらいいのよ？」言葉には出さなかったものの、それが恐れおののいた夫人の感想だった。

自分から進んで何かできる状況でもなく、ハッドン夫人はただベランダに立って、事態が進展するのを待っていた。死体から目を逸らし、馴染みのある世界に自分を引き戻してくれるものを求めて、周囲を見回す。未完成の絵がかかったイーゼルがあった。その脇の床には、ねじり絞られた油絵具のチューブが並んだ木製の絵具箱。イーゼルの脚に立てかけられたパレット。そのすぐそばに、漆塗りの絵筆入れが、口をあけたまま置かれていた。

キャンバスに描かれた未完成のスケッチを見つめる。気まぐれに昔の趣味を再開したとき、ウィニーは抽象主義的な絵画を教える美術学校に通い始めた。ハッドン夫人が受けた美術教育では、この種の絵を高く評価できるほど、鑑識眼を高めることはできなかった。

「こんなふうに描き散らすだけなら、わたしにだってできるわ」教養のない彼女は心の中でそう思ったものだ。


ハッドン夫人の目は、芸術的な題材から、もっとよく理解できる対象に移った。茶道具を載せた小さな籐製の四角いテーブル。少なくともそれは、調和の取れた、ごく普通の光景だった。訪ねてきた人があったのに違いない。使用後のティーカップと、ビスケットの屑が散らばった皿が二組置かれていたからだ。テーブルの片方では、座っていた人物が立ち上がったときのまま、籐製の肘掛椅子が少し後ろに押しやられている。訪問者が座っていたのはそちら側だと、ハッドン夫人は思う。なぜなら、ティーポットやスピリット・ケトル（ヴィクトリア朝からエドワード朝時代に流行した、バーナースタンドつきのティーポット）、茶こぼしなどは、そちらとは反対側のカップや皿のそばにあるからだ。そちら側に椅子はない。キャッスルフォード夫人は明らかに、お茶を飲み終わったあとで椅子を移動させたようだ。砂糖入れの中にとまったハエを見て、ハッドン夫人は無意識にそれを追い払った。


シャレーの中の騒ぎはすっかり治まっていた。床を横切っていく足音が聞こえる。シンクを打つ水音がつかの間。数分もしないうちに、リンドフィールド嬢がドア口に戻ってきた。顔を洗ったにもかかわらず、まだ少し目が赤い。それでも、いつもの冷静な落ち着きは取り戻したようだ。

「ごめんなさいね、ハッドンさん。どうしようもなかったの。わかるでしょう？」

「もちろんですよ、お嬢様。わたしは……」

リンドフィールド嬢には、いっときの気の弱さを長々と言い訳する気などなさそうだ。

「どちらかがここに残らないと。もう一人は急いで助けを求めに走る」

暗に示された選択肢を正しく選び取るのは、ハッドン夫人にとってはわけもないことだった。もちろん、死体と一緒に残るのは怖くも何ともない――こんな昼日中なら、少しも怖くはないはずだ。彼女は、よくいるような迷信深い人間ではない。しかし、リンドフィールド嬢がシャレーに残って見張っているほうが〝妥当〟なような気がした。誰かが通りかかった場合、彼女のほうがうまく説明できるだろう。それに、ハッドン夫人の心の片隅には、今回ばかりは注目の的になれそうな自分の姿が浮かんでいたのだ。サンダーブリッジの村に悲劇の第一報をもたらす自分の姿が。

「わたしが行きますよ、お嬢様」彼女は自分からそう言った。

ほっとしたことに、リンドフィールド嬢がその申し出に異議を唱えることはなかった。

「そうね。できるだけ急いでちょうだい。サンダーブリッジの巡査を捕まえるのよ。ものすごく鈍い人だけど、ほかにどうしようもないもの。警部でも警視でもいいから、一番近くにいる上司に電話をするように言うの。すぐに電話するのを見届けるのよ。それからキャロン・ヒルにも電話させて、何が起こったのか伝えてもらってちょうだい。そのあと、巡査と一緒にここに戻ってきて。全部、覚えられる？　大丈夫ね？」

立て続けの指示にかなり混乱していたものの、ハッドン夫人は頷いた。

「大丈夫ですよ、お嬢様」

踵《きびす》を返し、すべきことのリストを心の中で繰り返しながら、彼女はベランダを横切っていった。途中、コンクリートの上に転がっていたものに足先が触れる。

「何かありますよ、お嬢様」屈み込み、それが何であるかに気づいたハッドン夫人は、興奮気味に叫んだ。「銃弾だわ！　ほら！」

「どこにあるの？　触っちゃだめよ！」

リンドフィールド嬢は夫人のそばに駆け寄って身を屈め、小さな銃弾をまじまじと見つめた。

「うちの窓を突き抜けたのと同じものですよ、お嬢様。まったく同じです」

ややしばらくのあいだ、リンドフィールド嬢は返事もせずに小さな銃弾を見つめていた。困惑気味に眉をひそめている。

「そのままにしておいてちょうだい」リンドフィールド嬢はやっと口を開いた。「あなたが発見したものについて巡査に話してもいいわよ。でもね、もし、わたしがあなたなら、誰にも話さないと思う。わかる？　警察にとっては、しばらくのあいだ事実を伏せておいたほうが好都合なことがあるの。この件についても、警察は秘密にしておきたがるかもしれないし。噂なんて、少なければ少ないほどいいのよ」

自分のすばらしい発見をこんなふうに扱われてかなり不満だったが、ハッドン夫人は黙って従った。

「結構。じゃあ、出かけてちょうだい。できるだけ急いでね」

ハッドン夫人はサンダーブリッジの村へと続く道を引き返し始めた。一度だけ振り返ると、リンドフィールド嬢が死体の顔を白い布で覆っているところだった。どうして自分は、そのことに思い至らなかったのだろう。ハッドン夫人はそんなことを思いながら、歩きにくい道をできるだけ急いで歩き続けた。

第六章　ガムレイ巡査の疑惑

実に特徴的な性質から、クリストファー・エベニーザー・ガムレイ巡査は、サンダーブリッジのごく当たり前な人づき合いとは無縁の、寂しくつまらない存在になっていた。

女嫌いを隠さないせいで、村の大人人口の半分からは思いやりのかけらも示されず、関わりを拒まれていた。禁酒法への賛同をはっきりと示す絶対的禁酒主義者であるため、村人との飲食の機会からは完全に締め出され、夜ごと、地元での出来事や世の有様を議論する飲み屋〈雉亭《きじ》〉での私的な集まりからも疎外されていた。客のほぼ全員が勝利者を祝福しているときに急襲をかけ、かけ札を押収するという情け容赦もない行動を取ったせいで、人々からは永遠に嫌われていた。〝勝つことがなければ、失うこともない〟という理屈のもと、全員に賭け金を戻させたのは事実だ。しかし、この出来事は、胴元以外、ほぼ全員の胸に消えることのない不満の種を残すことになった。胴元の感謝など、この巡査にとっては何の意味もないものだった。地元の農夫たちにとっても、ガムレイ巡査の行動は不満しか生まない。農夫たち曰く、〝こうるさい男〟（発言者たちの教育水準から引き出された形容だと、こういう呼び名になる）。これは、迷い牛や農作業車のライト、有刺鉄線、動物の疾病に関する法律、その他、彼らとは意見が合わない諸々の事柄に対する巡査の態度によるものである。とうとう、職務上の理由で呼び出される以外、教会の行事にも参加しなくなったため、牧師からも非難の目で見られるようになっていた。

村の誰からもガムレイとは呼ばれないことが、社会のはみ出し者である状況を象徴的に示していた。私服でいるときでさえ、職業上の名で呼ばれるのだ。〝お巡りさん〟とか、もっと簡単な言葉で。

そんなわけで、表面上のガムレイ巡査の生活は、聖ギルバート（英国の修道士。一〇八三―一一八九）の格言のようだった。しかし、実際のところは違っている。さえない外見の下で、社会から疎外された自分を慰めるため、密かな情熱を育んでいたのだ。彼は、熱心な文学愛好者だった。

文学という言葉は、実に融通性のある言葉だ。しかし、ガムレイ巡査の場合、それは二つのものを意味しており、その二つしか存在しない。〈警察法〉の手引きと安っぽい犯罪小説。その両方から、彼は奇妙な喜びと奇妙な落胆を同時に感じていた。〈警察法〉に至っては、崩壊の兆しが見える表紙の文字まで暗記している。しかし、鋭い観察眼の持ち主なら、特定のページばかりに指紋が厚く積み重なっていることに気づくだろう――反逆罪、重罪に該当する反逆罪、動乱扇動、公職秘密法、著作権侵害。こうした項目は、ガムレイ巡査にとっては格別の喜びだった。サンダーブリッジの住人が反逆罪として知っているのが、ガイ・フォークス（一六二五年、英国国会議事堂を爆破した火薬陰謀事件の首謀者。一五七〇―一六三六）に関する事件だけであること、公職秘密法などというものが彼らの知識の範囲外であること、彼らが公的な秘密に通じる機会などあり得ないこと、そして、こんな僻地の村では、著作権侵害など無益な夢であること。そうした事実から寂しさがこみ上げてくる。こんな場所では、警察官としての熱意はあっても実績が追いつかず、いかなるチャンスも巡ってこないのだ。

いったい、どんな人生を味わい損ねたのだろう。彼は活字の中にその答えを探し求めた。日々の仕事を終え、住まいの寝室に戻る。本棚にずらりと並ぶ擦り切れた背表紙を指でたどり、うきうきとした気分で大耳マイクの逮捕劇や、国際的詐欺師スリム・ハリーの大追跡の再読に取りかかる。時々、鉛筆を取り出しては、考え深げに芯の先を舐め、名探偵の非常に独創的な推理部分に傍線を引いたりした。

ガムレイ巡査は実際、独創性に欠ける空想癖の持ち主の典型的な見本だった。自分でドラマを創り上げることなどはもちろんできず、ヒーローである探偵に自分を置き換える程度の想像力があるだけだ。〝死体を寄越せ〟ガムレイ巡査部長は言った。〝どうすればいいか教えてやる〟。もっと威勢のいい気分のときには、〝手を上げろ！〟ポケットからずんぐりとした拳銃を取り出して、ガムレイ警部補は叫んだ。あるいは、運命の采配者役のつもりで、〝これでスリム・ハリーの一件も終わりだよ〟机上にある電話の受話器を取り上げながら、ガムレイ警視は言った。鮮明に描かれた、こうした小さな空想物語が、自分の担当区域をパトロールする退屈な時間と同様、ガムレイ巡査にとっては生活の一部になっているのだ。

そして今、自分の担当地区の退屈さにげんなりとしながら村の通りに立っているところへ、チャンスは、帽子もかぶらず慌てふためいた女の姿を取って近づいてきた。履き潰したつっかけにエプロン姿という、とても魅力的とは言えない女だ。

「ずいぶん慌てふためいているな。おれが探し物を見つけることを期待しているわけだ」取り乱した相手の姿を認めたガムレイ巡査は、小声で呟いた。「まったく！　この手の女たちときたら！」

焦りと興奮で息を切らせたハッドン夫人は、巡査に向かって突進してきた。

「キャッスルフォードの奥様が撃たれたんです。キャロン・ヒルの。シャレーでです。死体はベランダの椅子の上。リンドフィールド様が残ってくれています。警部補でも誰でもいいから、すぐにあなたから電話をしてもらうようにおっしゃっています。できるだけ早くキャロン・ヒルにも電話して、事情を説明してください。そのあとは、急いでわたしと一緒にシャレーに戻って、それなりの人が来るまで現場を取り仕切ってください」

ガムレイ巡査が心の中で演じてきたドラマは、幸運なことに、こんな状況にぴったりだった。かなりの努力で、驚きが露わになるのを押さえつける。彼の想像物語のルールによれば、スター並みの探偵というのは、決して何事にも動じないからだ。こんなニュースをまさに期待していたにもかかわらず、重々しく頷いてみせる。そして、自分独自の対処法を捻り出せないかと、これまで読み込んできた様々な指示を心の中で繰り返してみた。不幸なことに、何も思い浮かばない。リンドフィールド嬢の指示は適切だった。

「おれに命令を下すなんて、実にあの女らしい」郵便局の電話ボックスに向かいながら、ガムレイ巡査は苦々しく思った。「どれだけお偉いんだか」

電話を終え通りに戻ってみると、ハッドン夫人が、小規模ではあるが数を増しつつある人だかりに、悲劇の様子をしゃべりまくっていた。

「こら！　余計なことをしゃべるんじゃない！」夫人を睨みつけて、巡査は制した。「その口を閉じて一緒に来るんだ」

こうしてささやかな栄光のスピーチを中断されたハッドン夫人は、甲高い声で残りの詳細を群集に披露すると、渋々、通りを進む巡査のあとに従った。村から出たところで、巡査が振り向く。

「村人たちに十分無駄話を披露したんだから」と、巡査は辛辣な口調で言った。「今度は然るべき筋に話を聞かせてもらえるかな。もし、ひどくお疲れでなければ。目下のところ、その然るべき筋というのは、わたしのことだがね」そして、いかなる誤解も生じないように、つけ加えた。「あんたが話すことはすべて書き留められ、証言と見なされる場合がある」

聴衆を奪われたハッドン夫人は、ただ一人残された聞き手を相手に、嬉々として知っていることをぶちまけた。彼女から知るべき内容をすべて訊き出してしまうまで、さほどの時間はかからなかった。犯罪小説の熟読によって得られたルールに従い、情報を整理しながら、彼は黙って話を聞いていた。

「ふむ！」知り得た事実を吟味し終えると、巡査は不意に声を上げた。「そのリンドフィールドとかいう女は……名前は何といったっけ？　コンスタンスだったかな？　ふむ、そのコンスタンス・リンドフィールドという女は、実にうまく場を仕切ったものだな。まったくもって、じーつーにーうまく」賛辞を当てこすりに替えて、巡査はその言葉を大袈裟に強調した。「彼女はあんたに死体を発見させた――現場に最初にたどり着いたのは、あんたなんだろう？　彼女はあんたを外に置いたまま、シャレーの中に入っていった。あんたから自分の姿が見えない場所に。ところで、彼女は中で何をしていたんだ？」

「ヒステリーを起こしていたんですよ」ハッドン夫人はそっけなく答えた。「そのことはお話ししましたでしょう？　あの方の声が聞こえてきましたから。笑い声を上げたり、泣き出したり、わめき散らしたり」

「わたしはただ、事実を確認したいだけなんだ」ガムレイ巡査は苛々した調子で遮った。「それなのにあんたときたら、愚にもつかない話で邪魔ばかりする。彼女はヒステリーの発作に襲われた――あんたの話によるとな――それからまた、ベランダに出てきた。で、そのあとはどうしたんだ？　即座にあんたを追い払った、違うかな？　彼女は、あんたをその建物から遠ざけたんじゃないのか？　自分一人で何でも勝手なことができるように。証拠を隠滅する、自分に都合のいいように現場を変える、あるいは、自分がいた痕跡を消して回るとか。あの女が犯人なら、あんたはこれ以上ないほどの協力をしてやったというわけだ」

こんな言いがかりに、ハッドン夫人は自分の立場を守る気にもならなかったようだ。

「事故だと言いませんでしたか?」いささかむっとした口調で彼女は言い返した。「鳥撃ちライフルを抱えた、あの小僧ですよ。ベランダで銃弾を見つけたっていう話はしましたでしょう? ちょっと前に、あの子がうちの窓に撃ち込んだのとまったく同じ弾でした。それに、銃声が聞こえたとき、リンドフィールドさんはうちの庭で、わたしのすぐそばにいたっていう話もしましたよね?」

ガムレイ巡査は、こんな場面にふさわしいと信じる、人を小バカにしたようなうんざりとした表情を浮かべた。

「わたしは、この状況を様々な角度から考えようとしているんだよ。それなのにあんたときたら、余計な口ばかり挟んで、わたしの考えを混乱させようとしている。わたしのように犯罪を学んできた者なら、犯人にまず必要なのが完璧なアリバイだということが理解できるんだがね。まともなアリバイがある人間ほど、わたしは疑ってかかる。なぜか? 何の罪も犯していないまともな人間なら、アリバイを捏造しようなんて思わないからだ。そういう人間は、運を天にまかせることができる。ところが殺人者のほうは、常に自分のアリバイのことを考えている。単純なことさ。あんたの話は、無知な大衆が期待するようなことばかり。一方、わたしは、専門家が考えることを話しているんだ」

納得したわけではなかったが、ハッドン夫人は黙っていた。二人で肩を並べ、先を急ぐ。ガムレイ巡査の心の中では、シャレーに到着したときに自分が果たすべき役割の下稽古が展開されていた。発すべき最初の一言も決まっていた。「おれはホークショー刑事だ（トム・テイラー著『仮出獄の男』〔一八六三年〕の一節）」その一言で、犯人は一瞬ぎょっとする。ひょっとしたら、物語の中でのように、犯人をひるませ、たじろがせ、すくませるような、さらなる効力を持つ鋭利な一言にもなるかもしれない。人がどんなふうにひるむものなのか、彼は知らない。しかし、その様を自分の目で確かめることを彼は期待していた。

　心の準備にもかかわらず、現実の場面はまったく違うものになってしまった。第一に、木立の小道を急ぐ途中で、二人は突然、うつむき加減に木々のあいだを行き来するリンドフィールド嬢に出会ってしまったのだ。ガムレイ巡査が思い描いていたシーンはベランダの上。その違いが彼を面食らわせた。不意打ちを食らったというわけだ。

「ガムレイ巡査だ」

　自分で聞いても、「おれはホークショー刑事だ」とは似ても似つかない響きになってしまった。

　リンドフィールド嬢も何の感銘も受けていない様子。すくんでもたじろいでもいない。ガムレイ巡査の目にも、ひるみのようなものは認められなかった。彼女は冷めた目で、巡査を上から下まで眺め下ろした。これは、自分の書斎でもめったにお目にかかれないタイプの冷酷な女性犯罪者なのかもしれない。ガムレイ巡査は内心そう思っていた。相手が話し始めると、疑惑や反感が募る一方で、巡査の尊大さは萎んでいった。

「存じています。ハッドンさんがお伝えしたことは、していただけたんですか？　警察の偉い方に連絡は入れました？　キャロン・ヒルの人たちにも知らせていただけたのかしら？　それなら結構。あちらに行ってもかまいませんわ――」彼女は、木々のあいだに見え隠れするシャレーを顎で示した。「人が来るまでベランダで座っていてください。何にも触らないで。わかりました？」

ガムレイ巡査はひるんでなどいなかった。しかし、この扱いに、間違いなくたじろいでいた。

「現在、ここでの責任者はわたしです」偉そうな態度を装って言い返す。しかし、その虚栄は少しも功を奏さなかった。「警部が到着したときのために、証拠を集めておかなければなりません」

ポケットから使い古した手帳を取り出し、鉛筆を捜す。リンドフィールド嬢は、その様子を冷たい目で見つめていた。

「ご自分の鉛筆が見つからないなら、お貸ししましょうか」苛立たしげな口調で彼女は言った。「もし、何かなさりたいなら、ハッドンさんの証言を書き留めておくといいわ。ベランダの階段に腰かけるのは結構。でも、椅子には座らないで。動かさないでほしいから。それから、わたしの邪魔をしないで。心配事があるのよ。警部が来たら会いますから」

何一つ、ガムレイ巡査の計画通りには進まなかった。この状況下での自分の指揮権を失っているような気がした。巡査の中の女嫌いの部分が、こぞって彼の背中を押していた。ガムレイ巡査は手帳を握り締め、鉛筆の先を舐めて、自分の立場に固執した。

「少々、あなたにお訊きしなければならないことがあるんですよ」厳めしく聞こえるように願いつつ、彼は言った。

リンドフィールド嬢が肩をすくめる。目が危険な光を放っていた。

「わたしから無理やり何かを訊き出すことなんてできないわよ。あなたはその事実を知るべきだわ。わたしは、警部が到着するまでここで待ちます。必要なことはすべて、警部に話しますから」

彼女はそこで言葉を止めた。何か思いついたことがあるのか、つけ加える。

「それから、あのベランダの上を歩き回ったりしないこと。近づかないでちょうだい。銃弾が転がっているんだから。その靴で、踏みつけてしまうかもしれないでしょう?」

返事を待つこともなく、リンドフィールド嬢は巡査に背を向け、木々のあいだを再び歩き回り始めた。

ガムレイ巡査はしばし彼女を見つめていた。リンドフィールド嬢の言葉に、サンダーブリッジの村にいたときと同じ気持ちが沸き起こる。「まったく! ここの女たちときたら!」そう呟いたとき、巡査の唇は確かに動いていた。しかし、今回の声の調子には、以前、同じ言葉を漏らしたときのような優越感や憤慨は滲んでいなかった。完全に鼻であしらわれている。そして、彼の頭の中の劇場に蓄積されたいかなる知識をもってしても、この事実を覆い隠すことはできなかった。

半分ほど振り返ったところでハッドン夫人の姿が目に入った。興味津々という様子でこちらを見ている。自分の立場を思い出したガムレイ巡査は、彼女のほうに自分の権威を誇示することに決めた。

「あんたと調査を始めることにしよう」そう宣言する。「わたしと一緒に来てくれ。あんたの話を書き留めておく。警部のために報告書を仕上げておかなければならないからな」

巡査はベランダに向かって歩き始めた。

「あんたはそこに座ってくれ」彼は、ベランダから芝生へと続く幅広い階段の一番下の段を指さした。

「わたしはこっちに座る」自分は一番上の段を選ぶ。「さあ、話を始めようじゃないか」

ガムレイ巡査は背の高い男だった。加えて、位置的に高い場所のほうが事情聴取では有利に働くことも、これまでの経験から知っていた。再び手帳を取り出し、厳めしい顔つきで鉛筆の先を舐めると聞き取り調査を始めた。

「あんたは自分の家の庭にいた。そして、家の脇から続く木立の向こう端から、あのリンドフィールドが出てくるのを見た。彼女はこのシャレーからやってきたんだろうか？　シャレーにいたのは二人だったのかな？　それとも一人だけだったんだろうか？」

「一人だけですよ」ハッドン夫人は断言した。「まず間違いありません」

「そうとは言い切れないと思うがね」相手の言葉を書き留めてから、ガムレイ巡査は疑わしげに答えた。「まあ、いいだろう。あのリンドフィールドは、このシャレーから来たのか？　その点が知りたいんだが」

「いいえ、違います」ハッドン夫人は言い切った。

相手の言葉を急いで書き留めた巡査が、そこで躊躇う。

「どうして、そんなことがわかる？」

「あの方がご自分でそう言ったからです」ハッドン夫人の声は得意げだ。

ガムレイ巡査はホークショーのポーズを取り戻した。わずかに眉を上げてみせる。

「リンドフィールドがあんたにそう言った。そして、同じことをあんたがわたしに伝える。伝達だな。つまり――兵士たちが言うところの。それでは証言にならないよ。シャレーからでないなら、どこからやってきたんだね？」

ハッドン夫人は身をよじり、自動車道へ向かう下り斜面に広がる遠い農園の裾野に向かって手をひらひらさせた。

「わたしが声をかけたとき、あの方はキャロン・ヒルへの近道を通っていたんです。そのことは前にお話ししましたでしょう？　自動車道から上がってきて、また下る小道があるんです。その木々のあいだを抜けて木立に入る。それが、家《うち》の前の野原まで続いているんです。その道を、あの方は歩いていたんですよ」

ガムレイ巡査は頭を振り、あきれたような口調で呻いた。「伝達だ」そう言って手帳を下ろす。

「あんたが最初に見かけたとき、リンドフィールドは拳銃とか、そんなものを持っていたかね?」

「いいえ、まさか。それとも、わたしに透視能力でもあると思っていらっしゃるのかしら?」

「あんたの目なら、他人のポケットの中身まで見えるんじゃないか?」密かな皮肉を込めて巡査は訊いた。「あの女なら十挺もの拳銃を持ち歩いているかもしれないのに、あんたには、それが少しもわかっていないんだ」

しかしこれでは、相手のホームグラウンドで戦いを挑んでいるようなものだった。

「ちゃんと結婚でもなさっていれば、そんなバカな質問なんかしない程度に賢くなっていらしたでしょうね」ハッドン夫人が言い返す。「ご自分でご覧になった通り、あの方はゴルフスカートをはいていらっしゃるんですよ。女性のそんなスカートにポケットなんかついていません。それに、あの方のカーディガンのポケットにも何も入っていませんでした。銃弾が通り抜けた穴を、広げて見せてくれたんですから。そういうことです!」

「彼女と会ったとき、あんたはリンドフィールドの持ち物の中に拳銃の存在は確認していない。そう、書き留めておこう」ガムレイ巡査は裁判官のような口調で答えた。「証言が保証できるのは、こんな程度のものだ。次。木立から出てくる彼女をあんたが見たのは何時ごろだったのかね?」

そんな質問に答えるのはとても無理。ハッドン夫人が返した身振りはそう訴えていた。

「どうして、わたしにそんなことがわかります? わたしにはキッチンにかかっている時計しかないんです。それだって一週間も前から止まったままなんですよ」

ガムレイ巡査は力なく頷いた。訓練されていない人間から、いったい何が期待できるだろう？　観察力のないところに正確さはない。望みはゼロだ。鉛筆の先を舐めながら、何か打開策はないものかと考える。しかし、何も見つからない。ふとベランダの方を振り向いた彼は、ティーテーブルに気がついた。

「キャッスルフォード夫人のところには客があったようだな」

この午後からの出来事の緊張で、ハッドン夫人の神経は擦り切れ始めていた。ガムレイ巡査に対する畏敬の念も、とっくに消え失せている。

「ティーカップが二つあるのなら、わたしにも見えますけどね」口調にはとげとげしさが滲んでいた。

「ということは、リンドフィールドが彼女とお茶を飲んでいたということかな？」

「あの方ではありませんよ」ハッドン夫人が言い切る。

「ちょっと待ってくれ」ガムレイ巡査はひどく警戒しているようだ。「リンドフィールドが現れるまで、あんたは自分の家にいた。このシャレーにいたわけじゃない。それなのに、ここでお茶を飲んでいたのがリンドフィールドではないと、あんたは言い張る。伝達については警告したはずだぞ。ここでお茶を飲んでいたのがリンドフィールドなのか別人なのか、どうしてあんたにわかるんだ？」

「もちろん、ちゃんと目を開いてものを見ているからです。わたしは何年も、ここで食器を洗ってきたんです。キャッスルフォード夫人は砂糖をやめているんですよ。健康のために、サッハリンとかいうものを使っていました。リンドフィールド様がお茶に砂糖を入れることはありません。あのティーカップの一つには砂糖が残っていました。さっきティーテーブルを見たときに、ちゃんとこの目で確認したんです。だから、わかるんですよ」

ガムレイ巡査はこの推理に欠陥を見出そうとしたが、見つけられなかった。あたかも自分の推理でもあるかのように、新たなメモを残す。そして、とても思いつかないような新たな質問を捻り出そうと、脳みそを絞った。

「例の鳥撃ちライフルを持った子供だが――その子は小火器免許やガン・ライセンスなんかを取得しているんだろうか?」

ハッドン夫人はいとも簡単に、自分が答えられる範囲外の質問だと認めた。

「キャロン・ヒルの方たちに訊いたほうがいいですね。リンドフィールド様ならご存知かもしれませんけど」

「あんたの話では、その少年が今日の午後、この辺りで銃を撃ちまくっていた。結構な数を撃っていたんだろうか?」

ハッドン夫人はどうやら、この問いをこれまでの質問よりもずっと重要だと思ったようだ。恐らくは、彼女自身により関係の深い問題だという理由で。

「最初はあまり気にしていなかったんですよ」夫人は慎重に話し始めた。「時々、銃声が聞こえていました。でも、思い出せるのはそのくらいのことで。その後、少しのあいだ、銃声は治まっていたんです。だから、あの子はどこか離れた場所に移ったんだと思いました。それなのに、銃弾が家《うち》の窓ガラスを撃ち抜いたんですから。外に出てあの子がいるのを確かめようとすると、また、ちょっと音が止まりました。それから、また二、三発。リンドフィールド様と話しているあいだは、もっと頻繁に聞こえていましたね。思い出せるのはそのくらいです」

ガムレイ巡査は苦心してその供述を書き留めた。そして、さらに質問を重ねようとしたとき、下の道路へと下る斜面の縁から、近づいてくる二人の人影を認めた。その人物の正体に気づいた彼は、腰を上げた。

「ウェスターハム警部とフェリーヒル巡査部長だ」ハッドン夫人に告げる。「車でやってきたんだろう」

二人の人影がシャレーに近づいてくる。ガムレイ巡査に訪れた念願の時も、これで潰《つい》えた。

第七章　ウェスターハム警部の取り調べ

ウェスターハム警部は独り者だが、ガムレイ巡査のように気難しい女嫌いではない。個人的にはかわいらしい女の子が好きだったし、相手にそう告げることも憚らなかった。しかし、いざ仕事となると、証人が美人でも不美人でも、同じ徹底さで取り調べを進めた。ただ、より正確に言えば、美人相手の仕事のときには、相反する心の動きに苦労しているというのが本当のところだ。心の一部では相手の肉体的魅力をしっかりと捕らえて吟味しつつも、ほかの部分では、そんなものには一切影響を受けず、ただひたすら事件を解決するための事実収集に専念しているのだから。このようにして彼は、仕事の効率に何ら差し障りを与えることなく、両方の心の傾向を最大限に享受していた。

巡査部長を従え、牧草地の斜面を登っていくあいだにも、ウェスターハム警部はベランダの様子を確認していた。椅子の上の動かぬ人物、イーゼル、ティーテーブル。階段にはハッドン夫人。ガムレイ巡査が挨拶をしようと立ち上がる。やがて、警部の目はリンドフィールド嬢の姿を捕らえた。彼の到着に気づいて木立の中から抜け出し、急ぐふうでもなく近づいてくる。

「いい女だな」警部の心の私的な部分が満足げに漏らす。一方、公的な部分は事実の記録に勤《いそ》しんでいた。どうでもいいような細々としたことに中断されない、簡潔な証言ができる教養ある証人の登場だ。

手帳をポケットに押し込みながら慌てて駆け寄ってきたガムレイ巡査が、上司に挨拶をした。

「すでに主だった事実は確認しております、警部。集めた情報を元に、わたしは――」

ガムレイ巡査がどんな人物なのか、ウェスターハム警部も表面的には把握していた。警部自身の見解では、あまり役に立たない人物。極めて実直だが、物事の処理に関しては手際が悪い。しかし、この巡査のホークショー的な部分については何一つ知らなかった。もし、部下のそういう部分に気づいていれば、警部も少しは楽しめたかもしれない。

「きみの報告はあとで聞くことにするよ」ウェスターハム警部は答えた。「医者がもうすぐ到着するはずだ。ここがわからないかもしれないから、自動車道まで下りて案内してくれ」

現場から一時的に締め出される不満をどうにか抑え込んで、ガムレイ巡査はとぼとぼと下の道路へと向かっていった。警部は、すぐそばまで近づいてきたリンドフィールド嬢に顔を向けた。

「ウェスターハム警部と申します」自己紹介をする。そして、ごく自然な短い間を置いて先を続けた。

「こちらの地区には転勤してきたばかりでして。失礼ですが、お名前をいただけますか?」

「わたしはリンドフィールドです――コンスタンス・リンドフィールド。向こうにあるキャロン・ヒルで、キャッスルフォード夫人と暮らしています。恐ろしいことですわ、ウェスターハム警部。彼女、死んでいるんです」

リンドフィールド嬢は唇を噛み、ベランダのほうを顎で示した。ウェスターハム警部の公的な部分が心の台帳に記帳する――〝この女性はかなりのショックを受けている。気丈ではあるとしても。感情をしっかりと抑え込んでいる。細心の注意を払わないと、あっと言う間に崩壊してしまうぞ〟警部は宥めるような仕草とともに理解を示す声をかけ、相手が話し出すのを待った。

「銃による事故だったんです」リンドフィールド嬢は、動揺を隠し切れない声で説明した。「わたしたちは――ハッドン夫人とわたしのことですけど――ここで死んでいる彼女を発見しました。それで、すぐにあなたを呼びにやらせたんです。それが正しかったのかどうかはわかりません。でも、気を静めてから一番先に思いついたのが、そうすることでした」

「まったくもって正しい判断でしたよ」警部は相手を力づけた。「すぐに我々を呼んだのは、実に賢明な判断でした」

警部は断りを入れてから少しのあいだリンドフィールド嬢のそばを離れ、手早くキャッスルフォード夫人の身体を調べた。相手の元に戻ってきたときにも、彼女の精神状態にはまだいささかの不安が感じられた。ベランダ寄りの端にある丸木造りの椅子が目に入る。それが、次の出方を示してくれた。

「ショックだったでしょうね」優しく声をかける。「お話しいただくあいだ、お座りになっていたほうがいいんじゃないですか？　とても立っていられる状態じゃない」

脇に立っていた巡査部長が椅子を二脚運んできた。ウェスターハム警部が、シャレーに背を向けたほうの椅子にリンドフィールド嬢をそっと座らせる。彼女は、警部の心配りに悲しげな笑みを返して、ほっとした様子で座り込んだ。

「では、ウェスターハム警部、もし何かお訊きになりたいことがあるなら……」

警部は相手の顔色を窺った。あまりにも厳し過ぎる尋問は、恐れてやまない精神の崩壊を招くだけかもしれない。もし、そんなことになれば、取り調べは延期にせざるを得ない。時間のロス。また別の機会に、最初からすべてをやり直さなければならなくなる。

「ご存知のことをあなた自身の言葉でお話しいただきたいんです」彼は、そう促した。「途中で気になることがあれば、二、三、わたしのほうからお尋ねします」

相手の言葉の意味を理解したことを示すために、リンドフィールド嬢は頷いた。

「わたしは恐ろしい立場にいるんです、ウェスターハム警部」椅子から身を乗り出し、相手の顔を見つめながら、リンドフィールド嬢は素直に話し始めた。「この恐ろしい事故が、ある程度自分の責任だと感じずにはいられないんです。あなたなら、この感じ、おわかりになるでしょう？　つまり、このわたしが、数日前にキャロン・ヒルで一緒に暮らしている男の子に鳥撃ちライフルをプレゼントしたんですから。もちろん、十分注意して使うよう言ってはあります。わたし自身は、単なるおもちゃのつもりでいたんです。こんな物騒なものになるとは思ってもいなかったんですよ。そうでしょう？」

「鳥撃ちライフルですって？　二十二口径のですか？」警部は慌てて口を挟んだ。

「ええ。注文したときの広告に、そんなようなことが書いてあったと思います」

「小火器免許とかガン・ライセンスなんかはどうしたんです？」ウェスターハム警部はそれとなく尋ねた。

「その点は大丈夫です」リンドフィールド嬢が説明する。「カタログに書いてありました――その銃は通信販売で買ったんです――購入前に警察の許可が必要だって。だから、その許可を入手して、注文書と一緒に送りました。でも、フランキーの許可も必要だということが、あとになってわかりました。警察に事情を説明しましたけど、何の問題もありませんでしたわ。あの子、ちょうど十四歳になっていましたから。それで、彼にもガン・ライセンスを取得させたんです」

ウェスターハム警部には、こんな公的な手続きなどどうでもいいことだった。彼にとって質問することの意味は、事件の重要な局面に入る前に、リンドフィールド嬢の気持ちを落ち着かせることだったからだ。もし、それが可能なら、の話ではあるが。

「わかりました」そう答える。「その点はすべて合法なのですね」

リンドフィールド嬢が、すぐさまこの小休止に飛びつくことはなかった。脚を組み、無意識にスカートの皺を伸ばす。しばし、何か考え込んでいるようだ。

「どこから話し始めればいいのか、わからないんです」最後には正直にそう認めた。「昼食のとき、たまたまフランキーに尋ねたんです――フランク・グレンケイプルというのが、その少年の名前です――弾が切れていないかどうか。あの子なら、あっと言う間に使い切ってしまうだろうと思っていましたから。やはり、在庫は切れかかっていました。今日の午後は散歩をするつもりでいましたから、そのあとで合流して、サンダーブリッジまで一緒に弾を買いに行こうと持ちかけたんです。弾薬は村の金物屋で扱っています。でも、フランキーは実際の年齢よりもずっと幼く見えますからね。そんな子供に弾を売るのを、金物屋は渋るんじゃないかと思ったんです。自分が一緒にいれば、何の問題もありません」

「実に用心深い判断ですな」警部は感心したように言った。「もちろん警察は、所定の年齢に達していない子供に銃弾を売ることなど認めていませんからね。しかし、保証人としての大人が一緒であれば問題はない」

リンドフィールド嬢はかすかに頷き、先を続けた。

「昼食を取っているあいだに、キャッスルフォード夫人がシャレーに来ると言っていたのを思い出しました――どうしてそんなことを思い出したのかは、はっきりしませんけど――今日の午後、シャレーに絵を描きにくると言っていたんです。たぶん、どうでもいいような会話の中に出てきたんだと思います。そのときには、特に関心も持ちませんでした。彼女はしょっちゅう、ここに絵を描きにきていましたから。ところで、彼女がわたしの異母姉だという話はしましたかしら？　わたしがキャロン・ヒルに来ることになったのも、そのためなんです」

「なるほど」リンドフィールド嬢が一息ついた隙に、警部は口を挟んだ。「キャロン・ヒルには、ほかにどなたがお住まいなんですか？」

「キャッスルフォードさんとその娘さんだけです。姉の実の子ではありません――ご主人の連れ子です」

「その娘さんはおいくつなんでしょう？」警部が問う。

「ヒリーですか？　彼女はヒラリーという名前なんです。二十歳くらいですわ」

「キャッスルフォード夫人は？」

「三十五歳。ご主人のほうは八、九歳、年上です」

「キャッスルフォード氏の職業は？」

「無職です。キャッスルフォード夫人が、最初の夫からの遺産を相続していましたから――ロナルド・グレンケイプルさんからの」

「ありがとうございました」警部は申し訳なさそうに言った。「こういう事実は確認しておく必要があるんですよ。お話を止めてしまってすみません」

リンドフィールド嬢は、話の流れを見失ってしまったようだ。

「どこまでお話ししたのかしら？　ああ、そうそう、思い出しました。昼食のときにフランキーと約束したんです。散歩の帰りに、この木立の中で落ち合おうって。正確な時間までは決めませんでした。わたしが戻るころには、あの子も思う存分、鳥撃ちライフルを堪能しているでしょうから。こんなこと、思いつかなければよかった。そしたら、こんな恐ろしいことにはならなかったでしょうに」

リンドフィールド嬢は首を巡らせ、目の前に連なる木立を見やった。相手に不必要な気まずさを感じさせたくなかったウェスターハム警部は、自分の非公式な部分の関心を喚起するリンドフィールド嬢の足首を見下ろした。こんな状況下で観察域はひどく限られるものの、相手の片方の靴が無意識に床を打っていることを、職業的な部分がしっかりと捕らえていた。「気持ちはまだ高ぶっているようだな」警部は内心、そう思った。

再び目を上げると、リンドフィールド嬢がかすかに恥じ入るような顔でこちらを見ていた。

「すみません」乾いた声で彼女は詫びた。「先を続けますね。右手に、道路に向かって下っていく木立の先端部分が見えますでしょう？　あそこでフランキーと会う約束をしたんです。せいぜい幅が百ヤードくらいの木立です。相手を見つけられないことなんて、まずありません。わたしは木立の向こう端から入って、中を通る小道を歩いてきました。だから、このシャレーの様子は見えませんでした。考え事もしていましたし。森の中を歩いていると鳥撃ちライフルの銃声が聞こえました。そして、その銃弾が、腕にかけていたカーディガンを貫通したんです。身体に当たらなかったのは、幸運以外の何ものでもありません」

警部はもごもごと、まったくだというようなことを呟いた。

「もちろん、わたしはカッとしました」リンドフィールド嬢が続ける。「それで、フランキーの名前を呼んだんです。ひょっとしたらあの子は、わたしが怒り狂っているのを見ていたのかもしれませんね。姿を隠したままで、捕まえることができませんでしたから。時々、ひどく手に負えなくなることがあるんです。あとで会えるのはわかっていましたから、あの子のことでそれ以上時間を無駄にはしませんでした。その代わり、木立の奥までまっすぐ小道を進んでいったんです――向こう側にハッドン夫人の家があるんです。彼女はシャレーの管理人のようなことをしてくれています――必要に応じてお茶の道具を洗ったり、小屋の掃除をしてくれたり。外に出てきた彼女は、鳥撃ちライフルの弾が彼女の家の窓ガラスを割ったという話をしてくれました。それで、あの子から銃を取り上げる約束をしたんです。もちろん、あの子の不用心さには本当に腹を立てていました」

そこで一息。

「あんな銃なんか与えなければよかったわ！」怒り心頭という様子だ。

さらに一息置いて、リンドフィールド嬢は先を続けた。

「ハッドン夫人と一緒に家の前に立っているあいだにも、さらに一、二発の銃声が聞こえました。最後の銃声が響いたあと、声が聞こえたような気がしたんです――かすかな悲鳴のような声。そのときのわたしが、銃声に対してひどく神経質になっていたのはご理解いただけると思います、ウェスターハム警部。その声を聞いたとき、わたしは――」

「何か嫌な予感がした？」

「ええ。自分が撃たれそうになった直後で敏感になっていましたから。キャッスルフォード夫人が絵を描きにシャレーに行くと言っていたのを思い出しました。そして、その声はまさにシャレーのほうから聞こえたような気がしたんです。とても不安でした。キャッスルフォード夫人がシャレーにいるかどうかハッドン夫人に訊きましたが、彼女は何も知りませんでした。何か、とても悪いことが起こっているような気がしたんです――うまく説明できませんけれど。それで、ハッドン夫人にも一緒に来てもらいました。その結果、椅子の上で息絶えているキャッスルフォード夫人を見つけたわけです。その直後に起こったことの説明はできません。ひどいヒステリー状態に陥ったんだと思います。感情のコントロールがまったくできませんでした。でも、気持ちを落ち着かせるとすぐに、ハッドン夫人に助けを呼びに行ってもらったんです」

「何にも触っていませんね？」

「ええ。そのくらいの理性は残っていましたから。わたしがしたのは、キャッスルフォード夫人の顔を覆ったことだけです。ああ、それからもう一つ。ハッドン夫人がベランダの床に転がっている銃弾を見つけたんです。彼女には、そのままにしておくように言いました。彼女の家の窓ガラスを割った弾と、まったく同じように見えましたから」

相手がすべてを語り尽くしたと見たウェスターハム警部は、さらなる質問を繰り出す前に少し間を置いた。

「時間というものが常に重要になります。その点で何か、与えていただける情報はありますか？」

リンドフィールド嬢は頭を振った。

「難しいですね。わたしもみなさんと同じなんです。時計を気にしながら行動することはありません。唯一はっきりしているのは、五時十八分という時間だけです。ハッドン夫人とわたしがここでキャッスルフォード夫人を見つけた時間です。自分がどうにかなる前に、そのくらいの確認をしておく冷静さは残っていましたから。でも、ほかの時間については、みな憶測です。一緒に割り出すことはできますよ。わたしの歩く速さは普段、一時間に三マイル半ほどです。木立の中でフランキーを捕まえようとして費やしたのが数分間。ハッドン夫人の家の前で彼女と話していたのも数分です――たぶん、三分かそのくらい。でも、彼女にも確認したほうがいいでしょうね。それで、わたしがそこの道路から木立に入った時間がだいたい割り出せるんじゃないですか。距離をちゃんと考慮すれば。これ以上はっきりしたことは言えません」

ウェスターハム警部としては、これほど詳しい説明は期待していなかった。つかの間、物思いに耽ってから別の質問を繰り出す。

「木立の中で少年の姿は見なかったんですか?」

リンドフィールド嬢は頭を振った。

「はい。お話ししたように、あの時はほとんどあの子のことは気にしていなかったんです。あとで捕まえられますから。一、二度、名前を呼んだだけです。姿を現さないのがわかると、そのまま放っておきました」

「木立の中でほかに見かけた人物もいなかった?」

「ええ、一人も。あの木立は下生えがひどく生い茂っていて、あまり遠くまでは見渡せませんので」

「カーディガンを見せていただいてもかまいませんか?」

「ベランダの手摺りの上です」リンドフィールド嬢は指さした。「少しのあいだ、取り調べを中断してもらってもかまいませんか? ちょっと疲れてしまって。たぶん、神経だと思います」弱々しく微笑もうとしながら、彼女は言い足した。

「これまでのところ、非常によく協力していただいていますよ」警部は励ますような口調で答えた。

「ここに座って静かにしていたほうがいいでしょう。細かいことをくよくよ考えずに。お邪魔はしませんよ。わたしでしたら、ほかにすることがありますから」

リンドフィールド嬢のそばを離れたウェスターハム警部はベランダに近づき、手摺りからカーディガンを取り上げた。すばやい動作で密かにポケットの中身を調べる。ちびた鉛筆にゴルフのスコアカード、マッチ箱と小さなポケット・ハンカチーフが入っているだけだ。カーディガンを芝生の上に広げ、綿密に調べる。弾丸が貫通した穴は一つではなく、小さな穴が二つあいていた。カーディガンを腕にかけたまま折りたたんでみる。どうやら、たたんで二重になったところに弾丸が貫通したらしい。布地の性質上、穴の輪郭ははっきりしない。しかし、サイズ的には二十二口径の弾とほぼ一致する。

リンドフィールド嬢の化粧ポーチがカーディガンに包《くる》まれていた。その中身もこっそりと調べる。シリンダー錠の鍵以外、女性たちが普通に持ち歩くものばかりだ――口紅、櫛、白粉刷毛、小銭入れ、鏡、そして、薄っぺらいハンカチーフが一枚。

巡査部長を呼び寄せ、ともに帽子を取ってから慎重な足取りでベランダに上がり、より細かな調査を始める。ウェスターハム警部のほうが先に弾丸を見つけた。その位置を記憶に留めてから、詳しく調べるために取り上げる。ポケットから取り出したチョークで、場所を示す印をコンクリートの床につけておいた。

「二十二口径の弾だな」巡査部長にも見せながら警部は言った。「純正の鉛製。射的場にあるような銃から発射されたものかもしれない」

ポケットから小さな封筒を取り出し、弾丸をその中にしまい込むと再びポケットに収める。

次に目を留めたのはティーテーブルだ。巡査部長を従え近づいていく。ウェスターハム警部はテーブル上の物に目を走らせ、小声で数えていった。

「保温カバーがかかったティーポット」警部はカバーを持ち上げ、ポットの蓋を取ると中を覗き込んだ。「それぞれのカップに一杯ずつ注いだあとで、湯を継ぎ足したようだな。つるつるとした電気メッキのティーポットだ。目ぼしい証拠にはならなくても、指紋がいくらか取れるだろう。スタンドに載った電気メッキのスピリット・ケトル」警部は蓋をわずかに持ち上げてみた。「思った通り、中身はほとんどなくなっているな。アルコールランプは消えている。一般的な家庭用のマッチ箱。茶こぼし（使用済みの茶葉をあけるための容器）に使用された形跡はなし。つまり、一杯ずつのお茶しか飲んでいないということだ。あの電気メッキ製品からは指紋がうまく取れるだろう。こっちのカットグラスの菓子入れでは、そうはいかん。砂糖入れも電気メッキ。うまく考えたものだな。こんなシャレーで純銀製の食器なんかを使っていたら、押し込み強盗のいい獲物になってしまう。年の半分、誰もいなくて使われていない期間は特に。皿にはカットレモンと果物ナイフか」

「これはいったい何のためなんです？」単純な人間である巡査部長は尋ねた。

「ロシアンティーだよ。どんなものか知りたければ、ミルクの代わりにレモンのスライスを浮かべた紅茶を飲んでみるといい。カップに残ったこのスライスを見てみろよ。まったくもって賢いものだ」

「どうしてです？」優雅な生活とはまったく縁のない巡査部長が重ねて尋ねる。

「時々しか使わない場所で、どうやって生乳を保存しておくんだ？　まあ、単純にコンデンスミルクが嫌いなだけかもしれんがね。いずれにしても見ての通り、ミルク入れは置いていない」

警部はさらなる好奇心に押されてティーカップに視線を向けた。カップの中が見えるように、レモンのスライスを少し脇に避《よ》ける。

「椅子があるほうのカップには砂糖が少し残っている。もう一つのカップには砂糖の形跡はなし。こっちにも残っていると思ったんだがな」

　砂糖が残っていないカップの脇にある小さな瓶に目が留まる。

「これのせいか。サッカリンだ。糖尿病患者が砂糖の代わりに使う。彼女も糖尿病だったのかな。いずれにしても、瓶は空《から》だ」

　ある種の人々にとって、生活というものは非常に複雑なものであるらしい。一杯の紅茶という至極単純な事柄から、一度に二つもの新しい事実を知らされた巡査部長の表情は、彼がそう判断したことを物語っていた。

　警部はカップのソーサーに残された二本の煙草の吸殻を調べていた。一本はほんのわずかしか残っていないが、もう一本は半分ほどの長さが残っている。

「両方とも同じ銘柄だ——ヴァージニア煙草のクレイヴンA、コルクチップつき」ウェスターハム警部は巡査部長のために説明をしてやった。「まずはこれを調べて、片づけてしまおう。キャッスルフォード夫人のハンドバッグはどこかな？　彼女が自分で持っていたはずだが」

　夫人は、自分が座った椅子の脇にバッグを置いていたかもしれない。そう思いつくまで、目的のものを見つけるのにずいぶん手間取った。自分が触れた痕跡を残さないよう、細心の注意を払ってバッグの中を改める。探していた煙草ケースが入っていた。ケースをあけてみると、果たして中身はコルクチップつきのクレイヴンAだった。

「ということは、二人で彼女の煙草を吸っていたわけか。これじゃあ、訪問者の身元を割り出すのに大して役には立たないな。その客が誰であったにしても」素直にそう認める。「使っていたマッチはどうだろう？」

テーブルの脇のコンクリートの上に、二本の使用済みマッチが落ちていた。しかし、それも大した情報にはならない。出所がティーテーブルの上のマッチ箱なのが明らかだからだ。

「アルコールランプ用に一本、煙草用に一本か」ウェスターハム警部は推測する。「今のところ、これ以上調べるものはないいな」

イーゼルへと移動し、未完成の絵の前にしばし佇む。芸術的な観点から、その絵が警部に何も訴えかけてこないのは確かだった。指を伸ばし、絵の大部分が乾いているにもかかわらず、ある一部分の絵具だけがまだ濡れていることを確かめた。

「今日の作業はあまりはかどらなかったようだな。客が訪ねてきたせいかもしれない」

やがて、絵画道具へと視線を移していった警部は、ハッドン夫人が見落としていた事実に気がついた。絵具のついた筆が一本、まるで、誰かが通りすがりに踏みつけたかのように、コンクリートの床に毛束を広げて落ちていたのだ。

ウェスターハム警部には、使い方によっては祝福とも呪いとも受け取れる天賦の才能が授けられていた。偏りのない心を持っていたのだ。調査を始める際、いかなる先入観に捕らわれることもない。自分の見解を言葉にするよう強いられれば、こんなふうに表現するかもしれない――「ここに死体となって発見された女性がいる。わたし個人としては、その死因が事故なのか、殺人なのか、自殺なのかは、まったく関心がない。わたしの仕事は、死因がそのうちのどれであり、どのようにして起こったのかを究明することだ。結論を出すための十分な情報を集める前に直観などに頼ったら、笑いものになるだけだろう。わたしの仕事は情報によって進捗する。先に結論を出しておいて、それに合った情報を集める者も確かにいる。自分には、どうしてもそんなふうにはできないだけのことだ」実際、ガムレイ巡査の調査方法ではかなりの部分を占める直観的なひらめきが、彼には決定的に欠けていた。

ここまで調査を進めてきても、ウェスターハム警部としては自殺という可能性を捨てる段階に到達しただけのことだった。それさえも、死体のそばに凶器が見つからないこと、自殺者は普通、背後から自分を撃ったりはしないこと、そんな単純な根拠から生じたものに過ぎない。あとはただ、完全に偏りのない心があるだけなのだ。

彼は数分間、潰れた絵筆をまじまじと見つめていた。その後、そんなもののことはすっかり忘れてしまったかのようにくるりと背を向け、ベランダにあるもののだいたいの位置を確認し始めた。テーブルから少し押し離された椅子は、明らかに正体不明の客が使っていたものだろう。お茶のあと、煙草を吸っていたキャッスルフォード夫人が、テーブルについていたこともはっきりしている。なぜなら、吸い終えていない煙草の残りがソーサーに置かれているのだから。テーブルはシャレーの壁寄りに置かれていた。死体が座っている椅子はテーブルから十フィートほど離れた場所、家の壁とベランダの手摺りの中間くらい。テーブルについていれば、木立から銃弾が飛んできても十分に安全だったはずだ。一方、今いる場所では、ベランダに屋根があっても何の防御にもならない。この場所に椅子を移動させるには、ベランダの上を十フィートも斜めに引っ張ってこなければならない。もし、客がテーブルについていたなら、そんな場所に椅子を移しては会話がしずらくなってしまう。

ウェスターハム警部は、幾分奇妙な状況に困惑しながら、引きずられた椅子がコンクリートの床に残したかすかな跡を調べ続けた。椅子がこの位置まで引きずられてきたのは確かだった。持ち上げられて運ばれたわけではない。

どうにも納得がいかなかった。警部は、似たような椅子があるベランダの端に行き、その椅子の背に手をかけてコンクリートの上を引きずってみた。死体を載せた椅子の移動を真似てみたわけだ。そして、床に膝をつき、自分の実験が残した跡を調べてみる。もう一つに比べると、はるかに薄い跡だった。でも、形状は非常によく似ている——均一な濃さのまっすぐな線。

なぜ、キャッスルフォード夫人を載せた椅子の跡のほうが、自分の実験結果よりもくっきりしているのか？　答えは簡単だ。彼女は座ったまま、現在の位置まで椅子を動かしたのかもしれない。夫人の体重が擦った跡を鮮明にした。空《から》の椅子では、コンクリートの床にそれほどの跡を残さない。

しかしこの推測は、新たな疑問を生じさせただけだった。警部は再度、キャッスルフォード夫人の椅子が残した跡を調べに戻った。人が椅子に座ったまま移動する場合、何度も自分の脚を動かして、椅子を強く引っ張る必要がある。その場合、残された跡はまっすぐな一本線ではなく、濃さにムラのある小刻みなジグザク模様になるのではないか。しかし、キャッスルフォード夫人の椅子が残した跡は、明らかに均一な強さで引かれたときにできる一本線だ。

推理としては簡単だ。椅子が動かされたとき、キャッスルフォード夫人はそれに座っていた——線の強さがそれを物語っている。しかし、均一でムラのない線は、彼女自身がその椅子を動かした本人ではないことを示している。従って、その椅子は第三者によって現在の位置まで引っ張られたか、押されたかになる。キャッスルフォード夫人は、その作業が引き起こす耳障りな摩擦音をまったく気にせずに座っていた。

「厄介なスタートだな」声に出ぬよう気をつけながら、ウェスターハム警部は感想を漏らした。「たぶん、誰かは知らんが、椅子を動かしたのは客なんだろう。でも、何だって彼女はその間、立ち上がらなかったんだ？　客としてはそのほうが楽だったろうし、夫人にしても、はるかに快適だったろうに」

新たなひらめきが頭を過《よぎ》った。警部は、その椅子が元々あった、テーブルのそばのコンクリートを調べ始めた。

「ここに血痕はなし」最終的にそう呟く。「ということは、彼女はここではなく、今いる場所に運ばれてから撃たれたというわけだ。それに、景色を眺めるために移動したわけでもない。眺望に対しては横向きだからな。テーブルにいたときと同じように、ベランダを見渡していたはずだ」

この問題に頭を悩ませながらも、ウェスターハム警部は建物に近づき、シャレーの中に入ろうとした。シリンダー錠が彼を阻む。煙草入れを捜すためにキャッスルフォード夫人のバッグを覗き込んだとき――その瞬間には気にも留めなかったのだが――鍵が入っていたことを思い出した。バッグをつかみ上げ、鍵を取り出して試してみる。錠が回った。そのとき警部は、リンドフィールド嬢のバッグにも鍵が入っていたことを思い出した。

「何人の人間がこのドアの鍵を持っているのか、リンドフィールドさんに訊いてみてくれ」

巡査部長は数分もしないうちに戻ってきた。

「キャッスルフォード氏、キャッスルフォード夫人、キャッスルフォード嬢、ハッドン夫人、そして、彼女自身。ほかにもあるかもしれないと言っています。でも、彼女が知っているのは、それだけだそうです」

ウェスターハム警部はその答えに頷き、巡査部長を従えてシャレーの中に足を踏み入れた。

入ってすぐが居間だった。きっちりとカーテンが引かれ、薄闇が空間を満たしている。警部は注意深くカーテンをあけ、中に光を入れた。足跡――特に、現時点で強く興味を惹かれるような靴跡――

を捜すために時間を費やす必要はない。一目見ただけで警部は納得した。絵筆を踏んだ人物は、シャレーの中に何の形跡も残していないようだ。

座り心地のよさそうな大きなソファが部屋の一角を占めていた。クッションが乱雑に散らばっている。

「リンドフィールド嬢の仕業でしょうかね」巡査部長が言う。「死体の発見後、ヒステリーの発作を起こしていたとハッドン夫人が言っていましたから。ヒステリー状態に陥って騒いでいるあいだに、あのソファの上のクッションを投げ散らかしたんでしょう」

「恐らくな」ウェスターハム警部は同意した。

部屋の中にあるものを調べるために彼は首を巡らせた。無秩序に置かれた三脚の椅子。朝から使われた形跡はない。それぞれに据えられた羽毛入りのクッションがどれも、この朝、ハッドン夫人によって整えられたままになっているからだ。小さなテーブルに置かれた灰皿も空《から》のまま。室内の空気に煙草の臭いは感じられない。暖炉には焼かれた紙の灰が残っていた。形を残している部分はごくわずかだ。ウェスターハム警部が膝をついてまじまじと調べても、文字はまったく判別できなかった。屑かごのほうにより強い興味が沸く。しかし、いくら熱心に中身を搔き回してみても、手掛かりになりそうなものは何もなかった。村の商店名が入った紙切れをつなぎ合わせるのに少々手間取ったが、それも結局は、お茶と砂糖の請求書に過ぎなかった。二枚のゴルフスコア・カードの破片もすぐに、リンドフィールド嬢のカーディガンのポケットに入っていたのと似たり寄ったりのものであることが判明する。くしゃくしゃに丸められた紙からも、○×ゲームが繰り返し行われたこと以外何も窺えない。恐らくは、雨の日にシャレーに閉じ込められた人物の退屈しのぎの跡だろう。最後に出てきたメモも、購入の都度、その項目を消していく買い物リストに違いなかった。

「ここには何もないな」立ち上がり、膝についた埃を払いながらウェスターハム警部は言った。

小さな書き物机に希望の光が瞬く。しかし、調べてみても、出て来たのは未使用の便箋と封筒ばかりだった。

「奥の部屋も見てみよう――流し場か何かだろうが」

ドアを押しあけてみると、大きめの戸棚とさほど変わらない程度の小部屋だった。流し台と茶道具を収める棚がついている。

「ここにケトルをしまっておいたんですね」わかりきったことを発見する能力だけが長所のフェリーヒル巡査部長が言った。「皿置台の端に水が飛び散っていますよ」

警部は、流しの脇の容器に入った石鹸の表面を指でなぞり、フックにかかるタオルで拭いた。

「誰かがここで手を洗ったようだな。それも、ごく最近」

「リンドフィールド嬢じゃないですか?」巡査部長が口を挟む。「ハッドンさんが言っていましたから。ヒステリーに陥ったあと、彼女――つまり、リンドフィールド嬢――が流し場で水を使う音が聞こえたって」

「ここで顔を洗ったのかもしれないな」警部は当てずっぽうで言った。「最初に顔を見たとき、こんな経験をした割にはさっぱりした顔をしていると思ったんだ。よし、ここで見るべきものは、もうないだろう」

二人が居間に戻ると、ガムレイ巡査がシャレーのドア口に立っていた。

「医者が到着しました、警部。表で死体を調べています」

「帽子を取りたまえ」警部はぴしゃりと命じた。「きみはいつも、死者の前で帽子も取らずにドスドスと歩き回るのかね?」

ガムレイ巡査はむっとした顔で帽子を取り、ベランダに向かう二人のためにドア口の脇に避《よ》けた。

第八章　リッポンデン医師の貢献

監察医は椅子の脇に膝をついていたが、ウェスターハム警部が声をかけると立ち上がった。

「死体は現場に到着したときのままです」警部が説明する。「動かしてはいません」

医者は、そんな当たり前のことはわかっていると言わんばかりの顔で、かすかに頷いた。

「何かわかりましたか、先生？」医者が黙ったままなので、警部は尋ねた。

バークリー・リッポンデン医師は小さく肩をすくめた。法廷での経験が、質問に対しては最小限しか答えないという習慣を彼に植えつけたのだろう。進んで情報を提供することはめったにない。「はい」、「いいえ」、そして「申し上げられません」というのが、お気に入りの返答だ。「それが気に食わないなら、自分で行って確かめてみろ」答えの端々に、内心そんなことを思っている気配が窺われた。

「もちろん、この女性は死んでいます」ぶっきらぼうにそう答える。

「二つの傷はご覧になりましたか？　弾が撃ち込まれた背中の傷と、出ていった前面の傷ですが」

「ええ」

「銃弾は被害者の身体を見事に貫通したようです。ベランダの向こうに転がっているのを見つけましたから」

ポケットから封筒を取り出し、返事もせずに頷いているだけの医者に銃弾を見せる。

「心臓を撃ち抜かれているんじゃないですか？」ウェスターハム警部はなおも食い下がった。

「そのようですね」

「即死だったんでしょうか？」

「検死のあとなら、もっと詳しい話ができると思いますが」

警部はもう一押し試みた。

「目についてはなにか気づかれましたか？　虹彩がずいぶん広いように思えるんですが？」

ウェスターハム警部の観察力に、リッポンデン医師も密かに感心したようだ。

「あなたもお気づきになったんですね？　瞳孔がかなり収縮しています」

「暴力によって殺害された場合、普通はそうなりますか？」

リッポンデン医師は首を振った。

「では、どんな原因が考えられるのでしょう？」

「縮瞳薬かもしれませんね。ピロカルピン、ピクロトキシン、モルヒネ、フィソチグミン――そのどれでも、同じ症状を引き起こします。〝針穴瞳孔〟と呼ばれるものは、モルヒネによる作用として有名です」

「この女性は薬を盛られたと思っていらっしゃるんですか？」

「どうやら、そのようです」リッポンデン医師の口調は慎重だ。

「詳しく調べるために、死体をシャレーの中に移したほうがいいですか？」警部は尋ねた。

医師が頷く。

「わかりました。現場の状況を変える前に少し時間をください」

警部は、ベランダ上の椅子の位置を記録するために、四本の脚の周りにチョークで円を描いた。そして、ポケットからルーペを取り出して死体の後ろに回り、銃創付近の衣服の様子を綿密に調べる。襟足近くの毛髪まで観察していた。

「焼け焦げた跡はありませんね。明らかに、遠距離から撃たれたということでしょう。さあ、もうそんなに長くはお待たせしませんよ」

今度は別のポケットから、きらきらと輝く小さな方位磁石を引っ張り出した。ベランダを歩いて銃弾が発見された場所まで移動し、死体がある方向を測る。そしてやっと磁石をポケットに戻すと、巡査部長とガムレイ巡査に指示を出した。

「椅子ごと中に運び入れたほうがいいんじゃないですか?」そう医師に提案する。「そのほうが簡単でしょう」

リッポンデン医師から異議の申し立てはなかった。しかし、警部が背を向けたところで、医者は彼を引き留めた。

「少しのあいだ、銃弾を拝借できませんか?」そう依頼する。「ちょっと変形していますね。でも、底のほうは無傷だ。皮膚を調べるときに、入り口《はい》の銃創と比べてみたいんです」

ウェスターハム警部は小さな弾丸を医者に手渡した。死体がシャレーの中に運び込まれる。警部は部下を引き上げさせ、医者が検査のために必要な準備を整えるのを手伝った。そして、それが終わると、リッポンデン医師を一人残し、再びベランダへ出てきた。

リンドフィールド嬢がまだ、先ほどの場所に座っていた。それでも、感情のコントロールは取り戻したようだ。肘を膝の上に載せ、両手で顎を支えて前屈みになっている。目の前の光景を見つめてはいるが、心ここにあらずなのは明らかだ。

彼女のことはそのままにしておいて、警部はハッドン夫人の傍らに近寄った。

「あなたの家からここに来るまでに通った道を教えてください」そう声をかける。

警部の本当の目的は、ハッドン夫人に質問をするあいだ、リンドフィールド嬢の耳に声が届く位置から彼女を完全に遠ざけておくことだった。しかし、彼にとってこの機会は一石二鳥になった。ハッドン夫人の住まいを見ておくこともできたし、その付近の位置関係を確認することもできたからだ。

ハッドン夫人は、知る限りの情報をすべて与えることに何の異議も唱えなかった。小道を案内して、割られた窓ガラスを示す。窓を割った銃弾を警部に手渡し、その日の午後起こった出来事を自分が見たままにすっかり話して聞かせた。溢れ出す情報の洪水の真ん中に、警部は相手がさほど重要とは感じない巧妙な方法で、自分の質問を投げ入れた。

「木立を抜けてくるとき、リンドフィールド嬢の足元がよろけるようなことはありませんでしたか？手も汚れていなかったんですね？」

「汚れ？　いいえ、汚れてなんかいませんでしたよ。銃弾を見てもらおうと手渡したときに見えましたから。リンドフィールドさんはいつだって、完璧な手入れをなさっているんです――爪だってぴかぴかなんですよ。わたしの手も、あの方みたいだったらよかったのに。あの方は、わたしがするような仕事はしませんからね。どうして、あの方の手が汚れていたなんて思ったんです？」

ウェスターハム警部は、冗談に見せかけるためににっこりと笑った。

「わたしだったら、自分のコートを撃ち抜かれた日には、二発目が飛んでくる前に地べたに這いつくばるでしょうからね。彼女は肝が据わっているんでしょうなあ」警部は称賛を交えた声でつけ加えた。

「あの方なら平気な顔をしているでしょうね」ハッドン夫人が請け合う。「いつだって冷静なんです。何かに癇癪を起こすなんてことは決してありません――いずれにしても、人が気づくような起こし方はしませんね」

欲しかった情報を手に入れたウェスターハム警部は、ハッドン夫人にしゃべりたいだけしゃべらせておいた。

「この銃弾はわたしがお預かりしておきましょう」別れ際にそう申し出る。「それに、あなたがお持ちのシャレーの鍵も預かっておいたほうがいいでしょう。ご存知かとは思いますが、当面、あの建物は立入禁止になりますから。そのほうが安全でもありますし」

銃弾と鍵を自分のポケットにしまい込んだとき、ウェスターハム警部の頭に新たな考えがひらめいた。

「ところでハッドンさん、もしよろしければ、履物の裏を見せていただけませんか?」

わずかに躊躇ったものの、ハッドン夫人は相手の要望に従った。確認の結果に非常に満足した様子で、警部は夫人の家を後にした。木立の中に消えていく警部の後ろ姿をハッドン夫人はしばし見つめていた。それから片方ずつ履物を脱いで、靴底を詳細に確認してみる。自分に災厄をもたらしそうな怪しいものは何も見つからない。かなりの時間、自分の履物を眺めていた彼女は、ある結論に達して憤然とした。〝警部ったら、わたしをからかったんだわ〟

ウェスターハム警部のほうは、シャレーに戻る時間を腕時計で計っていた。死体を発見したとき、ハッドン夫人は木立を抜けるのにどのくらいの時間がかかったのか。おおよその検討をつけておこうと、急ぎ足で小道を辿っていたのだ。次なる取り調べの対象は、リンドフィールド嬢だった。

「少しは気分がよくなっているといいのですが」相手が座っている椅子に近づきながら、警部は気遣いの言葉をかけた。「いや、どうぞ立ち上がらないでください！」

「まだちょっと動揺しているんです」リンドフィールド嬢は素直に認めた。「でも、お訊きになりたいことがあるんでしたら、もう大丈夫です」

「あなたを煩わせるつもりはありませんよ」ウェスターハム警部はきっぱりと言い切った。「ただ、キャロン・ヒルのカーペットの心配をしているだけで」微笑みながら、そうつけ加える。「ベランダで絵筆を踏んだ人物がいるんです。靴底に絵具がついているのは間違いなさそうですね。わたしとしては、あなたが靴底に絵具をつけたまま家の中を歩き回ったりしないように、ご注意申し上げたいだけなんです」

　警部の審美的側面を刺激するような仕草でリンドフィールド嬢は脚を組み、片方の靴を脱いで持ち上げてみせた。

「こちらには何もついていませんわ」

　さらにもう片方の靴も取り、掲げてみせる。

「こちらにも。でも、ご警告には感謝します」

「ご面倒をおかけして申し訳ありません」ウェスターハム警部は謝った。「ベランダを歩いていたときに、あなたが絵筆を踏んでしまった場合に備えたんです」

　自分のお節介をごまかすかのように、警部は話題を変えた。

「こうした場合、我々は時として無礼な質問をしなければならないこともあります」彼はそう切り出した。「一つ、お尋ねしたいことがあります。あなたは、キャッスルフォード夫人が薬を服用していたことをご存知ですか？　あるいは、薬を服用していたと思う何らかの理由がおありでしょうか？」

リンドフィールド嬢は、この質問にひどく驚いたようだ。

「薬ですって？」そう訊き返してくる。

しかし、すぐに説明すべきことが思い浮かんだらしい。

「ええ。薬なら呑んでいましたよ。頭が痛くなりそうになると、いつもアスピリンを呑んでいました――」

「わたしが申し上げているのは、もっと深刻な内容です。夫人には、常用している薬があったのではないですか？」

この指摘に、リンドフィールド嬢の頰はさっと紅潮した。

「そんなことはありません」

「キャッスルフォード夫人は糖尿病患者だったのではないでしょうか？」警部がさらに問い詰める。

リンドフィールド嬢は、はっと顔を上げた。相手にどうしてそんなことがわかるのか、理解できないでいるらしい。

「もちろん、わたしはシャーロック・ホームズなどではありませんがね」相手の驚いた顔を見て、警部は言い足した。「夫人のティーカップのそばにサッカリンの小瓶があったのに、たまたま気がついただけです」

リンドフィールド嬢の美しい目に、警部の観察力を敬うような色が浮かんだ。

「ええ、姉は糖尿病でした。義理の弟がインシュリンで治療をしていたんです。だから、砂糖は使えなくて」

「義理の弟？」

「グレンケイプル先生です——ローレンス・グレンケイプル先生。あの方のお名前なら、あなたもお聞きになったことがあるはずですわ。この近くで開業していますから」

「ああ、もちろん存じておりますよ。〝義理の弟〟と聞いて、キャッスルフォード氏かと思ってしまったんです。彼女は二度結婚していると聞いていたのに、すっかり忘れていました。グレンケイプル先生が彼女の治療をしていたんですか？」

リンドフィールド嬢は同じ内容の話を声高に繰り返した。

「ええ。いつも先生が姉に薬を処方して治療をしていました。でも、インシュリンの注射は普段、キャッスルフォードさんがしてあげていたんです。皮下注射器で」

「なるほど」と警部。

目の端がシャレーの窓辺の動きを捕らえた。リッポンデン医師がカーテンを閉じたのだ。検死が終わったのだろう。ウェスターハム警部はリンドフィールド嬢に一言かけ、ベランダへと向かった。リッポンデン医師がドア口に現れ、後ろ手にドアを閉める。

「銃弾をお返ししますよ」医者はそう言って弾を差し出した。「あなたがお持ちになっていたほうがいいでしょう。まさかとは思いますが、あとでまた必要になったときのために」

ウェスターハム警部は所定の封筒にその弾をしまい込んだ。

「入《はい》り口の銃創と合致しましたか？」

「直径はぴったりですね。非常にきれいな傷口でした。銃弾の底の大きさとほぼ一致しています」

「出口のほうの傷はもっと大きかった？」

「ええ。当然のことながら、かなり大きくなっています。とてもきれいな傷とは言えませんが」

「肋骨には当たっていないんですよね？」

医者は用心深い態度を示した。

「今の時点ではわかりません。検死解剖をすれば、はっきりするでしょう」

「銃弾の形はそんなに変形していない」警部が指摘する。「その点が気になるんですよ。ほかにもまだ気になる点はありますが、そちらは集めた証拠からするとさほど重要ではありません。死んでからそんなに長くは経っていないんでしょう？　時間の推定はできますか？」

リッポンデン医師はきっぱりと首を振った。

「体温は腹部で約三十二度。そこから、三時間以内であろうことは想像できますがね。こういう点については、きっちり断言することはできないんですよ」

「銃創の周りの皮膚も調べていただけたんですよね？」ウェスターハム警部は尋ねた。「皮膚に焦げ跡はありましたか？　あるいは、産毛が焼けた跡とか？」

「衣服にも、銃創周辺の皮膚にも、火薬の焼け跡はありませんでした」リッポンデン医師は答えた。

「長距離から撃たれたなら、当然、そんなものは残りません」警部が説明する。

医者は、〝わたしのことを、そんなこともわからないバカだと思っているのか？〟とでも言いたげな顔で、ウェスターハム警部をまじまじと見つめた。

「針穴瞳孔についてはどうです？　その点について、わかったことはありますか？」

首を振るリッポンデン医師は苛立たしげだ。

「検死解剖の結果をお待ちください。こういったことは、推測だけでは何もわかりません」

少し間を置いてつけ加える。

「死体は仮置場に運ぶんですよね？」

「搬送が終わりましたら、すぐにお知らせします」ウェスターハム警部は約束した。

「では、わたしがここでできることは、もうありませんな」すぐにも逃げ出したいという口ぶりだ。

医者は警部に別れを告げ、車を停めてある下の道路へと牧草地を下りていった。その後ろ姿が見えなくなると、ウェスターハム警部はポケットから方位磁石を引っ張り出し、銃弾を拾い上げた場所まで、ベランダを横切っていった。その地点から椅子の方角を再確認する。それから慎重に、銃弾が飛んできたラインを追っていった。木立の下生えに分け入ったくらいまでは順調だった。しかし、やがて、藪のせいでまっすぐに進めなくなる。ついには、自分が本当に正しい方向に進んでいるのかを確かめるため、方位磁石を手に、いったんコースから外れなければならなくなった。生い茂った灌木でベランダは見えず、まっすぐにその姿を見極めるのは不可能だった。

不意に彼は、びくりとしてのけぞけった。真正面の目の高さに、哀れな物体がぶら下がっていたのだ。散々引きずり回されたあとのような猫の死骸。口をあけ、硬直した四肢を広げたまま揺れている。太い撚糸の紐が首に巻きつけられ、木の枝からぶら下がっていた。

仰天した警部は、しばしその物体を見つめていた。猫好きのため、驚きには怒りが混じっている。いったい誰に、こんなことができるだろう？　やがて、ある記憶が浮かび上がり、哀れな死骸がキャロン・ヒルに住む少年にぼんやりと結びついていった。こんなことをするのは男の子だけだ。さらにまた直観がひらめく。ウェスターハム警部は一歩近づき、その悲惨な物体をまじまじと観察した。

「木から吊るして撃ったというわけか」死骸に残るいくつもの銃弾の跡を発見して、警部は呟いた。

「何という悪戯だ！」

辺りを見回すと、すぐそばの枝からも撚り糸の切れ端がぶら下がっていた。

「これもやつの仕業か」思わずうめき声が漏れる。「かなり前のものだな。憐れな獲物は切り落として、その辺に投げ捨てたというわけだ。まったくもって、とんでもない小僧だ」

ふと、あることに思い当たった警部は、吊るされた猫の背後に回った。

「十四歳の少年が憐れな生き物に発砲したとする。銃身を水平よりも少し上向きにしなければならなかったはずだ。これはちょうど、わたしの顔の高さだからな。標的は、子供の頭よりも高い位置にあったはずだ。ちょっと試してみるか」

繁みはその辺りで小さな空き地になっていた。従って、銃撃者は十分獲物に近づくことができる。警部は下生えが繁るぎりぎりのラインまで下がり、少年の身長くらいに身を屈めた。そして、宙づりにされた獲物を狙ってみる。想像上では、放たれた銃弾はその先の藪に妨げられることなく、シャレーのベランダまでまっすぐ飛んでいきそうだった。

「あの小僧を締め上げて、本当のことを白状させなければ」シャレーへの道を戻りながら、ウェスターハム警部はそう決心していた。

それにもかかわらず、彼にはどうしてもこの事件が、安易な当て推量で解決できるほど簡単なケースには思えなかった。シャレーに戻ると巡査部長を呼びつけ、二人でティーテーブルやその上に載っていたものをみな居間の中に運び入れた。そうすれば、第三者が勝手にいじることはできなくなる。

「さてと、わたしはこれからキャロン・ヒルに行ってみるよ」ウェスターハム警部は今後の段取りについて説明した。「巡査部長、きみには搬送車が死体を引き取りにくるまで、ここの管理を頼む。シャレーの鍵はこれだ。何か起きたり、報告の必要が生じた場合に備えて、巡査をここに置いておくといい。ティーテーブルやその上のものの移動については、わたしがあとから手配する。ティーカップにもほかのものにも触らないように。一見何の重要性もないように思えてもな。すでにラベルを貼りつけてあるから、どれがどこにあったものかについては何の間違いも起こらない。いいか、銀器に自分の指紋なんかつけるんじゃないぞ。あとで指紋を調べる必要が出てくるかもしれないんだから。あ、それともう一つ。向こうの木立に猫の死骸がぶら下がっている。方向を教えるから、こっちに来たまえ。どこか、わかるか？　結構。行って、そいつを下ろしておいてくれ。ロープの上のほうを切るんだぞ。ここに運んできたら、ほかのものと一緒にしておくこと。きみが自分の手でやってくれ」

警部は巡査部長に指示を復唱させた。それからやっとガムレイ巡査に顔を向け、報告を受ける。聞いているあいだ、警部が口を開くことはなかった。何もかも、すでにわかっていることばかりだったからだ。

シャレーでの処置がすべて終わると、警部はまだ座っているリンドフィールド嬢の元に戻った。

「お邪魔をしに来たのではありませんよ」ぎょっとして顔を上げた相手に、警部は言い訳をした。「ずいぶん長いあいだ放っておいて申し訳ありません。ご協力はもう十分にしていただいております。わたしはこれからキャロン・ヒルに向かうつもりなんです。あなたも、わたしの車で戻られたほうがいいんじゃありませんか？　これほどのショックを受けたあとだ。どんな距離でも歩かないほうがいい。それに、あちらに向かうあいだに、まだ一つ、二つ、教えていただけることがあるかもしれませんし」

リンドフィールド嬢は素直にその申し出を受け入れた。実際、感謝さえしているようだった。

「ご親切に、ありがとうございます。とても歩けそうにはありませんもの。こんな衝撃のあとでは神経がずたずたで、ぼろ雑巾のようですわ」

　連れ立って下の道に向かう途中、警部は忘れていたことを思い出した。

「もし、あなたもお持ちでしたら、シャレーの鍵をお貸しいただけませんか？　ハッドン夫人の鍵は部下に預けてしまったものですから」

「鍵ならバックの中にありますわ」

　驚いたふりをしながら、ウェスターハム警部は相手に礼を言った。

　ガムレイ巡査は、ベランダからむっつりとした顔で遠ざかっていく二人の姿を見つめていた。その呑気な様子に、「〝ああいう厚かましい女〟が〝ウェスターハム警部のような薄らバカ〟を丸め込むんだ」と毒づきながら。

「まったく！　あの手の女たちときたら！　ああいうのをデリラ（男を誘惑しておいて裏切る女、妖婦）と呼ぶんだ。まさに、デリラだ」顔を背けながら、ガムレイ巡査は呟いた。

第九章　無遺言死の結末

リンドフィールド嬢は警部をキャロン・ヒルの応接間に招き入れた。そこではフランキーが革張りのソファの上で丸くなり、くだらない少年新聞に夢中になっていた。少年の横には鳥撃ちライフルが立てかけてある。二人が入ってきた物音にフランキーはうるさそうに眉を寄せて顔を上げた。再び新聞に目を戻そうとしたとき、リンドフィールド嬢の険しい声が飛んだ。ずっと自分の身体に腕を巻きつけていた彼女だったが、ここにきてやっと、高ぶった神経を解き放つための獲物を見つけたようだ。ウェスターハム警部は密かに、リンドフィールド嬢の新たな一面を見て驚いていた。

「フランキー！　新聞を置いて、こっちを見なさい。今日の午後、シャレーの近くの木立で銃を撃っていたの？」

フランキーはソファの上で身をよじり、驚いた様子でリンドフィールド嬢を見つめた。彼女がこんな口調で話すことなど一度もなかったのだ。顔を一目見ただけで、こんな状況も初めてだと思った。もはや、いつも自分に味方してくれるコニー叔母さんではない。ちょっとした悪戯の散々たる結末を、優しく庇ってくれる叔母さんでは。堅く結んだ唇にひそめた眉。そんな顔をしたコニー叔母さんは、ひどく恐ろしい存在だ。叔母の表情を見て、フランキーは何かひどくまずいことが起きているのを悟った。渋々ソファから脚を下ろし、怒りの原因は何なのかと考えながら顔を向けた。

「だから、どうだっていうのさ?」身を守るための不機嫌さを装って言い返す。「散歩から帰ってきたら、あそこでぼくと落ち合うつもりだったんでしょう? 叔母さんがそうしろって言うから、銃を持っていったんだよ。弾を買い足してくれる約束だったんじゃないか。何をそんなに怒っているのさ」

「銃を使うときには気をつけなさいって言ったでしょう?」

フランキーのどんよりとした目がさらに精気を失い、普段にも増して落ち着きがなくなった。どうやら、とんでもない騒動が待ち構えているらしい。明らかに彼も、そう悟ったようだ。よし、それなら、自分の立場がはっきりするまでは口をつぐんでいることだ。それから、何とか逃げ道を考えればいい。形勢が整うまで、余計なことは言わないでおこう。少年はこっそりと、リンドフィールド嬢と一緒に部屋に入ってきた見知らぬ人間を盗み見た。その人物が自分をじろじろと観察していることに気づいて、慌てて顔を背ける。

リンドフィールド嬢が自分のカーディガンを椅子の背に広げた。

「これで気をつけているっていうの? わかるでしょう?」

そう言って彼女は、衣服にあいた二つの穴を示した。

「あなたはもう少しでわたしを撃つところだったのよ。わかっているの? それに、その弾を撃ったあと、わたしが呼んでも出てこなかったのはどういうわけなのよ?」

「聞こえなかったもの」もぐもぐとではあるが、フランキーは断言した。

「聞こえたはずだわ。何度も呼んだんだから。そんな嘘なんかつかないでよ」

「聞こえなかったよ」カーペットに目を落としたまま、フランキーはなおも繰り返した。

「叔母さんだって、ぼくの姿は見ていないでしょう?」

フランキーは逃げ道を発見した。すべて否定する。そして、その結果、相手がどう出るかを見るのだ。

「そうさ、あの木立の中じゃ何も見えないもん。あんなに葉が生い茂っているんだから」彼は、さらに言い返し続けた。

「でも、どちらに銃を向けているのか気にもせずに撃ち続けていたんでしょう? あなたは、ハッドンさんの家の窓ガラスも壊したのよ」

「いいや、そんなことはしていない。あの家のそばになんか行かなかったもん」カーペットから目を上げることもなく、少年は呟いた。

「嘘はつかないで。この目で銃弾を見たんだから。いったい何を撃っていたのよ?」

「いろいろだよ」答えが自棄《やけ》気味になってくる。だが、フランキーが大いにほっとしたことに、リンドフィールド嬢は質問の方向を変えた。

「木立の中で会う約束をしていたでしょう? どうして、わたしを探さなかったの?」

「探したよ。ものすごく長い時間、待っていたんだ。もっと早く来ると思っていたから。だから待ちくたびれて、会うのも面倒になっちゃったんだよ」

「本当なの!」リンドフィールド嬢は疑いを隠そうともしない。「それじゃあ、どの道を通ってきたのよ?」

相手を罠に陥れようとしているのが見え見えだった。

フランキーは少しのあいだ考えていた。ここで本当のことを言うべきだろうか……?

「近道を通ってきたよ。叔母さんも、その道から来ると思ったから」

「そう！」リンドフィールド嬢は、少年の答えにがっかりしたようだ。

別の質問を口にしかけて考え直し、さらなる追及は諦めることにしたらしい。

「こちらはウェスターハム警部。あなたにいくつか質問をしにいらしたの。嘘なんかついちゃだめよ。わかった？」

「嘘なんかついていない」フランキーはとっさに言い返した。しかし、その態度は、少しも彼の抗議を補強していなかった。

少年のごく限られた知性では、この数分間で世界がひっくり返ってしまったように思えただろう。必要なときにはいつでも自分を助けてくれたコニー叔母さん。それが瞬く間に、目にも明らかな敵になってしまったのだ。彼女はいつでも、自分の作り話を何も言わずに信じてくれた。それなのに今は、本当のことを言っているにもかかわらず、少しも信じようとはしない。それどころか、警察まで連れてきたのだ。まだかなり小さかったころ、フランキーはこの上もなく恐ろしい脅し文句を使う看護婦の世話になったことがある。「お巡りさんを連れてくるからね！」恐ろし過ぎて、絶対に実行させてはならない脅しだった。さらに悪いことに、フランキーの幼い頭の中で、この脅し文句は形のないぼんやりとした恐怖に変わっていった。もちろん成長するにつれ、ものの見方は変わってくる。それでもまだ、彼の意識のどこか深いところで、幼き日の恐怖が身を潜めていた。そして、時々耳にする拷問の噂が、その恐怖を再度燃え上がらせていたのだ。

ウェスターハム警部は、質問を始める前から批判的な目で、この少年を眺めていた。主導権を渡してくれるまでのリンドフィールド嬢のやり方には、まったくもって感心できない。彼女なら、本当の面倒を避けるための理性が十分にあったはずだ。それなのに、この少年にひどい衝撃を与えてしまった。これほど身構えさせてしまっては、何を訊き出すのも難しくなってしまう。フランキー自身に対しては、鋭い見識で即座に判断を下していた――〝甘く見ても、質のよくない証人〟といったランク。

「じゃあ、フランキー」警部は愛想よく話し始めた。「リンドフィールドさんが言ったように、いくつかきみに訊きたいことがあるんだ。可能なら答えてくれ。答えられないときは、そう言ってほしい。答えがはっきりしないときには、そう言ってくれるだけでいい。わかったかな?」

フランキーはカーペットの表面をつま先で擦りながら、もごもごと承諾した。警部がいくら親しみを込めて接しても、少年の態度が軟化することはなかった。「ぼくのことをフランキーと呼ぶなんて、馴れ馴れしい奴だ」彼は内心、そんなことを思っていたのだ。

「きみは銃を持って木立に行った」フランキーの敵意は無視して、ウェスターハム警部は尋ねた。

「木立には何時ごろ着いたのかな?」

「わかりません」

「時計は持っていないの?」

「壊れているんです」

「出かけたのは、昼食後かなり経ってからだったのかな?」

「しばらくしてからです」

ウェスターハム警部はさらにいくつか質問をしてみたが、何も引き出せなかった。〝この警部がこれほど時間にこだわるのは、自分にとって不利になるからだ〟そう確信していたフランキーは、この点については何も言わないことに決めた。警部はついに諦め、質問の内容を変えた。

「きみは木立の中で銃を撃っていた。何を撃っていたのかな?」

「覚えていません」

「おやおや!」ウェスターハム警部の口調が厳しくなる。「ここはそうはいかないぞ。自分が撃ったものくらい覚えているはずだ。例えば鳥とか。鳥を撃ったりしたのかな? モリバトがいるのを見かけたが」

「何羽か撃ちました」フランキーは仕方なく認めた。

警部は密かに思った。もし鳥を撃っていたなら、フランキーの銃は水平よりも上に向けられていたはずだ。それなら、その弾がベランダに落ちるのも可能になってくる。

「猫は撃ったのかね?」

一瞬、フランキーは警部の顔を盗み見たが、すぐにまた視線を逸らした。これが本題か。奴らは、自分があの猫を吊るしたのを突き止めたのだ。ロープの先で窒息しそうになっていたあの薄汚い動物を、撃ち殺したことを。これは、用心してかからなければ。

「いいえ、そんなことはしていません。死んでいる猫を見つけたので、それを吊るして撃っただけです」

あの惨めで小さな死骸を瞼の内に甦らせた警部には、少年が身を守るために嘘をついていることが容易にわかった。それでも特段騒ぎ立てることもなく、相手の言葉を額面通りに受け取って、残酷な質問を一時脇に置いた。

「面白い発想だね」不思議そうな顔をして尋ねる。「死んだ猫を的にするために吊るそうなんて、どうして思ったんだろう?」

猫の死に何の疑問も持たれなかったことに、フランキーはほっとしたようだ。同じ問題が蒸し返されないように、素早く長々とした説明を始める。

「動かないものを的にするのに飽きたんです。もっと手ごたえのあるものが撃ちたかった。そしたらコニー叔母さんが、紐で何かを吊るせばいいってアドバイスしてくれたんです。それで、風で揺れるように空き缶を吊り下げました。それから……死んだ猫を見つけたとき、それをぶら下げて撃てばもっと面白いだろうと思ったんです。だから、空き缶を下ろして、猫を吊るしたんですよ」

「なるほど。それできみは、吊り下げた猫の周りをぐるりと回って、それが揺れたときに撃ったというわけか？　でも、それは今日に限ったことではないね？　猫をぶら下げたのは、何日も前のことじゃないのかい？」

フランキーは一瞬考え込んだ。やがて、この点については本当のことを話しても大丈夫だと判断した。

「そうです」

「結構、それなら、この件についてはこれで終わり」警部は機嫌よく言った。「では、きみがリンドフィールドさんに会うために木立を出たのがいつだったのか、教えてくれるかな？」

フランキーの目が、自分の罪を非難するように椅子の背に広げられたカーディガンを盗み見た。猫の一件はあんなに簡単に片づいてしまったのだ。本当の問題はこちらなのかもしれない。素早く考えを巡らせ、以前と同じ言葉を繰り返すことにする。

「わかりません。木立にはずいぶん長くいましたから。ぼくに言えるのはそれだけです。はっきりしないなら答えなくていいって言いましたよね。ぼくにはわからないんです」

「本当にわからないのかね？」厳しい目で少年を見ながら、警部は尋ねた。

「まったくわかりません」こうしていれば完全に安全だと思いながら、フランキーは頑固に繰り返した。

ウェスターハム警部は石の壁に突き当たってしまったことを悟った。この少年が拒絶的な態度を覆すことはないだろう。

「銃の弾はまだ残っているのかな？」

鳥撃ちライフルをつつきながら、そう尋ねる。フランキーは渋々ポケットに手を入れて、数個の弾薬を取り出した。

「これは預からせてもらうよ」きっぱりとした口調で警部は言い渡した。「きみはもう、この銃を使うことはできない。没収だ」

フランキーの顔が曇った。割れた窓ガラスの弁償をさせられるくらいだろうと踏んでいたのだ。その程度なら、自分でも当然の罰だと思う。彼自身は、そんなものを壊してしまったことなど知らなかったが、流れ弾の一つが当たったのかもしれない。撃った弾の行先も考えもせずに発砲していたという不都合な事実もある。でも、銃を没収されるなんて予想外だ。窮地に陥ったフランキーは、かつての味方を顧みた。

「コニー叔母さん！　ぼくの銃をこの人に没収させたりなんかしないよね？　悪いことなんか何もしていないんだから」

しかし、その訴えは、リンドフィールド嬢の中に鬱積していた怒りの地雷を踏みつけただけだった。

「悪いことは何もしていないですって！　自分のしたことがわかっているの？　あんたはウィニー伯

母さんを撃ってしまったのよ――殺してしまったことなのよ。それが、あんたのしたことなの。それで、自分の父親から一万二千ポンドものお金を奪い取ってしまうことになるの。あとで、お父さんからも何か言われるでしょうね。それに、わたしのポケットからも七、八千ポンドのお金を抜き取ることになるのよ。あんたが銃を撃ち回したことで、わたしたちにそれだけのつけが回ってくるんだから」

リンドフィールド嬢は不意に、かなりの努力で気を静め、ウェスターハム警部に顔を向けた。

「失礼しました、警部」ずっと抑制の効いた声で話しかける。「この子への質問はもう終わりでしょうか？　もう、いいですか？　それなら――」彼女は怒りで身を強張らせた。「ここから出て行きなさい。さあ！　今すぐ！　あんたの顔なんか見たくもないわ」

フランキーへの突然の退去命令に、警部は異を唱えなかった。少年の今の心理状態では、引き出せるものは何もない。頑固な嘘つき少年から事実を引き出すための罠を仕掛けようにも、ほかの人々からの有効な情報が決定的に足りなかった。もし、あとで必要になれば、少年と話す時間なら十分に見つけられるだろう。

一方、こんな重大時でありながら、ウェスターハム警部にはまだほかに考えなければならないことがあった。リンドフィールド嬢の突然の怒号が、この事件における新たな要素の最初の手がかりを与えてくれたのだ。キャッスルフォード夫人の死は偶然な事故によるもの。この瞬間まで、警部の結論は着実にそこを目指して進んでいた。どの証拠も、夫人が鳥撃ちライフルからの流れ弾に当たったことを示している。しかし、背後に潜む金銭的な要素が突然暴露されたことで、警部の確信は少なからず揺らいだ。リンドフィールド嬢の言葉だけでははっきりしないものの、キャッスルフォード夫人の死は、その異母妹と少年の父親に多額の金銭的損失を与えるものらしい。銃による偶然な事故と、数千ポンドもの金が動く死とでは、まったく意味が違う。すぐにも調べる必要がある。

質問をしようとリンドフィールド嬢に顔を向けた瞬間、応接間のドアがあいた。入ってきたのは、きれいに髭を剃り、グレーのツイードのスーツを着込んだ男だった。

「ああ！　ここにいたのか、コニー！」男は声をかけたが、警部の存在に気づくと、不意に口を閉ざした。

「こちらはウェスターハム警部」リンドフィールド嬢が紹介する。「こちらはグレンケイプル先生。何があったのかは聞いているでしょう、ローレンス？」

医者は頷いた。

「知らせが届くとすぐに、ここのメイドが家《うち》に連絡してくれたんだ。それで、家《うち》のメイドがわたしの居場所を探して、患者の家に次から次へと電話を入れた。もちろん、知らせを受けてすぐに飛んできたんだよ。まったく、何ていうことだ」

まるで、新聞で読んだ列車事故の話でもしているみたいだ。ウェスターハム警部の耳には、医者の口ぶりはそんなふうに聞こえた。どうやらローレンス・グレンケイプルは、義姉にさほど愛情を感じていたわけではないらしい。しかし、人の死には慣れている医者のことだ。ついつい職業的な目で物事を捕らえてしまうのかもしれない。

「どんな経緯だったんだ？」わずかに間を置いてローレンスは尋ねた。

警部と視線を交わし合ったコンスタンス・リンドフィールドが、死体の発見について手短に説明をする。

ローレンスは集中して聞いていたがコメントはなし。説明が終わると警部のほうに向き直った。

「あなたのご意見は?」

「事故ですね」十分前だったら、ウェスターハム警部もあっさりと答えていたかもしれない。しかし、新たに浮上した金銭問題がはっきりしない以上、何を言っても独断でしかないだろう。現状での判断は自分の職分を越えていることを示すかのように、彼はただ肩をすくめてみせた。

「リッポンデン先生が検死解剖をする予定です。それが終わるまでは、リンドフィールドさんの説明以上のことはわかりません」

「そうですか」ローレンスは頷いた。「ああ、そうだ。リッポンデン先生に知らせておいたほうがいいな。義姉は糖尿病だったんです。その点は彼も知っておいたほうがいいでしょう。皮下注射の針の痕を見つけるでしょうから。インシュリンを打っていたことを知らなければ、判断違いを起こしてしまうかもしれない」

ローレンスの言葉に、コンスタンス・リンドフィールドは何か思いついたようだ。

「すぐに戻りますから」彼女はそう言って、部屋を出ていった。

ローレンスがウェスターハム警部に顔を向ける。

「銃弾はフランキーの銃から発射されたものだと思っていらっしゃるんですか? その点は、検死を待たずとも結果が出そうですね。そうなると、少しばかり厄介なことになるな。でも、今更どうしようもない。もちろん、あんな年齢の子供ですから、殺人の罪に問われることはないでしょうね?」

「わたしの立場では何とも言えませんね」ウェスターハム警部は答えた。

「確かに、もっと上の人間が判断することなんでしょう。ただ、これ以上の面倒が起こらなければいいんだが。そうじゃなくても、村は噂で持ち切りだ。家族にとって、これはかなり不愉快なことですよ」

世間体を気にする医者に、警部は何の言葉も返す気にはなれなかった。気まずい沈黙が、コンスタンス・リンドフィールドの登場で救われる。彼女は警部に、小さなニッケルメッキの箱を差し出した。「これが、キャッスルフォードさんが姉にインシュリンの皮下注射をするときに使っていた注射器です」彼女はそう説明した。「リッポンデン先生が、もしかしたら必要とされるかもしれません。皮膚に跡を残したのがこの針だと、ご自身で確認できるでしょうから」

「必要だとは思えませんけどねえ」警部の声に関心は窺えない。「でも、せっかくお持ちいただいたので、必要かどうか訊いておきましょう」

熱心に見せかけ過ぎたと言わんばかりの目を、ローレンスはコンスタンス・リンドフィールドに向けた。

「説明しておいたほうがいいかもしれません、ウェスターハム警部」ローレンスが話し出す。「リンドフィールドさんとわたしの兄、そしてわたしが、義姉の財産の受託者であり遺言執行人なんです。だから――」

「違うのよ、ローリー」声を引きつらせながらコンスタンスが口を挟んだ。

「違うわけがないだろう」ローレンスはぴしゃりと言い返した。「遺言書を書き換えたんじゃないのか？」

コンスタンス・リンドフィールドがヒステリックな笑い声を上げる。

「そうね、ローリー。でも、彼女はまだ新しい遺言書を作成していなかったの。先延ばしにしていたのよ。それなのに、そのまま死んでしまった。元の遺言書は破棄してしまったまま」

このニュースに、ローレンスは明らかに衝撃を受けたようだ。

「サインをしていなかった？　どういう意味なんだ？　彼女はサインをする予定だった。自分でそう言っていたんだ。あんたは、どうして――？」

ローレンスは不意に我に返って警部の顔を窺った。そして、できるだけ言葉を繕いながら、死んでしまった女性が残した影響についてほのめかした。

「最初の遺言書が破棄されていようがいまいが、それは目下のところ、さほど重大ではないだろう。彼女の弁護士は、遺言書を無効にする旨の指示を受けた。それはつまり、大量の廃棄紙が生じただけのことだ。まったく、コニー！　何ていうことなんだ！　ケニーが聞いたら何と言うか」

ローンレンスは窓辺に寄り、しばし外を見つめていた。

再び二人のそばに戻ってきて、頭を捻りながら言う。「法廷は、わたしたちの言葉を彼女の意思として受け止めるんじゃないかな。わたしたちには説明していたんだから――はっきりと。書面には起こされていない非公式な遺言でしかないが――」

リンドフィールド嬢はすでに落ち着きを取り戻していた。普段の有能さが再び顔に現れている。

「ばかばかしい！」彼女はきっぱりと言い放った。「あなたとケニーがですって？　新たな計略での主要な遺産受取人が？　ウィニーが遺言を残さずに死んでしまった今、法廷があなたたちの言葉を彼女の意思として受け止めると思っているわけ？　キャッスルフォードが何も言わず、ただ指をくわえてそんなしくじりを見過ごすとでも思っているの？　それも、あれこれと費用がかかるときに。無理よ、ローレンス。わたしたちはただ、じっと我慢していなきゃならないのよ」

「ちくしょう！」ローレンスは苦々しげに吐き出した。「たぶん、あんたの言う通りなんだろう。あの貧乏人がほとんどを持っていってしまうわけか？」

「一銭残らずね。誰にも優先して〝より長く生きた配偶者〟に渡ってしまうのよ。わたしなんか、もっと悲惨だわ。あなたには患者がいるでしょう？　でも、わたしは一文無しなんだから。あのキャッスルフォードのことだもの、キャロン・ヒルにさえいられなくなってしまうかもしれない」

どうやらローレンスは、そこまで頭が回っていなかったらしい。

「それは大変だな、コニー」そう答えるものの、関心はあまりなさそうだ。

突然降りかかった金銭的な災難に、二人は警部の存在など忘れてしまったかのようだ。悲劇的な事故のことも、死んでしまった女性のことも。

こんな状況の真っただ中で、自分が邪魔者であることを察知して遠慮しようなどとはウェスターハム警部は思わない。仕事でこの場にいるのだし、ただここにいるだけで得られる情報もありそうだ。金銭面についての爆弾発言は、この悲劇に新たな光を投げかけた。この連中が何かを失うのなら、それを手にする人間が必ずほかに存在する。それはたぶん、亡くなった女性の夫だろう。この舞台には、まだ一度も姿を現していない人物だ。この二人がショックで動揺しているうちに、できる限りの情報を引き出しておくのが得策だ。

「恐れ入りますが、もう一、二、伺わなければならないことがあるのですが」警部は口を挟んだ。「こうしたことがキャッスルフォード夫人の死に関係があると申し上げているわけではありません。しかし、その点に関して疑問が持ち上がった場合に備えて、わたしとしてはそれに答えるだけの情報が必要ですから」

「それはつまり、我々家族間の問題がすべてあなたの報告書に書き込まれ、トムやらディックやらハリーやらに読まれるということですか？」ローレンスが訊き返す。

「恐らく――」ウェスターハム警部は答えた。「そうした情報がわたしの報告書に含まれることはないでしょう――今回の事件と直接関連がないと判明さえすれば」

ローレンスはあまり話したくないようだ。代わりに、コンスタンス・リンドフィールドが説明を始めた。

「こういうことなんです、ウェスターハム警部。キャッスルフォード夫人の旧姓はリンドフィールドです。姉はロナルド・グレンケイプル氏と結婚しました――グレンケイプル先生のお兄さんです。その彼が亡くなったとき――彼は大変なお金持ちだったのですが――すべての財産を配偶者に残しました。その後、姉は再婚しました。二度目の夫が、男やもめでお嬢さんが一人いるキャッスルフォードさんだったんです」

「ここまでは極めて明快ですな」相手が一息つくと、警部は言った。

「それなら結構」リンドフィールド嬢が先を続ける。「キャッスルフォード夫人は遺言書を作成していました――話をわかりやすくするために、それを第一遺言書と呼びましょう。その中で彼女は、すべての財産を配偶者であるキャッスルフォードさんに遺すと定めていたんです。それが、どういう意味かわかります？　元々はグレンケイプルさんのお金だったんですよ。でも、第一遺言書では、それが全部、まったくの他人の手に渡ることになっていたんです。グレンケイプル先生やその兄のケニス・グレンケイプルさんには一銭も渡らないというのに。正直なところ、第一遺言書では、わたしには五千ポンドのお金が入ることになっていました。わたしの姉のドリスには二百ポンド。でも、ドリスは数年前に亡くなっていますから、その分については無効です」

「あなたは確か、キャッスルフォード夫人の腹違いの妹だとおっしゃっていましたよね？」警部が尋ねる。

「ええ。キャッスルフォード夫人の母親は、彼女がまだほんの赤ん坊だったころに亡くなったんです。彼女の父親は再婚し、姉のドリスとわたしが新たな家族として生まれました。わたしの両親も、姉と同様亡くなっています。キャッスルフォード夫人とわたしだけが家族の生き残りだったんです。グレンケイプルさんが亡くなったあと、わたしは姉の話し相手兼秘書のようなものになりました。それが、わたしと姉ドリスの遺産受取額の違いです。それに、ドリスは年金も受け取っていましたしね。彼女の夫は戦争で亡くなっているんです。こんなことはみな、枝葉末節ですけど。うちの家族関係がわかりやすくなるようにお話ししただけのことです。普通よりはかなり複雑ですから」

「あなたの説明で百パーセント理解できましたよ」警部は相手をおだてた。

「少し前のことなのですが」コンスタンス・リンドフィールドは先を続けた。「キャッスルフォード夫人は第一遺言書に関してちょっと悩んでいたんです。グレンケイプル先生やそのお兄さんに対して、かなり不公平なんじゃないかと思い始めたんでしょうね。一方、グレンケイプル先生には、自分の糖尿病治療を引き受けてくれたことで大いに感謝もしていました。一週間くらい前に、姉はやっと行動に移す決心をしたんです。弁護士に電話をかけ、気持ちが変わったから第一遺言書は破棄したいと告げました。続いて、グレンケイプル先生とそのお兄さんを呼んで、作成する予定の新しい遺言書の骨子について説明しました。これを第二遺言書と呼びましょう。わたしが知る限りでは、決して作成されることのなかった遺言書ですが。その中身についてわたしが知っているのは、グレンケイプル先生から教えてもらったことだけです」

リンドフィールド嬢が顔を向けると、ローレンスはぶっきらぼうに頷いた。

「第二遺言書によると、姉はわたしに七千五百ポンド遺すことにしていたようです。残りの財産は、そもそもの出所であるグレンケイプル一家に戻す」

「キャッスルフォード氏とその娘にも、いくらかの支給が約束されていたんじゃないかな」ローレンスが指摘する。

「その点については、わたしは何も知りません」リンドフィールド嬢は素直に認めた。「それなら、キャッスルフォードさんに誤った印象を与えてしまったかもしれないわ。新しい遺言書が作られることになるって、あの人に知らせても問題はないと思ったものだから……」

「ええっ、話してしまったのかい？」ローレンスの声は不満げだ。「あんたがそんなことをする必要はなかっただろうに、コニー」

「仕方ないでしょう、もう言ってしまったんだから。あの人に秘密にしておくことが、そんなに重要だとは思わなかったんだもの。わたしがはっきりさせたいのは、ウェスターハム警部、こんなことの結果がどうなるのかということなんです。姉が弁護士に指示を出して第一遺言書は無効になり、たぶんもう破棄されてしまった——確実に無効です。そして、新しい遺言書は作成されていない。つまり、何の遺言も残されていないということなんです。従って、姉の財産は数年前に施行された相続に関する法律の元で処理されることになります。その場合、結婚に関して何の問題もない以上、姉の全財産から生涯利益を得るのはキャッスルフォードさんです。わたしには何も残らない。グレンケイプル先生やそのお兄さんも同じ。これが現状なんです。そのショックがどれほどのものか、警部さんにも想像できるでしょう？——特に、わたしにとってはどれだけのショックなのか？」

リンドフィールド嬢の明け透けな話に、ウェスターハム警部はこの事件の背後にあるものを見たような気がした。

「一つ、ぶしつけな質問をしてもよろしいでしょうか?」警部は尋ねた。「キャッスルフォード氏は奥さんとうまくやっていたのでしょうか——ご家族のほかの方々とも?」

「それは主観の問題じゃないでしょうかね?」リンドフィールド嬢が明らかに戸惑っているのをよそに、ローレンスが冷ややかに答えた。

こんなことで引き下がるウェスターハム警部ではなかった。疑惑がありありと浮かんだ目をリンドフィールド嬢に向ける。彼女は言葉を選ぶかのようにしばし考え、やっと口を開いた。

「姉が以前ほどあの人を愛していなかったのは事実でしょうね。でも、結婚の結末なんて、そんなものじゃありません?」皮肉っぽい口調で、そうつけ加える。

「わたし自身は結婚していませんので」警部は、これ以上突っ込まれないように慌てて答えた。

さらに質問を続ける必要はなかった。もし、家族が仲良く暮らしているなら、相互の関係を説明するのに慎重になる必要はない。どうやら、キャロン・ヒルに住む人々の輪は、調和の取れたものではなかったようだ。

「我々が管理するのでなければ、ここの財産は誰が管理するんだろう?」明らかに一人だけ違うことを考えていたらしいローレンスが呟いた。

「ああ、たぶん、法廷が誰かを任命するんでしょうね」リンドフィールド嬢はよく考えもせずに答えた。「そうですよね?」警部に質問の矛先を向けてくる。

「さあ、わかりませんね」警部は素直に認めた。「わたしの管轄ではありませんから」

リンドフィールド嬢は部屋を横切りソファに座り込むと、お得意のポーズを取った——膝に肘をついて、片手で顎を支える姿勢。まるで、今いる場所が突然見知らぬ場所にでもなったかのように、虚ろな目で部屋の中を見回している。ローレンスはしばし無言でその様子を見つめていたが、やがて、彼女の隣へと移動した。

「あんたにとってはかなりのショックだよな、コニー」これまでよりはずっと同情的な口調だ。「家の中のことを何年もあれこれとやってきたのに——それも、ずいぶんと駆けずり回って——こんなふうに放り出されるなんて、ひどい話だ。あんたがいなかったら、あのウィニーがどうしていたのか想像もできないよ。でも、わたしたちにとってのキャロン・ヒルは、もうこれで終わりなんだろう」

「そうね」コンスタンス・リンドフィールドはぼんやりと答えた。

ウェスターハム警部にも二人の気持ちは理解できた。グレンケイプル医師の人間性に関心はない。しかし、リンドフィールド嬢の場合は違う。一人の女性に、美貌、冷静さ、知性という三つの利点が同時に存在するのは非常に珍しいことなのだ。美貌という点では、彼女は確かに美しい。緊張状態における冷静さは、今日の午後、自分の目で確認した。知性という点については、複雑な話を簡潔にまとめることの難しさを、警部は個人的な経験から知っている。キャロン・ヒルの人間関係についての彼女の説明には大いに感心させられた。簡潔、しかも、驚くほど非感情的。そればかりか、ウェスターハム警部が聞いていた限りでは、この状況に関連する法律に関しても正確な意見を述べていた。法律について知っている女性など、そんなにはいない。彼女は本当に、キャロン・ヒルの何でも屋としての役目を果たしてきたのだろう。そんな彼女が、ほかの誰かに手綱を引き渡さなければならないのだ。そして、どうにかして自分の生計を立てていかなければならない。その辛さは警部にも理解できた。でも、彼女なら、万事うまくやっていくだろう。これだけの能力があれば、書記官の資格でも何でも取れる。自由に何でもできたことと、まったく同じというわけにはいかないとしても。

応接間のドアがあき、警部の考え事は中断された。振り向くと、暗い色合いの背広に黒いネクタイをした小男が立っていた。完全に度を失った男。それが警部の第一印象だった。自分自身についても、自分の感情についても、すっかりわけがわからなくなっているようだ。じっくりと観察しているうちに、別のことも見えてくる。

「何かに怯え切っているような感じだな」ウェスターハム警部の職業的な目がそう判断する。「でも、いったい何に?」

「ふん！　やっとお出ましというわけか、フィル?」ローレンスが苦々しい口調で声をかけた。「着いてすぐにメイドに伝言させたのに」

小男は、引きつったように息を吸い込んでから答えた。

「着替えをしてきたものだから」自分が着ている陰気なスーツを見下ろしながら、男はやっと言葉を返した。

ローレンスは出かかった嫌味を何とか抑え込んだようだ。代わりにウェスターハム警部に顔を向ける。

「こちらはフィリップ・キャッスルフォード氏です」口早に説明する。そして、キャッスルフォードに向かっては「こちらはウェスターハム警部。今回の件について調べにいらしている」と伝えた。

キャッスルフォードは無意識に頷いたものの、口を開くことはなかった。この奇妙な態度は、夫人を失ったせいではないな——警部は再びそんな印象を受けた。キャッスルフォード家の人間関係について、リンドフィールド嬢が与えてくれたヒントから想像の羽根を広げるのに、何の苦労もいらなかった。

「今日の午後のキャッスルフォード夫人の足取りについて確認しようと思っています」警部はきびきびと言った。「ご協力いただけますでしょうか?」

キャッスルフォードは答える前に慎重に考えている。

「彼女は今日の午後、シャレーに絵を描きにいくことになっていました」弱々しい声でやっと話し始める。「わたしはゴルフコースに行く予定でした。それで、一緒に出かけたんです。だいたい三時ごろでした。わたしたちが別れた分岐点まで約四分の三マイル。だから、彼女と別れたのは三時十五分くらいだったと思います」

「それで、あなたはクラブハウスに向かわれたんですね?」

「ええ」

「その後、奥さんには会っていない?」

「ええ!」

警部はその返事に語気の変化を感じた。最初の「ええ」よりもかなり大きく、決然としたものに聞こえたのだ。それ自体に不自然な点はない。ただ、それは……自分の妻の死が事故によるものではないと思う理由を、キャッスルフォードが持っている場合に限る。事故以上の何かがありそうだと疑っている人間がほかにもいる。その点は間違いなさそうだ。実に面白い。

「ゴルフはなさったんですか?」警部は何事もなかったかのように尋ねた。

「いいえ。新聞を読むために立ち寄っただけですから。週刊の評論紙を読むために、毎週同じ曜日に訪ねるんです」

「誰か知っている人には会いましたか?」

「一人、二人でしたら」キャッスルフォードの答えには、警部の存在から生じる疑念の色が滲んでいた。

ウェスターハム警部は速やかに作戦を練った。ここで問い詰めれば、暗黙のうちにキャッスルフォードを非難していることになってしまう。しかも、自分にはそうするだけの根拠が十分にそろっていない。ここは、もっと自由に捜査ができるようになるくらいの証拠が集まるまで、キャッスルフォードを追い詰めるのはやめておいたほうがいいだろう。

「道中、ほかに誰かと会いましたか?」

「娘でしたら」

ふと、ある考えが警部の脳裏を過《よぎ》った。〝いったいどうしてこの男は、わたしのしつこい質問に腹を立てないんだろう? 大抵の人間は、こんな質問をすれば怒り出すし、わたしが何を確かめようとしているのか知りたがるのに〟やがて、キャッスルフォードの態度に、納得できる説明が見つかった。〝何の気力も残っていないようじゃないか――まるで、誰かに脅されているか、牛耳られているみたいだ〟

これまで集めてきた情報のかけらが、まさにこの状況の真相を表わしているのかもしれない。ウェスターハム警部はやっと、そう思い当たった。〝以前ほど自分を愛さなくなった〟金持ちの女。そんな女性と結婚している男は、家の中で取るに足りない存在に成り下がってしまう。リンドフィールド嬢のような人間がすぐそばにいれば、なおさらのことだ。盗み見たほかの二人の様子が、この考えを確たるものにしてくれた。両手を上着のポケットに入れ、窓辺に立っているローレンス・グレンケイプル。キャッスルフォードを見つめる顔には、敵意と軽蔑が入り混じっている。いまだ顎を片手で支え、前のめり気味に座っているリンドフィールド嬢は、眉をひそめてキャッスルフォードを見据えていた。そこに敵意が含まれているのは間違いない。そしてもし、キャッスルフォードがこんな雰囲気の中で暮らしているのだとしたら、彼の態度も十分に理解できる。

しかし、こうした要素を鑑《かんが》みても、キャッスルフォードが最初に見せた動揺には説明しがたいものがある。ウェスターハム警部は心の中の仕分け棚に、その判断を大切にしまい込んだ。〝この二人と顔を合わせるたびにこんなに怯えていたのでは、何年も前に神経をやられていたはずだからな〟

リッポンデン医師の検死解剖結果が出るまでは、これ以上どうにもならない。こうした疑いのすべてが、まったく根拠のないものになる場合も大いにあり得るのだ。ここは慎重に対処したほうがいい。

それでも警部は、できるだけ早いうちに、ここで聞いた会話の一部始終を記録に残しておく用心を怠らなかった——耳で聞いたことを記憶する能力にかけては、すばらしい才能を持っているのだ。何か重大なことのほんの一部に触れただけだという不安感があった。まだまだ小さな証拠を集めていく必要があるのだという不安が。

第十章　電報

シャレーの警備業務からやっと解放されたガムレイ巡査は、自分の住まいに戻り、遅くなった夕食のためのテーブルについた。食事中はいかなる邪魔もしないよう、普段から下宿の女主人には言い渡してある。しかし、今夜に限っては、彼女がいつもの習慣を破っても文句は言わなかった。女主人は彼の周りをうろついては、友だちに言いふらせる、とっておきのニュースを引き出そうと躍起になっていた。披露できる新しい情報が何もなくて恥ずかしかったガムレイ巡査は、山ほどいろんなことを知っているのだという態度を装った。女主人からの質問に、ぶつぶつとした返事やもっともらしい頷きで対応する。ホークショー警部なら、こんな場合に有効と見なす態度だろう。

下宿人から面白い話を引き出せなかった女主人は、自分の情報の貯えを使ってみることにした。村人たちの噂話を元に、この悲劇に対する人々の反応をたっぷりと披露してやったのだ。三杯目のお茶を飲むあいだ、ガムレイ巡査はこれといった関心もなくその話を聞いていた。しかし、女主人が漏らした一言に不意に聞き耳を立てた。相手がしゃべり続けるなか、ガムレイ巡査は尋常ならぬ自制心をもって食事を終えた。そして、ティーカップを置くやいなや、さっそうと夜の通りへと走り出た。この話にはきっと、あの威張りくさった小役人警部を仰天させる何かがある。彼は満足げに思っていた。警察の上層部だって、明晰な頭脳の持ち主と用心に長《た》けた奴らばかりではないはずだ。

村の通りを進んでいくと、農夫たちが数人、一人の少年を取り囲んでいた。この少年が恐らく、彼らの関心の的なのだろう。ガムレイ巡査はきびきびと近づき、地元の電報配達夫である少年に声をかけた。

「おい！　わたしと一緒に来るんだ！」荒々しい口調で命じる。

農夫たちの質問の砲火からすばやく少年を略奪し、通りの先へと連れ出す。当然の権利と思っていた情報を十分に得られなかった部外者たちの不満の声が、そのあとを追った。静かな場所にたどり着いたところで、ガムレイ巡査は横柄な態度で口を開いた。

「入手した情報から」と芝居がかった口調で話し始める。「何点かお前に尋ねなければならない。今日の午後、シャレーに配達した電報があったんだな？」

「ふん、だから何だっていうのさ？　それが、あんたに何の関係があるんだ？　あんたは自分の仕事に身を入れる。おいらは自分の仕事に気を配ればいい」

「そんな態度だと面倒なことになるぞ。それも、かなりまずいことに」ガムレイ巡査は言い聞かせた。「これは重大な事件なんだ。お前の言うことはすべて記録され、裁判で使われるかもしれない。だから、そんな生意気な態度はやめて、本当のことを言ったほうがいい。わかったか？」

「ふん、おいらがビビらなきゃならない理由なんて何もないよ」少年は、反抗的な態度を少しも改めることなく言い返した。「電報配達がおいらの仕事なんだから。そうだろう？」

「お前のところに、今日の午後、シャレーに配達する電報が回ってきた」ガムレイ巡査は追及の手を緩めない。「何時ごろ、シャレーに配達したんだ？」

「四時半ごろかな。キャッスルフォード夫人に直接渡したよ」

「そんな電報は見つかっていないんだがなあ」ガムレイ巡査は当てずっぽうに言ってみた。「それに関して言えることは？」

「間違いなく配達したってば」少年の顔は不機嫌そうだ。「スティーヴニッジさんが証言してくれるよ。電報を渡したとき、あの人もその場にいたんだから」

「スティーヴニッジが？」ガムレイ巡査は疑わしげな声を出した。

この情報は彼にとって、有難くもあり不都合でもあった。ウェスターハム警部がまだ入手していない情報を引き出したという点では喜ばしい。しかし、〝高慢ちきなリンドフィールド〟がこの事件に深く関与しているという彼の確信には反してしまう。スティーヴニッジがシャレーの周りをうろついていたのであれば、リンドフィールドがうまく仕事をやり遂げるのも難しくなったはずだ。

ガムレイ巡査の確信が一瞬揺らぐ。ここは、急いで判断を下すのはやめておこう。被害者の死の直前に、あのスティーヴニッジが一緒にいたという事実を完全に切り捨てることはできない。しかも、その間、〝あのあばずれ女〟は明らかに、どこかほかの場所にいたのだ。が、不意に、新たな可能性がひらめいた。スティーヴニッジとあのふしだら女がつるんでいたとしたら？

巡査は、取り調べの際にはかくあるべきと信じる極めて厳めしい〝役人的〟態度で、少年に向き直った。

「ふむ。これはかなり重要な情報になりそうだな、そうだろう？　そこで起こったことを正確に話すんだ。お前がシャレーに着いたとき、二人はどこにいたのか？　二人で何をしていたのか？　彼らはお前に何と言ったのか？　つまり、そんな内容のことだ。わかるか？」

事の詳細を説明するのに、電報配達夫の少年は何の苦労もしなかった。村で少なくとも二十回は繰り返してきたのだ。そのせいで、彼の状況説明はすらすらと淀みない物語のようになっていた。ガムレイ巡査は、所々で質問を差し挟むだけでよかった。

「自転車で電報を配達したんだ。シャレーの下の道に着くと、自転車を道端に置いて、牧草地を登っていった。登り切ったところから、スティーヴニッジさんと奥さんがベランダのテーブルでお茶を飲んでいるのが見えたよ。うん、あんたの言う通り、彼女はこっちから見て左側。男のほうはテーブルの右側に座っていた。おいらの姿に気づくと、二人は顔を上げた。おいらが現れたのを快く思っていなかったようだな。でも、そんなのはこっちの知ったことじゃない。だから、近づいていって電報を手渡したんだ」

少年は息継ぎのために一瞬話を中断したが、すぐにまたべらべらとしゃべり始めた。

「彼女は電報を受け取った。封を開いて中を読んだ。すごく驚いているようだったな。それから、もう一度読み返すと、くしゃくしゃに丸めて床に放ったんだ。何か言おうとするみたいに男の顔を見たけど、何も言わなかった。男のほうも、彼女に何か問いかけるような素振りを見せた。でも、彼女はただ、おいらの顔を見ただけで黙っていた。男もおいらの顔を見た。それからやっと、女が口を開いたんだ。『その子に六ペンスをあげて』男は六ペンス硬貨を引っ張り出して、おいらにくれた。だから、おいらはそのまま戻ってきたんだよ」

「で、お前は後ろを振り返った」ガムレイ巡査は当てずっぽうで言ってみた。

「それの何が悪いのさ？　道路に向かって牧草地を下り始めたとき、たまたま後ろを振り返っただけさ。二人はテーブルの上で頭をくっつけ合って、何やら熱心に話し込んでいた。それから、誰かやってくるのを予測しているみたいに、こっちに顔を向けた。おいらが知っているのはそれだけだよ。前に話してやった誰に訊いても、同じ答えしか返ってこないさ」

「もう一点だけ」ガムレイ巡査が食い下がる。「お前の話によると、二人の元を離れたとき、彼らは両方ともテーブルについていた。そうだな？」

「振り向いたとき、テーブル越しに話し込んでいたって言わなかったかな？　もちろん、二人ともテーブルについていたさ。座ってお茶を飲んでいたんだ」

ガムレイ巡査はつかの間、必死に考えた。でも、これ以上、いかなる質問も浮かんできそうにない。

「わたしに報告したこと以外、彼らの話は何も聞いていないんだな？」

今度は、電報配達の少年がしばし考え込む。しばらくすると、皮肉っぽい調子で細かな証言を始めた。

「そう言えば、ほかにも何か言っていたな。電報を渡したとき、彼女はありがとうと言ったよ。それに、おいらが二人に近づいていったときには、ティーポットに手をかけて、『お茶をもう一杯いかが、ディック？』って訊いていた。男のほうが『いや、もう結構。あなたはどうです？』って答えた。彼女は頭を振って、冷めたお茶のほうが好きなの、みたいなことを言っていた。だから、気づいたんだよ。男のほうのカップは空《から》になっているのに、彼女のほうは全然口をつけていないことに。〝こいつ〟が重要な証拠になればいいな。おいらもあんたみたいに、新聞に載ってみたいから」

そんな望みなどかけらも持たないガムレイ巡査は、怒りとも軽蔑ともつかない唸り声を上げた。ほかに訊くことはないかと頭をフル回転させる。しかし、思い浮かんだ質問は一つだけだった。

「お前が思うに、その電報がセンセーションを巻き起こすというわけだな？」

「その通りさ。世の中の人間がいとも簡単に興奮の坩堝《るつぼ》に巻き込まれるのが目に見えるようだよ。センセーション――うん、まさにそれだな。どっちにしても、彼女だってぎょっとしていたようだし」

ガムレイ巡査はなおも訊いておくことはないかと考え込んだ。しかし、これといった質問は思い浮かばない。

「もう行ってよし」最後にそう告げる。「でも、今の話をあちこちでしゃべり回るのはやめておけ。今のところはまだ、まずいことは何もしでかしていない。だが、そんなことは少なければ少ないほどいいっていうからな。二十四時間はその口を閉じているんだ。わかったか?」

二十四時間もあれば調査は終了する。ガムレイ巡査は、そう踏んでいたのだ。それに、これだけ脅しておけば、あの小僧が警部にあれこれ知らせにいくこともないだろう。

ガムレイ巡査は自分の寝室に戻り、使い古した警察法の手引を引っ張り出して、電報に関する項目に没頭した。

〝通信省に関わるすべての者は、逓信大臣に委託された送信物の内容を、その義務に反して漏らしてはならない〟

困惑した面持ちで髪を掻き上げ、その一節をもう一度読み返す。そして座ったまま、しばらく考え込んだ。

「〝義務に反して〟か」しばらくしてからやっと呟く。「警察に協力することは誰の義務にも反することではない。まったくもって、あべこべじゃないか。これはもう、これで終わり。あとで問題が持ち上がったとしても、それは奴らの責任だ。通信文の内容を漏らして罰せられることはあっても、内容を訊き出すことが悪いとはどこにも書いていない。この条文に関する限り、おれの非はどこにも見出せない。とにかく、どうにかして、その電報の中身を確認してみることにしよう。郵便局のあの痩せっぽっち女を脅しても見せてくれないなら、袖の下を使うまでのことだ」

ガムレイ巡査は、この結論に満足してベッドに潜り込んだ。そして翌朝、地元の郵便局があくと同時に乗り込んだ。十分後には、慌てふためいた女性職員が不安げに見つめるなか、通信文の中身を書き写していた。

「この件については誰にも言わないほうがいい」帰り際に、そう警告する。「表沙汰になれば、あんたにとっては面倒なことになるからな。黙っていれば、わたしが自分で責任を取る」

巡査の口調に混じる不機嫌さは失望から生じたものだった。やっと手に入れた電報には、大したことは何も書かれていなかったのだ。一目見た瞬間に問題解決の鍵になりそうなものを発見できると期待していた。それなのに、それは単に、誰かからのくだらない招待状でしかなかったのだ。ポケットから手帳を取り出し、もう一度読み返してみる。


サンダーブリッジ、シャレー、キャッスルフォード夫人へ――木曜日は時間を守ってね。フィリスが買ってくれた贈り物の時計は正確じゃないんだから。木曜日には新しい時計が必要だわ。明日の午後に変更してもオーケーよ。出かけるからって、あなたのウェールズ人の友だちを代わりに寄越したりしないでね。このパーティは、いつでもあなたの都合のいいときでいいのよ。


ガムレイ巡査は苛立たしげに唸った。

「もし、おれの字があれよりひどいなら、もう一度学校に戻ったほうがいいかもな。まったく、何ていう殴り書きなんだ！」見下したように彼は呟いた。「ジョーン・ヘスケット嬢なら――」申込用紙の裏に書いてあった名前と住所について考える。「もう少しましな字を書くと思っていたのに。そして、彼女はそれを、郵便局の窓口に出す代わりに、郵便で送りつけた」

電報は、彼が期待していたような不思議な力は発揮しなかった。しかし少なくとも、あの思い上がったウェスターハムに自分を印象づける役には立つだろう――ガムレイ巡査という部下が、注意深く機敏な男であることを示す役には。彼はそのメモを警部に見せることにした。

その朝、ウェスターハム警部は非常に忙しく過ごしていた。問題の日の午後、キャロン・ヒルの人々がどこで何をしていたかについて、できる限りの情報を集めようと方々に調査の手を広げていたからだ。しかし、ほんの数人の部下がぱらぱらといるだけの職場でそんなことを試みても、ほとんどの仕事を自分一人でやるようなものなのだ。そんなわけで、ガムレイ巡査が警部の元を訪ねたときには、ひどくぞんざいな扱いを受けることになった。

「で、何の用なんだ？」

ガムレイ巡査は、いくらか得意げに自分の調査について説明し、電報の写しを差し出した。

「おやおや！」警部は厭味ったらしく答えた。「今日は新聞など読んでいる時間はなくてね。内閣の危機については、まったく知らないんだよ。それで、お前が新しい内務大臣になったというわけか？　きっと、そうなんだろうな。郵便局の職員に電報の内容を漏らすことを許可できるのは、内務大臣だけなんだから。それとも、お前個人の判断なのか？　まあ、もうやってしまったことだ。利用できるものなら利用してもよかろう。内容を見てみようか」

警部はガムレイ巡査から手帳を受け取り、写し取った電報の内容をじっくりと読んだ。

「ウィンタリーハウス、ジョーン・ヘスケット。申込書の裏にそう書いてあったのか？　ヘスケット嬢というのは、どういう人物なんだ?」

「二十歳ぐらいで、キャッスルフォードの娘の友人です」ガムレイ巡査は説明した。「スポーティなタイプで、散歩のときにはいつも犬を一、二匹連れています」

「ペット好きなんだろうな」警部が口を挟んだ。「そして、彼女の筆跡についてのお前の感想によると、その娘は蜘蛛を飼い慣らしていて、手紙を書きたいときには、そいつをインク壺に浸けるというわけだ。その蜘蛛が、彼女の口述に従って紙の上を這い回る。しかし、この電報が彼女からのものだとは、どうしても思えんな。訪ねていって、昨日、電報を送ったかどうか訊いてみるといい。ただし、わたしだったら、中身を確認したことについては黙っているがな」

警部は再び電報の文面に目を落とした。

「近々開かれる集まりについて知っていることはあるか?」部下にそう尋ねる。「ゴルフクラブとかテニスクラブとか、そういったところで?」

ガムレイ巡査は首を振った。

「この辺りでフィリスと呼ばれる人物について聞いたことは? キャロン・ヒルの住人とつき合いがある人間の中で」

巡査は再び、自分が何も知らないことを認めなければならなかった。

ウェスターハム警部がさらにもう一度、電報の文面を追い始める。その顔に新たな表情が浮かんだことに、ガムレイ巡査は気づいた。

「わたしもこの電報の写しを控えておこう」警部はそう言って、自分の手帳を引っ張り出した。「野外パーティやゴルフクラブなんかのことを訊き回る必要はないよ。どうやら関係がなさそうだから」

電報を写し終えた警部は、手帳をガムレイ巡査に返した。

「この電報の申込書は封書で郵便局に送られてきたんだろう？　そのときの封筒はもう保管されていないのか？」

「はい」ガムレイ巡査ははっきりと答えた。「それについても尋ねましたが、保管はされていませんでした。今朝、ゴミに出したか焼却してしまったんでしょう――郵便局の台所のガスコンロで、という意味ですが」

「わかった。それなら仕方あるまい。この件については、お前はもう深追いするな。あとはわたしが引き継ぐ。ただ、ヘスケット嬢を訪ねて、昨日、電報を送ったかどうかについては確認しておいてくれ」

ガムレイ巡査は挨拶をしてその場を辞し、この電報にまつわるミステリーについてじっくりと考え込んだ。一方、ウェスターハム警部のほうは、部下が姿を消すと自分の手帳をもう一度まじまじと読み返した。そして、電文の単語を一つ置きに省略するという単純な方法で浮かび上がってきた真の意味を発見して、大いに満足した。


気をつけて。今日の午後、フィリスがあなたを見張っているから。これを受け取ったらすぐに、あなたの友だちを帰らせて。

これは明らかに、今回の事件と関わるいくつかの点を解明するのに役立った。一つにはこれで、配達夫から電報を受け取ったときのキャッスルフォード夫人の狼狽が説明できる。疚しさなどかけらもない女性なら、こんな警告に動じたりはしないはずだ。ということは、彼女とスティーヴニッジの逢瀬が少しも公明正大なものではないという推論が正しいことになる。さらに、夫人のことを深く心にかけ、わざわざ警告までしてくれる事情通がいる。しかし、その人物は、送った電報によって自分の身元が知られるのは避けたかったようだ。なぜなら、電報は窓口で申し込むのが一般的なのだから。それに、その事情通は、キャッスルフォード夫人が難なく解読できる暗号文を使っている。従って、亡くなった女性が難解な暗号文を即座に解読できると考えるのも不合理だ。

〝フィリス〟とは誰なのか？　ガムレイ巡査が得た情報によると、スティーヴニッジは独身男だ——婚約者のいる身でさえない。世間一般の知るところによれば、〝フィリス〟が彼と交際している女性とも考えにくい。それに、電報はスティーヴニッジ宛ではなく、キャッスルフォード夫人宛だった。夫人に悪意を持っている〝フィリス〟とは何者なのか？　ウェスターハム警部はしばし考え込んでいたが、やがて答えがひらめいた。〝フィリス〟？　フィル。フィリップ・キャッスルフォード。あり得るかもしれない。もし、キャッスルフォード夫人とスティーヴニッジがただならぬ関係にあるなら、キャッスルフォードこそ二人が警戒しなければならない人物だ。それなら、きれいにつじつまが合う。

電報の送り主がジョーン・ヘスケット嬢なのか、それとも、誰かに名前を騙られただけなのかについては、なお調べてみる必要がある。ヒラリー・キャッスルフォードを通しての彼女とキャロン・ヒルとのつながりは、たとえ、さほど発展性のあるものではないにしても、ある意味、興味深いものであった。

第十一章　悲劇への序曲

ディック・スティーヴニッジは母親の家に住んでいる。しかも――これは、広く信じられていることだが――その母親の金で生活していた。かつては伯父の一人が、世に言う労働者の世界に彼を引き入れようと躍起になったこともあった。事務所内の個室に専用の机を用意し、職員の一人に仕事を教えるよう特別に言い渡した。そして、天上の高みから慈愛に満ちた眼差しをディックに注いでいた。そんな状況が十二カ月。その間に、伯父の目の中の愛情も薄れ、温かみも消えていった。最終的にディックは、商取引に関する面白い逸話を山ほど貯えて家に帰ることになった。女友だちに話して聞かせる分には、彼が単なる商売人としては賢過ぎるという事実を示す逸話だった。しかし、男友だちにとっては、面白くも何ともない話だった。何故ならそれは、いかに雇い主の機嫌を損ねることなく組織からまったくの役立たずを追い払うかという、職員たちの死に物狂いの努力を赤裸々に暴くだけのものだったからだ。

スティーヴニッジ夫人としては、自分のささやかな収入で息子の生活を支えることに何の異議もないようだった。自分のことを陽気に〝心の広いおバカさん〟などと呼んでいた。しかしそれを、ある人々が〝愚かなもうろく婆あ〟などと言い換えているのを聞いたら、ひどく腹を立てることだろう。特に、戦後に沸き起こった新しい思想の渦に呑み込まれ、何事もよく考えずに受け入れた女性だった。特に、若い世代の恋愛に関する偏見にはまったく縛られていないことを自慢に思っていた。自由恋愛、秘密のハネムーン、お試しセックス、友だち結婚、何でもオーケー。

ただ一点だけ、古きヴィクトリア朝気質の名残が突出している部分があった。「もちろん、うちのディックに限っては、この屋根の下でそんな類《たぐい》のことは一切許しません」ディックのほうも、女性陣が大いに好むあの親しげな微笑みで、たちまちのうちに母親を安心させていた。どんな女性も、母親の招待なしにはこの家の敷居を跨ぐことはできない――それは、ごく当然の話だ。ある意味、この取り決めはディックにとっても好都合だった。「一度でも女を自分の家に引き入れたら」と、かつて男友だちに打ち明けたことがある。「その女を捨てたくなったときに、ひどく面倒なことになるからね。それも、とてつもなく面倒なことに。遅かれ早かれ、必ずそういう気持ちになるものなんだ」

商業生活への参入という不幸な試みのあと、ディッキーは文学に身を捧げると宣言した。それこそ、ゴルフやテニスやバドミントン、そのほか諸々の楽しみに妨げられることのない余暇にできる作業だ。彼が自分で話すことはあまりなかったが、母親のほうが、その仕事の進展ぶりを逐一友人たちに報告していた。「ディッキーは今、戯曲を書いているの。もう、第一幕の半分まで進んだところよ」その戯曲が完成に向かって進むことは決してなかった。ついに、スティーヴニッジ夫人の手紙での報告からも姿を消し、小説が取って代わった。しかし、それもまた、目に見えるような進展は少しもないまま長い月日だけが過ぎていった。最後には、こうした曖昧な進捗報告すらスティーヴニッジ夫人の手紙からは消え、「息子のディッキーは今、とても忙しいの――例の創作活動のせいで。わかるでしょう?」という声明に姿を変えた。ディッキーの仕事場から何の印刷物も現れない以上、世間の人々はそれで満足しなければならない。もし、気の利かない人間が尋ねたとしても、スティーヴニッジ夫人は忍耐強く微笑んで、呟くだけだろう。「ディッキーは完璧主義者だから。自分の仕事には本当に徹底しているの。だから、簡単には満足しないのよ——一部の作家たちみたいに」

ガムレイ巡査との面談後、ウェスターハム警部は時間を無駄にすることなく、スティーヴニッジの屋敷に直行した。〝リチャード様はただ今お忙しくて〟などというありふれた言い訳にはいっさい耳を貸さず、作家の書斎へと足を踏み入れる。作家の仕事部屋など初めてだったが、とても感心できるものではなかった。紙が散らかり放題の書き物机、そこに添えられた作家用の肘掛椅子、小説が並んだ本棚、ラジオ、ほかに椅子が一、二脚。それに、座り心地の良さそうな大型の長椅子。恐らく作家はそこで、登場人物の運命について考えながら寝そべったり、知的な緊張があまりに高まったときには、四十回も瞬きを繰り返したりするのだろう。

警部の来訪が告げられたとき、ディッキーはだらしなくパイプをくわえたまま、尋常ならぬ心配と憂鬱をたたえた顔で、その長椅子に寝転んでいた。ウェスターハム警部の名を聞いて、微笑みながら振り返る。条件反射的な笑みだと警部は思った。若者は身体を起こすと髪を掻き上げ、しばし訪問者を見つめてから立ち上がった。

「さて、ぼくが何のお役に立てるのでしょう?」かなりの努力で愛想のよさと無邪気さを装い、ディッキーは尋ねた。

ウェスターハム警部に椅子を勧め、自分は散らかった書き物机を挟んだ肘掛椅子に腰を下ろす。警部は、自分の来訪を快く思っていない相手に素早く視線を走らせた。「男よりも女に気に入られるタイプだな」被害者的態度に見え隠れする、かすかに芝居がかった素振りから、警部はそう判断した。

「キャッスルフォード夫人の死に関して、いくつかお尋ねしたくて参上したんですよ」事務的な口調で話し始める。「夫人と最後にお会いになったのはいつですか、スティーヴニッジさん?」

突然の切り出しに、ディック・スティーヴニッジはわずかにたじろいだようだ。机から消しゴムを取り上げ、答える前にしばしいじくり回していた。

「事件については何も知らないんですよ」やっと、そう話し出す。「そのニュースを聞いたときには、びっくりしてしまって。本当にびっくり仰天です。恐ろしいったらないじゃないですか? ひどい話だ」

「夫人とは親しいお友だちだったんですよね」口調に申し訳なさを滲ませて、警部は尋ねた。「お気持ちは十分にお察しします」

この短い科白に、警部は巧みに特別な意味合いを織り込んだ。

「彼女とはよく会っておられたんでしょう?」そう先を続ける。「最後に会われたのはいつですか?」

ディッキーは消しゴムを見つめ、しばし躊躇っていた。やがて目を上げてみると、警部は何か特別なことでも確認するかのように、自分の手帳を調べていた。この忌々しい警官は、いったいどれだけのことを知っているのだろう? ウェスターハム警部には、相手の顔に浮かんでいる疑問が、まるで直接尋ねられたかのように読み取れた。それは特に驚くことではない。疚しいところが何もない人間でも、こんな場面では面食らってしまうのだから。

「昨日の三時半に会いましたよ――三時半かそのくらいに」スティーヴニッジは仕方なく認めた。

「そういうお約束だったのですか?」

この質問にも、スティーヴニッジはややしばらく考え込んでいた。それからようやく、何事にも百パーセント正確であろうとする男を装うかのように、説明を始めた。

「まあ、ええ、約束と言えば約束です。あなたがそんなふうにおっしゃりたいなら。というより、どちらにしてもそのくらいの時間に彼女と会うつもりでいたんですけどね」

警部が手帳に書き記す。

「三時半。シャレーで、ですか?」

「ええ、シャレーで」スティーヴニッジは断言した。「お役に立てる情報なら、何でもお話しするつもりでいることはご理解いただきたいんです、ウェスターハム警部。その点は、おわかりいただけますよね? 隠さなきゃならないようなことは何もないんですから。ええ、何一つとして。でも、事故については何も見ていないんです。そんな状況で、ぼくの話がどれだけ役に立つのか、見当もつきませんね」

ウェスターハム警部はこの発言については無視し、何の関心もなさそうな口ぶりで質問を続けた。

「三時半にはシャレーに着いたということですね、スティーヴニッジさん。そのあと起きたことについて教えてください」

スティーヴニッジにとって、詳細を説明するのは不安で仕方ないようだった。迷いに迷って口火を切れずにいたが、最後には率直なふりを装うことにしたらしい。

「ええ、彼女とはベランダで会っていたんです。ベランダについては、ご存知ですよね? ぼくが到着したとき、彼女はそこで絵を描いていました。イーゼルを立て、道具を辺り一面にばら撒いて。彼女が絵を描いているあいだ、ぼくは腰を下ろして話をしていたんです。あれやこれやの四方山話《よもやま》です
——特に重要な話ではありません」

「彼女はずっと絵を描いていたんですか?」

「ええ、そうです」スティーヴニッジは断言したものの、そんなに簡単に言い切らなければよかったという表情を浮かべた。

警部は手帳をめくり、ある箇所を親指で叩いた。

「どのくらいの時間、二人で話していたんですか？」

「さあ、どうでしょう」スティーヴニッジの声には困惑が窺える。「しばらく話していたと思います。そうですね、たぶん結構な時間だったんじゃないですか。人と話しているときの時間がどんなふうに過ぎていくものか、あなたにもおわかりでしょう？」

この点については嘘だなと警部は直感した。しかし、そこを追及する気はない。これが事件として成立すれば、スティーヴニッジもほかの人々と同様、証人となる。脅しは面倒なことを引き起こすかもしれない。証人の疑念を逸らすようなほかの話題はないものかと、警部は頭を捻った。

「誰かが銃を撃っている音は聞きましたか？」そう尋ねる。

「ええ、木立のほうで何発か。フランキーの仕業ですよ」

「ところで」と、くだらない好奇心からとでもいうように、警部は切り出した。「昨日の午後、あなたはどの靴を履いていましたか？」

スティーヴニッジは明らかに、この質問の趣旨がわからないようだ。

「ぼくが履いていた靴ですって？」そう尋ね返す。「クレープゴム底の茶色い靴でしたけど」

「ちょっと見せてもらえませんか？」ウェスターハム警部が尋ねる。「ベルは鳴らさないで」呼び鈴に手を伸ばしかけたスティーヴニッジを、警部は押し止めた。「かまわなければ、一緒に行って見てみましょう」

この依頼に、スティーヴニッジは完全に面食らってしまった。それでも、棚に靴を収めている衣装室に警部を連れていった。

「これですけど」そう言って、一組の靴を指さす。

ウェスターハム警部はその靴を棚から引き出すと、サイズを測るかのように掌の上で向きを変えた。そして、調べたいことでもあるかのように、何気ない素振りで一足ずつ持ち上げてみる。

「普通は靴底にサイズが記されているものなんだがなあ」自分の行為を説明するみたいに、そんなことを言う。「ああ、ここだ！」

彼は、絵具の跡がついていないかを確かめていたのだ。

「これで結構ですよ、スティーヴニッジさん。足跡の件だったのですが、あなたの靴とはまったく合わないようです。こんなことをする必要は全然なかったようですね。しかし、検視陪審のことを考えると――連中ときたら、まったくバカげた質問をしてくるかもしれませんから。我々としては、それに答える用意をしておかなければなりません」

警部は靴を下ろすと指先を擦り合わせ、書斎へと戻った。

「では、お話の続きをお願いできますか？　あなたはキャッスルフォード夫人としばらくのあいだ話をしていた。彼女と一緒にシャレーの中には入りましたか？」

「いいえ、そんなことはしていません！」

スティーヴニッジは即座に否定したが、またもや考え込んでいる。今度は、自分の言葉を取り消すことにしたらしい。

「すみません」と、彼は続けた。「中に入りました。お茶の道具を運び出すために入ったんです」

スティーヴニッジに一撃を食らわせたい欲求が抗えないほどに湧き上がってくる。それでもウェスターハム警部は、単なる証言の確認に聞こえるよう自分の言葉を押し止めた。

「そうでしたか、スティーヴニッジさん。そしてあなたは、お茶の道具を外に運び出すあいだ、眩しくないようにシャレーの居間のカーテンを閉めた。実に賢明なことですね。それで、ティートレイはいつ運び出したんです？」

この攻撃に用心すべきかどうかを推し測るかのように、スティーヴニッジは横目で警部を盗み見た。この忌々しい警官は、事前に何もかも把握しているのに違いない。さもなくば、事実を突き合わせて結論めいたものを捻り出そうとしているのか。触らぬ神に祟りなし。厄介な質問を引き出しかねないことは何も言わないほうがいい。

「四時半くらいだったと思います」かなりの間を置いてスティーヴニッジは答えた。「そのくらいの時間だったのは間違いありません。キャッスルフォード夫人が自分の時計を見て、お茶の時間だと言いましたから。彼女は四時半に午後のお茶を飲むのが好きだったんです。ぼく自身は、自分の時計で確かめてはいませんけど」

「あなたはティートレイを運び出した。そのあとは？」

「ええ、ほかのものはすべて運び出す用意が整っていたんです。その辺は全部、管理人がやってくれていましたから。流し場のケトルに湯も沸いていましたし。流し場のことはご存知ですよね——居間の隣にある小さな部屋のことですが」

「あなたがティートレイを運び出したとき、キャッスルフォード夫人はベランダにいたんでしょうか？」

ここで、スティーヴニッジは明らかに言い淀んだ。思い切って本当のことを言おうと決心したのは、しばらく経ってからだ。

「いいえ、彼女はシャレーの中にいました。居間の中に。そのことは覚えています」彼は気さくさを装って先を続けた。「どうしてって、全部用意できたよって、ぼくが彼女に声をかけたんですから。彼女は、先にお茶を注いでおいてと言いました。よく覚えています。ハンドバッグからサッカリンの小瓶を取り出して、彼女のお茶に三錠入れるよう頼まれましたからね」

「そしてあなたは、そうなさったんですね？　あなたが錠剤を取り出したとき、瓶の中にはどれくらいの量が残っていましたか？」

「たまたま、ちょうど三錠でした」スティーヴニッジはてきぱきと答える。「錠剤を取り出したとき、ちょうど三錠残っているなんてラッキーだなと思ったのを覚えています。だから、瓶は空《から》になりましたよ。まったく残っていないのを確かめるために、瓶を振ってみましたから」

「そして、そのとき、あなたは自分のカップには砂糖を入れたんですね？」

「ええ、ぼくはいつも砂糖を使うんです。もし、この情報があなたのお役に立つなら、角砂糖を二つ」スティーヴニッジは、少しばかり傲慢な口調で答えた。

「正しい見方をするなら、どんな情報でも役に立つものですよ」警部がぶっきらぼうに答える。「それで、そのあとはどうなさったんです？」

　スティーヴニッジは記憶を揺さぶるかのように、少しのあいだ考えていた。

「キャッスルフォード夫人がシャレーから出てきて、テーブルにつきました。それから――ええと。ああ、そうだ、お代わりが欲しくなったときのために、彼女がケトルからティーポットにお湯を注いだんです。そして、アルコールランプに火をつけました。流し場からティートレイを運んでくるときに、ぼくが吹き消してしまったものですから」

「そんなことだろうと思いましたよ」警部がぼんやりと答える。

スティーヴニッジは鋭い視線を警部に向けた。このこうるさい男は、予想以上にいろんなことを知っているに違いない。

「そのあとは？」ウェスターハム警部が促す。

「それからのことは本当に何も知らないんです」スティーヴニッジは答えた。「しばらくのあいだ、テーブル越しに話をしていました。あれやこれやの何でもない普通の会話です。どんな内容だったのかも覚えてもいません。特別な話は何もなかったんですから」

「何か食べましたか？」そこが非常に重要なポイントだとでも言いたげな口調で、ウェスターハム警部は不意に尋ねた。

スティーヴニッジは首を振った。

「いいえ、何も。ご存知の通り彼女は糖尿病で、食事制限が必要でしたから」

「でも、お茶は飲んでいたんですよね？」

警部の口調の中の何かが、スティーヴニッジを警戒させた。答えずに考え込んでいる。

「いいえ、お茶も飲んでいませんでした。いつも、冷ましてから飲むんです――冷めきったと言ってもいいくらいまで。彼女がお茶に手をつける前に、ぼくは自分の分を飲み干してしまったくらいです。実際、今になって思い返してみると、ぼくたちが一緒にいたあいだ、彼女は口もつけていませんでしたね。そのとき電報が届いて、ぼくたちのおしゃべりは中断されたんです」

「えっ?」この件については初めて聞いたかのように、警部は不意に声を高めた。「電報ですって?どんな内容だったか、ご存知ですか?」

「知りませんよ」スティーヴニッジは、隠しておきたいことがあるのを逆に示してしまうほどの強さで否定した。「考えもつきません。彼女は見せてくれませんでしたから」

警部は、明らかに疑っているふうを装う。

「ふむ! 電報ですか? しかしですねえ、スティーヴニッジさん、シャレーには電報なんて影も形もなかったんですよ。その点については、どのように説明されますか?」

「そんなこと知りませんよ。説明なんて、まったくできません。彼女が捨ててしまったか焼いてしまったか、そんなところなんじゃないですか。その点については、ぼくは何も知らないんです。本当ですよ。彼女は見せてくれなかったんですから。誰から来たのか、そんなこともまったく教えてくれませんでした」

「まあ、そういうこともあるでしょうね」ウェスターハム警部の声は疑わしげだ。

もちろん、キャッスルフォード夫人がその電報を焼いてしまった可能性はある。しかし、シャレーの暖炉で見た灰の中には、手書きのものや印刷物の燃えかすは見当たらなかった。しかも、量的に言えば、電報だと六通分にはなりそうな灰だ。それでも、電報を配達した少年の話からすれば、内容については何も知らないというスティーヴニッジの証言には、明らかに嘘がある。

「そのあとは、どうしたんです?」ウェスターハム警部は重ねて尋ねた。

「ぼくもすぐに帰りましたよ」スティーヴニッジが答える。「電報配達夫のあとを追って、と言ってもいいくらいに」

「どうしてそんなに早く帰ったのか説明がありませんね」警部は指摘した。「女性とお茶を飲んでいて、相手がまだ飲み終わりもしないうちに席を立って帰ってしまうのは、普通のことでしょうか？」

その問いに対する答えは、スティーヴニッジも用意していなかったようだ。警部から顔を背け、消しゴムをいじり回しながら、合格点をもらえそうな話を即興で作り上げようとしている。

「彼女が帰ってくれと言ったんです」躊躇いながら、やっとそんな返事を返した。「たぶん、絵の続きを描きたかったんでしょう」

「お茶も飲み終えていないのに？　おかしくないですか？」

「いいえ、別に不思議はないですよ」スティーヴニッジは慌てて言い足した。「彼女はいつも、一口でお茶を飲んでしまう人だったんです。お茶に関しては、ぼくが帰ったあとも、まだそのままにしておいたんじゃないですか！」

警部はこの説明で納得したようなふりをした。自分が厄介な立場にいることを実感していたからだ。キャロン・ヒルで暴かれた金銭的なごたごたを別にすれば、キャッスルフォード夫人の死因が事故以外によるものだと判断する根拠は何もない。その点からすると、唯一確認したいのは、夫人が命を落とす直前の環境だ。しかし、後日、何の意味もなかったと判明するかもしれない付帯的な事柄について、あれこれと詮索するような調査をする正当な理由が一つもなかった。

もっと自由な裁量権があれば、何の躊躇もなしに調査を押し進めることができるだろう。しかし、その権利があったとしても、厄介な事件は持ち上がるのだ。国中の新聞で騒がれ、警察によるまっとうな調査に支障が出てしまうほどの厄介事が。ウェスターハム警部はかつてのそんな経験から、人のプライベートな生活について、ぶしつけで的外れな質問をする出しゃばり者と見なされることを極力避けようと思っていた。

そういうわけで彼は、できるだけ無難な方法を選ぶことにした。まずは手始めに、いくつかの嘘についてスティーヴニッジが取り繕えなくなることを期待して、罠を仕掛けることにしたのだ。

「では——」じっくりと考えながら、警部は切り出した。「あなたは三時三十分にシャレーに着き、四時三十分にお茶を飲み始めた。一時間ありますね？　その間、キャッスルフォード夫人はあなたとおしゃべりをしながら、ずっと絵を描いていたんですか？」

その時間帯の行動について、さらに突っ込まれることを避けるために、スティーヴニッジは考え直すだろう。警部はそう踏んでいた。

「ええ、彼女は絵を描いていましたよ。その間、ぼくたちはずっとおしゃべりをしていました」

ウェスターハム警部には、この証言が嘘であることがわかっていた。キャンバスならすでに調べてあるのだ。新たな絵具が塗られた範囲は、十分もあれば足りる程度だ。

「昨日の午後、リンドフィールド嬢か誰かがシャレーに立ち寄る予定だと、夫人は話していませんでしたか？」

スティーヴニッジは首を振った。

「リンドフィールド嬢のことはご存知ですよね？」警部が続ける。「今回の件については、彼女が重要な証人なんです。どんな人物なんでしょう？」

ウェスターハム警部の戦略は功を奏した。スティーヴニッジは、質問の矛先が脇に逸れたことを単純に喜んでいる。

「実質上、キャロン・ヒルを切り盛りしている人ですよ」と、説明を始める。「キャッスルフォード夫人の腹違いの妹だったと思います。あの人は、何事につけても妹を頼りにしきっていましたね。とても有能な人ですから。自分がその場を牛耳っているのを人に悟られることなく、物事を仕切れる人です。キャッスルフォード夫人に対しても、ものすごく大きな影響力を持っていました」

「リンドフィールドさんのことをよくご存知なんですね」ウェスターハム警部は感想を漏らした。その言葉にスティーヴニッジが浮かべた不安そうな表情を見て、警部は驚いた。

「ええ、まあ、キャロン・ヒルにはしょっちゅう行っていましたから」スティーヴニッジが取り繕う。「物事の本質って、一緒にいる人たちを観察することで見えてくるものでしょう?」

「キャッスルフォード氏についてはどうです?」

再び、スティーヴニッジの顔に不安の色が浮かぶ。しかし、今回の表情は理解できるような気がした。

「キャッスルフォードさん?」スティーヴニッジは繰り返した。「ああ、キャッスルフォードさんなら——まあ、正直なところ、あの人とはあまり関わりがないんです。とても物静かな人みたいですね。つまり、かなり奥さんの尻に敷かれているというか。あの人は——実際のところ、キャロン・ヒルではあまり重要視されていないみたいです。それがぼくの印象ですね」

「確か、娘さんがいたのでは?」

「キャッスルフォード嬢ですか? ええ、いかした娘《こ》ですよ」スティーヴニッジはうっかりと、警部にもはっきり感じ取れる厚かましい態度で答えた。

「義理の弟も二人いませんでしたか?」

「グレンケイプル兄弟ですか?」話が自分の行動のことに戻らないように、こうした話題が続くのをスティーヴニッジは明らかに喜んでいるようだ。「時々、会うことがありますよ。ぼくとしては、ケニスには我慢がならないですけどね。人の気持ちなんかまったく気にしないで、とんでもないことを言う無礼な男ですから。医者のローレンスのほうは大丈夫です。人をからかうのが好きだったり、時々皮肉っぽくなったりしますけど。もちろん二人とも、兄の金がキャッスルフォードに渡ってしまうことにあからさまに腹を立てていますし、何とか状況を正常化しようと躍起になっていました」

「キャッスルフォード夫人から聞いた話ですか？」

「ええ、彼女から聞いた話です。軽々しく話していましたよ。ぼくとしてはもちろん、人の家の事情なんて詮索したりしませんけどね。でも、たまたま話してくれたんです」

「シャレーで？」

　スティーヴニッジはつかの間、考え込んだ。避けられるものなら、シャレーでの話は持ち出したくないようだ。

「ええ、昨日、シャレーで。その前にも、一、二度、聞いたことがあるかな。先週か、そのくらいに。グレンケイプル兄弟が、彼女に遺言書を書き換えさせようと頑張っていたころです」

「お二人が一緒にいたあいだ、キャッスルフォード夫人はティーテーブルのそばに座っていたんでしょうか？　座る場所を変えたりしませんでしたか？」

　この問いに、スティーヴニッジは不意を突かれたようだ。

「いいえ。どうして、そんなことをする必要があるんです？　ぼくが帰るまで、彼女はぼくと話をしていたんですよ」

「それなら結構」ウェスターハム警部は慌てて答えた。「あなたは、まだお茶に手をつけていない夫人をテーブルに残して立ち去った。そういうことですね」

この件については、まだ疑問が残っていそうなスティーヴニッジだったが、例の時間帯の自分の行動についての問題を蒸し返さないことにしたようだ。

「お帰りになる途中、どなたかに会いましたか?」何気ない口調でウェスターハム警部が問う。

スティーヴニッジは一瞬、躊躇った。

「キャッスルフォードさんが、野原の道を歩いてくるのを見かけました。彼のほうは、こちらに気づかなかったと思います。ぼくも声をかけたりはしませんでしたから」

「何時ごろだったか、教えていただけませんか?」

「そうですねえ、だいたいならわかると思いますよ。五時五分前くらいじゃないかな。村の教会の鐘の音で時計を合わせようとしていましたから。どのくらい時間が経ったのか確かめようと、たまたま時計を見たところでした。彼は、リングフォーズ・メドウを柵に向かって横切る小道を歩いてきたんです。道路と牧草地を隔てているあの柵です――場所はわかりますよね?」

「あなたは、その柵を通り越して道路に出ていた。そういう意味でしょうか?」警部が問う。

「ええ。キャッスルフォードさんが現れる一、二分前だったはずです」

「ほかには、どなたにも会わなかった?」

「サンダーブリッジに着くまでは誰にも」

ウェスターハム警部が立ち上がったのを見て、スティーヴニッジは安堵の息を漏らした。

「お話しいただけることは、これですべてでしょうか?」形式的に警部が尋ねる。「もし、ほかに何かあれば……」

「いいえ。ぼくがお話しできるのはこれだけです」スティーヴニッジは慌てて断言した。「本当に正直にお話ししたんですよ。その点はご理解いただけますよね？　ところで、審問に証人として呼ばれたりはしないでしょうね？　それだけは嫌ですから」

「それは、わたしの立場では申し上げられませんね」ウェスターハム警部が答える。「証人として誰を呼ぶかを決めるのは検視官ですから」

そして、最後の質問で聞き取り調査を締めくくった。

「キャッスルフォード夫人は昨日、現状についての話はしていませんでしたか？――彼女の遺言書について、という意味ですが」

スティーヴニッジはやはり、答える前にしばし考え込んだ。「そういうことについて、彼女は決して、はっきりした説明はしなかったんですよ」ゆっくりと話し出す。「でも、前の遺言書は破棄して、新しいのを作るつもりではいたようですね。彼女はその仕事を一日延ばしにしていたんです。死に関することには病的な恐怖心を持っていた人ですから。遺言書を作ることでさえ、いつかは自分にも死が訪れることを思い起こさせたんでしょう。彼女はそれが嫌だった。だから、だらだらと一日延ばしにしていたんです。そんなことを、彼女がはっきりと口にしたわけではありませんよ。それは、おわかりでしょう？　ぼくは単に、自分の解釈をお話ししているだけです。でも、新しい遺言書はまだ、構想すら出来上がっていなかったという印象ですね。その件について、彼女が弁護士に電話もしていなかったのは確かですから」

警部は若者の部屋を辞した。その屋敷から歩いて帰る道々、聞き取り調査で得た印象を順序よくまとめ始める。

スティーヴニッジの性格の一面は難なく理解できた。あの若者の部屋は何であれ、仕事部屋でないことは確かだった。警部にも、仕事の痕跡を見極める目はある。しかし、あそこには、〝リチャード様はお忙しくて〟という言い訳にもかかわらず、仕事をしていた痕跡は一つもない。あの男の生活のそうした一面は単に、怠惰をカモフラージュするためのものなのだろう。〝生活のためなら何でもする男——ただし、仕事以外は〟というのが、ウェスターハム警部の内なる判断だった。

現状でより重要なのは、聞き取り調査の様々なポイントでスティーヴニッジが見せた不安のほうだ。それは、三つのグループに分類される。第一、あの男は明らかに、三時半から四時半までの自分の行動について、必死に隠蔽工作をしようとしている。その点に関する嘘など、誰の目にも明らかなのに。第二、あの男は第一のケースと同じくらい躍起になって、電報の内容については知らないふりをしようとしている。電報の中身など、いとも簡単に知り得たにもかかわらずだ。第三、キャッスルフォードの名が出てきたときの落ち着きのなさ。警部にとっては、このちっぽけな問題を解く鍵を見つけることなど朝飯前だった。キャッスルフォード夫人が死んでしまった今、スティーヴニッジとしては彼女との関係を掘り返されたり調べられたりするのは、何としても避けたいところなのだろう。できるだけ早く、自分の過去からその事実を切り捨ててしまおうとしているわけだ。キャロン・ヒルで感じたのと同じように、警部は再び、キャッスルフォード夫人が一人の人間として、身近な人々からも大切に思われていないような印象を受けた。こんな状況では普通、スティーヴニッジが彼女を失って嘆き悲しんでいることを人々に話して回るはずはない。しかし、押し殺している感情など少しもないのではないかとウェスターハム警部は思った。このロミオは決して、ジュリエットの墓前で自分の命を絶ったりはしない。もうすでに、ほかの誰かに目をつけていることのほうが大いにありそうだ。ひょっとしたら、こんな悲劇が起こるかなり前から、スティーヴニッジはキャッスルフォード夫人にうんざりしていたのかもしれない。

ここまできて、警部の脳裏にある光景がひらめいた。リンドフィールド嬢と親密だという言葉に、スティーヴニッジが見せたかすかな躊躇い。そして、あの男が傲慢な口ぶりで会話から退けた、もう一人の女性――ヒラリー・キャッスルフォード。〝いかした娘〟。

次の二点については、警部も確信を持っていた。靴に関しては、スティーヴニッジが何の不安も抱いていないこと。ティーテーブルでの出来事についての証言が極めて正確であること――ただし、電報に関しては別にして。

ウェスターハム警部はやっと、キャッスルフォード家の遺言書問題について、そこそこのことがわかってきたような気がした。

第十二章　検視官

地元の検視官オリヴァー・レニショー氏は、情の薄い規則一辺倒の小男だった。表情のないなめし革のような顔に、油断のない目を光らせている。私生活における才能は、会話よりも独り言にあった。しかし、その話し方自体は決して主観的ではなく客観的で、長々としたスピーチでさえ、彼の思考の深さを現していた。職務上の能力としては、用心深さが最も顕著な特徴だ。割り当てられた仕事だけに黙々と取り組んでいる――すなわち、自分に回ってきた事件における死因を解明すること。シャーロック・ホームズの外套を借りて、犯罪者の正体を暴こうなどという野望はかけらもない。彼の見解によれば、それは完全に警察の仕事なのだ。そうした方面における彼の唯一の義務は、捜査官の仕事をより困難にするようなことは決してしない、いうことだった。

レニショー氏はすでに陪審員を召集し、スティーヴニッジ、ハッドン夫人、リンドフィールド嬢、ガムレイ巡査、そしてウェスターハム警部から証言を取っていた。その上で、しっかりとした専門的な検査結果が出るまで、審問を先送りにしていたのだ。彼が、相談のためにウェスターハム警部を呼びつけようと決めたのは、そうした検査結果が手に入ったときだった。

ある夜、呼び出しに応えてレニショー氏の家を訪ねた警部は、その一室に招き入れられた。そこでは、家の主《あるじ》が火のついた葉巻を手に物思いに耽っていた。主が座る肘掛椅子の脇にあるテーブルの上には、書類が山のように積み上げられている。レニショーは、客に冷ややかで慇懃な挨拶をすると、椅子を勧めた。

「今日の話はウェスターハム警部、ご承知かとは思うが、まったくの非公式ということにしていただきたい。あなたの役に立ちそうな情報があるんです。その上で、そのうちのどのくらいなら——もし、可能ならの話ですが——今回のキャッスルフォード事件の最終的な解決に害を及ぼすことなく、世間に公表しても差し支えがないかを教えていただきたいんです」

この面談の非公式性を強調するかのように、レニショーは重々しい仕草で警部に葉巻を勧めた。ウェスターハム警部が一本を抜き取る。彼が葉巻に火をつけているあいだに、レニショー氏は脇のテーブルから書類を取り上げた。

「審問の初めに聞いた証言を要約する必要はないと思います。すでに公になっている情報ですから」

ウェスターハム警部は同意の印に頷いた。相手がどういう人間なのかはわかっている。口を挟むのは最小限にしようと彼は思っていた。レニショーに主導権を与え、彼のやりたいようにやらせるほうが事は早い。たとえ、すでに別のルートから聞いている話を、もう一度聞かされることになったとしても。

「わたしの指示で」とレニショーは続けた。「リッポンデン医師がキャッスルフォード夫人の検死解剖を行ないました。ここに彼の報告書があります。あなたもご存知かと思いますが、弾丸は背中から入り、心臓を貫通しています。その間に、被害者を即死させるだけの傷を負わせて」

ウェスターハム警部が再び頷く。そんなことは、すでに知っている。

「背中の傷の直径から、二十二口径の弾によるものと思われます」レニショーは続けた。「なぜなら、傷口の直径は二十二口径の弾よりもほんのわずかに大きいからです。しかし、三十二口径よりは小さい。今回の事件に二十二口径の鳥撃ちライフルが関係していることを考慮したリッポンデン医師は、この口径の銃器が原因であると結論づけました。彼は、そう報告しています」

レニショー氏は膝の上で紙の束を叩いた。

「しかしながら」と先を続ける。「わたしとしては、そんな推論にはまったく納得できません。ゴムシートが一枚あったとします。それを引き延ばして、真ん中に穴をあける。そして元の状態に戻す。ゴムシートにあいた穴の直径は、使用した穴あけ器よりも小さいことに、あなたも気づくはずですよ。人間の皮膚も、ゴムシートのように弾力性があるものです。もちろん、それほど強力ではありませんけどね。人体の柔らかい部分の皮膚に高速の弾が直撃した場合、皮膚は最初、その弾の力に負けます――つまり、実際には伸びるということです。そして、めいっぱい伸びた状態のところに、銃弾が穴をあける。その弾が通り抜けると、皮膚はまた元の状態に戻る。その結果、皮膚にあいた穴の直径は、通過した弾の直径よりも小さくなる」

レニショー氏の革のような顔では、微笑むことも難しいらしい。それでも彼は、自分の説明を終えながら、何とかそれらしきものを浮かべて見せた。

「本当ですね、検視官」ウェスターハム警部は調子を合わせた。「わたしも、その説明の説得力には大いに感動しましたよ。この件についてのあなたのお説をリッポンデン先生から聞いたときには。実際――」

レニショー氏が小さく手を動かして警部を制した。

「この先の話は聞く価値があると思いますよ」ウェスターハム警部が話し終えるのも待たず、検視官は説明を続けた。「つまり、こういうことです。参考文献で調べたところ、こうした作用は超高速の銃器が使用された場合にのみ起こるということがわかりましてね。つまり、輪胴式拳銃《リボルバー》では起こり得ないということです。従って、二十二口径の鳥撃ちライフルではなく、もう少し口径の大きな自動拳銃なら可能ということになります——一番可能性がありそうなのは、三十二口径の銃でしょうか」

「すばらしい推論ですね、検視官」ウェスターハム警部は口を挟んだ。「それに、正解でもあります。その点については、リッポンデン医師から少し前に聞いていたんです。それでずっと、その大きさの弾を捜していたんですよ。銃弾が飛んできたラインは明確でした——自分で確かめましたから。なので、あとは、いかに徹底的な捜索をするかが問題だったんです。今日の午後、ガムレイ巡査が落ち葉やら何やらの中からその銃弾を発見しました。木立の端をほんの少し入った木々のあいだです。銃弾は、被害者のごく近くで発射されたのに違いありません——」警部はそこで、ふと何か思いついたかのように言葉を止めた。「そして、被害者の身体を通り抜けると、勢いを緩めて落ち葉の山に落下した。銃弾が見つかってからはさらに、銃が発射されたときにエジェクターからはじき出された薬莢も捜していたんです。銃が撃たれた場所の右側に飛び出したはずですから。わたしはそれを、ベランダの下の芝生の上で発見しました。その二つが、あなたの推論の正しさを完全に証明していますよ、検視官。何故なら、見つかった弾は三十二口径でしたから」

　レニショー氏は、満足感を乾いた咳で隠そうとした。

「それはよかった、ウェスターハム警部」そう返す。「そこで、わたしからの最初の質問です。この事実が現時点で、いかなる形であったとしても公表されるのは望ましいことでしょうか?」

　ウェスターハム警部の返事は早かった。

「いいえ、絶対にだめです。ご理解いただけるとありがたいのですが。拳銃の持ち主が警戒している場合、切り札を隠しておいたほうが見つけ出せるチャンスが増しますから。殺人事件となれば、これはもう明らかです。できれば、必要以上にこちらの見解を曝け出したくはないですね」

「お言葉は心に留めておきましょう」レニショー氏は堅苦しい口調で答えた。「わたしとしてももちろん、公衆の利益と一致した行動を取らなければなりませんから。当然、それが何よりも優先されます。では、次の問題について。警部もご存知の通り、死体の状況は縮瞳薬の投与を示唆していました。リッポンデン医師は有能な人物ですが、そうした薬物の調査や識別の技術に長《た》けているわけではありません。そこで、決して彼の能力をけなしているわけではありませんが、一九二六年に施行された修正検視官法第二十二章における自分の権利を行使することにしたんです。そういう方面の調査の専門家に委託し、遺体の様々な器官をその人物に提供することにしました。検査はすでに終わっていて、その報告書がここにあります」

レニショー氏は膝の上の書類をめくり、自分の記憶を改めて確認するために報告書を抜き出した。

「これによると、死体からモルヒネが検出されたそうです。かなりの量が胃から発見されています。脳やほかの器官にも薬の形跡が見られました」

警部は思わず口を挟みそうになった。しかし、レニショー氏が身振りでそれを制し、説明を続けた。

「その専門家には死体の様々な器官だけではなく、ティーテーブルのカップに残っていた少量の液体も提供していたんです。ほかには警部が見つけた煙草の吸殻も渡し、アヘンのようなものが含まれていないかの検査も依頼していました。煙草からアヘンは出ませんでした。ティーカップの一つからはサッカリン、もう一つからは砂糖の形跡。どちらのカップからもモルヒネと思われるものは検出されていません」

「それではおかしいじゃないですか！」突きつけられた新たな事実と、自分がそれまでほかの情報源から集めてきた証拠。両者の折り合いをつけようとでもするかのように、警部は不意に声を荒らげた。

レニショー氏も間違いなく興奮しているのだろうが、彼のほうは、そんな兆しなどおくびにも出さなかった。

「公衆の利益に関連して、あなたのご意見を伺うための第二の質問です」穏やかな口調でそう尋ねる。「現時点で、こうした事実が外に漏れるのは不都合でしょうか？」

「不都合極まりないですね」ウェスターハム警部はきっぱりと答えた。「こんがらがって、わけがわからない。しかし――」

検視官は、それ以上の説明を許す時間は与えなかった。

「さらに、もう一点」そう話を続ける。「体内のモルヒネがティーカップ経由によるものでないなら、ほかの出所を捜す必要があります。キャッスルフォード夫人はご存知の通り、インシュリン治療を受けている最中で、その薬は皮下注射という方法で投与されていました。それなら――これは、まったくの仮定ですが――その注射器によってモルヒネが投与された可能性も考えられます。あなたがキャロン・ヒルで押収した注射器も、その専門家に検査を依頼していたんです。彼の報告書によると、その注射器からモルヒネの痕跡が発見されたそうです」

「ますます複雑になってきたな」ウェスターハム警部はたまらず口を挟んだ。「もし、皮下注射器経由だというなら、そのモルヒネはどうやって――？」

レニショー氏が有無を言わさぬ態度で相手を遮る。

「理由はどうあれ、それが事実なんです」口早に続ける。「あなたに異議がおありなのは大いに認めますよ。しかし、それは目下のところ、わたしの関心事ではありません。わたしが今、密かに心配しているのは、世間への対応なんです。わたしが伺いたいのは単に、この証拠もまた、しばらくのあいだ伏せておくべきなのかどうか、ということだけです」

「その点については疑いの余地はないでしょうね」ウェスターハム警部は即座に答えた。「あなたが明らかにした事実はみな、現時点で公表するには、警察にとって重要過ぎますから」

「わたしもそう思います」検視官が冷めた口調で認める。「こうした事実はみな、公表するのは安全ではないとあなたは断言した。それと同じように、審問も延期するのが一番いい方法なんでしょう。死体の銃創に、ある衣服の繊維が付着していた。陪審を呼び集めて、リッポンデン先生にそんな説明をしてもらうなんて、とてもできませんから。彼らに聞かせていいのは、証拠のほんの一部だけのようですし」

検視官は、革のような皮膚を寄せてかすかに微笑んだ。何か言いたげに、その目が輝いている。

「こんなことを申し上げるのは、自分の職分外だというのは承知していますが」と彼は続けた。「こうした事実が、実に興味深い疑問を呼び起こしたものですから。Aという人物がBに致死量の薬物を投与したとします。その後、薬が実際の死を引き起こす前に、Cという人物がBを撃ち、致命傷を負わせた。大変な難問をあなたにお出ししますよ、ウェスターハム警部。AとC、それぞれの犯行を証明できた場合、あなたはどのようにそれぞれの人物を起訴するのでしょうか？」

「なるほど」と、ウェスターハム警部。「でも、わたしの答えはしごく簡単ですよ。Aについては、殺人の意図をもって毒物を投与した罪で起訴する。Cについては殺人罪での起訴。Cが絞首刑になるのに対して、Aが無期懲役という軽い罪ですむなら、Cにとっては不運ですがね。でも、わたしの状況判断ではそうなります」

そこで警部は突然、少し前にしようとしていた質問を思い出した。

「ところで、あなたが依頼した専門家が死体の胃の中で発見したモルヒネですが、正確な量はわかりますか?」

レニショー氏は書類を覗き込んだ。

「七十五ミリグラムと報告されていますね――おおざっぱに言えば、一・二五グレインくらいでしょう。一般的な致死量は確か、三から六グレインだったと思います。でも、この量は人によって大幅に異なりますから。半グレインでも死に致ったというケースもあります。モルヒネ一グレインなら、危険な量の範疇に入るのかもしれません。それに今回の女性の場合、糖尿病という複雑な状況が絡んでくる。どのくらいの量が危険なのかなんて、判断するのは難しいんじゃないですか。彼女の場合――わたしは専門家でも何でもありませんが――一・二五グレインがその量だったということでしょう」

第十三章　不愉快な手紙の送り主

警察側の慎重な態度も空しく、村人たちはシャレーでの事件に対する関心を露わにして憚らなかった。立証責任などものともせず、無遠慮にもそれを〝キャッスルフォード殺人事件〟と呼んでいる。その結果、ウェスターハム警部はお節介な協力に事欠かなかった。彼の元に、次から次へと手紙が舞い込んできたのだ。しっかりした内容のものもあれば、単に悪意に満ちた意見を述べるだけのものもあった。さらには、とてもありそうもない解釈を含むものまで。自分の仕業だと名乗りを上げ、長々とした告白文を寄越してきた男もいた。しかし、残念なことに、この人物は癇癪持ちであることがわかり、友人たちによって水も漏らさぬ完璧なアリバイが証明された。どんな事実も見落とさないように、どれほどバカげた主張でも精査する必要があった。この作業によって、ウェスターハム警部の仕事はかなり増大し、このころまでには彼も、自称協力者たちにうんざりしてきたところだった。

机の上に置かれた安っぽい黄色の封筒を眺める警部の目が冷ややかだったのは、そのためだ。表には、のたくるような字で「ウェスターハム様」と書かれている。

「やれやれ、またいつもの手紙か！」封を切り、中身を取り出しながら警部は呟いた。

親愛なるウェスターハム警部殿へ

あんたに伝えたいことがあってこの手紙を書いているんだ。頭がいいにもかかわらず、警察の賢い方々が知らないようなことを伝えるためにね。まったく笑わせてくれるよな。あんたときたら、キャッスルフォードが自分の妻とスティーヴニッジの小僧の関係について、すっかりお見通しなのを知らないんだから。おれは、奴が知っているのを知っていたよ。どうしてって、おれがわざわざ、あそこで起こっていることを奴に手紙で知らせてやったからさ。それが、まず第一。そして、親愛なるウェスターハム警部、あんたは、あの殺人事件が起こる直前にキャッスルフォードがあの木立の中にいたことを知らない。それが、第二。あんたは間違いなく賢いんだろうが、自分でそう思っているにもかかわらず、このおれ様ほどではないんだろうな。銃が発射されたあと、キャッスルフォードは真っ青な顔でシャレーを離れ、大急ぎで立ち去った。そのことを、あんたは知らない。それが、第三。警察の賢い方々に万歳。そう言わせてもらうよ、ウェスターハム警部。キャッスルフォードがあの女に一発食らわせてやったことを、おれなら責めたりはしないな。あの女はそうされるに値するんだ。男のほうには同情するよ。奴が吊るされる日には喪服を着ることにするさ。たとえ、あの男が惨めで何の役にも立たない小男だったとしても。うんざりするような異教徒どもと同じように、おれたちみんなが知っていることだがね。奴を吊るすといいさ、ウェスターハム警部。

ちょっとしたことを知っている男より

ウェスターハム警部は椅子の背に寄りかかり、事件の核心についてのお節介な手紙を読み返した。

「ほかの手紙よりはまともそうだな」かなり不本意ではあったが、そう認めざるを得なかった。

薄汚い封筒を調べ、村の消印に気づく。

「送り主を探し出すなら、この手紙から指紋がたっぷり取れるだろう」再び手紙のほうを慎重に取り上げながら、警部は苦々しい思いで考えた。「さてと。消印からすると、送り主はたぶん地元の男だ。便箋のほうはかなり特徴的だな。安っぽい黄色い紙だが、表にまっすぐ書くためのかすかな畝がついている。たぶん、村の店で買ったものだ。購入者を特定するのは簡単だろう。紙の左側に余白はなし。左端のぎりぎりから字を書き始めている。綴りに一貫した間違いあり。全体的な文面の調子から、警察や上流階級の人間に敵意を持つ不満分子。少しばかり運があれば、簡単に見つけ出せるだろう。この男の知ったかぶりが本当なら、当たってみる価値はある」

この日、ウェスターハム警部はついていた。村の商店を一軒訪ねただけで、先月、あの特殊な便箋を一箱仕入れていたことがわかったのだ。売れたのはほんのわずかで、店主は大方の購入者の名前を覚えていた。

「オールグリーヴ夫人、ケルブルーク嬢、ヒンガム老人、ハッドン夫人、それにマンスローさんのところの息子さんですね？」警部は手帳に書き留めながら繰り返した。「オールグリーヴ夫人というのは？　どういう方なんです？」

「ジム・オールグリーヴ老人の未亡人ですよ――通りの三軒先に住んでいます」店主は説明した。「あの人のことはあなたもご存知のはずですよ、ウェスターハム警部。最近は足腰がひどく弱って、杖を突きながらよろよろと歩いています」

「マンスローさんのところの息子というのは？　知っているような気もするのですが」当たり障りのない嘘をつく。

　店主はわけ知り顔で微笑んだ。

「あの青年が何のために便箋を買ったのかはわかっていますよ——週に二度くらいガールフレンドに手紙を書いているんです。向こうの〈ボルステッド・アバス〉で働いている娘《こ》でね。でも、そんなに長くはいないでしょう。マンスロー青年はいい若者で、結婚のためにせっせと貯金していますから。あんないい若者を捕まえるなんて、彼女はラッキーな娘だ」

「ケルブルーク嬢。彼女はどんな人ですか？」

「教区牧師の子羊《ラム》——と言うよりは、羊肉《マトン》かな。ミサに行けば、いつでも彼女に会えますよ。着ているものと言えばいつも黒か白ですが、とても四十には見えません。すぐに見分けられますとも。通りをあっちにちょっと行ったところの、蔦に覆われた小さな家に住んでいます」

「で、このヒンガム老人というのは？」

「信心深いジョーのことですか？　そうですね、閉店間際の〈雉亭《きじ》〉に行けばいつでも、支えられるようにして店から連れ出される彼に会えますよ。単に酔っ払っているだけじゃないんです。ときには、店主でさえ迷惑に感じるくらいで。日曜日はベッドの中。彼には、それが唯一の休日なんでしょう。なぜって、〈雉亭〉は週六日の営業ですから。それでみんな、彼のことを〝信心深いジョー〟って呼んでいるんです」

「ふむ！」これこそ探していた情報だと言わんばかりに、警部は相槌を打った。「飲み歩きの常習犯《パブ・クローラー》というわけか？　なるほど！」

「まあ」揚げ足を取るかのように店主が答える。「正確には、パブのはしごで彼を責めることはできませんけどね。この村にあるパブは一軒だけなんですから。でも、言ってみれば、彼は時計仕掛けのように規則正しく、あの店に通っていますよ。それこそ、這《クロール》うようにして」

「知りたいことはすべてお訊きできたようです」本心ではなかったものの、ウェスターハム警部はそう答えた。「それから、もちろん」と、ウィンクをしながらつけ加える。「今の話は、わたしたちだけの秘密ということで。もう、こんな話をすることもありませんから」

「仰《おお》せの通りに」店主は眼鏡を押し上げ、警部が入ってきたときに脇に置いた新聞に手を伸ばした。

こんな約束の効力など、ウェスターハム警部は少しも信用していなかった。それでも、この件についての不安はまったくない。信心深いジョーのような人間なら、ゴシップで傷つくこともないだろう。

警部の次なる標的はガムレイ巡査だった。自分の担当地区にいる部下を見つける。

「ハッドン夫人についてちょっと知りたいんだ」そう切り出す。「彼女はどんなタイプの人間なのかな？　信用できると思うかい？」

「嘘をつかれたことはありませんけどね」気の進まない様子でガムレイ巡査は答えた。「見かけることはめったにないんです。彼女はそのう――ひどく引きこもった生活をしているものですから。言っている意味がおわかりいただけるといいんですが」

「想像はつくよ。一人で暮らしているのかい？」

「いいえ、そういう意味ではありません。夫と一緒です――これが、ろくでもない男でして。つまり、ひどく人里離れた場所に住んでいるという意味です。村に出てくることもめったにありません」

「ろくでもない夫？　それはまた気の毒に」

「ひどい男でしてね、警部。あの男の口から、まともな言葉なんて出てきたためしがありません。いつだって、わたしたち――つまり、警察のことを皮肉っておりまして。〝怒れる者〟の一人、というところでしょうか。自分よりもいい暮らしをしている者に対しては――もっとも、人類の大部分がその範疇に入りそうですが――不平たらたらの、熱狂的な左翼主義者です」

「まあ、世の中はいろんな人間で成り立っているからね」警部は辛抱強く応じた。「人間的な部分はないのかね――余暇を楽しむための趣味とか、そんなものは？」

ハッドン氏のそんな面さえ、ガムレイ巡査は気に入らないようだ。

「ホイペット犬の飼育や訓練をしていますよ。もし、それが趣味と言えるなら。この辺では野ウサギがめっきり減ってしまって」巡査は残念そうな顔で答えた。

「教育は受けた男なのか？」

「教育を受けたか、ですって？」ガムレイ巡査は軽蔑を隠そうともしない。「あの男なら、学校を出てから本の一冊だって開いてやいませんよ。あいつが読むのは、新聞に出ているグレーハウンド競争の掛け率とその結果だけです。関心があるのは、ホイペットと馬だけですよ、警部」

「配偶者にとっては気の毒なことだな」警部は無意識に繰り返した。「まあ、度を越さない限り、我々には関係のないことだ。きみは夫人のことを信頼のおける人物だと思っている。それが重要な点だ」

別件についてさらに少し話し、ウェスターハム警部は部下と別れた。巡査は担当地区の巡回を続け、警部は自分の仕事に戻る。必要な情報をさしたる努力もなしに手に入れた警部は、しごく満足だった。どうやら例の便箋に関しては、ハッドンが最も疑わしい人物らしい。獲得した成果をさらに掘り下げる価値は十分にありそうだ。

警部は、ホイペットとその購入に関する手紙の作成に取りかかった。はっきりした返事を要求する手紙だ。作業を終えると写しを作成し、隣町に住むプライベートな友人に宛てて説明書きを作成する。そして、その書類を封に入れて投函した。

三日後、返事が返ってきた。封をあけると中身が滑り落ちてくる――あの馴染み深い黄色い便箋に書かれた手紙だった。

「一発でしっぽを捕まえたぞ！」到着したばかりの手紙を見ながら、ウェスターハム警部は嬉しそうに呟いた。のたくるような字で〝J・ハッドン〟と署名されている。

「同じ便箋、同じ筆跡。左端にぴたっと詰めて書き始める癖も、〝お前の〟の綴りの間違いも同じ。不規則に大文字が散らばっているのも、所々に傍点がついているのも同じだ。一ダースもの専門家を小躍りさせるほど指紋もたっぷりついているだろう。とにかく、その点については何の問題もなさそうだ」

専門家の鑑定で、親指の指紋に傷跡があることがわかった。この特徴は、以前の不愉快な手紙にも、J・ハッドンからの手紙にも見られるものだ。指紋鑑定に関しては決して物知り顔などしないウェスターハム警部だったが、この小さな証拠には大いに満足していた。ハッドンの習慣についてさらに調べ、家の主《あるじ》が確実に在宅する時間を狙って、警部は男の家を訪ねた。

ノックをすると、ハッドン本人がドアをあけた。長身で、片方の目がわずかに斜視気味の不愛想な男だ。警部の姿を見ると一瞬たじろいだが、すぐに平静を取り戻した。

「女房に会いにきたのか？」つっけんどんにそう尋ねる。ウェスターハム警部は首を振った。

「いいえ。わたしが会いたかったのは、あなたなんですよ。悪意ある中傷の手紙の件で」

「どういう意味だ？」ハッドンの声には、はっきりと動揺が感じられる。

「罰金もしくは一年未満の懲役」あえて誤解しようのない言い方で警部は答えた。

ハッドンはびくりとのけぞり、無精ひげの生えた顎をさすった。

「ほう。そうなのかい？　それで、それがおれに何の関係があるんだ？」

「とぼけるのはやめたほうがいいですよ」警部が意地悪く諭す。「警察の賢い連中には、あなたを見つけ出すことなど朝飯前だったんですから。違いますか？」

「あの手紙のことを言っているのか？」ハッドンはあっさりと尋ねた。

「もちろん、あの手紙のことですとも」警部の口調は茶化してでもいるかのようだ。

しかし、すぐにそれは、自信に満ちた人物の声に変わった。

「木立の中に入りましょう。あそこのほうが話しやすい。自分で掘った穴に落ちてしまったようですね、ハッドンさん。そこから這い上がる方法は一つしかない。ひどい扱いをするつもりはありませんよ。わたしはあなたに、チャンスを与えようと思っているんです」

調査の迅速さに明らかなショックを受けたらしいハッドンは、かなり素直になっていた。

「わかったよ」即座に従い、警部のあとについて庭から出る。そこからなら、二人の声も家には届かない。

「わたしはこんなふうに考えているんです」ウェスターハム警部はくだけた調子で話し始めた。「あなたはわたしに、キャッスルフォード氏に関する手紙を書いた。もし、わたしがそれを額面通りに受け取るなら、あなたは逮捕され、こっぴどく懲らしめられることになります。あなたにとって不利な証明なら完璧にできますからね。これが、考え方の一つめ。ご希望なら、そうすることもできます。もう一つの考え方。あなたは誠実な目撃者で、証言をしたいと希望している。そう捉えるなら、我々としても、あなたが最初に取ったいささか非公式な方法も大目に見ることができます。その場合、あなたに害が及ぶことは一切ありません。さあ、どうしますか？　わたしにとっては、どちらでも同じなんですよ。いずれにしても、あなたを証人席に立たせ、証言を絞り出すだけなんですから」

ハッドンはしばし考え込んだ。事情聴取が始まったときよりは、はるかに深い尊敬の念を浮かべた目で警部を見つめながら。

「ふん」やっと口を開く。「どうやらあんたは、おれが思っていたよりもずっと優秀らしいな。どうやっておれを割り出したのか、見当もつかん。それに、間違いなくあんたは、おれを窮地に追い込んだようだ。だが、こっちにとってはどうでもいいことだ。おれはキャッスルフォードの友だちなんかじゃないし、当然のことながら、奴を見捨てちゃならない理由もない。手紙に書いたことは正真正銘の事実だよ。いつでもお望みのときに宣誓してやるさ。おれはただ面白半分で、全能なる神のごときあんたたち警官をからかっただけなんだ」

「大変、結構」職業的な態度を取り戻してウェスターハム警部は答えた。「では、簡単に説明をしてください」

「事件があった日の午後」記憶を呼び戻すために少し間を置いてから、ハッドンは話し始めた。「五時ごろだったかな、おれは個人的な用で木立の東端にいたんだ」

「何をしていたんです？」警部が問う。

「個人的な急用さ」相手の気を引こうとしているのが見え見えの横目使いで、ハッドンは答えた。

「余計な口は挟むなよ。嘘なんかつかないから。それが、おれの主義なんだ」

「ウサギ用の罠でも仕掛けていたんですか？」警部は水を向けた。「夕暮れ時になると、野原で草を食べるために木立のその辺りに出てきますからね。違いますか？」

「そう思いたきゃ思えばいいさ」そんな誘い水など押しのけるように、ハッドンは答えた。「おれに言わせれば個人的な急用だ。とにかく、それが何であれ、詳しく説明する気はない。わかったか？」

「あなたは木立の端に潜んでいた」ウェスターハム警部が言い換える。「結構。で、それから？」

「ちょうどそのころ、キャッスルフォードが木立の中に入ってくるのが見えた。それより前、おれが個人的な用に取り組んでいるときに、誰かが銃を撃っているのが聞こえたのは話しておくべきだったな。木立の反対側にいた奴さ。気にも留めなかったよ。キャロン・ヒルにいる小僧だと思っていたからね。以前から、そいつが豆鉄砲を抱えて、得意げに歩き回っているのは見かけていたんだ。とにかく、キャッスルフォードが木立に入ってきたんで、おれは身を伏せた。よく知っている場所にいるにしては、ずいぶん用心深そうな態度だった。もっとも、奴の目的なら想像できたけどね。おれには関係のないことさ。ただ、奴がおれに幸運をもたらしてくれるのを望んでいただけ。それと、奴がシャレーで目撃することに満足してくれたらいいと思っていただけさ」

ウェスターハム警部は一瞬口を挟もうとしたが、やめておいた。

「おれはそこで身を潜めていた」ハッドンが続ける。「記憶が正しければ、さらにもう何発かの銃声が聞こえてきたな。そのうち、キャッスルフォードが戻ってきた――そのときにはもう、用心深さは消えていた。おれのすぐ脇を通り抜けていったよ。顔が――紙みたいに真っ白だった。唇もわなわなと震えていた。今にも泣き出すんじゃないかと思うくらい。ひどいショックを受けたことは一目瞭然だった。まあ、シャレーの窓から中を覗き込んだはいいが、ほかの人間ほど、その光景を楽しめなかったということなんだろう。これがおれの推測さ。そのころにはおれも仕事を終えていたんで、野原を横切ってサンダーブリッジの村に戻った。もちろん、事件の発覚後、事実と事実を突き合わせて警察に連絡をしたというわけさ」ハッドンは厚かましい顔で締めくくった。

「それは何時ごろでしたか？　確認できた一番近い時間は？」

「五時十五分の直前かな。その直後に、サンダーブリッジにある教会の十五分刻みの鐘の音が聞こえたから」

「その時刻、周辺でほかに見かけた人物は？」

「いないね。もちろん、おれがいた場所からシャレーは見えなかったし。木立の反対側にいたんで」

「キャッスルフォードの目的なら想像できるという話でしたが、その意味は？」

「奥方とスティーヴニッジの野郎をこっそり探ることに決まっているじゃないか」

「ああ、そうそう、思い出しました。あなたは〝わざわざ手紙を書いて、キャッスルフォードに二人の行ないのことを知らせた〟んでしたよね？」

ハッドンには恥というものがないらしい。

「おれが何を見たと思う？　あの二人の不品行を目撃したら、あんただって親切心から同じことをしたんじゃないのか？」

ウェスターハム警部は思いのほか面白がってはいないようだ。ある考えがひらめく。再び口を開いたときには、高圧的な口調がさらに強まっていた。

「ささやかな情報を惜しみなく与えてくれる方のようですね、ハッドンさん。あなたはキャッスルフォードに手紙を書いた。わたしにも手紙を書いた。それで終わりですか？　ほかには誰に手紙を送ったんです？」

　ハッドンはしばし躊躇っていた。それはもちろん恥の意識からではなく、単なる戦略的な理由によるものだった。

「おれに不利になることはないよな？　しゃべったことで、あとから面倒なことになるとか？」

「すべてきれいに話してくれるなら、あとでどうこうということはありませんよ」

「わかった。そういうことなら、リンドフィールド嬢にも送りつけたよ」

「どうしてです？　彼女に何の関係があるんですか？」

　ハッドンは黄色い歯を見せて、意地悪く笑った。

「ああ、こっそり教えてやろうと思っただけさ――あの女のお気に入りのスティーヴニッジ坊やがやっていることを。あの女はあいつに少しばかり興味を持っているんだ。そいつは間違いないね。あんたは知らないんだよ、ウェスターハム警部。あの中産階級の連中がどれほど腐り切っているか。あんなふうに飾り立てて、お高く留まっているにもかかわらず。まったくもって腐り切っている。いずれ、あんたにもわかるよ。おれは、ああいう連中に関して結構いろんなことを知っているんだ」

「ほかに手紙を送った人物は？」

「ああ、スティーヴニッジにも、おれがあいつをどう思っているか知らせてやったさ」

「それで全部ですか？」

「そうだよ」

「ふむ！　ずいぶん大量生産をしたものだな」

今や身の安全を確信したハッドンは、機嫌よく横柄な態度で答えた。

「ああ、ただ、本質というものに鏡を向けてみただけさ」意気揚々と説明する。「連中の振る舞いがあんなふうでなければ、おれだって報告する必要なんてないだろう？　自分たちで思っているほど賢くはないんだってことを、教えてやっただけさ。あんな連中には敬意のかけらも感じないね」

第十四章　一対のピストル

以前キャロン・ヒルを訪れたときに書斎を見ていなかったウェスターハム警部は、キャッスルフォードに勧められて腰を下ろしながら周りを見回した。そして、黒っぽい衣服に身を包んだ相手に視線を戻すと、本題に切り込んだ。

「たびたびお手間をおかけしてすみません、キャッスルフォードさん」申し訳なさを滲ませた声で話し始める。「しかし、新たな情報を入手したものですから、確認が必要でして。もし、よろしければ、ご協力をいただきたいのですが」

「わたしにできることでしたら、何でもいたしますよ」警部が感じ取った限りでは、気の進まなさに警戒心を交えた声でキャッスルフォードは答えた。「ご理解いただけると思いますが、非常につらい出来事でしてね。できれば、永遠に考えたくない問題なんです。でも、どんなことでもお話しする準備はできていますよ」

「大変、結構」ウェスターハム警部の声には、以前ほどの同情心は感じられない。「ストレートに本題に入りましょう。奥さんが亡くなる直前、見知らぬ人物から不愉快な手紙を受け取られたと思うのですが。違いますか？」

嫌々ながらというキャッスルフォードの態度が目に見えて増した。どういう説明が一番有利なのかを考えているのか、話し出す前にひとしきり躊躇っている。

「おっしゃる通りですよ」彼はやっと答えた。「不愉快な手紙なら受け取っています。でも、それがあなたに何の関係があるんです？　わたしはその件について何の苦情も申し立てていませんし、もし、可能だとしても、告発するつもりもありません。誰にも関係のない個人的な問題だと思っていますから」

「それは違いますね」説明を加えることもせず、警部はきっぱりと否定した。「その手紙はどうしたんです？」

「不愉快な手紙に対して、人は普通どうするものでしょう？」キャッスルフォードが尋ね返す。「もちろん焼き捨ててしまいましたよ。そんなものにかかずらう人間などいないでしょう」

「焼いてしまったとしても、内容は覚えているはずです」否定など許さないという口調で警部は詰め寄った。「どんなことが書いてあったんです？」

「わたしに対する品のない中傷でした。それがあなたにどんな関係があるのか、まったく理解できませんね」

「それだけですか？　例えば、キャッスルフォード夫人については何も書かれていませんでしたか？」

この発言に、キャッスルフォードは懸命に不愉快さを示そうとしたが、ウェスターハム警部を欺くことはできなかった。

「まったくもって失礼極まりない！　わたしがこんなほのめかしを黙って聞いているなんて、思っているわけではないでしょうね、ウェスターハム警部？　気の毒な妻の人格をこんなふうに攻撃するなんて、どんな根拠をお持ちだというんですか？」

「はっきり指摘させていただきますよ、キャッスルフォードさん」ウェスターハム警部は厳しい口調で言い返した。「まず第一に、わたしは奥さんの人格の攻撃などしていません。単純な質問をしただけです――手紙の中に、キャッスルフォード夫人について触れている部分があったかどうか？　ほのめかしなど何一つありません。そして第二、あなたはまだその質問に答えていません」

「彼女のことなど何も書いてありませんでしたよ」キャッスルフォードは頑なにそう答えた。

嘘をつくのがひどく下手な男。警部は密かに心のメモに記録した。不愉快な手紙の内容についてウェスターハム警部がまだ何も知らなかったとしても、キャッスルフォードの態度はみごとに本人を裏切っていた。

「わかりました、キャッスルフォードさん。記録に残しておきましょう」警部は曖昧な返事を返した。「では、次。最近、奥さんと意見が対立したことはありましたか？　重要と思える件なら、どんなことでもいいのですが」

「今度は何のほのめかしです？」不安と怒りの両方が窺える声でキャッスルフォードは尋ねた。「あれこれ、いろんなことを覗き込む任務を背負っていらっしゃるようですね。そんなことがどうしてあなたに関係があるのか、さっぱり理解できません。いいえ、妻と意見の対立など、一切ありませんでしたよ。それでよろしいですか？」

「大変、結構」ウェスターハム警部の声には勝利感めいたものがかすかに混じっていた。その口調にキャッスルフォードがさっと相手の顔を窺ったほどだ。「例えば、奥さんが遺言書を書き換えようとしていたことについても、意見の対立はなかったのですね？」

「何一つありません」キャッスルフォードがきっぱりと言い切る。「妻が遺言書を破棄して、新たなものを作り直そうとしていたことは知っていました。彼女の金ですから、それは完全に彼女自身の問題です。たとえ妻が義理の弟たちに金を遺そうとしたとしても、わたしにあれこれと口を挟む権利はありません。結局、最初からよくわかっていた通り、元々はグレンケイプル家の金なんです。それが彼らの元に戻ったからといって、わたしに不満はありません」

「その件について、奥さんと話し合うこともなかった？」

キャッスルフォードは答える前に明らかに躊躇っていた。

「ええ」自信のなさそうな声で答える。それから、もっとはっきりとした口調でつけ加えた。「そのことで彼女と話し合った記憶はありません。わたしとしては、当然避けて通りたい問題でしたから」

「ほかに言い争いの原因となるようなこともなかったんですね？」警部がなおも追及する。

「ありません」キャッスルフォードは確たる口調で言い返した。「あなたが何をほのめかしているのかの見当はつきますよ。こんなことはもう終わりにしたほうがいいでしょう。わたしは妻を全面的に信頼していました」

「わたしは何もほのめかしてなどいませんよ」警部が穏やかに宥めすかす。「わたしが何をほのめかしていると思うんです？」

「あなたの口調だと、スキャンダルとかそんなことを。でも、あなたが何も意図していないなら、それはそれでいいでしょう。申し上げた通り、わたしは妻を全面的に信頼していました。それで十分だと思いますが」

「もちろん十分ですよ」ウェスターハム警部は、どっちつかずの口調でその答えを受け入れた。「では、次の点に移りましょう。実は、三十二口径ほどの拳銃を捜しているんです——自動拳銃ですが。このお屋敷内で、そういったものの存在について心当たりはありますか？」

ウェスターハム警部としては、かなりの大博打でしかなかった。しかし、その問いに対するキャッスルフォードの奇妙な表情に驚くことになった。答えが返ってくるまでに、わずかな間。

「え——ええ」キャッスルフォードが渋々認める。「自動拳銃ならこの家に二挺ありますよ。何口径かまでは知りませんが。そもそも、あなたが探しているものでもないのかもしれない。でも、妻は自動拳銃で撃たれたわけではないでしょう？　彼女を殺したのは鳥撃ちライフルだったと思いますが」

「その銃を見せていただけますか？」相手の最後の言葉には注意も払わず、ウェスターハム警部は要求した。

キャッスルフォードは立ち上がり、戸棚へと近づいていった。前にしまっておいた箱を取り出してテーブルまで運び、その上に置く。

「触らないで！」箱に手を入れ拳銃を取り出そうとしたキャッスルフォードを、警部が鋭い声で制した。

ウェスターハム警部はテーブルに近づき、二挺の拳銃を調べた。口径は彼が求めていたものだった。極めて慎重な手つきで銃を取り出し、細くひねったハンカチの先を銃口に差し込む。一度ハンカチをよじってから引き抜き、そこについた汚れをまじまじと観察した。二挺目の拳銃でも同じことを繰り返す。そして今度はそこに、銃が発射され、その後、何の手入れもされていない形跡を見つけた。銃口の先の臭いを代わる代わる嗅いでみる。最初の一挺からは、手入れ用油のきつい臭い。もう一挺からは、その銃器そのものが発する独特な臭いがした。発射された弾の残余物の臭い。油の臭いはまったくなし。

「この銃の小火器免許はお持ちですか?」銃を下ろしながら警部は尋ねた。

「わたしがですか?」キャッスルフォードは驚いたように訊き返した。「いいえ、わたしは免許など持っていませんよ。それは、わたしのものではありませんから。妻の前の夫の持ち物です。わたしには何の関係もありません」

「明らかに、あなたが管理しているように見えますが」警部が指摘する。「どういうわけであなたの手元にあるんです?」

今度の返答に躊躇はなかった。

「この家で預かっている少年が屋根裏部屋で見つけたんです。そこで何年も放置されていたんでしょう。もし、彼の手の届く場所にあれば、何か間違いが起きるかもしれない。そう心配したリンドフィールドさんに、安全のため、あの戸棚にしまっておいてくれと頼まれたんです。ずっとあの中にありましたよ——そうですねえ、妻の死の一日二日前から」

「なるほど。とりあえずこれは、わたしがお預かりしましょう」

顔には出さなかったものの、ウェスターハム警部はこの発見に舞い上がっていた。凶器となった銃にたどり着いたことを、少しも疑っていなかったのだ。

「では、次の質問に移りたいと思います」箱の蓋を閉めながら警部は続けた。「奥さんがモルヒネを使用していたかどうかはご存知ですか?」

キャッスルフォードは首を振った。

「妻が薬物中毒だったと言いたいんですか?」そう尋ねる。「そんなこと、知っているわけがないじゃないですか。それに、そんなものを妻がどうやって手に入れたと言うんです？　いいえ、わたしは何も知りませんよ。あなたが何を考えているにせよ」

「キャロン・ヒルに関わりのある人物で、モルヒネを入手できそうな人に心当たりは？」

キャッスルフォードはしばし考え込んだ。

「そんな人間など思いつきませんねえ……でも……グレンケイプル先生なら当然、モルヒネくらい手に入れられるんじゃないですか——医者ですから。実際、今もヘックフォードとかいうモルヒネ中毒患者の治療をしているはずですし。少量の薬なら間違いなく持っているでしょうね。そんなものに簡単に接触できるのは彼だけです。でも、モルヒネがこの事件に何の関係があるんです？　あなたの質問からすると、今回の出来事には、わたしの理解できないことが山ほどあるみたいだ」

「我々は、あちらこちらで情報のかけらを集めて回っているんです」ウェスターハム警部は砕けた調子で答えた。「そして、そのすべてを調べ上げなければならない。もちろん、半分は何の役にも立ちませんけどね。それでも、全部に当たらなければならないんです。さてと、あなたにお訊きしたいことはまだあるんですよ。キャッスルフォード夫人が亡くなった日、あなたと奥さんは三時ごろに連れ立ってキャロン・ヒルを出た。シャレーへの分かれ道まで一緒に歩いていったんですよね。その間、お二人でどんな話をしていたんです？」

「まったく、こんなことを申し上げていいならウェスターハム警部、それがあなたにどんな関係があるのか、まったく理解できませんね」キャッスルフォードは即座に言い返した。「いろんなことを話しましたよ。今更思い出すのも難しいような一般的な会話です——新しい花壇のこととか、彼女の絵の進み具合だとか、ゴルフのハンディキャップのために彼女が書き込んでいるカードのこととか——

そんなようなことです。正確には覚えていません」

「遺言書についての話は何も出てこなかった？」

同じ問題がしつこく繰り返されることに、キャッスルフォードは苛立ったようだ。

「ええ、遺言書については何も。その件については、もうお話ししましたよね」

「もう一度よく考えてみてください」ウェスターハム警部が水を向ける。

「何も覚えていません」

警部は守るべき一線を越えてしまうのを躊躇っていた。片田舎をこつこつと調べて回り、キャッスルフォードの話を確認できるだけの証拠をいくつか見つけてきた。それがここに来て、まだスタートしたばかりだというのに、つまらない嘘に直面してしまった。一度だけ揺さぶりをかけてみよう。たとえそれで、頭の中で組み立てた事件の概要の一部を明かしてしまうことになっても。彼は、そう決心した。手帳をめくり、距離ではなく時間の尺度で描いた大雑把な地図を見つける。それは、時速三マイルで歩く男が件《くだん》の重要なルートの、ある一点からある一点までを移動するのにかかる大まかな時間を示すものだった。

「午後三時十分にキャッスルフォードさん、あなたと奥さんはこの道の小川にかかる小さな石橋にたどり着きました。覚えていらっしゃいますか？　ちょうどそのとき、橋の下では一人の少年がせっせと網で魚獲りをしていたんです。小さな子供ではありません。病気で来られなくなった弟のために、魚を獲っていたんですから。網と魚籠《びく》を手にした少年の姿は、橋を渡るあなたたちからは見えなかった。でも、少年のほうは、橋に近づいてくるあなたたちの姿を見ていました。彼の証言によると、あなたと奥さんはそのとき、かなり興奮した様子で話をしていたということなんですが。二、三、話の内容も聞いています。『約束を守れよ』とか『新しい遺言書はもう仕上げたのか?』とか、あなたがそんなことを言っていたのを彼は覚えていますよ。それに対する奥さんの返事も聞いていましてね。『いいえ、まだよ。でも、これから書くことにするわ』それは、本当の話ですか?」

　この攻撃に、キャッスルフォードは完全に面食らったようだ。しばらく答えられないでいる。

「どうしてもあなたがこの話題にこだわるなら、ウェスターハム警部、わたしはもう何もお答えしません」弱々しくも威厳を保とうとしながら、やっとのことで彼は答えた。「起こったこと、もしくは起こらなかったことについては、すでにお話ししています。それで足りないと言うなら、これ以上こんな話を続けても意味はありません」

　ウェスターハム警部は黙って引き下がることにした。

「三時十五分、二人は分岐点に到着。奥さんはあなたと別れ、シャレーに向かう小道に進んだ。それでいいですか?」

「それも前に話しました」

「わたしは何も問い詰めているわけではないんですよ」警部が相手を宥めにかかる。「ただ、事実と時間を正確に書き留めたいだけなんです。あなたはゴルフのクラブハウスに向かった。確か、毎週同じ曜日に、週刊の評論紙を読むために通っていたんでしたね。クラブハウスに着いたのが何時ごろだったかは覚えていらっしゃいますか?」

「たぶん、三時四十五分くらいだったんじゃないでしょうか。誰かがラジオをつけていて、フランス語会話の男性講師の声が聞こえていましたから。女性が話している声も聞こえました。三時半過ぎに始まる、ダベントリー（国際無線送信所がある英国の町）からのフランス語会話の番組だと思います。クラブハウスの中

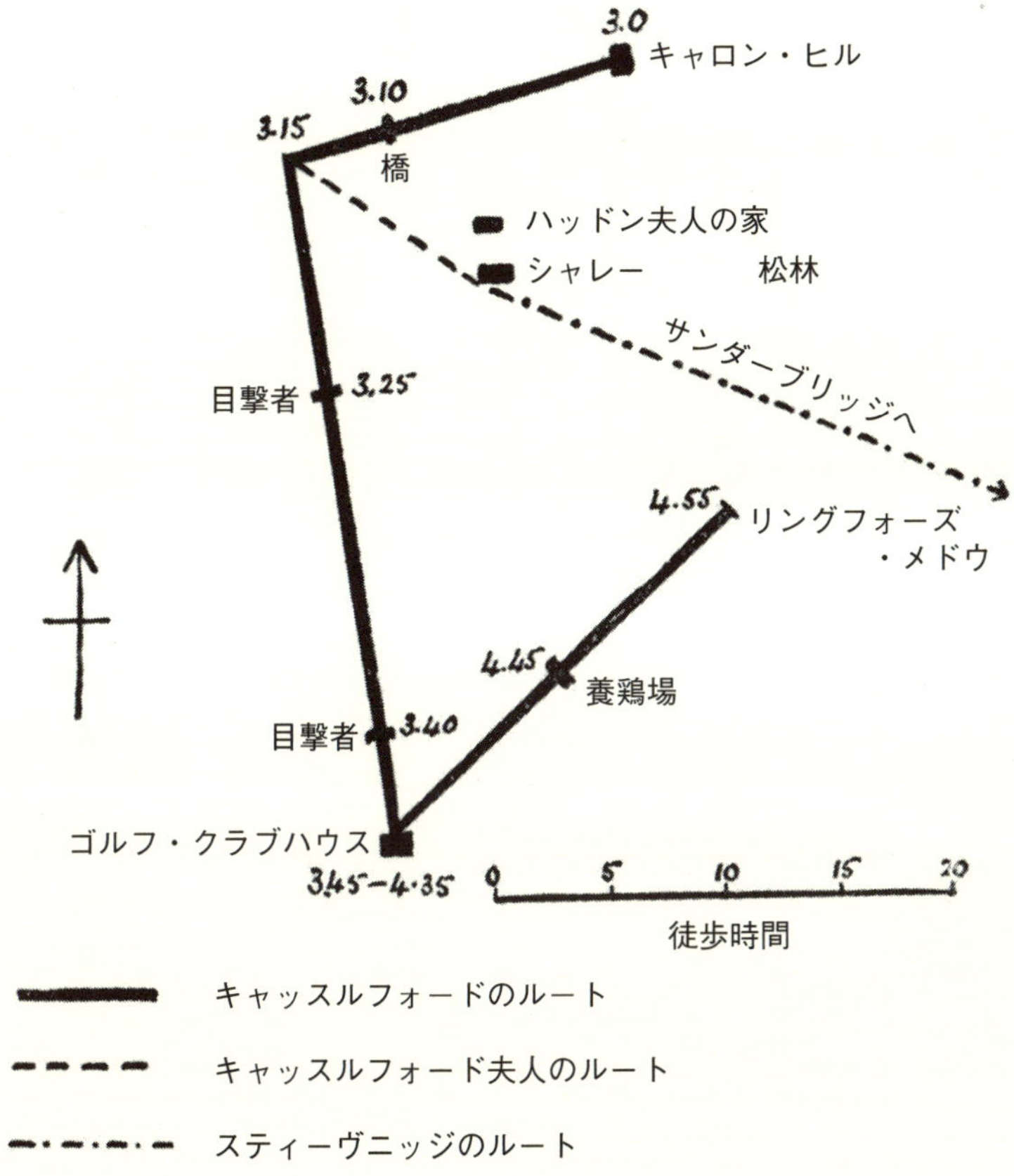
3.0
キャロン・ヒル
3.10
3.15
橋
ハッドン夫人の家
シャレー
松林
サンダーブリッジへ
目撃者
3.25
4.55
リングフォーズ
・メドウ
4.45
養鶏場
目撃者
3.40
ゴルフ・クラブハウス
3.45−4.35
0
5
10
15
20
徒歩時間
キャッスルフォードのルート
キャッスルフォード夫人のルート
スティーヴニッジのルート

にいた誰かが『ラジオを止めてくれ』と言いました。たまたまそばにいたわたしが、そのラジオを止めたんです。十五分後くらいに、誰かがまたそのラジオをつけました。わたしは読書室にいたのですが、今度は、コンサートのプログラムを読み上げるアナウンサーの声が聞こえましたよ。それが四時ぐらいだったと思います」

このあたりの話は本当だろう。ウェスターハム警部はすでに、二人の目撃者から証言を得ていたからだ。一人は三時二十五分にキャッスルフォードを見ている。もう一人は三時四十分に、クラブハウスのすぐそばで彼を目撃していた。警部は、手元の概略図のクラブハウスの位置に〝午後三時四十五分〟と書き入れた。

「クラブハウスには、どのくらいいらっしゃったんですか？」

「たまたまですが、その点についてなら正確にお話しできますよ」キャッスルフォードは、わずかに悪意の交じった得意げな顔をしている。「新聞を読み終えて読書室から出てくると、クラブハウスの雑用をしている女性がまだ残っていましてね。メンバーへのお茶出しとか、そんなことをしている女性です。すれ違ったとき、わたしは彼女に『こんにちは』と声をかけました。彼女は『娘に会えたか』と訊いてきました。『いいえ』と答えると、うちの娘がほんの少し前に立ち去ったばかりだというじゃないですか。急げばすぐに追いつけるだろうと、彼女は教えてくれました。それで、二人して時計を見上げたんです。それが、四時三十五分でした。わたしは娘を追いかけ始めました」

ウェスターハム警部は頷いた。この話が本当なのは、すでにわかっている。クラブハウスの女性から、警部自身がすっかり訊き出していたからだ。

「お嬢さんがどの道を行ったのかは訊いたんですか？」

「いいえ。どうしてそんな必要があります？　わたしは、キャロン・ヒルに戻るいつもの道を進んでいったんですよ。娘も間違いなく通るはずの道を」

「それは、どういう道順になるんでしょう？」警部は怪訝そうに尋ねた。

「ペッパーコン・リッジを登って、養鶏場を横切る道を進む。そして、リングフォーズ・メドウを抜ける小道をたどるんです」

これも間違いなさそうだと警部は認めざるを得なかった。養鶏場の従業員が、誰でも通行可能な施設内の道を通っていくキャッスルフォードの姿を認めていた。これが四時四十五分。サンダーブリッジの村から四十五分を告げる鐘の音が聞こえてきたころだ。しかし、キャッスルフォード嬢が父親に先だってこの養鶏場を横切った時刻がまだわからない。彼女の姿を見た人間が一人もいないのだ。養鶏場からリングフォーズ・メドウまでは十分ほどだろうか。ということは、キャッスルフォードが牧草地に差しかかったのが四時五十五分ごろ――これは、スティーヴニッジがそこで彼を見たという証言と一致する。

「それで、そのあとはどうされたんです？」警部はさらに尋ねた。

ここは極めて重要な時間帯だ――殺人が行われた十五分。

「リングフォーズ・メドウを抜けてすぐに、娘に追いつきました」

「正確にはどこでお嬢さんに追いついたんでしょう？」

この問いに、キャッスルフォードは即座に答えた。

「シャレーを囲む農園の真東にある小さな松林の中で。彼女はそこで座っていました。特にすることもなかったし、わたしが追いついてくるかもしれないと思っていたからと言って」

「それが何時くらいのことでしたか？」

「五時を回ったばかり。たぶん、五時五分くらいでしょう。娘に会う直前に、サンダーブリッジから五時を告げる鐘の音が聞こえてきましたから」

ウェスターハム警部は、こうした証言に何の関心もなさそうな顔をあえて繕った。あの日の午後の行動について、キャッスルフォードがついた二つめの嘘。ハッドンの証言によれば、キャッスルフォードは五時十分、シャレーのすぐそばにいたはずなのだ。それも、かなり怪しげな様子で。ふと、新たな考えが警部の脳裏を過《よぎ》った。もし、キャッスルフォード嬢が父親のすぐ前を歩いていたなら、シャレーから戻ってきたスティーヴニッジが彼女の姿を見ているかもしれない。もちろん、キャッスルフォード嬢がスティーヴニッジの通る道筋を横切り、男がその場に到着するよりも前に松林に着いてしまったことも考えられる。それならば何の問題もない。あるいは、娘の姿を見ていたにもかかわらず、スティーヴニッジがあえて彼女の名前を出さなかったか。結論としては、クラブハウスを出たあとのキャッスルフォード嬢の行動について、確たる証言が何もないということだ。

「それで、そのあとはどうなさったんです？」

この点の説明について、キャッスルフォードは何の躊躇も見せなかった。

「二人でずいぶん長いあいだ、松林の中で座っていました。話し合うことがたくさんありましたから。わたしたちにとって極めて重要で、十分な話し合いを必要とすることが。どのくらいの時間そこにいたのかは、はっきりしません。そのあと、わたしはキャロン・ヒルに戻りました。あなたが訪ねてきた直前のことです」

「お嬢さんは一緒に戻らなかったんですか？」

「ええ」キャッスルフォードは説明を続けた。「娘はサンダーブリッジでの買い物を思い出したんです。それで、村に向かっていきました」

「なるほど」と警部。「かなり遅くまで、お嬢さんはキャロン・ヒルに戻らなかったんですね？」

「ええ」

ウェスターハム警部は別な質問に切り変えることにした。

「奥さんが亡くなった日、わたしがキャロン・ヒルを訪ねたときのことですが、あなたは着替えをなさっていたんですよね。かなり経って階下《した》に下りてきたときには、今と同じ黒っぽいスーツを着ていらした。あるいは、それに似たスーツを。その前はどんな服を着ていらしたんでしょう？――あの午後のことですが」

「ゴルフウェアですよ――プラス・フォアーズ（スポーツ用の長めでゆったりとした男性用半ズボン）と」キャッスルフォードの答えに躊躇いはない。「そのつもりはなくても、クラブハウスに着いてからゲームを始めることがたまにあるものですから」

「そのとき着ていたものはここにありますか？　見せていただいてもかまわないでしょうか？　そうさせていただく理由があるのですが」

「まあ、そうなんでしょうね」特に渋々というふうでもなく、キャッスルフォードは答えた。「二階にあるんです。お望みなら取ってきますよ」

「わたしが一緒に上がりましょう」ウェスターハム警部が提案する。「そんなものを手に階段を上り下りする必要はありませんから」

キャッスルフォードは承諾の印に頷き、自分の部屋に警部を連れていった。クローゼットをあけ、ハンガーにかかったジャケットとベストを指さす。それから膝をついて引き出しをあけ、件《くだん》のプラス・フォアーズを探し始めた。警部のほうはハンガーからジャケットを外し、ベッドの上に広げて素早く調べ始める。片方の袖をひっくり返したところで叫び声を上げそうになるのを、彼は辛うじて抑え込んだ。続いてベストのほうを調べてみるが、興味を引くものは何もなかった。そして最後に、キャッスルフォードが茶化すような笑みを浮かべて差し出したプラス・フォアーズをじっくりと調べる。

「何か面白いものでも見つかりましたか？」嘲りを隠そうともせずにキャッスルフォードは尋ねた。

「たまたま見つけてしまいましたね」ウェスターハム警部は感情を抑えた声で答えた。「これを見ていただけますか、キャッスルフォードさん」

そう言ってジャケットの袖口を裏返し、着ている者には見えない裏地部分を曝した。そこには、不吉な茶色い染みが大きく広がっていた。

キャッスルフォードは口を開く前に、記憶を手繰り寄せているようだ。

「濡れていれば気づくと思うんですけどねえ。でも、どこでそんな染みをつけたのか、まったく思い出せません。あの午後、景色を眺めるのに、両腕を柵にかけることはしましたよ。ひょっとしたら、あの柵のペンキが塗ったばかりだったのかもしれませんね。それなら、袖口にそんな汚れがつくこともあるんじゃありませんか？　服がこんなふうに汚れているなんて、まったく気づきませんでした。教えてくれる人もいませんでしたし」

「みんな、ほかに考えなきゃならないことがあったんでしょうね」警部は冷ややかな声で答えた。

「あの日、あなたが帰ってきたときのこの家は、上を下への大騒ぎだったでしょうから。でも、この汚れをもっとよくご覧になってみてください、キャッスルフォードさん」

キャッスルフォードは素直に従った。衣服についた染みを魅せられたかのように見つめる男の顔に、狼狽の色が広がるのをウェスターハム警部は観察していた。

「このジャケットは持ち帰らせていただきます」きっぱりとそう告げる。「この染みの正体がわからない以上、突き止めなければなりませんから。よろしいですね?」

逆らうのは黙認よりも分が悪いだろう。明らかにそう悟ったキャッスルフォードは、ただぼんやりと頷くことで承諾を示した。

「では、次」ウェスターハム警部がさらに追及する。「あの日、あなたが履いていた靴下は、すでに洗濯済みだと思います。でも、靴のほうなら、見せていただけるのではないでしょうか」

キャッスルフォードは警部を一階の衣装室に案内し、靴入れの扉をあけた。この成り行きに関しては、さほど嫌がってはいないらしい。靴入れの棚に目を走らせ、ゴルフシューズを取り出すとウェスターハム警部に手渡した。

「これがそうですよ。でも、この靴が妻の死と何の関係があるのか、さっぱりわかりませんね。乱暴な言い方をして失礼ですが、こんな覗き見行為から大した情報なんて得られないんじゃないですか?」

「あれからこの靴を履いたことは?」相手の不平は無視して、ウェスターハム警部が尋ねる。

キャッスルフォードは首を振った。いかにも何気なさそうに警部が靴をひっくり返す。片方の靴底に、そこで見つかるとは思っていなかったものの、ずっと探していたものが見つかった。道路の砂と摩擦でわかりにくくはなっているが、絵の具の跡が確認できたのだ。甲の真下、地面に触れない部分などは、まだ濡れているかのように鮮やかだ。

「よろしければ、この靴もお借りしていきます」興奮が漏れそうになるのを必死に抑えながら、警部は告げた。

この時点で、キャッスルフォードが事の成り行きを理解していないのは明らかだった。ウェスターハム警部は、甲側を調べるふりをしてくるくると靴の向きを変えている。特別な関心が向けられているのが実は靴底のほうだとは、キャッスルフォードは気づいていない。キツネにつままれたような顔で警部を見つめるばかりだ。

「あなたがそれをどうしたいのか、さっぱりわかりませんね」不安そうな声で彼は答えた。「でも、どうしてもお持ちになると言うなら、かまいませんよ。ただ、どうしてそれが重要なのか、教えていただけませんか」

「まあ、さして重要ではないかもしれないんですけどね」ウェスターハム警部はごまかした。「お話しした通り、実にいろんなことを確認しなければならないんです。その上で、この靴が役に立ってくれるかもしれないので。今のところ、お答えできるのはそれだけです」

キャッスルフォードは突然、弱い男にありがちな癇癪を爆発させた。

「こんなやり方には納得できません」激しい口調でわめき立てる。「ふらりとやってきて、何やかやとほのめかす。人のプライベートに首を突っ込む。〝申し訳ありませんが〟なんていう断りもなしに、人のものを押収していく。妻の死にわたしが関係しているとでも思っているんですか？　それが、あなたの狙いですか？　こんなふうに人の生活を覗き込んだり、こそこそ調べ回ったり……。妻を殺した罪でわたしを告発するんですか？　それが、あなたの目的なんですか？　どうなんです？」

あまりの怒りにむせ込んだのか、彼は不意に黙り込んだ。

「あなたを告発しようなんて思っていませんよ」普段よりもずっと穏やかな口調でウェスターハム警部は答えた。「わたしは、この事件に少しでも関係のありそうな証拠を集めているだけです。潔白な人間なら反対する理由はないでしょう? 身に覚えがないのなら、痛くも痒くもないはずです。もっとも、これまで調べた限りでは、告発できる人間などいないのかもしれませんが」

突発的な怒りが鎮まった途端、キャッスルフォードは明らかに、こんな態度が自分にとっていかに不利になるのかを悟ったようだ。努めて自分を落ち着かせ、詫びともつかぬ言葉を返す。

「よくわかりました、ウェスターハム警部。でも、あなたにもご理解いただけると思いますが、今回の件はわたしにはひどいショックでしてね。想像以上に平静を欠いていたのかもしれません。気が立っているせいで、必要もないのに防御体勢に入っていたんでしょう。それでも――」キャッスルフォードは疑わしげにつけ加えた。「わたしの個人的な問題に対するあなたの関心は、尋常ではないように感じますけどね」

この非難に、警部は小さな笑い声を上げた。

「それは単に、あなたがたまたま最初に事情聴取を受けた方だからですよ」そんな説明をする。「残りの方々にも同じことをしなければなりません。公正さのために、すべての関係者に我慢していただかなくてはならないんです。そして、正式な裁判が始まるまでは、誰も咎められることはありません」

「では、今回の件は事故ではなく、殺人だと思っていらっしゃるんですか?」

「疑惑が持ち上がっている以上、我々はそれを解明するなり確かめるなりしなければなりません。申し上げられるのはそれだけです。わたしはそれで給料をもらっているんですから。これも仕事の一部なんですよ。なので、もしよろしければ、その仕事を推し進めたいんです。お嬢さんはお屋敷内にいらっしゃいますよね。彼女にも二、三、伺いたいことがあるんです。会わせていただけませんか？」

「呼んできましょう」仕方なさそうにキャッスルフォードは同意した。

「できれば二人だけで話がしたいですね」ウェスターハム警部は、自分の立場を明確にするためにも、きっぱりと宣言した。

第十五章　ヒラリー・キャッスルフォードの証言

女性の魅力に関してはちょっとした目利きであるウェスターハム警部は、書斎に入ってきたヒラリーを見て心地よい衝撃を受けた。背筋がまっすぐで、すらりとしたタイプが好みだったが、虫も殺さぬ顔をしている女性ならなおさらだ。値踏みするような視線を素早く走らせ、相手の特徴を捉えていく。髪、顔立ち、スタイル。きゅっと締まった足首に一瞬目が留まる――というのも、女性の容姿を厳しく評価する上で、足首が重要なポイントの一つだったからだ。自分の鑑定結果に、彼は大いに満足した。警部の中の人間的な部分から俗っぽい感想が沸き起こる。「これはこれは大した美女だ！彼女がいたんでは、この家のどんな女性も輝きを奪われてしまう」

一方、公的な部分も忙しく働いていた。これまでのところ、キャロン・ヒルを舞台とするドラマで複雑に絡み合う人々の中、彼女だけがまだ未知なる人物だった。直接会いたいと思っていたし、もし可能なら、悲劇に転じた一連の出来事における彼女の役割についても考えてみたかった。問題を解く鍵は、物質的な手掛かりを丹念に調べるよりも、登場人物たちの役割の中でもっと簡単に見つかるのかもしれない。警部はそんなふうに思い始めていた。そういう観点からすると、ヒラリー・キャッスルフォードはすでに、ある程度疑わしい証人ということになる。彼女の利害は父親のそれと一致する。その父親が故意にあやふやな証言をしているのだから、娘がその例に倣うことは十分に考えられるだろう。

ウェスターハム警部の捜査官としての半分は、ヒラリーの衣服に喪を示すものが何もないことに気づいていた。またしても、キャロン・ヒルの誰もが、個人としてのキャッスルフォード夫人を悼んでいないという印象を受ける。まるで、池に投げ込まれた石のようではないか。ひと度小さなさざ波が治まれば、彼女の不在を気にかける者は誰もいない。

警部はヒラリーの顔に視線を戻した。形のいい唇。柔らかな曲線に包まれた、しっかりとした顎。大きく見開かれた目。「この娘なら、自分の面倒は自分で見られるだろう」それが警部の感想だった。「上辺は違って見えても、氷のような冷静さと粘り強さを持っているはずだ」

「わたしにご用がおありなんですね?」近づきながらヒラリーは尋ねた。

「そうなんですよ、キャッスルフォードさん。よろしければ、ちょっとしたことで一つ二つ助けていただけたらと思いまして」これから尋ねようとすることが、さほど重要でもなさそうな口調で警部は始めた。

父親から用心するよう言われているに違いない。娘の猜疑心を和らげるため、徐々に重要な問題に移っていくことにしよう。

「かなり前のことから始めてもかまいませんか?」そう尋ねる。「キャッスルフォード夫人が亡くなった日の昼食の席のことで、あなたが覚えていることを知りたいんです」

ヒラリーは記憶の底を手繰るかのように、わずかに眉を寄せた。

「そこにいたメンバーについてですか? 父とキャッスルフォード夫人、リンドフィールドさん、わたしとフランク・グレンケイプル。それで全部です」

「テーブルで交わされていた会話について覚えていることは?」ウェスターハム警部はさらに尋ねた。ヒラリーの表情から、質問があまりにも漠然としていたことに気づいて、幅を狭める。「例えば、その日の午後の予定について、リンドフィールドさんがグレンケイプル少年と約束を交わしていたことは思い出せますか?」

ヒラリーに急ぐ様子はない。どう答えるかを決めるまで、しばし間を置く。

「もし間違っていなければ——間違っている可能性もあるのですが。さほど関心があったわけではありませんので——リンドフィールドさんは、松林の方に散歩に行くと言っていました。その帰り道、シャレーの脇の木立の中で落ち合おうとフランキーに話していたんです。二時半過ぎにはここを出るから、待っているように言っていたと思います。それから二人でサンダーブリッジの村に出かけようと」

そこでヒラリーはしばし考え込み、つけ加えた。

「キャッスルフォード夫人がシャレーにいるようだったら、その付近には近づかないように小声で注意していたんじゃないかしら。フランキーは時間潰しに鳥撃ちライフルを持っていくつもりでしたけど、キャッスルフォード夫人は銃を怖がっていましたから。彼女はいつも、事故が起こるのを恐れていたんです。リンドフィールドさんの注意は、とても理にかなっていたと思います」

「ちょっと思い出したのですが」ウェスターハム警部が口を挟んだ。「少年はリンドフィールドさんと仲がよかったんでしょうか?」

「いろんなものを与えてくれるから彼女が好きだったんでしょうね」ヒラリーの口調は軽蔑的だ。「あの子はリンドフィールドさんが好きなんだと思います。わたしのことは好きではないんでしょうけど」

「わたしの印象では、あまり素直な少年とは思えませんでしたが」考え深げに警部が呟く。

「その通りです」ヒラリーは同意した。「育てられ方が悪かったんでしょう。あの子が自分でやると言ったことなんて一つも当てにできませんし、言ったこと自体、信用できませんもの。個人的には大嫌いですけど、あまり悪く言わないほうがいいんでしょうね。誤った印象を与えてしまうかもしれませんから」

ウェスターハム警部は元の質問に戻った。

「リンドフィールドさんがシャレー付近で少年と会う約束をした時間のことですが、正確な時間を指定していたか覚えていらっしゃいますか？」

ヒラリーはきっぱりと首を振った。

「いいえ。時間のことは言っていなかったと思います。彼女はただ、松林付近を歩いて、シックス・ロード・エンズが鉄道を横切る踏切まで戻ってくると説明していたんです。その道筋ならフランキーもよく知っています。それで、リンドフィールドさんがここを二時半に出るなら、シャレー付近に到着するのは四時十五分ごろだろうと推測したんでしょう。その時分に待っているということで約束は成立したんだと思います」

ウェスターハム警部は、ヒラリーがその散歩コースにかかる時間をはっきりと割り出したことに気がついた。キャロン・ヒルの人々にとってはお気に入りのルートなのだろう。リンドフィールド嬢が木立にたどり着いたのが五時。ということは、通常よりも四十五分長くかかったことになる。しかし、この事実を裏づけてくれる証人を、警部はすでに見つけていた。ある人物が、三時十五分ごろ、松林に入るリンドフィールド嬢を目撃している。もし、まっすぐに松林を通り抜けていたなら、彼女がシックス・ロード・エンズに到着するのは三時四十分ごろになる。しかし、地元の食料雑貨店の配達ドライバーが、四時十分にその道路で彼女を追い越している。それはつまり、彼女が三十分ほど、涼しい松林の中をうろついていたことを意味している。そして、踏切を管理する信号所の男が、線路を横切るリンドフィールド嬢を目撃したのが四時三十分。

「自分の管轄区なのに土地勘がまだ十分ではありませんでしてね」ウェスターハム警部は自信がなさそうな声を出した。「そのルートなら、シャレーへの近道があるんじゃないですか？　どこから始まっていたんでしたっけ？」

「藪《やぶ》の真ん中辺りから枝分かれしています――みんなが〝原野〟と呼んでいる藪ですけど――踏切から歩いて五分くらいのところです」ヒラリーは説明した。「近道を通ればシャレーまで十五分くらいでしょうか。道路沿いを進めば、歩いてたっぷり三十分はかかります」

「なるほど。ありがとうございます」

相手の警戒心は取り除けたようだ。計算をしているふうもなく、素直に質問に応じている。事件の核心に迫ろうとしている今、何とかこの状態を保ちたいものだとウェスターハム警部は願っていた。

「では、例の午後の話に戻りましょう」軽い口調で話し始める。「リンドフィールドさんは散歩に出かけた。約三十分後、あなたのお父さんとキャッスルフォード夫人も連れ立って外出した。それで、この家にはあなた一人が残っていたわけですか？」

「いいえ」率直さに目立った変化も見せずにヒラリーは答えた。「わたしも、昼食のあとすぐに出かけたんです。ヘスケットさんから電話があって、一緒にゴルフをしようと誘ってくれたものですから。

彼女が自分の車で迎えにきてくれました。というのも、あの午後、うちの車は洗っておくよう庭師に頼んでいたものですから。わざわざその指示を取り消したくなかったんです。でも、まっすぐゴルフコースに向かったわけではありません。ヘスケットさんが、ストリックランド・レッジスの図書館で本を借り換えたいと言ったんです。だから、最初に図書館に寄って、しばらくそこで時間を過ごしました。そのあと、二人で九ホールを回り、お茶を飲むためにクラブハウスに立ち寄りました。ヘスケットさんは、ほかに約束があるとかで戻らなければならず、わたしも彼女が帰ったあと家に戻りました」

「クラブハウスを出たのは何時ごろですか?」ちょっとした好奇心からというような口調で、警部は尋ねた。

ヒラリーが射るような視線を向ける。

「四時半になる少し前だと思います――覚えている限りでは、たぶん数分前くらい。でも、時計を見なきゃならない理由なんてありませんでしたから。それが特に重要なことなんですか? どうしてなのかしら?」

父親が用心するように言ったのだろう。それなら、どうでもいいことを尋ねるふりをしても意味はない。ウェスターハム警部はそう判断した。

「たぶん、重要なことだと思われます」素直にそう認める。「こういう場合、何が重要で何が重要でないのかを判断するのは非常に難しいことなんです。だから、可能な限りの情報を集める必要があります。それをあとで、穀物からもみ殻を取り除くように選り分けていくんです。あなたは四時半少し前にクラブハウスを出たんですね? どの道を通りましたか?」

こんな取り調べには我慢がならない。そんな気持ちを見せつけるためか、ヒラリーは一瞬眉根を寄せた。しかし、何かひらめくものがあったのだろう。すぐにまた、率直な態度を取り戻した。

「いつもの道を通りましたけど――養鶏場を横切る坂道を登って、リングフォーズ・メドウを抜ける小道です。それから、シャレーの東側にある松林に向かって、そこで少し座っていました」

「松林に着いたのが何時くらいですか？」警部が尋ねる。

ヒラリーは首を振った。

「本当にわからないんです、ウェスターハム警部。だって、常に時計を見ながら歩き回っているわけではありませんもの。普段と同じペースで歩いていました――みんなと同じくらいの速さだと思います――途中で道草を食ったりもしませんでした。本当に、お話しできるのはこれだけなんです」

この程度の曖昧さなら不審な点は何もない。ウェスターハム警部も、そう認めないわけにはいかなかった。まったくもって自然なことだ。しかし、どうしても、何かおかしいという印象を拭い切れない。娘は冷静そのものだ。それでも、うまく説明はできないのだが、何か隠している気配が伝わってくる。どれもみんな些細なことだ――ほんのわずかな表情の変化、見落としてしまいそうなほどの態度の堅さ、かすかに変化した声音。言葉で表現できる範囲ではない。見分けることができるのは、感覚だけだ。

「どうして、そんなところで座っていたんです？　ゴルフで疲れてしまったんですか？」

ヒラリーはつい、バカにするような仕草で相手の言葉を否定してしまった。

「疲れたですって？　まさか。松林に着いたときに思い出したんです――そのときまで、すっかり忘れていたんですけど――その日がちょうど、父がいつも週刊の評論紙を読みにクラブハウスに行く日だっていうことに。だから、少しすれば父がやってくるかもしれないと思ったんです。そこで待っていれば、追いついてくるかもしれないって。それだけです」

またしても不審な点はない。そのため、ウェスターハム警部は、娘の話は本当なのかもしれないと思い始めていた。彼女の不安はただ、実際の質問よりも、さらなる質問がまだまだ続くのではないかという予測から生じているのかもしれない

「座っていた松林の端から、通ってきた小道はよく見えましたか？」

この質問に答えるころには、ヒラリーの肩からも幾分力が抜けていたようだ。

「リングフォーズ・メドウの一部と、小道の手前部分が少し見えました。そのことはよく覚えています。父がやってこないか、見ていましたから」

「シャレーからリングフォーズ・メドウに伸びる道の一部も見えたんじゃないですか？」

「ええ、ほとんど全部が見えていましたけど」一瞬躊躇ってから、ヒラリーは答えた。

「お父さんを待っていたなら、ずっと目を凝らしていたんでしょうね？」

またしてもヒラリーが躊躇う。どう答えるのが最善なのか、思いあぐねているかのように。

「はい、ずっと目を凝らしていました」最終的にはそう認めたものの、以前ほどの率直さは失われている。

〝もう一押しだ〟ウェスターハム警部は、はっきりと感じた。自分で言うところの〝実に厄介な部分〟に差しかかっている。相手を罠にかけるなら今しかない。彼女が予期していなかった証拠のかけらを、しっかりとつなぎ合わせることによって。しかし、その前に確認しておきたいことが二点あった。どちらも、彼女に警戒心を引き起こさせる可能性がある。今度は警部のほうが、相手の顔をまじ

まじと見つめながら考え込んでしまった。

「サンダーブリッジから五時の鐘の音が聞こえませんでしたか?」意を決して警部は尋ねた。「あなたが腰を下ろしたのは、その鐘の音の前だったんでしょうか、後だったんでしょうか?」

「鐘が鳴る前です」準備でもしていたような答えに、警部は少なからず驚いた。「音が聞こえる数分前から――五分くらい前だったでしょうか――そこに座っていましたから。その点については、はっきりと覚えています。腕時計の時間が合っているかどうか確かめたんです。いつも、少し進んでしまうんですよ。だから、どのくらい進んでいるのか確かめたんです」

「あなたはお父さんがやってくるのを待っておられた。姿が見えたのは、鐘の音の前ですか、後ですか?」

この質問には、答えるまでに少しの間。

「鐘の音の前でした。たぶん、そうだったと思います」急いで言葉を継ぎ足す。

「しっかり思い出していただけませんか?」

娘は冷静さを取り戻したようだ。

「はい」きっぱりとした返事が戻ってくる。「鐘の音の前です。鐘が鳴る直前に、リングフォーズ・メドウにいる父を見ましたから」

今こそ地雷を爆発させるときだろう。この娘と父親は綿密に口裏を合わせているのかもしれない。しかし、詰めの甘さがどこかに残っているはずだ。

「そのとき、シャレーへの脇道に誰かいるのを見かけましたか?」すかさず尋ねる。

警部が狙っていたのは、スティーヴニッジに前後してキャッスルフォードが脇道を横切ったのかどうかを、ヒラリーにはっきりと証言させることだった。スティーヴニッジの証言によれば、彼自身が道を歩いていたとき、キャッスルフォードが少し離れた場所にいたことになるのだから。警部の問いに、娘は明らかにぎょっとしたようだ。この点については、事前に何の入れ知恵もなかったのだろう。ヒラリーはしばし考え込んでいた。しかし、警部がひどく忌々しく思ったことに、彼女は重要なポイントをうまくかわして答えた。

「誰にも気がつきませんでした」

ウェスターハム警部にとって厄介なのは、この答えが複数の状況に適用可能だということだ。通り過ぎるスティーヴニッジを見逃すことなど大いにあり得るのだから、彼女の言葉は純粋に真実なのかもしれない。あるいは、巻き込まれそうな難局から逃れるための真っ赤な嘘である可能性もある。はたまた、キャッスルフォードとは何の関係もない理由から、スティーヴニッジを遠ざけておこうとする試みか。最後に考えられるのは、スティーヴニッジの証言そのものが正確ではないということだ。もし、この仮定が正しいなら、スティーヴニッジには自分の行動を歪めて報告する正当な理由があることになる。

相手に発言を曲げる気がないなら、これ以上どうしようもない。ウェスターハム警部は新たな問題に切り替えた。

「松林の中で、お父さんがあなたに追いついたのは何時でしたか?」

「一番正確だと思われる時間なら、五時五分です」

ウェスターハム警部はわざと疑わしい目で相手を見つめた。

「もう一度おっしゃっていただけますか?」

ヒラリーはまっすぐに警部の目を見ながら繰り返した。

「五時五分。それより遅いことはありません」

「ふむ、そうですか！」

警部は不信感を隠そうともしなかった。何の利害もない目撃者であるハッドンは、五時十分か十五分に、シャレー脇の木立でキャッスルフォードを見かけている。五時五分に松林にいた男が五時十分にシャレーにいることなど、どう考えても不可能だ。この点では、娘は明らかに嘘をついている。しかも、冷静かつ計算的に。何故なら、言い直すチャンスが与えられていたのだから。結構、それならほかの質問で追い詰めるだけのことだ。

「お父さんと合流したあとはどうされたんですか？」

再び、娘に躊躇はなし。

「そこに座って、しばらく話し込んでいました」

「ふむ！　どんなことを話していたのでしょう？」

「個人的なことです。警部さんに関心のありそうなことではありません」

「お話しいただけるなら、知っておいたほうがいいことなんですよ」警部が追及する。「わたしが何に関心を持って、何に持たないかなど、どうしてあなたにわかるんです、キャッスルフォードさん？」

「そんなことは、わたしにもわかりません」ヒラリーは冷ややかに言い返した。

どうやらキャロン・ヒルは、気の強い女性ばかりを生み出すようだ。ウェスターハム警部の職業的な部分が、とても上品とは言えない感想を漏らす。リンドフィールド嬢も肝の据わった人物だ。しかし、彼女の一番印象的な点は、冷静な一目撃者でしかないような超然とした態度だった。目の前にいる娘の冷静さは、また種類が違う。守りに入った剣士が身構えるような態度。切り込んでくる敵に対して全神経を集中し、警戒しているような態度だ。

このときの父娘の会話は、間違いなく事件と深く関わるものだったはずだ。ウェスターハム警部はそう確信していた。もし、そうでないなら、ヒラリーもざっくばらんに細かい話をしているだろう。父と娘が、自分たちの会話の内容まで作り上げていなかったのは明らかだ。それでこの娘は、勝手に自分の話を披露して、あとでまずいことになるのを恐れている。しかし、警部にもわかっている通り、彼女が今のような態度を貫き通すなら、どんな話も無理に引き出す方法はない。

相手のそんな思いを読み取ったのか、ヒラリーは意地の悪い笑みをかすかに浮かべ、きっぱりと拒絶した。

「警部さんにそんな話をするつもりはまったくありません。ほかにもまだ、お訊きになりたいことがありますか?」

「ええ、もちろんです」警部もぴしゃりと言い返す。「ここで見つかった二挺の自動拳銃については、何かご存知ですか?」

娘を驚かせるつもりでいたなら、警部はがっかりしたことだろう。

「その拳銃のことなら、警部さんもご覧になっていると父が話しておりました。リンドフィールドさんがある晩それを出してきて、安全のために父の書斎の戸棚に保管しておくよう頼んだんです」

もう少し話したものかどうかを決めかねるように、ヒラリーはしばし間を置いた。やがて、先を続ける。

「わたしの指紋がついていると思います。父の指紋も、リンドフィールドさんの指紋も。彼女がそれを取り出したとき、全員が触りましたから」

ウェスターハム警部はすでに挫折感から立ち直っていた。相手に返す声に、気落ちした様子など少しも感じられない。

「ありがとうございます。これでずいぶん手間が省けます。お答えいただいて助かりましたよ、キャッスルフォードさん。では、よろしければ、もう二、三、お伺いしたいと思います。今回の件についてはいったん忘れて、もっと前の段階に戻りましょう。あなたはここに、もう何年も住んでおられる。ずっと周囲の状況に目を凝らしてきたはずです。キャロン・ヒルで軋轢のようなものはありましたか？　みなさん、仲よく暮らしてきたんでしょうか？」

ヒラリーはぎょっとした顔で警部を見つめた。

「軋轢ですって？」驚きも隠さずに尋ね返す。「どんな軋轢が存在するんです？　父と義母がうまくいっていなかったと思っていらっしゃるんでしょうか。犬猿の仲だったとでも。そんなことはまったくありません。父はとても穏やかに暮らしていましたし、自分の妻に干渉することも決してありませんでした。義母はすべてにおいて、自分のやりたいようにやっていたんです。わたしにしても、彼女と口論したことなど一度もありません。誰に訊いていただいても結構です」

しばし間を置いてヒラリーは尋ねた。

「でも、どうしてそんなことをお訊きになるんです？　あの午後のキャッスルフォード夫人の行動に、わたしは一切関わっていません。昼食の席を離れてからは姿も見ていないんですから」

この問題についてはここまでだ。もっとデリケートな部分に移ろうと、ウェスターハム警部は腹を決めた。娘の問いかけは無視して、自分の質問を繰り出す。

「キャッスルフォード夫人の遺言書の書き換えについて、少しばかり情報が入っています。その件について、お話しいただけることはありますか？」

それは自分がどうこう言える問題ではない。そう言いたげな素振りをヒラリーはかすかに見せた。

「直接的には何も知りません——つまり、キャッスルフォード夫人がその件でわたしに話をしたことはない、という意味です。遺言書の書き換えの話が出ていることは、父から聞きました。あと、わたしが偶然応接間に入っていったときに、キャッスルフォード夫人とリンドフィールドさんがしていた会話の一部が耳に入ってきたこともあります。確か、リンドフィールドさんが義母に言い聞かせていたんだと思います。あまり急ぐなとか、何をするにせよ、よく考えてからにしたほうがいいとか。『どうするのが一番いいか、あなたの考えがはっきりするまで急がないほうがいいわね』義母は、そんなようなことを言っていました。わたしが入ってきたのを見ると、二人は違う話を始めたんです」

「現在のご自分の立場については、もちろんご存知ですよね？」ウェスターハム警部が尋ねる。

深刻な状況にもかかわらず、ヒラリーの顔にほんの一瞬、茶化すような表情が浮かんだ。

「キャッスルフォード夫人が遺言書を残さずに亡くなり、父がその遺産を相続するということですか？　ええ、知っています。リンドフィールドさんが教えてくれましたから。もちろん、彼女は不満そうでしたけど。でも、そのことであの人を責めることはできません、そうでしょう？」

「これまでにリンドフィールドさんと言い争ったことはありますか？」相手の問いかけを巧みに逃れて、警部は逆に訊き返した。

ヒラリーはきっぱりと首を振った。

「いいえ、一度も。それどころか、とても親切にしていただいたこともあるんですよ。わたし自身はキャロン・ヒルの運営には関わっていません。リンドフィールドさんがすべて管理してきたんです――たぶん、キャッスルフォード夫人の満足のためだけに。自分の利害に関わるとはいえ、率直にお話ししたほうがいいですよね。リンドフィールドさんとキャッスルフォード夫人のあいだで、いかなる口論が持ち上がったのも見たことはありません。リンドフィールドさんと父のあいだでも。この家で悪口が囁かれているのも聞いた記憶はありません。これで、よろしいでしょうか?」

「大変、結構です」ウェスターハム警部は礼儀正しく相手の言葉を受け入れた。

しかし、心の中では思っていた――あまりにも綺麗事過ぎる。ただ、義母が有利になりそうなことは、意地でも言わないようにしているみたいだ。

「リンドフィールドさんにも、ちょっとお会いしたいのですが」ややあって警部は言った。「もし、手が空いているようでしたら、二、三、伺いたいことがあるんです」

ヒラリーは訝るような顔で相手を見つめた。

「わたしの話をあの人に確かめる必要なんてありませんよ」冷ややかに言い放つ。「本当のことですから」

警部は娘の言葉を払いのけるような仕草を見せたが、何も言わなかった。代わりに自らドアに近づき、出ていくヒラリーのために戸を支えてやった。

リンドフィールド嬢は、ほどなくして現れた。喪服を着ているが、儀礼上そのほうが相応しいからという気配が漂っている。親しげな笑みを浮かべて警部に声をかけ、椅子を勧める。ウェスターハム警部が腰を下ろすと、自分も手近な椅子に座り脚を組んだ。そして、一言だけで相手に話を促した。

「それで?」

「いささか言い飽きてしまったのですが、『二、三、お伺いしたいことがあるんです』」ウェスターハム警部としては正直な気持ちだった。「しかし、新たな疑問が生じまして。まず第一に、リンドフィールドさん、そこの箱に入った二挺の拳銃について、何かご存知でしょうか?」

リンドフィールド嬢は箱が置かれたテーブルをちらりと見やった。特に驚いた様子はない。

「あれですか? ええ、もちろん知っています。先日、警部さんがここでお会いになった子――フランキー・グレンケイプルです――が、屋根裏部屋で見つけたんです。あの子の父親は、彼がそれに触るのを禁じました――まあ、当然でしょうね。それで、安全に保管できるよう、キャッスルフォードさんに預けたんです」

「見つけたとき、あの子はその銃に触ったんでしょうね?」

リンドフィールド嬢はきれいな歯を見せてにっこりと笑った。

「もし、指紋のことをおっしゃっているなら、博物館に預けられるほどの数が見つかるでしょうね。もちろん、フランキーは触りましたわ。わたしもそうですし、父親のグレンケイプルも、グレンケイプル先生も触っていたと思います」

「その銃を使った人間についてはご存知ありませんか?」ウェスターハム警部が尋ねる。「取り上げられるまでに、あの少年が使うことはなかったんでしょうか?」

リンドフィールド嬢はきっぱりと首を振った。

「いいえ」断固たる口調で否定する。「絶対にそんなことはありません。見つけてすぐ、わたしのところに持ってきたんです。父親に禁じられるまでも、あの子が銃に触る機会は一度もありませんでした」

この答えにウェスターハム警部は納得した。リンドフィールド嬢は間違いなく、この件における自分の立場を理解しているらしい。

「では、次の質問に移ります」警部が続ける。「キャッスルフォード夫人が亡くなった日の午後、あなたは松林を抜ける散歩に出かけましたか?」

この質問にはリンドフィールド嬢も明らかに驚いたようだ。それでも無言のまま頷いた。

「踏切近くの藪まで来たとき――こちらではそこを〝原野〟と呼んでいるんでしたっけ?――あなたには、シャレー脇の松林に行くのに選択肢が二つあった。どちらの道を選んだか、覚えていらっしゃいますか?」

「遠回りになるほうの道です」質問の意図に戸惑いながらもリンドフィールド嬢は答えた。「だから、フランキーと会い損ねたんですね。あの子は近道のほうを通ってきましたから」

この辺のことは警部もよく覚えていた。単に相手を試しただけだ。キャロン・ヒルではすでに、真実を歪めて伝える三人の人間と向き合っているのだから――フランキー、キャッスルフォード、そして、その娘。今回も単なる警戒心から、証人に罠を仕掛ける習慣が顔を出したに過ぎない。

「別件なのですが」と警部はさらに続けた。「どうやら、不愉快な内容の手紙があちらこちらで飛び交っているようでしてね。ひょっとして、あなたも受け取っていらっしゃいませんか?」

リンドフィールド嬢は、人を小バカにしたような笑みを浮かべた。

「ええ、わたしのところにも一通届きましたけど」

「まだお持ちですか?」

「持っているかですって！」相手の言葉に対する感情をもろに示す形相でリンドフィールド嬢は答えた。「そんなわけないじゃないですか！　あなただったら、そんなものを保管しておきますか？」

「どんな便箋でしたか？」警部が尋ねる。

「黄色っぽい色の安物だったと思いますけど。綴りがめちゃくちゃで」

「内容は覚えていらっしゃいますか？」

「そんなことまで話さなきゃならないんですか？　わたしとしては、できれば……。でも、まあ、必要なら、それに内密にしていただけるなら、お話ししなければならないんでしょうね。キャッスルフォード夫人が、男との密通のためにシャレーを利用していると告発する手紙でしたわ。同じ内容の手紙をキャッスルフォードさんにも送ったと書いてありました。人を傷つけることが目的の、悪意に満ちた手紙です」

「お相手の名前も書かれていたんでしょう？」

「ええ。それも話す必要があるんですか？　はい、わかりました。そういうことでしたら、リチャード・スティーヴニッジさんです」

「この件について、キャッスルフォードさんや奥さんにはお話しにならなかった？」

この問いに、リンドフィールド嬢は目を剝いた。

「どうして、わたしがそんなことを？　事実だろうとなかろうと、そんな話を聞いて姉がわたしに感謝するはずないじゃないですか。それに送り主は、キャッスルフォードさんにも手紙で教えてやったと自慢していたんですよ。わたしに口出しできることなんて何一つないわ——人の気持ちをもっと不快にさせるだけですもの。それに、そんな中傷の手紙なんて何の証拠にもならないでしょう？　こんなことに関わって、自分の身を危うくするつもりなんて毛頭ありませんから。破り捨てて終わりです」

それが常識的な反応だろうと警部も思った。同じような目に遭えば、自分だってそうするはずだ。眠っている犬をわざわざ起こす必要はない。しかし、キャロン・ヒルの現状では、こんな間接的な情報でさえ別の光を放ってくる。

「この問題はちょっと置いておきましょう」ウェスターハム警部は眉を寄せながら言った。「キャッスルフォードさんと奥さんの関係はどうでしたか？　うまくいっていたんでしょうか――ここ一、二年の話ですが」

リンドフィールド嬢は、いつものお気に入りのポーズを取った。肘を膝に載せ、掌で顎を支える。状況をどう説明するのが一番いいか、考えているようだ。

「そうねえ」ややしばらくして、彼女は口を開いた。「こうしたことを言葉で表現するのは難しいわね。でも、わたしの印象ではこんな感じかしら。姉はキャッスルフォードさんが気に入って、勢いで結婚した。つまり、当時は姉のほうが熱心だったという意味です。でも、すぐに姉は夫に飽きた。自分の決断が間違いだったと思い始める。そして、当然、お金のために結婚した男のほうは、相手の気を引けなくなれば、妻の服従なんてほとんど期待できなくなる。性格の強い男なら自分の権利を主張するでしょうけど、弱い男は屈服するだけ。キャッスルフォードさんが妥協する場面なら何度も見てきましたわ。彼の言い分のほうが明らかに正しいときでも。ほかにどうすることができます？　たぶん、どんな男にとっても有利な立場とは言えませんもの」

警部はなるほどと頷いた。これが本当のところなのだろう。最後の最後まで目に見える諍いはなかった——ヒラリーが宣言した通り——しかし、水面下では、一方は恥を忍び、もう一方は苛立ちを募らせていた。そしてついに、あの中傷の手紙が引き金を引いたのかもしれない。あるいは、遺言書の書き換え問題が導火線に火をつけたのか。そのどちらも、弱い男の心のバランスを崩すには十分だった。男がそれまで自分に課してきた抑制を打ち破るにも。

「キャッスルフォード氏とあなたとのあいだで口論が起こったことは?」ウェスターハム警部は無遠慮に切り込んだ。

この問いにリンドフィールド嬢の眉がかすかに上がる。

「わたしとですか?」彼女は驚いたように訊き返した。「ありませんよ、一度も。あの人がわたしのことを好きだったとは思いません。お金のために結婚するような人は好きになれないという気持ちを、わたしが隠し切れなかったせいかもしれませんけど。あの人は、それを感じ取っていたんだと思います。でも、そのことであの人を悪く言ったことは一度もありませんよ。ほんの一言でさえ。あの人も、わたしの行動に干渉することはありませんでした。ああいうタイプの人を尊敬することはできません。でも、だからと言って、それを個人的にどうこう言うことはありませんでした」

「では彼の娘ですが、彼女がほかの人たちと言い争っていたことはありますか?」

リンドフィールド嬢は顎を上げ、はっきりと首を振った。そしてまた元の姿勢に戻る。

「いいえ。ヒラリーは難しい立場でしたからね——連れ子、しかも、父親と同様、キャッスルフォード夫人に養われている身分でしたから。でも、彼女はまあうまくやっていたと思いますよ。少なくともこの数年間、キャッスルフォード夫人に逆らうことはありませんでした。この家での自分の立場をわきまえるよう、賢明に努力していたんだと思います。自分が同じ立場だったら、彼女ほどうまくやれたかどうかわかりません。と言うのも、正直なところ、キャッスルフォード夫人は時々、ひどく口うるさくなることがありましたから」

「今回のことで、あなたには少なからず失うものがありましたよね、リンドフィールドさん？」

自分のことに関する不意討ちに、リンドフィールド嬢は一瞬唇を噛んだ。しかし、すぐに自制心を取り戻したようだ。

「ええ」落ち着いた口調で答える。「ご想像の通り、晴天の霹靂《へきれき》でした。一文無しになるなんて思ってもいませんでしたもの。でも、これが事の成り行きなんです。グレンケイプル兄弟のショックのほうがもっと大きいんじゃないかしら。あの人たちは、キャッスルフォード夫人が新しい遺言書に署名済みだと思っていたんですから。彼女の身に何かあったときには、財産のほとんどが自分たちの手に転がり込んでくると思っていたんです」

冷静に物事を受け止めるものだと警部は思った。何年もキャロン・ヒルの面倒を見てきたにもかかわらず、今後の身の振り方が少しも定まらないというのに。その態度は尊敬に値する。大方の女なら大騒ぎをすることだろう。少なくとも、金のために近づいてきた人間を恨むくらいはするはずだ。

「キャッスルフォードさんにもあと二、三、伺いたいことがあるんです」彼女への事情聴取が終わったことを示すために、警部は言った。「ここに来るよう伝えていただけますか？」

リンドフィールド嬢のためにドアをあける。これまで、数々の困難をうまく覆い隠してきた微笑をかすかに浮かべて、彼女は警部の脇を通り過ぎた。

「こんなことで動じるな」ウェスターハム警部は自分に言い聞かせた。「たとえどんなことが起こっても、彼女ほどの美貌の持ち主なら、いつだって結婚という選択肢が用意されているんだから。養えるだけの余裕があるなら、おれだって彼女との結婚を考えたいくらいだ」

このテーマについての非公式な部分での空想は、キャッスルフォードの登場によって中断された。改めて呼び出されたことで、ひどく動揺しているようだ。警部と向き合うや否や、びくびくと警戒するような表情を浮かべている。

「一点だけ」ウェスターハム警部がきびきびと話し始める。「あの日の午後、あなたがリングフォーズ・メドウから出てきたとき、近くでスティーヴニッジを見かけましたか？」

平静を装ってはいるものの、その名前を聞いた途端、キャッスルフォードが瞬きをしたことに警部は気がついた。

「スティーヴニッジですか？　いいえ、見た覚えはありませんね」

ヒラリーのときと同様、警部はここでもまた疑心の中に取り残されてしまった。相手の主張が真実かどうかはわからない。ここで粘っても、何も得られないだろう。そこで警部は、新たな問いで奇襲をかけた。

「あの日の午後、クラブハウスで手紙を受け取った話はされませんでしたね」

実のところ、この発見は粘り強いガムレイ巡査のお手柄だった。クラブハウスで雑用をしている女性を問い詰めて、巡査が引き出した情報なのだ。警部自身もその女性に会ってみたが、自分が先に訊き出せればよかったのにと心底思っていた。ガムレイ巡査のしつこい尋問のせいで、彼女の記憶は救いようもないほど混乱してしまったからだ。キャッスルフォードへの最初の取り調べでは、この情報はあえて伏せておいた。雨のように降り注ぐ質問がすっかりやみ、すべて終わったと一安心しているときのほうが、相手の不意を突けるだろうと計算していたのだ。そんな状況であれば、より多くの情報を絞り出せるはずだと。

「手紙ですって?」さして驚いた様子も見せずにキャッスルフォードは繰り返した。「手紙なら確かに受け取りましたよ。わたし用のラックに入っていましたから。でも、今回の事件とは何の関係もない内容でした。だから、お話ししなかったんです」

警部としてはすでにわかっていることだが、その手紙は目を通したキャッスルフォードに顕著な反応を起こさせるものだった。「ちょっとショックを受けているようでした」そのときの出来事を説明した女性は、ウェスターハム警部にそう話しているのだ。

「あのですねえ」苛立たしげな言葉が口を突く。「ごまかしたりしないでください。例の不愉快な手紙と同じようなものだったんじゃないですか?」

これが危険な賭けであることは警部にもわかっていた。キャッスルフォード宛の封筒は一般的な白いものだったと、あの女性は証言している。ハッドンが使った黄色っぽいものではない。それでもウェスターハム警部としては、そんな怪しい手紙なら同じタイプの内容に違いないと確信していたのだ。

「同じような手紙でしたよ」明らかに自棄《やけ》気味の態度で、キャッスルフォードは答えた。

「あなたに対する中傷ですか? それとも、キャッスルフォード夫人の行動に対する非難だったんでしょうか?」

「最後まで読みませんでした」へたな嘘が返ってくる。「内容に察しがつくと、すぐにポケットに突っ込んでしまいましたから。あとは、読み返すこともなく焼き捨ててしまいました」

これも嘘だと警部は思った。この点について、クラブハウスの女性はかなりはっきりと証言しているのだ。「立ったまま読んでいましたけど、顔がどんどん赤くなっていって。もう一度読み返し、それからまた、最初から読み直していました。まるで、自分でも止められないみたいに。でも、そんなことをしても、何の気休めにもならなかったんでしょうね。見ていてわかりましたよ」

「そうですか、キャッスルフォードさん。正直なお話だとは思えませんが」ウェスターハム警部は憮然とした表情で言った。「わかり切ったことですし、あなたもそれを理解すべきなんですけどねえ。殺人事件に関して正直な証言をしない場合……その動機についてどんな言い訳をしようと咎められることになるんです。あなたのためにも、お話しいただいた内容の何点かについては、考え直されることをお勧めしますよ。言っている意味がわかりますか？　公正なチャンスをお与えしているんです。もちろん、この申し出が拒否されたとしても……わたしとしては、誰からの助けもなしに推理を組み立てることはできますけどね。さあ、どうなさいますか？」

キャッスルフォードは、傷つき絶望した獣のような目で警部を見つめた。言葉で説明することなど不可能だと思っている目。彼は力なく首を振り、自分のことを買いかぶっているのだと言わんばかりに掌を揺らした。

「では、結構です」ウェスターハム警部はあっさりと引き下がり、帰り支度のために貴重な証拠品を集め始めた。「あなたの立場はよくわかっています。きっとこのことを後悔しますよ。わたしは、あなたが思っている以上に多くのことを知っていますから」

どこか聞き覚えのある捨て台詞を残し、この苦々しい状況でできる限りの威厳を保って、ウェスターハム警部はキャロン・ヒルをあとにした。

第十六章　ウェンドーヴァーへの訴え

タルガース・グレーンジの地主兼地区の治安判事であるウェンドーヴァー氏は、ある意味相反する性質を併せ持つ人物だった。自分では、時代とともに進歩しているという自負を持っている。しかし、実際の暮らし方には、どこか古風な趣が残っていた。すべての人間にとっての最善を考えるのが好きな人物。それでいて、主たる関心は犯罪とその看破に集中している。法廷での彼は常に、自分の誓約の完遂と、道を誤ってしまったもののまっとうな一人の人間として犯罪者を扱いたいと思う気持ちとのあいだで引き裂かれていた。独身主義者ではあるが、かわいらしい女の子にはめっぽう弱い。そして常に、窮地に陥った女性には騎士のように手を差し伸べたいという気持ちに溢れていた。ときに女性たちは、彼のそういう部分を〝とても古風な人〟として受け入れるのだが、それを耳にした彼が嬉しく思うかどうかは微妙なところだ。

グレーンジの広大な芝生を見渡す部屋で朝食の席についていたウェンドーヴァー氏は、朝の配達で届いた手紙の山に忙しく目を走らせていた。彼のためにすぐ脇に用意されたタイムズ紙に関心が向くのは、そうした手紙類をすべて読んでしまってからのことだ。

友人たちからの数通の手紙に目を通し、残りの郵便物を順番にめくっていく。やがて、誰のものかは思い出せないが、女性の筆跡で宛て名が書かれた手紙に行き当たった。かすかな好奇心とともに封を切り、中身を取り出して読み始める。

サンダーブリッジ　キャロン・ヒル　月曜日

ウェンドーヴァー様

残念ながら、わたしのことは覚えていらっしゃらないと思います。三、四年前にリンデンサンズ・ホテルでお会いした者です。一度ならずゴルフをご一緒させていただきましたが、わたしのことなどすっかりお忘れになっているでしょう。ひょっとしたら、最後のコースでご一緒したときの写真で思い出していただけるかもしれません。

ウェンドーヴァーは写真を眺めた。パットのコースを狙う自分の姿が写っている。その後ろに、やはりパターを手に寛いだ様子で立っている金髪の少女の姿があった。その娘のことならよく覚えていた。十六、七のかわいらしい女の子だった。名前のほうはすっかり忘れていたのだから、写真を同封してくるなんて気の利く娘だ。便箋のほうに戻ってみると、最後に〝ヒラリー・キャッスルフォード〟と署名があった。手紙の続きに目を戻す。

父のフィリップ・キャッスルフォードのほうなら覚えていてくださるでしょうか。わたしたちは今、恐ろしいトラブルに見舞われています。キャッスルフォード夫人が何者かによって射殺され、父が事実上、警察からその罪に問われているのです。警察はわたしたちの言葉などはなから信用してくれません。それをどう覆せばいいのか、その方法もわからないでいます。本当にひどい状況です。

リンデンサンズに滞在中、あなた様のご友人のクリントン・ドリフィールド卿が、同じような罪で告発されていたフリートウッド夫人の潔白を見事に証明されていました。彼女にとって、ひどく不利な状況であったにもかかわらず。そのときのことを思い出して、この手紙を書いた次第です。わたしたちには、クリントン卿と親しくさせていただく機会はありませんでした。実のところ、言葉をおかけしたこともないのです。そんな状況ですから、あの方に直接連絡を取って助けを求めてもどうにもならないでしょう。わたしたちのことなど、まったく覚えていらっしゃらないでしょうから。

でも、もし、あなた様がわたしたちのことを覚えていらして、あの方にこちらのひどい事件を調べていただけるようお伝えくださるなら、すべてはよい方向に向かうのではないかと思います。これからどうなってしまうのか、心配で心配で仕方がありません。それほど、わたしたちにとっては不利な状況なのです。

あなた様のご厚意に頼る権利など、かけらもないことはよくわかっております。でも、父を助けるためにできることが、ほかに何もないのです。それで、もしできれば、あなた様のご協力を仰げないものかとお手紙を差し上げた次第です。どうか、わたしたちをお助けください。

敬具

ヒラリー・キャッスルフォード

文章の末尾に署名があった。何気なく便箋を裏返してみると、送り主のパニックをよりはっきりと示す追伸もある。

追伸

できることでしたら、どうか、どうか、わたしたちをお助けください。

ウェンドーヴァーは手紙を読み返し、取り上げた写真をしばし見つめた。今ならはっきりと思い出せる。耳障りのいい声の持ち主で、賢く物静かな娘だった。何ラウンドかを一緒に回り、かなり好感を持ったはずだ。しかし、この写真なしで思い出せたかどうかは疑わしい。またしても、写真を同封してきた娘の機転に感心する。それは、最悪の状況にあってもなお、正常な精神状態が保たれていることを示していた。

手紙と写真を置き、どうすれば一番いいかを考え始める。救済の手を差し伸べることはすでに決めていた。ウェンドーヴァーが騎士気取りの言葉を発したり、自分自身を正義の味方のように思うことは決してない。しかし、困っている人に向ける態度には、ナイトのような寛大さがあった。

しかし、事がそれほど簡単でないことは彼にもわかっていた。かわいらしい女の子が助けを求めているからといって、ただそれだけで警察署長を訪ね、通常の業務を放棄させることなどできないのだ。そんな訴えは即座に退けられるだろう。それでも、ウェンドーヴァーは希望を捨てなかった。クリントン卿は、この手の事件に向き合うのが好きな男だ。そうした傾向こそ、目的を達成できるかもしれないと思う所以《ゆえん》だった。通常の業務に差し障りがなければ、クリントン卿も再度、探偵役を買って出てくれるかもしれない。

朝食を終えたウェンドーヴァーは警察署長に電話をかけた。詳しい話はせず、ただ署長の家で昼食を一緒に摂れないかと誘う。内密の話があるときのいつもの方法だ。昼近く、彼はお抱え運転手に車を出させた。

食事中はとりとめのない四方山話で通した。訪ねてきた本来の話を持ち出したのは、警察署長の書斎に移ってからのことだ。

「何年か前に、リンデンサンズで一緒に過ごしたときのことを覚えているかい――フォックスヒルズ事件のあとで、きみが休暇を取っていたときのことだが？」

クリントン卿は無言で頷いた。

「そこにいたこの少女のことは？」写真を差し出しながらウェンドーヴァーが尋ねる。

警察署長は、記憶を整理するかのように、しばし写真を見つめていた。

「ええ。キャッスルトンだかキャッスルフォードとかいう名前の娘ですね？　父親と義母の三人でホテルに泊まっていた。父親のほうは、自分の足を踏みつけられても相手に謝るような小心者だった。確か、指が一、二本欠けていたんじゃないかな。それでどうやってゴルフをやるんだろうと思っていたんですよ。義母のほうは――そうだな――上辺は立派に見せかけても頭は空っぽ、くだらないおしゃべりの大天才。それでも、二人を完全に牛耳っているようだった。あの一家でしょう？」

「まさしく、その家族だよ」ウェンドーヴァーは頷いた。

キャッスルフォード一家との接触が自分よりも少なかったにもかかわらず、クリントン卿の記憶のほうがずっと鮮明でも驚くことはなかった。警察署長には、さほど関心のない相手でも、その際立った特徴を記憶する才能があるのだ。だから、これほど細やかな描写ができるからといって、特別な関心を持っていたわけではないことは承知している。クリントン卿にとって、それらは単に、通りすがりの人々の人間性の標本に過ぎないのだ。

「彼らはどうやら、面倒なことに巻き込まれてしまったみたいでね」今度はヒラリーからの手紙を渡しながら、ウェンドーヴァーは続けた。

クリントン卿はゆっくりと目を通していたが、その表情からは何の感想も窺えない。手紙をたたんで封筒に戻し、相手に戻す。

「どうだい？」ウェンドーヴァーは食いつくように尋ねた。

「どうだい？」クリントン卿が相手の口調をかすかに真似て返す。

「彼らのために何かしてやれそうかい、クリントン？　かなり状況が悪そうなんだが」

「わたしにどうして欲しいと言うんです、判事？　警察の取り調べをやめさせるとか？　限度というものがあるんですけどね」

「わたしはそのう、彼らはひどく厄介な立場にいると思うんだよ、クリントン。それで……そのう、誰もそんなことは考えたくないだろう？　その娘がどんなふうに感じているか、わたしにだって理解できるくらいの想像力はあるし――」

「そこが、あなたの勝っている点ですね、判事。わたしには、それほどの想像力はありませんから。ただ、記憶を手繰っていくだけ。それで言うと、彼らはどういうことになるのかな？　この娘のことは覚えていますよ。見た目がよくて、しっかりとした顎の持ち主だった。父親のことも覚えています。

欠点を補える部分はあるものの、惨めで取るに足りない人物。それに、義母のことも。亡くなったと聞いても、涙も出てこないほど十分に。こんなありきたりのことに、わたしが首を突っ込みたいと思うような理由が何かあるんでしょうか？」

「ああ、もし、きみがそんなふうに考えているなら——」ウェンドーヴァーはしょんぼりとした口調で答えた。「もうこれ以上、何を言っても仕方がないな」

「わたしはまだ、どんなふうにも考えていませんよ」ウェンドーヴァーがほっとしたことに、クリントン卿はそう切り返した。「ただ、事実を述べているだけです。誰かが苦境に陥ったからといって、それだけで自分の想像力を働かせるつもりはありませんから。この家族については何も知らないんですよ。もしかしたら有罪なのかもしれないし、無実なのかもしれない。彼らの個人的な救済者になるために、通常の業務を放り出すわけにもいきませんしね。彼らは地元の警察の仕事に不満を持っている。それで、地元警察の頭を飛び越えて、そのボスに訴えようとしている——こんなおこがましい言い方をしても差し支えないなら。でも、そのボスがたまたま忙しかったとしたら？」

「無実でないなら、彼らだってきみにすがったりはしないさ」明々白々な理論を推し進めているような口調で、ウェンドーヴァーは言い張った。

「そうでしょうか？」クリントン卿の声は穏やかだ。「彼らはすでに疑われているんですよ。もし、有罪だったら、わたしを引き込むことで少なからぬものを失うことになる。娘の手紙だと、父親の疑惑を晴らすためにわたしを求めているのは明らかです。でも、そんな操り人形のような立場は気に入りませんね。もし、手を貸すなら——たまたま今なら、長めの週末休暇を取れそうなんですが——先入観は一切なしでやりたいですね。捜査状況をちょっと覗きにいく。それでいいですか？」

「行ってくれるのか？　そこが重要な点なんだ」

「ええ、出かけていって、地元の警察がどんな仕事をしているのか見てみましょう。でも、わたしの介入でキャッスルフォードの立場がもっと悪くなったとしても、それは彼らの責任ですからね。これは〝悩める少女の救出劇〟ではないんですから。あなたがドン・キホーテで、わたしがサンチョ・パンサみたいな。彼らがそれを要求した。だから、彼らが求めるのとは違う結果になったとしても、機嫌を損ねたりしないでくださいよ。それでいいですか、判事？」

「ああ、もちろん、それでいいとも」ウェンドーヴァーはほっとした顔で同意した。

警察署長との会話で、彼はさらに納得を深めた。手紙にも書いてある通り、ヒラリー・キャッスルフォードはリンデンサンズの事件でのクリントン卿の仕事をはっきりと覚えている。疚しく思う気持ちがあれば、父親の事件を依頼しようなどとは思わないだろう。が、そのとき不意に、ある考えがウェンドーヴァーの心に影を落とした。ヒラリーは、父親が彼女の訴えに同意しているとは書いていなかった。父親がその手紙について知っているのかどうかも明らかではない。そして、疑われているのはキャッスルフォードであって、彼女ではないのだ。

第十七章　動機

警察署長が突然訪ねてきたとき、ウェスターハム警部は好奇心とともにかすかな憤りから密かに相手を観察した。上層部の人間の急襲に、当然のことながら少しばかり苛立ちを感じていたのだ。つまり、自分の能力に問題ありと見なされたわけなのだから。

最初の一瞥で、警部は相手を〝ごく普通の外見の持ち主〟の中に分類した――直接そう言われれば、クリントン卿も喜んだことだろう。というのも、警察署長は常に、自分が目立たないように気をつけていたからだ。ウェスターハム警部の観察が捕らえたものは、日に焼けた顔、短く刈り込まれた口ひげ、健康的な歯、そして、手入れの行き届いた手。年齢は四十代前半というところだろうか。

一方、クリントン卿は、ごくわずかではあるが、胸の内に秘めた苛立ちを警部から感じていた。そこで、言葉よりも態度で、その苛立ちを宥めようと試みた。すぐに、ウェスターハム警部もきちんとした扱いを受けられそうだと感じ始め、心に抱いていた疑念を捨て去った。どうやらクリントン卿は、〝人をまともに扱う人間〟であるようだ。警部は心の中でそう呟いた。

クリントン卿から何の説明も受けていないウェンドーヴァーという人物は、よくわからない存在だ。〝裕福な部類に属する典型的な田舎紳士〟そう決めつける。〝でも、何だって今回の事件に関わっているんだろう？〟

「きみの報告書には目を通しましたよ」クリントン卿は、相手の不安を取り除こうとするかのように声をかけた。「非常に簡潔で徹底している。これだけの情報を集めるのは大変だっただろうね」

「どの内容についてもきちんと説明ができますよ、署長。しっかりした証言を得られない情報は一つもありません」

「それはわたしにも読んでわかった。同様にわかっているとは思うが、わたしにはきみの手からこの事件を取り上げるつもりはない。責任者はきみだ。最終的に事件がきれいに解決したら、それはきみの手柄になる。しかし、もし、混乱を極めれば……まあ、そんなことは考えないようにしよう。いいかね？　わたしはこの事件に興味がある。つつき回したり、あれこれ調べたりするかもしれないが、これはきみの事件で、わたしの事件ではない」

「わかりました」ウェスターハム警部は、どこかほっとした様子で答えた。

「結構。では、まずは事件が起きたシャレーという場所を見てみたい。わたしの車で行こうか？　きみも一緒に来て、現場を案内してくれたまえ」

シャレーに着いたクリントン卿は、悲劇の当日、様々なものがあった場所について警部が説明するのを聞いていた。ウェスターハム警部が鳥撃ちライフルの弾が落ちていた場所を示し、テーブルと椅子があった場所に残しておいたチョークの印を見せる。警察署長の求めで、ガムレイ巡査が拳銃の弾を見つけた木立の中のガラクタの山へも案内した。説明を聞いているあいだ、クリントン卿は一言も発しなかった。

「きみの報告書にはすべて記載されていた」ベランダに戻ってきてやっとそう言う。「でも、自分の目で確かめてみたかったんだ。ところで、きみが発見した猫の死骸というのは？　どこで見つけたのかな?」

警部は二人を、木立の反対側にある小さな空き地に連れていった。猫の死骸を発見した場所だ。

「あの紐でここに吊るされていたんです。キャロン・ヒルにいる少年がここに吊るして撃ち殺したに違いありません。見つけたときにはすでに死んでいたと言っていますが。解剖してみたら、ライフルの弾がこれでもかというほど出てきました」

「信頼できる証人ではないようだね。ところで警部、きみの報告書から受けた印象なんだが、きみは証人の証言を一字一句変えずに記録しているようだ。速記法でも使っているのかい?」

「いいえ、署長。人の言葉を正確に記憶する才に長《た》けているだけです」

「ほう?」クリントン卿の声は半信半疑というふうだ。「では、試してみよう。今日、顔を合わせたとき、わたしが最初にかけた言葉は?」

ウェスターハム警部は、含みのある言葉に明らかに気分を害していた。

「『きみの報告書には目を通しましたよ。非常に簡潔で徹底している。これだけの情報を集めるのは大変だっただろうね』そう、おっしゃいました」

「では、わたしが今発した質問の直前に、きみが言った言葉は?」

「『人の言葉を正確に記憶する才に長けているだけです』と言いました」

「すばらしい」クリントン卿は素直に認めた。「それなら、ここに報告されている会話はほぼ正確と考えていいわけだな?」

「はい、署長」ウェスターハム警部がきっぱりと答える。

「それなら役に立ちそうだ」署長は何やら考え込むように言葉を返した。

小さな空き地を見回していたクリントン卿の目が、別の木にぶら下がるもう一本の紐に留まった。

「グレンケイプル少年が空き缶を吊るしたと言っていたのが、この紐かな？」

「そうです」

クリントン卿は紐に近づき調べ始めた。最初は興味もなさそうだった目が徐々に熱を帯びてくる。

「紐の先が焼けているのは気がついたかい、警部？　よく見てごらん。繊維の先が黒く焦げているから」

ウェンドーヴァーと警部はクリントン卿のそばに寄り、紐の先をまじまじと見つめた。

「確かに焼けていますね」ウェスターハム警部が認める。「でも、こんなことをする意味がさっぱりわかりません」

「それは、わたしにもわからないよ」クリントン卿はぼんやりと答えた。「ちょっと興味をそそられただけさ。ところで警部、きみの記憶をたどって、その少年がこの紐について言っていたことを教えてくれるかな？」

ウェスターハム警部はしばし考え込んだ。試されているように感じて、間違ったことは決して答えないぞと思っているようだ。その顔が不意に明るくなる。

「思い出しましたよ、署長。こんなふうに言っていたはずです。『風で揺れるように空き缶を吊り下げました。それから……死んだ猫を見つけたとき、それをぶら下げて撃てばもっと面白いだろうと思ったんです。だから、空き缶を下ろして、猫を吊るしたんですよ』それが彼の説明でした」

クリントン卿は、この問題に興味を失ったらしい。

「どこにでもあるような紐だな――家庭用やオフィス用に、山にして売られている、ごく普通の三本撚りの紐だ」と話題を変える。「ところで、その少年の証言を裏づける空き缶は、この辺りで見つかったのかな？」

「いいえ、署長。探そうとは思いませんでした」

「わたしも、そんなことはしなかったと思うよ。ちなみに、きみの手元には二つの銃弾があると思うんだが。ベランダで見つけた鳥撃ちライフルの弾と、被害者を殺害した三十二口径の自動拳銃の弾だが？」

「はい、署長。もちろん保管しております。二十二口径の弾は、間違いなく少年の鳥撃ちライフルから発射されたものです。ちょうど昨日、自分でもそのライフルを水に向けて何発か撃ってみたんです。弾には施条痕がはっきりと残っていました。そのうちのいくつかは、わたしがベランダから拾い上げた弾に残っていた痕とまったく同じでした」

「それはラッキーだったね。同じ銃から撃たれた弾でも、まったく違う施条痕が残ることがあるから。ところで銃と言えば、きみが押収した三十二口径の銃からは何かわかったのかね？　指紋の採取はしたんだろうか？」

「もちろんです、署長」警部はかなり萎れた声で答えた。「しかし、全然違う指紋ばかりだったんです。報告書でお読みいただいた通り、あの銃にはキャロン・ヒルのほとんどの住人が触っていますから。実際に使用されるかなり前の話ですが。金属部分の表面は、区別もつかないような指紋のモザイク状態です。でも、今回の策略に使用されたのがあの銃であることは間違いありません。やはり昨日、何発か撃ってみて、空の薬莢を保管してあるんです。我々がベランダ前の芝生で空の薬莢を発見したのは覚えておいでですよね——被害者を殺害した弾の薬莢ですが。その二つを比べてみましたが、犯人が件《くだん》の拳銃を使用したのは間違いありません。縁に残っている薬莢抜きの爪痕も、撃針によるぎざぎざ模様も、まったく同じでしたから」

「それで、きみがそこから推測することは？」クリントン卿が尋ねる。

「犯人はその拳銃に近づくことができた者、ということです。これで該当者の範囲はかなり狭まります。なおかつ、あとでそれを元の場所に戻すことができた者――そうなると〝容疑者〟の範囲はさらに狭くなる」

クリントン卿は同意の印に頷いた。

「その両方に該当する者は？」

「キャロン・ヒルにいる人間なら誰でも拳銃に近づけました。つまり、キャッスルフォード氏、キャッスルフォード嬢、リンドフィールド嬢、グレンケイプル少年、それにメイドたち。さらに、グレンケイプル医師と少年の父親も、その範疇に入れていいと思います。二人ともあの屋敷の近くに住んでいますし、キャッスルフォード夫人の親戚としていつでも好きなときに出入りが可能でしたから。それに、スティーヴニッジも入るでしょうね。しょっちゅう出入りしていて、あの家のことはよく知っているようなので」

「では、そこから削除できる者は？」

「はい、署長。メイドたちは除外できると思います。事件があった日の午後、屋敷を離れていた者は一人もいないという証言を入手しています。リンドフィールド嬢、キャッスルフォード嬢とその父親、この三人はみな、拳銃の保管場所について知っていました。フランキー少年は知らされていませんでしたが、何でもこそこそと探し回る子供ですからね――そもそも、あの銃を屋根裏部屋で見つけたのもあの子だという話は覚えておられるでしょう？――彼なら、大人たちが戸棚に隠した銃を見つけ出すことも十分に考えられます。グレンケイプル医師は、事件の直後、キャロン・ヒルにいました。わたしがあの屋敷で会っています。兄のグレンケイプル氏が屋敷に現れたのは、翌日のことです。スティーヴニッジ青年は、事件後キャロン・ヒルには近寄っていません」

「でも、彼のために銃を元の場所に戻してくれる共犯者が屋敷内にいたとしたら、どうなる？」クリントン卿は尋ねた。「そんなことはないのかもしれないが、もし、きみが、そういう論拠で容疑者の枠を狭めていこうとするなら、すべての可能性を考慮に入れておかなくてはならないよ」

「そうですね、それも可能だと思います」警部は素直に認めた。「あの青年は、どちらの女性とも親しかったようですから」

「こんな事件の共犯者に女性を引き込むには、よほど親密でなければならんだろう」不意に口を挟んだウェンドーヴァーの口調はかなり不満げで、それが警部には気に入らなかった。

もっと徹底的に論議する必要があるとクリントン卿は思ったようだ。ベランダの上の丸木造りの椅子に陣取り、二人にも座るよう促す。

「拳銃の件はいったんこれでよしとしよう」彼は、そう話し出した。「ほかの点についてはどうだろう？　投与されたモルヒネについては？　こんな事件では、かなり奇妙な要素なんじゃないか？　出所はどこだと思う、警部？」

「そうですね、署長、その点についてなら範囲はかなり狭められると思います。昨今、モルヒネなど、一般人がその辺で手に入れられるものではありませんから。入手できるとすれば、研究室に勤める薬剤師とか医療関係者、薬品の販売業者くらいでしょう――歯科医がそんなものを使うとは思えませんし。そして、キャロン・ヒルを取り巻く人々の中で医療に関係しているのはただ一人――グレンケイプル医師だけです」

「ひょっとしたら、その男に共犯者がいるのかもしれないな」ウェンドーヴァーが皮肉めいた口調で言う。

「わたしが今話しているのは、薬品の出所のことなんですよ、判事」言い返した警部の声は硬い。「誰がそれを実際に使ったのか、という話ではありません」

「じゃあ、そちらのほうにポイントを絞ってみよう」クリントン卿が取りなす。「その点についての二人の見解は？」

「もし、元々の出所がグレンケイプル医師なら、彼が自分で使ったのかもしれない。あるいは、それを使った共犯者に彼が手渡したか。彼の手元から盗まれた可能性もあるし、彼がどこかに置き忘れたのを誰かが見つけて、使用したことも考えられる。それでだいたいのケースがカバーできるんじゃないかな」ウェンドーヴァーは答えた。

「わたしの考えはこうです」判事の意見は無視して、警部が話し始める。「この事件でのモルヒネの出所は、ただ一カ所しか考えられません。グレンケイプル医師。一方、今回の件でモルヒネは二カ所から検出されています。一カ所は被害者の体内。もう一カ所は、インシュリンを投与するための皮下注射器。その薬物をキャッスルフォード夫人に投与したのが誰であれ、その人物は皮下注射器に近づける者でなければなりません。なおかつ、夫人に疑惑を抱かせることなく、その注射器を使える者。それはいったい誰でしょうか？」

クリントン卿が警部にストップの合図を送った。

「あの屋敷に残っている未使用のインシュリンについても調べたのかな？　分析してみる価値があるかもしれない」

「すでに調査済みです」警部は得意げに答えた。「メイドの一人から薬の瓶を入手しました。そのあと、リンドフィールド嬢とキャッスルフォードにも確認してもらっています。分析は終わっていますが、モルヒネの痕跡は発見されませんでした。つまり、被害者はその瓶から薬を投与されたわけではないということです」

「大変、結構」クリントン卿が満足げな声を上げる。「しかし、わたしが受けた印象だと、キャッスルフォード夫人はあまり感覚の鋭い人物ではなさそうだね。もし、モルヒネの溶液が入った瓶と本来の瓶が取り換えられていたとしても、彼女は気づかなかったんじゃないだろうか」

「もし、それが事実なら、瓶はあとからきれいに洗われたことになりますね。空になった瓶もメイドから押収してあります」自分の仕事の徹底ぶりを得意に思いつつも、申し訳なさそうな口調で警部は説明した。

「きみの報告書を読んで、たぶんそうしているだろうと思ったよ」クリントン卿は微笑んだ。「では、三つめの問題に移ろう。動機についてはどうだろうか？　我々がそれを解明する必要はない。でも、きみの意見を聞きたいんだ」

「はい、署長、その点については深く調べる必要はないと思います。今回の事件では金の問題が明らかですから。キャッスルフォード夫人は元々、あまり裕福とは言えない二人の弟がいる金持ちの男と結婚していました。夫が死んだとき、彼女がその財産を相続した――グレンケイプル家の金です。再婚した彼女は、新しい夫、キャッスルフォードに有利な遺言書を作成する。それは、グレンケイプル兄弟を完全に締め出してしまうものでした。事の成り行きを知った兄弟は怒り狂った。それが、近隣で囁かれている噂です。わたし自身も、グレンケイプル医師の口から、それを裏づけるような言葉を聞いています。兄弟はキャッスルフォード夫人に遺言書を破棄するよう説得し、彼女も二人に有利になる新しい書類を作成するつもりでいた。その遺言書によると、リンドフィールド嬢も以前より有利な条件を与えられていたようです。グレンケイプル兄弟はてっきり新しい遺言書は署名済みだと思っていた。それが実は署名前だったという事実を、リンドフィールド嬢がグレンケイプル医師に告げるのを聞いていました。医者はひどく動揺していましたよ――誰の目にも明らかなほど。遺言書を残さずに夫人が亡くなり、すべてがひっくり返ってしまったんです。リンドフィールド嬢と二人の兄弟でグレンケイプル家の金を分ける代わりに、全部がキャッスルフォードの手に渡ってしまうんですから」

「つまり、この時点での夫人の死が、彼にとって大きな違いを生み出したというわけだ」クリントン卿が頷く。「しかし、きみの報告書を読んだあとでは、特別驚くようなニュースでもないね」

「でも、ちょっと待ってください」ウェンドーヴァーが警部に顔を向けて口を挟んだ。「あなたは、キャッスルフォードの目的が妻の財産だったと思っている。もし、彼が妻の金を狙い、それを得るためにずっと殺人の準備をしてきたなら、なぜ彼は、最初の遺言書が有効なうちに妻を殺害しなかったんでしょうね――この五年とか十年のあいだに。どうして今まで待っていたんでしょう?」

ウェスターハム警部は、慇懃ではあるが相手を見下したような笑みを浮かべた。こういう素人というのは本当に始末が悪い。

「最初の遺言書が有効なら、どうしてそんなことをする必要があるんです?」そう訊き返す。「夫人が彼とその娘を養っていた。キャッスルフォードは優雅に暮らしていたんですよ。その辺をぶらつく以外にすることもなく、呑気そうな顔で。おまけに妻は糖尿病を患っている。ということは、比較的早く死んでしまうだろうし、そうすれば財産はすべて自分のものになる。そんな状況なら、少しばかり早く金を手にするために、殺人のリスクを負う必要はないでしょう。しかし、新しい遺言書に対して先手を打ったというなら、状況は変わってきます。そのうち金が転がり込んでくるのを、口をあけて待っていればいいという状況ではなくなりますから。やるなら、新しい遺言書が有効になる前。それが、わたしの見解です」

すっかりうなだれてしまったウェンドーヴァーの顔を見て、クリントン卿は別の話題に切り替えた。

「わかった、それがきみの見解だと理解しておこう、警部。リンドフィールド嬢は、キャッスルフォード夫人が遺言書を残していないことを知っていた。それはつまり――きみの報告書から判断すると――最初の遺言書で得るはずだった利益はすべて失い、執行されていない新しい遺言書からは何も得られないこともわかっていたということになる。でも、グレンケイプル兄弟の場合は違う。彼らは、新しい遺言書は完成して有効、だからもしキャッスルフォード夫人が亡くなれば、大金が転がり込んでくると思っていた。フィリップ・キャッスルフォードと娘の場合は、また状況が違ってくるな。二人は、夫人が遺言書を残していないことを知っていた。彼女が新しい遺言書に署名する前に亡くなれば、夫の手に財産が引き継がれることがわかっていた。これがどうやら、正確な現状のようだね」

「もう一つの可能性を忘れているぞ」ウェンドーヴァーが口を挟む。「スティーヴニッジという男はどこに関わってくるんだ？　よくわからんが、その男が自分に都合のいいように遺言書を書き換えるよう、夫人を説得した可能性もあるじゃないか――どうやら、ひどく気持ちが不安定な女性のようだからな。その男が、今、自分のポケットに遺言書を隠し持っているとしたらどうだろう？　今すぐそれを引っ張り出す必要はない。そうしたければ、嵐が過ぎ去るまで待っていることもできるんじゃないか？」

「そうしてくれれば、嵐は早々に過ぎ去るんですけどね」警部は皮肉っぽく答えた。

「うん」とウェンドーヴァー。「でも逆に、何カ月も過ぎたあとでは証言を集めるのが難しくなる。人は何でもさっさと忘れてしまうものだからな」

「まあ、確かに」いささかげんなりとした口調だ。

クリントン卿のほうは、もっと月並みな話題に持っていきたいようだ。

「動機に関するきみの意見は、それで全部かね？」そう警部に尋ねる。

ウェスターハム警部は、どうかなというふうに鼻を擦ってから話し始めた。

「そうですね、キャッスルフォード夫人とスティーヴニッジ青年が必要以上に親密だったという考えは否定できません。どの場面でも、それは明らかなんです——不愉快な手紙、シャレーでの行動についてごまかそうとする青年の態度、キャッスルフォードが望みもしないのにキャロン・ヒルに出入りするそのやり方。それに、キャッスルフォード自身もその事実については知っていましたしね。ほかに知りようがなかったとしても、あの手紙が彼に伝えていたでしょうから。それでも彼は、おかしなことは何もないと頑なに否定していました」

「妻が亡くなれば、大抵の男がそうするだろう」ウェンドーヴァーが口を出す。「できるなら、スキャンダルも一緒に葬りたいだろうから」

「その点については否定しません」ウェスターハム警部は言った。「でも、ちょっと的がずれていますね。わたしが言いたいのは、キャッスルフォードには金に加えて別の動機があるということですから。殺害という手段で、スティーヴニッジと浮気していた妻に報復ができる。なおかつ、金も転がり込んでくるというわけです」

これにはウェンドーヴァーも一言も返せなかった。

「きみが触れていないことで、もう一つ可能性があるね」クリントン卿が指摘する。「きみが考えてきたのは直接的な利益についてだ。不随する利益についてはどうだろう?」

「おっしゃっている意味がよくわかりませんが、署長」ウェスターハム警部は少し考えてから、素直に告げた。

「では、キャッスルフォード嬢を例に取ってみよう。法律上、彼女には何のスポットライトも当たらない。でも、もし父親が配偶者の金を相続すれば、彼女は——ふむ!——かなり裕福になるだろう? それが、付随的という意味なんだが?」

この指摘はウェンドーヴァーには気に入らなかった。自分の見解への賛同として警部が即座に飛びついたのがわかったし、クリントン卿がキャッスルフォードにかなりの疑惑を抱いていることにも苛立ちを感じた。それでもそれは単なる疑いに過ぎないのかもしれないし、警察署長もまだ肝心な点を伏せているだけなのかもしれない。

クリントン卿は立ち上がり、シャレーのドアへとベランダを横切った。

「へたにいろんな物に触られないように——」自分もまたドアへと向かいながら、ウェスターハム警部が説明する。「ここの鍵を持っていた複数の人間から、すべての鍵を押収してあります。さらなる安全のために、ドアと窓にテープも貼りました」

「では、すべて事件当時のままということだね?」警部がテープをはがし、ドアをあける脇でクリントン卿が尋ねた。

「完全にそのままです」

シャレーに足を踏み入れたクリントン卿は、徹底的に内部を見て回ったが、これと言って新しい情報は得られなかった。

「火床にあった紙の燃えかすについて記録を残してくれたのは、有難かったよ」暖炉の前で立ち止まった彼は、ウェスターハム警部に声をかけた。「そこからは何もわからなかったんだね?」

「はい」警部が答える。「文章が書かれているものは一つもありませんでしたから。その点は確かです」

「では、間違いなくそれは、死の直前にキャッスルフォード夫人が受け取った電報ではないわけだ」

「はい、間違いありませんね、署長。量が多過ぎますから。四つ折り版の紙か何かだと思います」

「電報はどうしてしまったんだろう」クリントン卿は考え込んだ。「消えてしまったのは妙だな。きみのところの巡査が——ガムレイだっけ——先手を打たなければ、原文を手に入れるのも難しかっただろう」

「それを聞けば彼も大喜びしますよ」ウェスターハム警部は苦笑いを浮かべた。「彼が自分の一存でやったことですから」

「そして、その利益はきみのものというわけか? 都合のいいことだ」クリントン卿はぼんやりと答えた。「では、これについてはどう思う? 銃弾がキャッスルフォード夫人の身体を貫通し、向こう側の木立まで飛んでいったのなら、彼女はごく近い距離から撃たれたことになる。一方、心臓を見事に撃ち抜かれているわけだが、離れた場所からそんなことができるのは射撃の名手だけだ。銃は身体に押しつけられた状態で発射されたわけではない。そうでなければ、発砲の熱でできた傷痕に監察医が気づくはずだからね。しかし、きみも医者も、銃創の周囲に焼け焦げた産毛は認めていない。こうした事実をどう説明する？」

「そうですね、署長、こう考えてはどうでしょう。事故——鳥撃ちライフルによる長距離からの流れ弾による事故——に見せかけた凶行。非常によく考え抜かれたやり口です。犯人は、産毛が焼けることで犯行の実態が見破られないように、近距離からの発砲を避けた。しかも、署長がおっしゃった通り、皮膚に焼け跡が残るような距離にも近づいていないんです」

「ブラウスの繊維にも焦げ跡はなかったのかね？　皮膚に火薬の跡とかも？　近距離で撃った場合、無煙火薬は独特な跡を皮膚に残すものだが」

「そういったものは一切ありませんでした。適切な距離から撃ったのに違いありません」

「〝適切な距離〟というのはどの程度の距離のことを言うんだ？」突然、ウェンドーヴァーが割って入った。「きみなら、三フィートの距離から見事に心臓を撃ち抜けるのかね？　そのくらいの距離なら、発砲の反動のことも考えなきゃならないだろうし」

「面白い観点だね」とクリントン卿。「ところで、その鳥撃ちライフルの弾は持っているのかな？見てみたいんだが」

「ここにありますよ。ご覧になりたいんじゃないかと思いましたから」

クリントン卿はしばし、それを眺めていた。やがて、ほかの二人にも見えるように、その先端を持ち上げる。

「これがコンクリートの上に落ちたとは思えないな」そんなことを言い出す。「もし、ここに撃ち込まれたものなら、側面が少しへこんでいるだろうからね。確かに、先端は硬いものに当たったみたいに潰れているが」

「それに」とウェンドーヴァーが指摘する。「コンクリートに当たった弾なら、形がもっと崩れているはずだ。こいつは先端以外、ほとんど元の形のままだし」

「この先っぽを見てごらん」クリントン卿は促した。「何か跡がついているように見えないか」

「非常にかすかな模様ですね、署長。わたしにもわかります」警部は同意した。「二重の線が二組、直角にクロスしているように見えます」

今度は、銃弾に手を伸ばしたウェンドーヴァーが、まじまじとかすかな跡を見つめる。

「被害者の衣服の繊維が、柔らかい鉛の銃弾に痕を残すことが稀にあるが」

「では、この銃弾の被害者はきっと、郵便局の配達袋でもかぶっていたんでしょうね」警部は忌々しそうに言い返した。「この模様の目の粗さを見てください、判事。それに、この弾は被害者にはまったく当たっていないんですよ。それなのにどうして、彼女の衣服が弾に模様を残すんです?」

「ここでの仕事はこれで終わりにしよう」ウェンドーヴァーが反駁する間もないうちに、クリントン卿は言葉を差し挟んだ。「それで、ハッドンとかいう男は? 自宅で待機させているんだろう?」

「はい、署長。そのように手配しています」ウェスターハム警部がてきぱきと答える。「農場を横切ってほんの数分の場所です。ご案内しましょう」

「ただ、二、三、質問したいだけなんだよ」警部のあとに従いながらクリントン卿は説明した。「でも、ハッドン夫人を煩わせるつもりはない。とてつもないおしゃべりのようだからね。証人として重宝な場合もあるが、大抵はいつもうんざりするだけだから」

一行が到着したとき、ハッドンは自宅の戸口に寄りかかっていた。ぞろぞろと連れ立ってやってくる三人を、迷惑そうな顔で見つめている。

「で、何が訊きたいんだ?」ぶしつけな口調で彼は問いかけた。

「ある情報について。でも、つっけんどんな態度はなしですよ、ハッドンさん」クリントン卿はきっぱりと言い返した。

ハッドンのほうは、こんなスタートになるとは予想もしていなかったようだ。

「まあ、訊いてみろよ。そしたら、おれに何ができるかもわかるだろうから」無作法な言い方ながらも一歩譲る。

「まずは状況をはっきりさせましょう」クリントン卿は話し始めた。「片田舎中にばら撒いた親切な手紙のせいで、あなたの立場は非常にまずいことになっています、ハッドンさん。そこから完全に抜け出せたわけではありませんよ。でも、もし、わたしが必要とする情報を与えてくれるなら、あなたに損になることはないでしょう。ひょっとしたら逆に――クリントン卿はポケットから札入れを取り出し、中身をまじまじと調べた――少しは得になるかもしれません」

ハッドンは、物欲しげな目でその札入れを見つめた。

「いいだろう」にやりと笑いながら言う。「五十ペンスか一ポンドでももらえるなら、最善を尽くそうじゃないか」

「わたしだったら、一ポンドなんて期待しませんけどね」クリントン卿は諭した。「そんな高望みをしたら、がっかりするだけです。それじゃあ、つまらないでしょう? 五シリングと聞いていれば、十シリング手に入ったときにはびっくりだ。あるいは、そんなびっくりなどまったくないのかもしれない。あなたが与えてくれる情報次第です。では、わたしが知りたい情報ですが、あなたがキャッスルフォード夫人について書いた不愉快な手紙の送り先の完全なリストです」

ハッドンは帽子を取り、考えながらしばらく頭を掻いていた。

「そうだな――」と話し始める。「キャッスルフォードには二通送ったよ。二通目はバカにしてやるための手紙さ」彼は意地悪く、くくっと笑った。「それからコニーには――つまり、リンドフィールド嬢のことだが――面白おかしい手紙を。あの女なら、スティーヴニッジの話に興味を持つだろうと思って」

「それはみんなキャロン・ヒル宛に送ったのかね？」

「もちろん」

「リンドフィールド嬢が興味を持つと思ったのは、どうしてなんだろう？」

ハッドンは野卑な笑い声を上げた。

「スティーヴニッジが二股をかけていたからさ。知らなかったのかい？」

「ほかに手紙を送った人物は？」

「ええと。グレンケイプル先生にも一通送ったな。義兄がどれほどうまい汁を吸っているか知りたいだろうと思ったんでね。もう一人の兄弟のほうにも送ってやりたかったんだが、生憎、住所がわからなかった」

「グレンケイプル医師宛の手紙は、彼の家に送ったんですね？」

「もちろん。覚えているのはそれだけだよ。あと一人、キャッスルフォードの娘を別にすれば」

ウェンドーヴァーはつま先がむずむずするのを感じた。ハッドンに向けた一瞥は、もっと口を慎むよう諭しているかのようだ。クリントン卿は、別の質問を差し向けただけだった。

「では、スティーヴニッジやキャッスルフォード夫人には何も送っていないのですね？」

「ああ」とハッドン。「そんなことをしたら、お楽しみがぶち壊しだろう？」

「なるほど」クリントン卿が重々しく答える。「二人の行ないについて誰もが知っているのに、当事者には伏せておいたわけですか」

「そうさ。人様の楽しみをぶち壊すのは野暮だろう？」

クリントン卿は、この意見への批判はやめておいた。

「では」と切り出す。「あなたがお使いの便箋と封筒の一部をウェスターハム警部にお渡しいただければ、わたしたちの仕事も終わりです、ハッドンさん」

ハッドンは異議を唱えなかった。こんな程度で済んで、少なからずほっとしていたのだ。すぐに黄色っぽい便箋と封筒を出してきて、警部に手渡した。

クリントン卿は札入れを開き、中身をぱらぱらと探った。一番汚れている十シリング紙幣を抜き出し、ハッドンに渡す。

「かなりよれよれの紙幣で申し訳ないね、ハッドンさん。でも、それに文句を言う資格は、あなたにはないと思いますよ」

ハッドンは紙幣を見つめてからポケットにねじ込んだ。が、すぐに、クリントン卿の言葉の言外の意味に気づいたようだ。

「あんなことをする人間がいなければ、おれだって手紙を書く必要はなかったんだ」恥知らずにも、そんな言葉を返す。

「もし、また同じことをしたら」クリントン卿は厳しい口調で言い渡した。「たっぷり二年は投獄されることになりますからね。これは間違いありません。また、この件について口外すれば、あなたも起訴されることになります。警告しておきますよ」

大した脅しでもないというふうにハッドンは肩をすくめて見せたが、弱々しいはったりでしかなかった。クリントン卿の口調が、こんな男にも罪を自覚させたのだろう。

シャレーに向かって木立の中を通り抜けながら、クリントン卿は警部に顔を向けた。

「もし、よければ、わたしの車で一緒に戻ろう。サンダーブリッジの村で降ろすよ。そのあと、わたしは電話を何本か、かけなければならないんだ。それで、きみに頼みたいことが二、三ある。まずは、キャッスルフォード夫人の衣服から血のついた部分を少し切り取ってきてもらいたい。まだ、保管してあるな?」

「もちろんです、署長。すぐに取りかかります」

「それと、キャッスルフォード氏の上着からも、血のついた部分を少し」

「承知しました」

「確か、リッポンデン医師が銃創から繊維をいくらか見つけていたはずだ。それも欲しいな――できるだけ多く。きみの手元には戻らないかもしれないが、報告書は届けさせる。専門家に調べてもらうつもりなんだ」

「わかりました」警部は答えた。

「それと、もう一つ」クリントン卿が続ける。「ティーテーブルにあったカップとソーサーについていた指紋も調べてあるはずだ。そんなに多くはなかったんじゃないか?」

「そうなんです、署長。スティーヴニッジが使ったほうには、取っ手部分にぼんやりした指紋がいくつか残っています。でも、キャッスルフォード夫人が使っていたカップからは、一つも見つかりませんでした」

「〝一つも見つからない〟と言うのは、文字通りの意味なのかい? それとも、そこに残っていた指紋からは何もわからなかったという意味だろうか?」

「文字通りの意味です、署長。何も見つからなかったんです。スティーヴニッジのカップに残っていたのは——鮮明ではないにしても——確かに指紋でしたが。わたしとしては、どちらの場合も特におかしいとは思わなかったんです。カップの持ち上げ方を考えれば。だとすれば、汚れくらいしか期待できませんので」

クリントン卿は何か別のことを思いついたようだ。

「ああ、そうだ、きみが保管している二つの鳥撃ちライフルの弾も調べてみたい——ベランダに落ちていたのと、ハッドン夫人の家の窓を壊したのと」

「承知しました、署長。今日の午後にはお持ちします。もっと早いほうがよろしければ、何とかいたしますが」

「今日の午後で大丈夫だよ」クリントン卿がぼんやりと答える。「それから、もう一つ。キャッスルフォード夫人の背中の銃創だが、正確な位置を教えてくれるかな? ここにいるウェンドーヴァー氏が背中を貸してくれるから。判事、背中を向けていただけますか? さあ、警部、正確な位置に指を置いてみてくれたまえ」

ウェスターハム警部は、背骨に近い、左肩甲骨の下の部分に指を当てた。

「そこかい?」クリントン卿が問う。「入るときも出るときも、弾が肋骨に当たらなかったのは驚きだな。出口はどうしようもないとしても、弾の入り口については、骨に当たらないよう慎重に吟味したんだろう。もし、これが偶然でないなら」

「わたしの見積もりがさほどずれていないことは、リッポンデン先生が証明してくれると思います」警部はきっぱりと言い切った。「当然のことながら、正確な測定値を記録しているはずですから。でも、わたしの感覚では、本当にこの辺りだったと思います」

「まあ、その点はさほど重要ではないのかもしれないがね」クリントン卿が譲歩した。「何かを示しているような気がしただけさ。さあ、そろそろ村に戻ろうか」

第十八章　モルヒネ

サンダーブリッジでウェスターハム警部を降ろしたあと、ウェンドーヴァーはてっきり、クリントン卿がキャロン・ヒルに向かうものと思っていた。ハッドンから話を聞いていたあいだ、彼はずっと自分を抑え込んでいたのだ。警察が時に汚い手を使うことは、もちろん彼にもわかっている。それでも、あのハッドンには腹が立って仕方がなかった。陽気におどけて見せる悪意の人物。今回のようなケースでは、厳しい叱責を与えるだけではとても十分な罰則とは言えない。ヒラリーに関する記憶は、ぼんやりとはしているが感じのいいものだった。そんな彼女が、父親の名誉を汚すようなハッドンの文学的傑作を読んだときのことを考えると、頬が熱くなった。しかし、今どきの娘は進んでいるのかもしれない。彼は仕方なく、あんな手紙でも彼女をより成長させるための材料にはなるだろうと思うことにしたのだ。

「次はキャロン・ヒルかい?」ウェンドーヴァーは尋ねた。

「いいえ、判事。先に当たっておかなければならない人間がほかにいるんです。グレンケイプル医師ですよ」

「でも、キャッスルフォードから直接話を聞くんじゃないのかい?」

「必要になれば」クリントン卿はきっぱりと言い切った。「わたしがここにいるのは、キャッスルフォード父娘の利益のためではないことを忘れないでくださいよ。彼らに尋ねなければならないことが正確にわかった時点で、会いにいきますから」

すぐに診療室に通されたところを見ると、クリントン卿は事前に訪問の意思を知らせていたのかもしれない。数分もしないうちにグレンケイプル医師が姿を現す。ウェンドーヴァーは好奇の目で相手を観察した。細長い顔、薄く血の気のない唇、皮肉っぽさが漂う表情、そして堅苦しい態度。ローレンス・グレンケイプルは、うち解けるのが非常に難しい人物のようだ。それは、簡単な挨拶を交わしたあと、医者が決して自分から話を始めようとしないことから受けた印象だった。〝わたしが招待したわけではないからな。口火を切るのはそっちの仕事だろう〟医者の態度はそう物語っていた。

クリントン卿は事務的な口調で用件を切り出した。

「危険薬物規定に関して、記録を調べに参りました」

ローレンス・グレンケイプルは了解の印に頷き、横に並んだ引き出しへと近づいていった。手書きのノートを一冊取り出し、クリントン卿の前のテーブルに置く。

最近記入されたページをめくり、詳細に内容を確認してから、クリントン卿は口を開いた。

「薬のほとんどが、このヘックワースという患者に投与されているようですね」

「薬物中毒者ですから」ローレンスはそっけなく答えた。「できれば彼の治療をして欲しいと、警察に頼まれたんですよ。一定量の薬を投与しています」

クリントン卿は記録を遡っていった。

「おやおや！　最初のころには一日に数グラムも処方していたじゃないですか。普通の人間の場合、致死量はどのくらいなんですか？」

「通常の人間の致死量ですか?」医者は訊き返した。「個人によって異なりますね。十分の一グラムという少量の場合もあるでしょうし。グレイン単位で考えるほうが慣れているんです（一グレインは〇・〇六四八グラム）。まあ、一・五グレインから五グレインといったところでしょうね」

　クリントン卿はノートのページをめくっていった。

「新しい箱を開封するたびに印をつけていますね。これは、その時点でそれまでの箱の中身を使い切ったという意味でしょうか?」

「正確には、その大きさの薬の箱は、ということですがね」ローレンスは言い直した。「通常の場合でしたら、六分の一グレインの錠剤を使います。しかし、あなたにもおわかりの通り、ヘックワースにはもっと多くの量が必要です。なので、彼に処方する場合は、別の箱から半グレインの錠剤を出しているんです」

　クリントン卿は手帳を取り出し、最近の記録から数字を書き移し始めた。最後に、二列に分けた数字を合計する。

「モルヒネの錠剤のストックを見せていただきたいのですが」計算を終えて、そう依頼する。

　この申し出に、ローレンス・グレンケイプルはぎょっとしたようだ。一瞬、異議を唱えそうな様子を見せる。しかし、そのまま鍵を取り出し、机の引き出しをあけた。茶色いボール紙の小箱を二つ出して警察署長に手渡す。

「これが使用中の薬の箱です」彼はそう説明した。

　クリントン卿は箱のラベルを調べた。

「『未開封状態の内容量は二十錠入りのチューブが十二本。モルヒネ塩酸塩。ナンバー六十六。六分の一グレイン、〇・〇一一グラム』」そう読み上げる。「こちらの箱も、含有量が違うだけで内容は同じだな」

今度は箱をあけて、中仕切りからガラスのチューブを取り出した。それぞれのタイプの未使用のチューブ数を数え始める。ウェンドーヴァーの印象では、ローレンスはその様子を不安げな顔で見つめていた。数量を数え終えたクリントン卿は、厳しい表情で医者を見上げた。

「記録は間違いなく正確ですか？」

「正確です」断言するローレンス・グレンケイプルの口調には、いささかうんざりした調子が混じっていた。

「では、説明していただかなくてはなりません」職務的な口調をはっきりと取り戻して、クリントン卿は続けた。「あなたの記録は薬の残数と一致していません。四錠不足していますね――半グレインの錠剤が四錠。もう一方のタイプは問題ありません」

「数え間違いでしょう」ローレンス・グレンケイプルはきっぱりと言い返した。

「こんな簡単な計算で間違えることはありませんよ」クリントン卿の声は冷ややかだ。「チェックしてみてください。ご自分でやってみたほうがいいでしょう」

医者はテーブルの上の記録簿を引き寄せ、中身を調べ始めた。その様子をまじまじと観察していたウェンドーヴァーには、医者がひどく動揺しているのがわかった。自分の仕事がこんなふうに厳しく調べられるとは思っていなかったのだろう。記録と在庫数の不一致が露見したことで、気まずさと衝撃を感じているようだ。

「即座には説明できませんね」最後には、自分の不注意を認めてそう答えた。「もしかしたら、ヘックフォードに渡した一回分の記帳が漏れているのかもしれません」

クリントン卿は大きく首を振った。

「それでは辻褄《つじつま》が合いません。記録から、あなたがヘックフォードに六グレインずつ与えているのはわかっています。それなら、半グレインの錠剤が四錠ではなく、十二錠になるはずです。一方、六分の一グレインの錠剤のほうは、明らかにもう一方の箱からちゃんと取り出されている。それでは説明になりませんよ」

ウェンドーヴァーには、グレンケイプル医師が最初の自信をすっかりなくしてしまったのがわかった。

「正直に申し上げて、本当に説明ができないんです」医者はすっかりしおらしくなって答えた。「ヘックフォードに渡した薬については、すべて記帳しているのは確かなんです。これからも治療を続けていかなければならないんですから。本当におかしいな」

ローレンスは記録簿を取り上げ、この窮地からの脱出口を見つけようとでもするかのように、再度、記録を追い始めた。

「誰かがここの在庫から盗みでもしない限り……」躊躇いがちな口調で、やっとそう答える。

「そんなことがあり得るんですか?」クリントン卿は信じられないというふうに訊き返した。「引き出しにはシリンダー錠がついているんですよね?　鍵をその辺に放置しているんですか?」

「まさか。鍵は全部同じリングにまとめてあります」

「ふむ!　では、その盗人《ぬすっと》はどうしてこんなことができたんでしょう?」

グレンケイプル医師はじっくりと考え込んでから答えた。

「わたしの鞄から盗まれたのでなければ、こんなことになった説明はできません」医者はゆっくりと話し始めた。「ヘックフォードには毎日、夕食の前に会っているんです。特別な呼び出しでもない限り、彼が一日の最後の往診患者です」

医者は再び考え込んだ。ポケットから予定表を取り出し、調べ始める。しばらくのあいだ、どうしたものか迷っていたようだが、とうとうその手帳をクリントン卿に手渡した。

「この三週間で、外で夕食を取ったのは一度だけです」慎重に説明を始める。「普段はヘックフォードの家からまっすぐ帰宅し、薬はそこの引き出しにしまいます。でも、あの夜は――今、思い出しましたが――キャロン・ヒルにまっすぐ夕食を取りにいったんです。あそこにいたあいだ、鞄はずっとホールのテーブルの上に置いていました」

「施錠もせずに?」

「もちろん、施錠もせずに。そんなものを弄《いじ》る人間がいるなんて想像もしませんでしたから」

「ということは――」クリントン卿がまとめにかかる。「件《くだん》の四錠にまずいことが起こったのは、キャロン・ヒル以外には考えられないということでしょうか? ご自身の記録が正確であると、まだ確信をお持ちですか?」

最初の質問は巧みにかわし、グレンケイプル医師は二つめの質問に答えた。

「その通りだと、いつでも宣誓する準備はできていますよ」

「では、キャロン・ヒルの誰かが、あなたの鞄から錠剤を盗み取ったということですね。それが誰の仕業か、推測はつきますか?」

グレンケイプル医師は冷静さを取り戻したようだ。

「いいえ」と、ぶっきらぼうに答える。「わたしには、自分で証明できないことをほのめかす気はありません。その薬がキャロン・ヒルの誰かによって盗まれたとも言っていませんし。わたしは事実を提供しただけで、それ以上のことは何もしていません」

「キャッスルフォード夫人の体内からモルヒネが検出されたことは、もちろんご存知ですよね？」

「ええ、知っています。だから、自分の発言にも気をつけているんじゃないですか」

「実に微妙なお答えですね」そう答えたクリントン卿の口調には、称賛の気持ちなどかけらもない。「では、ほのめかしなど含まない情報をもう少しいただきたいと思います。あなたとお兄さんは、キャッスルフォード夫人が計画中の遺言書にサインをしていなかったことに、ひどく驚かれたのではないですか？」

「まったくですよ」グレンケイプル医師の口調は刺々しい。「リンドフィールドさんから聞いたときには、どれほど驚いたことか」

「リンドフィールドさんは今、どこにおられるんでしょう？　今回の件で、経済的にかなり困った立場に追いやられたと聞いていますが」

「まだキャロン・ヒルにいますよ。ここだけの話ですが――」医者は口止めを求めるかのように、クリントン卿からウェンドーヴァーへと視線を巡らせた。「彼女が仕事を見つけるまで援助しているんです。ご存知のように古いつき合いですからね、彼女が路頭に迷う姿など見たくありません。あなたがこの事実を知って、おかしな誤解をしないように申し上げているんです」

「お兄さんも同じことを？」クリントン卿は尋ねた。

グレンケイプル医師は、嘲るような笑みを口元に浮かべて首を振った。

「兄の立場はまた別です。妻帯者ですから」

「でも、キャッスルフォード父娘のほうでも、何らかの手は差し伸べるでしょう？」クリントン卿が食い下がる。

「キャッスルフォードがですって？」グレンケイプル医師は明らかに、間の抜けた疑問を面白がっているようだ。「まさか。キャッスルフォードが彼女によくしてやるとは思えませんね。『傷つければ憎まれる』って昔から言うじゃないですか。ひどい扱いをした人間ほど憎しみを感じる相手はいないものです。リンドフィールドさんに対するキャッスルフォードの態度は、まさにそれですよ。彼女にとっては、かなり大変なことですが」

ウェンドーヴァーは医者をまじまじと観察していた。判断できる限りでは、この部分はどうやら真実らしい。グレンケイプル医師に対する反感は幾分薄れてきた。いずれにしても、医者の行為は立派なものであり、その説明の仕方も気持ちのいいものだった。自分の気前良さを自慢したい様子など微塵も感じられない。ウェンドーヴァーの判断は、医者の住まいや調度品などから引き出されたものだった。グレンケイプル医師はさほど裕福ではなさそうだ。それがいっそう、彼の行為を素晴らしいものにしている。さらに、より大きな反作用として、判事は別の点でも自分の先入観を再調整し始めていた。この未知なるリンドフィールド嬢という女性は、かなりひどい扱いを受けているようだ。最初の遺言書でも新しい遺言書でも、彼女はある程度の相続を受けることになっていた。それは、クリントン卿から聞いている。しかし、グレンケイプル医師の話によると、キャッスルフォードは事実上、彼女には何の見返りも与えていない。ほんのわずかの支援もなく、若い娘を世間の荒波に放り出すとは、何とひどい扱いだろう。

「彼女をそんなふうに扱う理由はそれだけなんでしょうか？」クリントン卿は軽い調子で尋ねた。

「まあ、リンドフィールドさんとキャッスルフォード父娘が互いによく思っていたことはありませんからね」グレンケイプル医師も気安く認めた。「彼女は実に有能な女性でしてね。キャッスルフォード夫人は事実上、キャロン・ヒルの運営を彼女に任せきっていたんです。もしかしたら、その辺が関係しているのかもしれません。それに、もちろん、互いに何のかかわりもない美女が二人、同じ屋根の下で暮らすのも難しいことでしょうし……。まあ、わたしにはよくわかりませんが、女性というのは幾分厄介な生き物のようですから」

「嫉妬心、という意味ですか？」ウェンドーヴァーが口を挟んだ。

グレンケイプル医師は、しゃべり過ぎてしまったことを後悔しているようだ。

「ヒラリーのことを悪く言いたくはありませんけどね――キャッスルフォード嬢のことですが。今回のリンドフィールドさんの件があるまでは、彼女のことは結構好きだったんですよ。それでも、屋敷内である種の拮抗があったことは否めないでしょう。それで、キャッスルフォード父娘の立場が上になった途端、リンドフィールドさんが苦しむことになったわけです。わたしが成り行きを心配しているのは、その点なんですよ」

クリントン卿は、それ以上追及しなかった。代わりに新たな話題を持ち出す。

「ウェスターハム警部から聞いたのですが、甥御さんは今、あなたのところにいるそうですね。お兄さんの家には帰らなかったのですか？」

「ええ。環境を変えるためにここに来たんです。こんなごたごたの最中に家に戻してもよくないでしょうから。もちろん、キャロン・ヒルに置いておくこともできませんし。考慮すべき問題はほかにもありますが、何よりもあそこにはもう、あの子の親族は一人もいないわけですからね。それで、今はわたしが彼の面倒を見ているんです」

「甥御さんにもお会いしたいのですが」クリントン卿は持ちかけた。

「あの子から話を聞くあいだ、わたしが同席してもかまいませんか?」警察署長にさっと視線を走らせながら、グレンケイプル医師は尋ねた。

「もちろんですとも」クリントン卿がほがらかに同意する。「一つ、二つ、尋ねてみたいことがあるだけですから。証人として必要になるかもしれないので、その子の記憶力を試してみたいだけです。彼の証言にどのくらいの信頼がおけるのか、確認するだけですよ」

グレンケイプル医師としては、この要求を快くは思っていないようだ。少年の虚言癖についてある程度聞かされていたウェンドーヴァーは、医者のこんな態度にも驚かなかった。

独身主義を貫いてはいても、ウェンドーヴァーは子供好きなほうだった。その見返りとして、子供たちからも好かれている。しかし、フランキー・グレンケイプルが叔父によって部屋に連れてこられたとき、一目見ただけで自分が好むタイプの少年ではないことを悟った。でっぷりとして無気力、パン生地のような顔の中でこそこそと動く目。フランキーの第一印象は最悪だった。「さあ、フランキー、本当のことを言うんだぞ」というグレンケイプル医師の忠告も、まったく功を奏していないようだ。叔父を見る目つきから、医者がいかなる言い訳も許さなかったのは明らかだ。叔父の態度に少年が腹を立てていることも。〝甘やかされてきた少年か〟というのが、ウェンドーヴァーの嫌悪に満ちた判断だった。

「きみの鳥撃ちライフルについて訊きたいことがあるんだ」クリントン卿が打ち解けた口調で話し始

める。「リンドフィールドさんからもらったんだよね？」

フランキーは、かなり失礼な態度で頷いた。

「いい叔母さんだね」とクリントン卿。「子供のころ、そんなに気前のいい叔母さんがいなかったのは残念だな。もう、ずいぶん撃ったのかい？」

「はい」

「鳥とか、そんなものを？　ちゃんと撃てるかい？　いつか役に立つときがくるんだが」

フランキーが予測していた取り調べとは、まったく様子が異なるものだった。自慢したい気持ちが猜疑心を上回る。

「飛んでいるスズメだって撃てます」

「それはすごい」クリントン卿は、フランキーの嗜好や劣等感を一発で示す話をそのまま受け入れた。「でも、そういうものを撃つには、じっと目を凝らす必要があるぞ。外で撃てない雨の日には何をしていたんだい？」

「昔の馬具置き場で的撃ちをしていました。コニー叔母さんが、古いアーチェリーの的を壁に貼って作ってくれたんです。ぼくはその上にボール紙の的を貼りました。的撃ちなんて、ちっとも面白くなかったけど」フランキーは陰鬱な声で答えた。「撃ったときに、そのボール紙が跳ね上がるのが見たかったんです。それなら、的を直に傷つけることもないし」

「キャロン・ヒルの人たちで、きみの的撃ちにつき合ってくれた人がほかにもいたのかな？」

フランキーは首を振った。

「いいえ。コニー叔母さんとやっていました。でも、叔母さんは弾を撃つときに目をつぶってしまうんだ。ちっともうまくなかった」

「じゃあ、ほかの人たちは？　誰もきみにつき合ってくれなかったのかい？」

「キャッスルフォードさんやヒリーがですか？　まさか！　キャッスルフォードさんは、いつもぼくなんかいないふりをしていたし、ヒリーのほうは、ぼくのあら捜しばかりしていたんだから。あの二人なんか役に立たない。頼もうとも思いませんでした」

「叔母さんがいつもそばにいてくれたようだね。仲はよかったの？」

ウェンドーヴァーには見抜けなかったが、ウェスターハム警部なら容易に察しがついただろう理由で、フランキーはどう答えたものか迷っているようだ。一瞬、口を開きかけたが、叔父の顔を盗み見て気持ちと声音を変えた。

「はい」気の進まない様子でそう答える。「叔母のことが一番好きでした」

「叔母さんが時間を潰すのを手伝ってくれたのかな？　一緒に散歩にいくとか、そんなふうに？」

「はい。ぼくが前にここにいたときも、鳥の巣のことを教えてくれました。木登りは全然できないんだけど、鳥の卵についてはいろんなことを知っているんです。見つけたのが何の卵かわからないときには、車で公共図書館まで連れていってくれて、卵の写真が載っている本をたくさん借りてくれました。おかげで、学校で一番の収集ができたんですよ。それに今回は、花火を作るのも手伝ってくれたし――その辺で買えるのより、ずっとすごいやつを」

「そのときも図書館で？」クリントン卿が水を向ける。「作製の秘法を獲得したのかい？」

「そうです。図書館にある本を参考にして、ものすごくカラフルな花火やクラッカーを作りました」

「そのための火薬も叔母さんが買ってくれたわけか。きみはずいぶん優雅に暮らしているんだな。ほかにも買ってもらったものはあるのかい？」

「はい。釣竿を買ってくれて、釣りの仕方を教えてくれました。ぼくのほうがうまかったけどね。叔母さんよりもたくさん釣り上げたもの。こんなに大きなマスを釣ったことだって……」

「ふむ！　今度二人で、この辺の水場について話してみる必要があるな。わたしも釣りが大好きなんでね。ただ、残念なことに、今回は釣竿を持ってきていないんだ。ところで、ゴルフはするのかな？」

　フランキーは首を振った。

「いいえ。叔母さんが教えようとしたけど、ぼくは好きじゃないんだ。あんなの、女の子の遊びだもん。ヒリーが得意で、ぼくのプレーを見ては笑っていたし」

　クリントン卿は腕時計を覗き込んだ。

「時間だな。もう、これ以上、あなたをお引き留めしてはならないでしょうね、グレンケイプル先生。錠剤の謎が解けたら――この件についてはよく考えて、何か思い当たることが出てきたら――ぜひすぐに知らせてください。わたしとしては、公式に騒ぎを起こすつもりはありませんから」

　車に戻ったとき、今度こそ次の目的地はキャロン・ヒルだとウェンドーヴァーは思っていた。しかし、クリントン卿にはほかの考えがあったようだ。

「いいや、判事。焦らないでください。郵便局に寄らなければならないんですよ」

　グレンケイプル医師との面談のあいだ、事実と事実を繋ぎ合わせていたウェンドーヴァーは、やっと重要なポイントをつかんだように思っていた。

「キャッスルフォード夫人にモルヒネが投与されていたと伝えても、あのグレンケイプルという男はまったく驚かなかったな」考え込みながら判事は言った。「そういう情報については、きみの部下たちがしっかり抑え込んでいると思っていたんだが」

クリントン卿はおかしそうに笑った。

「あなたがあそこで本命を見つけてくれたらよかったんですけどね。グレンケイプルは医者ですよ。職務上、死体の身元確認のために呼ばれているんです。死体の目があいていたなら、〝針孔瞳孔〟に気づかない医者はいません。そこから彼は自分の結論を導き出したんでしょう。それに、あなたには彼の患者について話し合える別の医者を見つけられなくても、彼なら即座に同僚に相談できるでしょうしね。医者同士の繋がりは、ある意味、フリーメーソンのようなものなんですよ。別の医者が相手なら、リッポンデンも秘密を洩らしたとは感じないでしょう。非公式な素人には一言も漏らせなくても。グレンケイプルがモルヒネの件について何も知らないようなふりをしたら、そっちのほうが驚きですよ」

「きっと、その辺りに何かあるんだろうな」ウェンドーヴァーは、納得がいかない顔をしながらも、そう答えた。

郵便局では、さすがのクリントン卿も、係の女性から話を引き出すのに手間取った。電報の内容を洩らしてしまったこと――ガムレイ巡査の巧妙なやり方が、この一件での自分の立場に対する不安を彼女の中で膨れ上がらせていたのだ。どんな情報でも、あなたは捜査に貢献できるのですよ。そう言って安心させてくれた警察署長に、彼女は心から感謝していた。電文が入った封筒は、キャロン・ヒル近くの郵便ポストから回収されたものだと彼女は説明した。その電報が気になって、郵便集配人に尋ねていたので知っていたのだ。そのときの回収時にポストに入っていた郵便物は件《くだん》の手紙一通だけで、取り出す際、集配人はのたくるような宛て名書きの字に気づいていた。その郵便ポストからの回収は日に三回――午前中に一回、午後の早い時間に一回、そして、夕方六時ごろに一回。

「午後早い時間に回収された郵便物がこの局に届くのは何時ごろですか?」クリントン卿は尋ねた。

「四時十分ごろ、あるいは、もう少し早いかもしれません」

「最近、同じことを尋ねた人物がほかにもいますか?」

「不思議だわ」係の娘はすぐに答えた。「いらっしゃいますよ。お気の毒なキャッスルフォード夫人、ご本人です。亡くなるほんの数日前に、あの郵便ポストからの回収について、あれこれ尋ねていらっしゃいました。いいえ、郵便物があのポストから回収される時間のことではありません――それなら、ポストに書いてありますから。あの方が知りたかったのは、あのポストからの回収物が、この局に持ち込まれる時間についてです。ロンドンからの郵便物をここで受け取りたいとか、そんな話に交えて」

「間違いない話ですか?」クリントン卿の声は、かなり疑わしげだ。

「ええ、間違いありません。それぞれの時間を紙に書いてくれと頼まれましたから」

「紙に書けですって?」話の流れに、さしものクリントン卿も驚いた。

「はい。だから、こんなふうにはっきり証言できるんです。そうでなければ、とっくに忘れていますもの。もちろん、あんな亡くなり方ですから、あの方のことをいろいろと思い出して、記憶も鮮明なのですが」

「それはどうか、忘れないでいてください」クリントン卿はにっこりと笑いかけながら忠告した。

「でも――わたしがあなただったら――今回の聞き取り調査については、差し当たり忘れてしまいますけどね。よろしいですか?」

係の娘は喜んで約束した。誰にも話したりするものですか！　〝あの警官〟にはいい勉強をさせてもらった。今度からは、もっと気をつけなきゃ。

「このガムレイという巡査は面白い人間だな」警察署長は漏らした。「巧みに先手を打ち、空威張りとも言える指示を出している。そうでなければ、あの電文は手に入らなかっただろう」

ウェンドーヴァーとしては、ガムレイ巡査に対する称賛に気を取られている場合ではなかった。

「あの証言をどう思う?」そう、尋ねてくる。

「興味深いですね」と、クリントン卿。「独創的な心には強く訴えかけるものがあるのかもしれない。わたしがそんな心を持ったことはありませんけどね。わたしが強く惹かれたのは、彼女が時間を書き取らせたという事実です」

ウェンドーヴァーは、しばしぼんやりと考え込んでから口を開いた。

「わたしの記憶の中の夫人は、何事にも集中できない頭の軽い女性なんだ。自分の記憶力を信用していなかったんじゃないのか?」

「大いにあり得ますね」クリントン卿は同意した。「では判事、あなたの忍耐も報われるときが来ましたよ。キャロン・ヒルに行ってみましょう」

第十九章　機会

　午前中を通して、ウェンドーヴァーはずっとクリントン卿のやり方に苛立っていた。彼の考えでは、警察署長はまずキャロン・ヒルに赴き、キャッスルフォード父娘の話を聞くべきだったのだ。そのあとで時間があれば、このドラマの脇役たちと会い、証言を引き出せばよかったではないか。物事の順番を違えた友人を、彼は内心苦々しく思っていた。しかしやっと、そのキャロン・ヒルにもたどり着いた。ウェンドーヴァーは――何の懸念もなく――キャッスルフォード側の話を聞くのを楽しみにしていた。

　しかし、屋敷の戸口でまた、クリントン卿は彼をがっかりさせることになる。警察署長は名刺を手渡しながら、リンドフィールド嬢にお会いできるかと尋ねたのだ。ウェンドーヴァーにちらりと向けた悪戯っぽい視線は、この予想もしなかった展開に判事が思わず顔をしかめているのを明らかに面白がっていた。

　ウェンドーヴァーは物事を冷静に受け止める技に長《た》けている。リンドフィールド嬢という人物も興味深い存在かもしれない。そう思うことで逸《はや》る気持ちを押さえつけた。彼女のことは名前くらいしか知らなかった。クリントン卿から、警察が集めた証言の概要は聞いていた。しかしそれは、起こった出来事と聞き取り調査の内容についての貧弱な要約でしかない。登場人物の性質については想像するしかなかったのだ。事件以前の体制では、リンドフィールド嬢が事実上、キャロン・ヒルの女主人だったことはぼんやりとわかっている。悲劇が彼女の立場を転落させた。今は一文無しで、お情けでここに留まっているに過ぎない。新たな生活の足場を見つけるまで、グレンケイプル医師の施しに頼って。

ここにきて初めて、ウェンドーヴァーはキャッスルフォード父娘に疑問を感じ始めた。これは、彼らが意図していた通りの、リンドフィールド嬢を追い出すための策略なのだろうか？　証言の裏に、もっと深い何かが潜んでいるような嫌な感じがする――過去の出来事に対する復讐とか、そんなことが。キャロン・ヒルの副摂政が軋轢を生み出していた。状況が一変した今、キャッスルフォード父娘がその仕返しに乗り出した。例えば、そんなこととか。

判事があれこれと考えているうちにドアがあき、リンドフィールド嬢が部屋に入ってきた。立ったまま、一人からもう一人へと視線を巡らせている。クリントン卿が先に声をかけ、相手の不安を和らげようとした。

「お邪魔でなければよかったのですが」愛想のいい、申し訳なさそうな口調だ。「ひょっとしたら、事前にご連絡しておいたほうがよかったかもしれませんね」

リンドフィールド嬢は二人に座るよう促し、自分も腰を下ろした。

「邪魔なんてことはありませんわ」そう答える。「今は、することもありませんもの。キャッスルフォードのお嬢さんが、運営のすべてを引き継いでいますから――とても、しっかりと。だから、今では状況が違うんです」

その口調に棘があったとしても、気づかれないほどのものだった。リンドフィールド嬢には、自分の不平を訴えるつもりなどまったくないらしい。同情を誘うような言い方をするのは簡単だろうに、そんな気はかけらもないようだ。〝すべてはあるがままに〟というのが彼女の選んだ方針であり、それに従って生きていこうと懸命に頑張っているのだろう。超然とした姿など予想もしていなかったウェンドーヴァーは、にわかに湧き上がる好奇心から彼女を見つめた。

クリントン卿の無神経な切り出し方は、ウェンドーヴァーにはいささかショックだった。警察署長はポケットから煙草入れを取り出し、リンドフィールド嬢に勧めたのだ。

「煙草はいかがですか？　こんな面談は常に不安なものですからね。煙草は時に神経を鎮めるのに役立ちますよ」

リンドフィールド嬢は丁寧に煙草入れを押し返した。

「ありがとうございます。でも、煙草は吸わないんです」そう説明する。それから、かすかな笑みを浮かべてつけ加えた。「気を鎮める必要もありませんし。警部さんから、わたしがあの日、シャレーでヒステリーを起こしたことを聞いていらっしゃるんでしょうけど。でも、もし、あなたやこちらの――」

「こちらはウェンドーヴァー氏です」クリントン卿は名前だけを告げた。

「あなたやウェンドーヴァーさんがお吸いになりたいなら」

「いいえ」クリントン卿は相手の笑みに笑顔で応えた。「わたしたちの神経でしたら大丈夫だと思いますから」

クリントン卿は煙草入れをポケットに戻した。

「あなたは確か、小火器免許をお持ちですよね？」何気ない口調で切り出す。「それを見せていただけますか？　単なる形式的な手順ですので」

リンドフィールド嬢はライティングデスクまで部屋を横切っていった。引き出しの中を探り、書類を手に戻ってくると、確認のために相手に渡す。クリントン卿はさっと目を通しただけで、持ち主に返した。

「ありがとうございました。では、もう少し重要なことをお訊きします」クリントン卿は胸ポケットを探りながら続けた。「ああ、ありました」

手札版のネガフィルムほどの大きさ（八・三cm×一〇・八cm）のガラス板が出てきた。二枚のガラスが厚紙で縁取られ、張り合わされている。ガラス板のあいだに何か挟まっているが、それが何なのか、ちょっと見ただけではウェンドーヴァーにはわからなかった。クリントン卿はその標本をリンドフィールド嬢に手渡した。

「非常に興味深いものになるかもしれない布地の断片です」そう説明する。「よくご覧になってください――両面とも――模様に見覚えがあるかどうか確認していただきたいんです。しっかり見てください。急がなくても結構ですから」

リンドフィールド嬢はその小さなガラス板の上に身を屈めた。困惑の表情を浮かべながら、その正体を見極めようと、裏へ表へとひっくり返している。その様子を見ていたウェンドーヴァーにも、それが不規則な模様の入ったシルクの断片であることがわかった。

「見覚えはありませんか？」明らかに反対の答えを期待しているように、クリントン卿が尋ねる。

リンドフィールド嬢は首を振りながら、その証拠物件を戻した。

「キャッスルフォード夫人が、こんな模様の服を着ているのを見たことはありませんか？」不安げに問いを重ねる。

「いいえ」リンドフィールド嬢はきっぱりと否定した。「わたしが知る限り、姉はこんな模様のドレスは持っていませんでした」

クリントン卿は、その証拠物件を脇に押しのけた。その様子から、事態が期待通りに進まなかったことが伺える。それでも、その点については取りあえず保留し、別の話題に切り替えた。

「あなたと一緒に謎解きをするつもりはありませんが」と話し出す。「今回の事件において非常に重要な役割を果たした思われる二挺の自動拳銃について、警察は並々ならぬ関心を持っています。フランク・グレンケイプルが発見してからキャッスルフォード夫人が亡くなられた日まで、その拳銃に近づくことができたのは誰でしょうか? あなたが知っている限りのことをお話しいただけますか? 推測は必要ありません。その拳銃に触ることができたと思われる人物の名前を挙げていただきたいんです」

リンドフィールド嬢は片方の手を膝に乗せ、指を折りながら名前を挙げ始めた。

「まず、わたしがその拳銃の在処《ありか》を知っていました。キャッスルフォードさんに、彼の書斎の戸棚にしまっておいてとわたしが自分で頼んだのですから。管理を任されたキャッスルフォードさんも知っていました。彼の娘さんも知っていたでしょうね。頼んだとき、彼女もその場にいましたから――実際、わたしが頼んだのは彼女でしたし。この三人は、間違いなく戸棚のことを知っています。あとは、フランキーがあちこち探し回って、拳銃を発見した可能性はありますね。あの夜、拳銃を取り上げられたとき、あの子はずいぶんむくれていましたから」

「あの夜というのは?」クリントン卿が口を挟む。

「あの子の父親とグレンケイプル先生が夕食にいらした夜のことです」

リンドフィールド嬢は再びライティングデスクに向かい、スケジュール帳を取り出した。ページをめくり、夕食の約束を書き留めた箇所をクリントン卿に指し示す。

「何日だったかは覚えていません」彼女は説明した。「火曜日だったのは確かですけど。でも、そのスケジュール帳で、日にちの確定はできると思います」

かつてのキャロン・ヒルで、リンドフィールド嬢に様々な管理権が与えられていた理由が、ウェンドーヴァーにもわかり始めてきた。行動に移す前にはじっくりと考え、いざ心を決めると迷いもなく行動するタイプなのだ。布地の断片の件でも、クリントン卿がその出所を知りたいと思っているのがあれほど明らかなのにもかかわらず、きっぱりと否定した。その態度には、ウェンドーヴァーも感心していた。どっちつかずの態度を取ろうとして曖昧なことを言う女性もいるが、彼女の場合はじっくりと観察した上で、はっきり自分の意見を述べたのだ。

「フランキーなら拳銃を探し回って、見つけ出すこともあったかもしれません」元の椅子に腰を下ろしながら、リンドフィールド嬢は続けた。「あの子の父親もキャッスルフォード夫人も、フランキーがその銃に触るのを禁じたんです。でも、おとなしく人の言うことを聞くような子ではありませんし、誘惑が強過ぎたのかもしれません。それが戸棚に保管されていることは、あの子も知りませんでした。でも、詮索好きで、あちこち覗き回る子ですから。単なる好奇心から戸棚に首を突っ込んで、見つけた可能性はありますね」

「あなたのお話からすると、彼の父親も銃の存在については知っていたんですね？　たぶん、叔父のグレンケイプル医師も？」

この指摘には、リンドフィールド嬢もかすかにひるんだようだ。答えるまでに一瞬の間があく。しかし、やがて、フランキーが応接間で銃を差し出したときの様子を説明し始めた。

「もちろん、メイドたちも戸棚には近づけました」あとから思いついたかのように、彼女はつけ加えた。「でも、そんなことはありそうには思えませんけど」

「では、考えられる人物としては以上ですね?」クリントン卿が確認する。「ほかにいませんか? スティーヴニッジさんとかは?」彼は不意に男の名前を挙げた。

このほのめかしにリンドフィールド嬢がぎょっとしたのを知るのに、人相学者など必要なかった。スティーヴニッジの名前を出したクリントン卿に矢のように放たれた視線。そこに含まれる疑惑を隠すには、彼女の自制心は十分ではなかった。しかしやっと、何とか驚きを抑え込んだようだ。

「スティーヴニッジさんですって?」明らかな間を置いて彼女は訊き返した。「どうして、あの人のことなんか思いついたんです? 彼が拳銃のことを知っているなんて、あるわけないじゃないですか——誰かが教えでもしない限り。わたしは、そんなことはしていませんけど」

「でも、教えた人間がいたのかもしれませんよ」クリントン卿が追及する。「もし、彼が拳銃の存在を知っていたら、それを手にすることができたのか——そこが問題です。確か、このお屋敷にはしょっちゅう出入りしていたんですよね——〝天下御免の我が儘者〟みたいに」

「何ですって?」怒りを含んだ声でリンドフィールド嬢が訊き返す。

しかし、すぐに、まずい態度だったと気づいたようだ。ウェンドーヴァーには、彼女がなぜ、この言葉に気を悪くしたのか理解できなかった。クリントン卿のほうは、相手の激高に驚いているようだ。

「空気のように自由に、という意味ですよ」彼は言葉を置き換えた。「シェイクスピアの『ヘンリー五世』のことを考えていたんです。第一幕のどこかで、彼が空気のことを〝天下御免の我が儘者〟と呼んでいました。わたしが言いたかったのは、スティーヴニッジさんが自由にこの家に出入りしていたということなんです——たぶん、ほかの客よりもずっと自由に」

リンドフィールド嬢はなおも、かなり苛立っているようだ。

「ええ、あの人はここの家族ととても親密でしたから。それについては本当です。彼はここを〝無礼講の家〟みたいに使っていました」

「ご家族のみなさんと親しかったのでしょうか？」クリントン卿がさらに探りを入れる。

「キャッスルフォードさんが彼のことを好きだったとは思えませんけど」

リンドフィールド嬢が、この辺りの事情を話したがらないのは当然だった。それで、クリントン卿も無理強いをするのはやめておいた。代わりに、話題を元の質問に戻す。

「先ほど話していたディナー・パーティの夜以来、グレンケイプル先生がこの家の夕食に訪れることはなかったのですね？」

リンドフィールド嬢は首を振った。それからスケジュール帳を取り上げると、曖昧な記憶を裏づけるために中身を調べ始めた。

「はい」きっぱりと否定する。「夕食には来ていません。それどころか、まったく顔も出していないんじゃないかしら」少し間を置いて、彼女はつけ加えた。「もちろんこれは、わたしの知る限りでの話ですけど。わたしの留守のあいだにキャッスルフォード夫人に会いにきていたかもしれないし、彼女がわたしに言わなかっただけかもしれません」

「ほかの場所で彼と会うことはありましたか？」

「屋敷の外でなら、一、二度」

「そのディナー・パーティの夜、グレンケイプル医師はご自分の仕事鞄を持ってこられたんですよね？」

この質問に対する答えなら、リンドフィールド嬢には何の問題もなかったようだ。

「ええ。ホールのテーブルの上にありました。夕食のために部屋に入るとき、見ましたから」

「では、これはかなり重要なポイントになります」クリントン卿が重々しい口調で告げる。「その鞄に、密かに触ることができた人物はいたでしょうか？」

リンドフィールド嬢はすぐには答えなかった。自分の靴のつま先を見つめ、わずかに眉をしかめている。まるで、我が身の安全を確保できるよう、記憶を絞り出しているかのようだ。

「夕食の前なら、誰でも触れたと思います」やっと、そう説明し出す。「みんな、ホールを通りましたから――メイドたちも、着替えを終えて階下《した》に下りてきたわたしたちも。夕食中はもちろん、メイド以外の人間は対象外です。夕食後、キャッスルフォード夫人、フランキー、わたしの三人は、コーヒーを飲んでいる男性陣を残して応接間に移りました。それから――」

「そのとき、キャッスルフォード嬢はどうしたんでしょう？　夕食後の彼女の行動について、何の説明もありませんが」

「彼女がどこに行ったのかは知りません。たぶん二階に上がったんでしょう。そうでなければ書斎か」リンドフィールド嬢は、その点について見落としていたことを、かなり慌てた様子で説明した。「そのあと、グレンケイプル先生とお兄さんが応接間に入ってきました。キャッスルフォードさんはいませんでした。自分の書斎に行ったんです。娘さんもそこに行ったんだと思います。あとで、そこにいる彼女を見ましたから」

リンドフィールド嬢は、自分の記憶を確かめるかのように再び間を置いた。

「応接間から出ていった人間のことを思い出していたんです。まず、キャッスルフォード夫人が、ヒラリーへの伝言をわたしに頼みました。書斎に向かったわたしはそこで、父親と一緒にいる彼女を見つけました。伝言を伝えると、ヒラリーは電話をかけなきゃというようなことを言っていました。彼女が実際に電話をしているところは見ていません。でも、その数分後に彼女が電話をかけたことは、たまたまわかっています。電話室は、書斎と反対側のホールの端にあるんです。わたしは応接間に戻り、しばらくしてフランキーと馬具置き場に向かいました。わたしが取りつけた古いアーチェリーの的で鳥撃ちライフルを試してみるためです。二人が応接間に戻ったあと、今度はグレンケイプル先生が、自分の鞄からインシュリンの箱を取り出すために部屋を出ていきました。それは、フランキーがもうベッドに押し込まれたあとのことです。そのあとは、グレンケイプル先生が鞄を持って帰られるまで、わたしたちはみな一緒にいました」

クリントン卿はリンドフィールド嬢の話をじっと聞いていた。最後に率直な誉め言葉を返す。

「証人がみな、あなたのようにはっきりと物事を説明してくれるなら、わたしたちもかなりの時間を節約できるんですけどね」

ウェンドーヴァーは、話の明確さ以上のことに気づいていた。リンドフィールド嬢はクリントン卿の問いに答えることを避けていたのだ。暗黙の非難さえしていない。その代わり、夕食会に参加していたメンバーの動きを客観的に説明しただけだ。事実の再構築は警察署長に丸投げにして。

「では、はっきりさせたい点がもう一つあります」クリントン卿が続ける。「あなたの気分を害したくはないのですが、我々には、キャロン・ヒルに関わる人々の人間関係について何も知らないというハンディキャップがありましてね。もし、よろしければ、その点について、少し伺いたいのですが」

リンドフィールド嬢は椅子に座ったまま、少しほっとしたように足首を交差させた。しかし、思い直したのか、再び背筋をピンと伸ばした。肘を膝につき、掌で顎を支えて、まっすぐにクリントン卿を見据えている。

「何をお訊きになっても結構ですよ」彼女は、そう答えた。

「あなたとキャッスルフォード夫人には、当然のことながら多くの共通点があったようですね。夫人は、ほかの人間よりもあなたを信頼していたんでしょうか？」

リンドフィールド嬢は肯定の印に頷いた。

「もちろんです。わたしたちは一緒に育ちましたから。年齢も近いですし。キャッスルフォード嬢はずっと若くて、関心事も違います」

「お尋ねしたかったのはその点なんです」クリントン卿が調子を合わせる。「あなたたちは少女時代を共に過ごしたのですから、キャッスルフォード氏でも分け合えない多くの共通点をお持ちなんでしょうね？」

「事と場合によるんじゃありません？」言葉の端に皮肉っぽさを交えて、リンドフィールド嬢は答えた。

「確か、ここの管理の多くは、キャッスルフォード夫人があなたに任せていたんですよね？　すべてあなたが管理していた。使用人への指示とか、支払いの処理とか？」

「ええ。キャッスルフォード夫人には管理能力というものがありませんでしたから、喜んでわたしに任せていたんです。日々の決まりきった細事に煩わされるのが嫌いな人でしたから」

「自分の夫に任せることは考えなかったんでしょうか？」

「ええ」歯に衣着せぬ返事が返ってくる。「つまり、キャッスルフォードさんは彼女の期待に応えられなかったんでしょう。かなり夢見がちな人ですから――たぶんそれが、芸術家気質とかいうものなんでしょうけど」批判的なことを言った言い訳のように、彼女はつけ足した。

「キャッスルフォード嬢は、継母にどうやって耐えていたんでしょうね？」

リンドフィールド嬢は、この問いにはむっとしたようだ。それでも態度を改め、渋々答えを返す。

「スティーヴニッジさんがこの家によく出入りしていたようですが、誰と会うのが目的だったのでしょう？　キャッスルフォード夫人が彼女のことを好いていたとは思えません」

この質問は、いささか度を越していたようだ。

「ヒラリーに直接訊いてみればいいんじゃないですか？」リンドフィールド嬢の口調は冷たかった。

「あるいは、スティーヴニッジさんが詳しい話をしてくれるかもしれません。わたしには、まったく関係のないことですから」

相手の表情から、クリントン卿のこの路線での追及をリンドフィールド嬢が快く思っていないことが、ウェンドーヴァーにもわかった。

「おっしゃる通りですね」警察署長は申し訳なさそうに引き下がった。「この点は置いておきましょう。では、次の質問です。キャッスルフォード夫人があまり意志の強い人物ではなかったという判断は間違っているでしょうか？――つまり、ある部分においては人の影響をかなり受けやすいという意味ですが」

「ある部分においては、そうですね」リンドフィールド嬢は、かすかにではあるが確実に、〝ある部分〟という箇所を強調して同意した。「でも、どうしてそんなふうに思われるんです？」

「わたしは、彼女の遺言書作りの過程について考えてみたんです」クリントン卿は説明した。「最初に作られた遺言書は恐らく、グレンケイプル兄弟に大方の金を遺すものだったのではないでしょうか。この点での判断は正しいですか？　やがて彼女はキャッスルフォード氏の影響を受け、彼を主要な遺産受取人とする新たな遺言書を作成した。これも間違いありませんね？　そしてさらに、ごく最近になって、再びグレンケイプル兄弟の影響を受け始め、彼ら二人を主要な相続人とする遺言書に再度書き換えようと決心した。彼女が人の影響を受けやすい人間だという印象を持ったのは、その点なんです」

　この説明にリンドフィールド嬢は一言も返さなかった。もっと座りがいいように肘の位置をわずかにずらし、クリントン卿が話を続けるのを待つように、じっと相手を見つめている。

「夫人に対しては、あなたもかなりの影響力があったのではないですか？」クリントン卿はさらりと尋ねた。

　リンドフィールド嬢は含みのある挑戦を受けて立った。

「つまり」と、冷ややかな口調で訊き返す。「誰よりも強い影響力を持っていたにもかかわらず、わたしがそのチャンスを無駄にしたとおっしゃりたいんですか？　そんなこと、しようとも思いませんでしたわ。彼女がわたしに十分なものを残してくれるのは、わかっていましたから。どの遺言書でも、そうしてくれていたんです。もし、わたしが彼女に何らかの影響力を持っていたなら、グレンケイプル兄弟に有利になるように仕向けたでしょうね。だって、彼女のお金は、そもそもグレンケイプル家のものなんですから。でも、実際のところ、わたしにできた助言は、何事も急ぐな、というくらいのものだったんです。行動に移す前に、本当にそれでいいのか確かめるべきだって。時々、ひどく性急になることがあったものですから。早まった行動はしてもらいたくなかったし、実際、急ぐ必要もないと思っていました」

「わたしがあなたの立場だったら、それほどの自制心を発揮できたか怪しいところですね」クリントン卿は正直な感想を漏らした。

「グレンケイプル先生は、いつでもわたしによくしてくれたんです」リンドフィールド嬢がかなり筋違いなことを言い出す。

クリントン卿はその発言を無視した。

「キャッスルフォード夫人とスティーヴニッジ氏を告発する不愉快な手紙を受け取っておられますよね?」

「どこからそんな情報を手に入れたんです?」リンドフィールド嬢の声がいささか高くなった。「そんなことを追及する必要があるんですか? そんな手紙、とっくに焼いてしまいましたけど」

「仮説をお聞きいただきたいだけなんですよ。キャッスルフォード夫人は影響を受けやすい人物だった。スティーヴニッジ氏は彼女に影響を与えられる立場にいた。彼が、自分に都合のいい遺言書を作成するよう、夫人に対してその影響力を使ったのではないでしょうか? ころりと自分の意思を変えてしまったようですから」

リンドフィールド嬢は顎を強張らせ、じっと床を見つめていた。この仮説は心底彼女を驚かせたようだ。答える前に、言外の意味を推し測ろうとしているのだとウェンドーヴァーは思った。

「そんな可能性があるなんて思ってもみませんでした」ゆっくりとした口調で話し出す。

さらに考え、相手の仮説はきれいに捨て去ることにしたようだ。

「いいえ。やはり、そんなことは考えられません。もし、そんなものが存在していたら、とっくにわたしたちの耳に入っているはずです」

「そうとも限りませんよ」クリントン卿が反駁する。「遺言書が、作成者の死後かなり経ってから出てくることは、よくありますから。遺言書に時効はありませんし」

「それはそうでしょうね」リンドフィールド嬢は渋々認めた。

スティーヴニッジの名前を聞いて、彼女はかなり動揺しているようだ。無理にその可能性について考えようとし、眉をひそめている。

「ウィニーだって、それほどのバカじゃないわ」それが、無意識に口から出た、彼女の最終的な判断だった。

クリントン卿はリンドフィールド嬢の言葉に何の関心も払わなかった。しばらく黙ったまま、相手に考えさせている。しかし、じきに苛々し始めたようだ。しきりに腕時計を覗き込んでいる。

「ところで、一番近い郵便ポストの集配時刻は何時ごろでしょうか?」彼はそう尋ねた。「できればそこで、ロンドンへの郵便物を出したいのですが」

リンドフィールド嬢はびくりとして物思いから覚めたようだ。

「さあ、わかりません。いつも適当に出しにいくだけですから」

「それなら、わたしもあなたの例に倣ったほうがよさそうですね」クリントン卿はさらりと受け流した。「では、あともう一点だけ。馬具置き場に据えた古い的の話をしていらっしゃいましたね――フランク・グレンケイプル少年が鳥撃ちライフルの練習台にしていたという。それを見せていただけますか？」

「持ってこさせますわ」リンドフィールド嬢は呼び鈴を鳴らしながらそう言った。

「こちらのメイドさんが紙と紐を用意してくださるなら」とクリントン卿が続ける。「持ち帰らせていただきます。証拠品として必要になるかもしれませんから」

数分もしないうちにメイドが的を持ってきた――藁の土台に色つきの帆布を貼ったもので、とてもまともに使える代物ではない。リンドフィールド嬢はそれを、箱入りの紐や大きな茶色い紙と一緒にテーブルの上に置いた。クリントン卿は、その的をざっと調べ終えると紙で包み始めた。きれいに包み終えたところでポケットから折りたたみナイフを取り出す――普通の刃ではなく、昔ながらの安全カミソリの刃がついているナイフだ。掌の中でナイフを開き、包みに紐をかける。最後の結び目を作り終えたところで、警察署長はリンドフィールド嬢に顔を向けた。

「この紐を押さえていただけますか？」そう依頼する。「この部分はきつく結んでおきたいんです」

リンドフィールド嬢は包みの上に身を屈め、完成間近の結び目に指を置いた。次に何が起こったのか、ウェンドーヴァーの位置からは見えなかった。彼と包みのあいだに二人が立っていたからだ。娘がかすかにひるむのが見えた。くぐもった悲鳴とクリントン卿が詫びる声。リンドフィールド嬢が一歩後ずさり、血が滲み始めた指先の傷を確認している。ポケットナイフを扱う警察署長が不注意だったのか、手際が悪かったのか。

クリントン卿はポケットから染み一つないハンカチを取り出すと、一時的な包帯替わりにするよう言い張った。ウェンドーヴァーには急いで車から救急箱を取ってくるよう依頼する。そして、ハンカチを外し、包帯を傷口に巻きつけた。

「本当に申し訳ありません」処置が終わると彼は謝った。「ナイフを持ったまま結び目を作ろうとするなんて、本当に不注意でした」

リンドフィールド嬢は別に腹を立ててはいなかった。ただ、クリントン卿の不器用さをどのように思っているか、はっきりと顔に出しているだけだ。

「まだほかにお訊きなりたいことがありますか？」包帯が巻き終わると、いささか厳しい口調で彼女は尋ねた。

「キャッスルフォード夫人のご家族について、はっきりさせたいことがいくつかあります」クリントン卿は説明した。「彼女のご両親はもう亡くなっているんですよね？」

「かなり前に」リンドフィールド嬢がきっぱりと答える。

「ご兄弟はいなかった？」

「ええ、一人も。わたしと彼女は異母姉妹なんです――つまり、父親が同じということ。わたしに姉がいましたが、もう亡くなっています」

「ほかに生存されているご親族はいますか？　祖父母とか？」

「いいえ。みんなかなり前に亡くなっています。アメリカに叔父が一人おりましたが、つき合いはありません。その方も三年前に亡くなっています」

一瞬の間を置いて、リンドフィールド嬢はつけ加えた。

「もし、遺産相続に関する法律のことをおっしゃっているなら、話を簡単にするためにも説明しておいたほうがいいでしょうね。姉が未婚のまま遺言書を残さずに亡くなった場合、わたしがその相続人になっていたということです」

ほんのかすかに苦々しさを交えた笑みを浮かべて、彼女はウェンドーヴァーを見た。自分の痛みを隠すにも限界があるというわけだ。判事は彼女に同情を覚えた。

「気丈な娘だ」内心、そんな評価を下す。しかしそれは、傷ついた指のことだけを考えていたわけではない。

クリントン卿は、リンドフィールド嬢の最後の言葉にも反応を示さなかった。

「もうこれ以上、あなたのお邪魔をする必要はなさそうです」と彼は言った。「キャッスルフォード嬢がご在宅なら、お会いしたいのですが。少し時間をいただけるよう、あなたから頼んでみていただけますか?」

「わかりました。呼んできましょう」リンドフィールド嬢はきびきびと答えた。「では、これでもうよろしいですか?」

「結構です」彼女のためにドアをあけようと立ち上がりながら、クリントン卿は繰り返した。

リンドフィールド嬢が出ていくと、ウェンドーヴァーは友人に顔を向けた。

「きみときたら、意地の悪い悪魔のようだな、クリントン。顔には出していなかったが、あの娘をずいぶん傷つけてしまったじゃないか」

クリントン卿の言い訳は予想外のものだった。

「『ずいぶんひどいことも申しあげましたが、それもおためを想うからこそ』」と引用したのだ。「『いやな開幕だが、あとにはもっといやなことが……』」シェイクスピア『ハムレット』、第三幕第四場」

つらりとした顔で、そうつけ加える。

「今日はずいぶんシェイクスピアにこだわるんだな」ウェンドーヴァーは不機嫌そうに答えた。「これで二度目だ」

「火曜と土曜にはいつも彼の台詞を引用をすることにしているんですよ」警察署長は真顔で説明する。「つまるところ、人が生活するには決まった習慣が必要ですからね。そうでなければ、ひどいことになってしまう」

「あの娘の指のようにかい？　ふん！」ウェンドーヴァーは鼻を鳴らした。「ではきみは、わざとあんなことをしたというわけかね？」

「さあ、どうでしょう？」答えをはぐらかしたクリントン卿は、そう返しただけだった。

第二十章　クリントン卿とキャッスルフォード父娘

　ヒラリー・キャッスルフォードが部屋に入ってきた瞬間、ウェンドーヴァーは自分の予想がいかに間違っていたかを痛感した。記憶にある〝人懐っこい小さな女の子〟ではなく、ほっそりとした金髪の娘が現れたからだ。印象的な薄茶色の目としっかりとした顎の持ち主。〝救出遠征〟を企てたときに彼が思い描いていたのは、不運にも無慈悲な法律のからくりに捕らわれ、絶望の最中《さなか》から助けを求めている小さなか弱き存在だった。しかし、今、目の前にいる娘に、非力さなどかけらも感じられない。一目見ただけで、自分のことは自分で何とかする女性だとわかった。不安げで心配そうにはしているが、気弱さやおどおどとした様子はない。しかし――これまた予想に反して――ウェンドーヴァーにとって最も衝撃的だったのは、やっとここまでたどり着いたというのに、彼女には自分を必要としている様子がまったく見られないことだった。態度にも、それ以外の部分にも、思いもかけなかった決まりの悪さのようなものである。彼は不意に当惑してしまった。まるで、衝動的に助けを求めたものの、取り返しがつかない段になって自分の行動を後悔しているようではないか。

「クリントン卿のことは覚えているよね？」目に見えるような冷え冷えとした空気を打ち破るためだけに彼は尋ねた。

「ええ、もちろんです」熱意など少しも感じられない口調でヒラリーは答えた。「わたしにお訊きになりたいことがあるんですよね？」警察署長のほうに顔を向けて、そう言い足す。「長くかかるんでしょうか？　ちょうど病院から、来てほしいという連絡を受けたものですから」

「サニーサイド病院からですか？」

「はい。輸血のためのドナー登録をしているんです」ヒラリーは説明した。「ひどい自動車事故があったようで、病院から連絡を受けました。もし、長くかかりそうなら、父を代わりに行かせます。父も登録していて、同じ血液型ですから。でも、この件で病院から要請を受けたのは初めてなんです。できれば断りたくないのですが」

「何分もかかりませんよ」クリントン卿がそう言って安心させる。

「それなら結構です」ヒラリーの口調はさほど嬉しそうでもない。「どうぞ、始めてください」

ウェンドーヴァーは彼女の態度に戸惑っていた。手紙を受け取ったときのことを思い出してみる。やがて、納得のいきそうな説明が一つだけ浮かび上がった。彼女は父親に告げずに、独断で手紙を書いた。あとでキャッスルフォードに相談すると、何ということをしたのだとこんこんと説教された。それなら、彼女の態度の変化も理解できる。

「ひょっとしたら、わたしの質問のいくつかは趣旨がわからないかもしれません」証人の誠意のなさにめげることもなく、クリントン卿は話し始めた。「それは気になさらないでください。わたしは単に、キャッスルフォード夫人が生きていた当時のキャロン・ヒルの様子について知りたいだけですから。まず最初に、夫人はあなたにどのような態度を取っていましたか？」

「立てつくことのない、彼女のお金で生きているかわいそうな家族。それがあの人の見方でしたし、わたしへの態度でした」ヒラリーの口調はかなり辛辣だ。

「はあ、そうですか。食べさせてもらう代わりに働かなければならなかった、という意味でしょうか?」クリントン卿が尋ねる。

「その通りです」とヒラリー。「あの人のために車を運転し、用事を足しに走り回っていました」

「それ以外には、どんなことがありましたか?」

「あの人は、事あるごとにわたしを叱りつけていました。たぶん、こんなことは言うべきではないんでしょうけど、訊かれたから答えるんです。あの人はわたしのことを嫌っていましたし、わたしの生活費を出し渋るような素振りも見せていました。あの人がわたしに対して親切だったとは、とても言えません」

「思いやりがなかった?」クリントン卿が促す。

「どんな場合にも思いやりなんてありませんでした」憮然とした口調。「もし、急にこちらの手が必要になれば、わたしはあの人のためにどんな約束もキャンセルしなければならなかったんです。本当にうんざりでした」

「そうでしょうね」クリントン卿は同情的な言葉を返した。「夫人はどんな用事をあなたに言いつけたんですか? 図書館に本を返却するとか、そんなことでしょうか?」

「ええ。あんなに簡単なのに、あの人には図書館のシステムが理解できなかったんです。何か本が読みたくなれば、わたしかリンドフィールドさんが借りにいかなければなりませんでした。自分の貸出カードを使うことなんてほとんどできなかったんです。別の本が欲しくなれば、いつだってわたしのカードを使っていたんですから。父も同じでした。あの人がほかの本を読みたくなれば、わたしたちは読んでいた本を返して、彼女のためにカードを使えるようにしなければならなかったんです」

「わかってきたような気がします。あなたたちは一枚ずつ自分の貸出カードを持っている。でも、一人が一度に四人分のカードを使うこともできる。たぶん、カードは同じ場所に保管されていたんじゃないですか？　必要になったときに、誰でも使えるように」

「そうです。鍵のかかっていない引き出しにしまってあります。本を借りにいくときは、引き出しの中の一番上にあるカードを持ち出せばいいんです。本来、人のカードは使えませんが、そんなことを気にする人は一人もいません」

　ウェンドーヴァーは、自分の気持ちが再びヒラリーに傾いているのを感じた。短い答えの背後に、若い娘の生活に影を落としただろう小さな迫害の数々が垣間見える。そんな経験があれば、義母について語る彼女に、ありきたりの慎みを期待するのも難しくなる。

「あなたに見ていただきたいものがあるんですよ」クリントン卿が続ける。

　彼はポケットから布切れを挟んだガラス板を取り出し、娘に手渡した。しかし、ウェンドーヴァーが驚いたことに、今回の布切れはツイードの切れ端だった。明らかに男性用のスーツから切り取られたものだ。

「その布地に見覚えはありますか？」クリントン卿は尋ねた。「確かめるために、裏も表もよくご覧になってください。そのようなものを見たことがありますか？」

　ここにきて、クリントン卿は明らかに、娘に意地の悪い驚きの種を投げかけたのだ。ウェンドーヴァーにははっきりと、娘がその布地の柄を認識したのがわかった。一目見た瞬間に顔に出ていた。しかし、彼女は何とか自分を抑えつけ、注意深く長々と布地に見入るふりをしている。しばらくして、彼女は頭を上げた。

「見覚えはありません」きっぱりと言い切る。

クリントン卿は手を伸ばし、その証拠物件を娘から受け取った。相手の証言をそのまま受け入れたようだ。

「では、次の質問です」と続ける。「そんなに前のことではありませんが、グレンケイプル兄弟が夕食のためにこの家に来ていた夜のことを覚えていらっしゃいますか？　グレンケイプル先生はご自分の仕事鞄をホールのテーブルに置きっ放しにしていた。夕食後、電話をかけるためにホールを通ったとき、あなたは鞄がそこにあるのを見ましたか？」

「ええ。あったと思います」

「あなたのお父さんは書斎に一人で残っていた。あなたが電話をしているあいだ、お父さんが書斎を抜け出し、あなたに見つからずにホールに出てくることは可能だったでしょうか？」

「たぶん」とヒラリー。

何か言い足そうとしたが――ウェンドーヴァーが思うに、否定の言葉あたりだろう――彼女はそれを押し止めた。そのうち何か思いついたようだ。

「わたしの前にリンドフィールドさんがホールにいました。車のことで、キャッスルフォード夫人からの伝言を伝えにきましたから」

クリントン卿はその件については無視し、鞄の話はやめにした。

「スティーヴニッジさんとは婚約されているんですか？」ずばりと尋ねる。

ヒラリーの頬が赤く染まった。

「いいえ」かなりどぎまぎした様子だ。

「あなたに求婚したのではないですか？」

ヒラリーは平静を取り戻したようだ。

「あなた方がどうしてこんな質問をするのか、さっぱりわかりません」不安そうに声を詰まらせながら彼女は言い返した。「でも、あなた方がどんな結論を出すのかわからないので、お答えすることにします。スティーヴニッジさんは一度ならず、プロポーズに近いようなことをおっしゃいました。女の子なら誰でもわかります。でも、あの方には何とか思い止まってもらったんです。わたしのほうは、まだ心を決めていませんから」

「それはどういうわけで？　彼がキャッスルフォード夫人に関心を持ち過ぎていたからですか？」クリントン卿は、はっきりと尋ねた。

「あの方のことを信用しきれなかったからです」ヒラリーの答えは用心深い。

クリントン卿はこの答えを吟味しているようだ。しばらく黙っていたが、やがて娘の顔をまっすぐに見て話し始めた。

「最後にもう一つだけお伺いします、キャッスルフォードさん。あなたとお父さんが、ウェスターハム警部に山ほどの嘘をついたのはどうしてですか？」

明らかに挑発的なこの質問に対して、ヒラリーの薄茶色の目に一瞬、怒りの炎が燃え上がったのをウェンドーヴァーは見逃さなかった。が、すぐにヒラリーの表情が変わる。彼女は非常にうまく、驚いているふうを装った。

「何をおっしゃっているのかわかりませんわ、クリントン署長」

「それならそれで結構です」警察署長は冷ややかに答えた。「せっかくチャンスを差し上げたのですが」

クリントン卿は部屋を横切りベルを鳴らした。メイドが現れると、キャッスルフォード氏に会いたい旨を伝えてくれるよう依頼する。事の成り行きにすっかり驚いていたウェンドーヴァーにも、この作戦の意図は容易に察しがついた。キャッスルフォードから話を聞く前に、父娘が口裏を合わせる時間を作れないようにしたのだ。

キャッスルフォードが入ってくると、クリントン卿は父娘に視線を交わし合う間しか与えず、ヒラリーを部屋から追い出した。キャッスルフォードに顔を向けたときには、以前の愛想のよさが戻っていた。

「お嬢さんが、献血のために病院から呼ばれているとおっしゃっていたものですから」キャッスルフォードを椅子に導きながら声をかける。「あなたも確か、ドナーリストに載っているんですよね？あそこで血液検査をしているのはどなたなんでしょう？」

「確か、ペンドルベリー先生だと思いますが」キャッスルフォードは答えた。

「その名前なら聞いたことがあります」記憶を探るようにクリントン卿が返す。「とても感じのいい先生ですよね」

キャッスルフォードが部屋に入ってきたとき、ウェンドーヴァーは相手に頷きかけただけだったが、今ではもっとよく観察ができるようになっていた。今回もまた、かすかな失望を感じてしまう。抑圧でもされているのか、キャッスルフォードの態度はおどおどしていて、ウェンドーヴァーの好意に対しても明らかに警戒心を抱いているようなのだ。

「この辺りには確か、非常にいい公共図書館があるんですよね」本格的な聞き取り調査の前のちょっとした世間話とでもいうように、クリントン卿が切り出す。

「ええ。ストリックランド・レッジスに非常にいい図書館があります。職員がとても親切で、お役所の役人みたいな嫌な顔はせずに協力してくれます」

「あなたも図書カードをお持ちなんですよね？」

キャッスルフォードとしては、こうした無難な話題が続くのを喜んでいるようだ。引き出しに近づき、二つ折りになった名刺大の厚紙を取り出す。カードを手渡されたクリントン卿は、興味深そうに眺めた。

「ありがとうございました」警察署長はそう言ってカードを返した。「では、無意味に思えるかもしれませんが、質問を二、三してもご辛抱いただけますでしょうか。キャッスルフォード夫人がどういう方だったのかを知りたいんです。ある意味、非常に不安定な方だったように思えるのですが。例えば、どんなことに興味をお持ちだったんでしょう？」

キャッスルフォードはしばし考え込んでいた。この質問が何を目論んでいるのか理解できないでいるらしい。

「一つには着るものでしょうかね」と話し始める。「衣服に関しては非常に熱心でした。自分の健康についても、常に神経を尖らせていましたね。少しでもおかしなところがあると、いつも気に病んでいました。時に衝動的で、何でも自分の思い通りにするのが好きな人間でした」

ほかに何の特徴も思いつかないのか、キャッスルフォードは言葉に詰まった。ウェンドーヴァーには、何とも味気ない奇妙なリストのように思えた。人を惹きつける特質が何も含まれていないのだ。キャッスルフォードが、心から妻を愛していたわけではないのは確かなようだ。

「寛大でしたか？　それとも気さくとか？　人づき合いに関してはオープンでしたか？」クリントン卿が含みのない口調で畳み込む。

「いいえ」簡潔な切り込みにつられてキャッスルフォードは答えた。

「ある部分では秘密主義者だった？」

「はい」うっかり答えてしまったキャッスルフォードは、自分の言葉を後悔しているようだ。

「実例を示していただけますか？」クリントン卿がさらに追い込む。

キャッスルフォードに役者の才はなかった。胸の内がみな、表情に出てしまっている。ウェンドーヴァーには、彼の頭の中で起こっていることが手に取るようにわかった。恐らく、妻とスティーヴニッジのことを考えていたのだろう。でも、できればそれは、最後まで伏せておきたい情報だ。それで、ほかの例を探し出すあいだ、彼はしばし黙り込んでいた。

「例なら一つありますよ」やがて、引きつった笑みを浮かべながらキャッスルフォードは話し始めた。「わたしたちが婚約したとき、彼女は義理の兄弟たちに知られないよう非常に苦心していたんです。会う約束をするときにも、ありとあらゆるバカげた方法を考え出していました。子供じみた暗号文の電報まで使ったほどなんです――女子学生が思いつきそうな代物です――真の意味を読み取るのに、単語を一つおきに拾っていくというような。誰にも解読できないはずだと鼻高々でした。そんな方法をどこで知ったのか、わたしにはさっぱりわかりませんけどね」

「奥さんがご自分で考案されたんでしょう」

「そんなことができる頭などありませんよ」キャッスルフォードは冷たく言い放った。「誰かに教えてもらったんですよ、きっと」

二人のやり取りを聞いているうちに、ウェンドーヴァーはますますキャッスルフォードが嫌いになっていった。彼の発言には――こんな状況ではとても適切とは思えない――嫌悪と軽蔑が感じられたからだ。

クリントン卿のほうは、キャッスルフォード夫人の人物像について納得がいったのか、今度はガラス板を取り出した。ウェンドーヴァーにとってはすでにお馴染みのものだが、挟まれている布切れは先の二回とは違っていた。

「これを見ていただけますか、キャッスルフォードさん。この布地が何なのか、おわかりでしょうか?」

キャッスルフォードはまじまじとガラス板を見つめた。ウェンドーヴァーの位置から、あいだに挟まっている布地が薄い衣服の切れ端だとわかった。

「いいえ。見たことはありません」ややしばらくしてからキャッスルフォードが答える。かすかに感じられる躊躇いから、それが嘘であることがわかった。

「もう一度よくご覧になってみてください」クリントン卿が粘る。

キャッスルフォードは素直に従ったが、やはり首を振って証拠品を返した。

「覚えていません」

「わかりました」クリントン卿の口調は堅い。「この件についてはいったん保留にしましょう。今度は少しばかり厄介な問題に移ります。あなたは奥さんが衝動的だったとおっしゃいました。簡単に他人の影響を受けてしまう方だったんでしょうか?」

キャッスルフォードは明らかに、この問いに罠を感じたようだ。答える前に、心の中で何度も質問の真意を考えている。

「わたしからの影響は受けやすくはありませんでした」しばらくして、用心深い答えが戻ってくる。

「では、奥さんに影響を与えることができた人間についてはご存知ですか？」

「リンドフィールドさんなら、うまくあしらえたでしょうね」キャッスルフォードはむっつりとした顔で答えた。「グレンケイプル兄弟も彼女を丸め込むことくらい可能だったんじゃないですか。おだてれば何にでも簡単に同意する女でしたから」

「ほかには？　例えば、スティーヴニッジさんはどうでしょう？」クリントン卿が冷ややかに尋ねる。

「彼なら、自分に有利なように遺言書を書き換えさせることができたと思いますか？」

この言葉は明らかに、雷に打たれたようなショックをキャッスルフォードに与えたようだ。

「でも、そんな遺言書なんて存在しませんよ」そう食ってかかる。

「そんな遺言書は作成されなかった。なるほど、そうなんでしょうね」クリントン卿は言い直した。

「わたしは純然たる仮説を申し上げているだけです」

「そうですか。では、仮説に基づく質問になどお答えできませんね」キャッスルフォードは言い返した。「そんなことは想像したこともありません。そんな話、あるはずがないじゃないですか？」不安げに問いかけてくる。

「その点については、あなたのほうがずっとよくご存知のはずなんですがね」クリントン卿の口調は意味ありげだった。

それが不意に厳しさを増す。

「しごく単純な忠告を一つ差し上げておきますよ、キャッスルフォードさん。あなたが嘘をついていることはわたしにもわかっています。今回の件は極めて深刻な嘘です。その点について言葉を選ぶ必要はありません。あなたとお嬢さんは、二人で作り話をでっち上げた。それぞれが互いにアリバイを与え合っている。そんな二重のアリバイを作り上げたのは、誰の利益のためなんでしょう？　あなたかお嬢さんのどちらかが、それで利益を得るはずだった。もし、それがあなたなら、その作り話を繰り返させるために、お嬢さんを証人席に立たせることになるんですよ。偽証は重罪に当たることを警告しておきます。あなたに何が起ころうと、その矢面に立つのはお嬢さんなんです。それをよく考えてみてください」

　クリントン卿は立ち上がり、連れに声をかけた。

「行こう、ウェンドーヴァー。ほかにすることがある」

　パニックに近い表情を浮かべて客の後ろ姿を見つめるキャッスルフォードを残し、二人は彼の屋敷を出た。

　車がキャロン・ヒルの門へと続く私道を走るあいだ、クリントン卿は一言も話さなかった。しかし、公道に出たところで、ウェンドーヴァーに顔を向けた。

「ドン・キホーテなんてものじゃないな、判事」茶化すように声をかける。「あの役を演じるには、ちょっとばかり役不足なんじゃないですか。わたしとしては、嘘つきには我慢がならない」

「彼らが本当のことを話していないと思うのかい？」

「ちょっと待って」

　クリントン卿は郵便ポストの前で停車した。車を降り、集配時間を確認して手紙を投函する。

「サンダーブリッジの局止めにした自分宛の手紙です」彼は、そう説明した。「午後から郵便局に取りにいきましょう。集配人が局に持ち込むところを観察するんです。必要なチェック作業が何もない場合は、シャレーで消えてしまった電報の依頼文の受領についても確認したほうがいいかもしれません。ああ、それで思い出しました。リンドフィールド嬢の小火器免許について本署に問い合わせの電話を入れなければならなかったんだ」

クリントン卿は運転席に戻り、車を出した。

「あの二人が本当のことを話していないと確信しているのかい？」ウェンドーヴァーがまた問題を蒸し返す。

自分でもかすかな疑いを感じていたが、自分がそう思う理由とクリントン卿の理由を比べてみたかったのだ。

「この事件に関する証言を思い出してみてください、判事。一目瞭然じゃありませんか。それは別として、ほんの数分前にも二人が嘘をついている現場に直面しましたしね」

「そうなのかい？」自分が気づけなかったことにかなりの苛立ちを感じながら、ウェンドーヴァーは訊き返した。「どんな嘘だい？」

「例の証拠物件ですよ。あの三枚の布切れです。リンドフィールド嬢に見せたのは、まったく無関係なもの――わたしが自分で商店から仕入れたものです。もちろん、そんなものは見たこともない彼女は、そのまま知らないと言った。次にキャッスルフォード嬢に見せたのは、父親の上着から切り取ったもの――ウェスターハム警部が押収していたものです。彼女にはその出所がわかっていた。そこに疑いの余地はない。それなのに彼女は、見たことがないとはっきり否定しました。最後にキャッスルフォードに見せたのは、殺されたときに夫人が着ていた衣服から切り取ったもの――かなりはっきりとした模様が入ったものです。彼はそれまで、そんな服は見たことがなかった。正直な男ですね。わたしにこんな人のあら捜しをさせるのがお望みですか、判事？」

ウェンドーヴァーの単純な規範では嘘を禁じている。クリントン卿の薄笑いに彼は返事もしなかった。

「では、彼らに罠を仕掛けるために、こんなことを仕組んだのかね？」

「いいえ」クリントン卿はうっすらと微笑んだ。「ちょっとニュアンスが違いますね。彼らの指紋が欲しかったのですが、採取していることに気づかれたくなかったんですよ。それで、彼らがガラスを触っているあいだ、ほかに考える材料を与えたというわけです。それならあとで、こちらの意図に気づくこともありませんからね」

「手際のいいことだな」ウェンドーヴァーが漏らす。「完全に騙されたよ。連中もうまく騙されているといいんだがね。しかし、何だって指紋なんか取らなくちゃならないんだ？　わたしに見落としがなければ、今回の事件では一つも発見されていないはずだが？」

「これまでのところは一つも」クリントン卿は言い直した。「でも、そのうち見つかるかもしれませんよ。公共図書館でここ数週間の天気を調べたあとなら説明できますから。午後から行ってみましょう。病院にも行かなければならないし」

悪戯っ子気分のクリントン卿をこれ以上問い詰めても、何の情報も得られない。それが十分にわかっているウェンドーヴァーは、別の話題に切り替えた。

「三人全員にスティーヴニッジの名前を出したのはどうしてなんだ？」

「それで引き出せたことを考えてみましょうか」クリントン卿が説明を始める。「まずはリンドフィールド嬢。彼女は極めて正直に、スティーヴニッジの名前を話題から外したがっていた。実際、単なる知人に対する態度以上のものでしたよね。それは、二人の関係に関するハッドンの話を裏づけています。一方、キャッスルフォード夫人に対するスティーヴニッジの影響力についての話にも動揺していました。解釈は一つだけでは足りないのかもしれません。キャッスルフォード嬢については、絵に描いたようにわかりやすかった。スティーヴニッジとキャッスルフォード夫人のあいだに何かありそうだという感触がなければ、あの男を受け入れていたのかもしれません。キャッスルフォード自身はどうかと言えば、妻の火遊びにはもちろん気づいていた。彼を驚愕させたのは、スティーヴニッジに有利に働く遺言書の可能性についてです。最後の最後で、妻の財産を受け取る権利を奪われてしまうかもしれないんですから。面白く思ったのはこんなところですかね」

「では、きみはスティーヴニッジが……」

「決めつけるのはやめましょう」慎ましさからはほど遠い、ふざけた調子でクリントン卿は言った。「三人の美女とねんごろになった男のドイツ歌謡を覚えていますか?

一人はキスを楽しむため
もう一人は愛するため
三人目はいつの日か結婚するため

スティーヴニッジという男は、どういうわけかその歌を思い出させましてね。まあ、その男が三人のうちの誰と本当に結婚したかったのかは、わたしの知ったことではありませんが。それが誰であれ、その女性はどうしても彼を捕まえておきたかったんでしょう」

第二十一章　公共図書館

　ストリックランド・レッジス公共図書館の主任司書は極めて仕事熱心で、周囲に警戒の目を怠らない小男だった。黄褐色の髪や輝く目、ちょこまかとした動作が、ウェンドーヴァーに角縁の眼鏡をかけたリスという滑稽な姿を連想させた。クリントン卿にしても、この人物ほど自分の目的達成のための適任者を見出すことはできなかっただろう。というのも、このテンベリーという男、自分が管理する図書館に絶大なる誇りを持ち、それについて話すのが大好きな人物だったからだ。

「その通りです、クリントン卿」主任司書は説明した。「原則的には、貸出カードは個人ごとに発行されています。でも、さほど厳密に管理しているわけではありません。もし、誰かがカウンターにカードを持ってきて貸出可能な本を要求したら、そのカードが本人のものであろうとなかろうと、我々はその本を貸し出します。きちきちの形式主義は取っていないんです。個人的な意見では、わたしの仕事は人々に本を読んでもらうことですからね。できるだけ多くの本を読んでもらいたいと思っているんです。わたしは記録係ではなく司書ですから。まあ、これはちょっとしたジョークですが。でも、そのほうが簡単なんですよ。常に書架に収まったままでは、本など誰の役にも立ちませんからね」

「まったくです」クリントン卿は心からその意見に賛成した。「では、ここの貸出システムについて説明していただけますか？　わたしが地元の人間だった場合、正規の方法としてはどのような手続きをすればいいのでしょう?」

「まずは貸出カードの申請をしなければなりません。申込書に保証人二人の署名が必要です。それでカードが発行されます。ほら、これがそうですよ。表面に番号が印刷されています。内側に名前と住所を記入するスペース。本を家に持ち帰る場合にも、ここで調べものをする場合にも、このカードが必要です。どちらの場合でも手続き方法は同じです。目録で本を調べ、それが収納されている書架番号を見つけます。例えばH一四四だったとしましょう。表示板に行ってH一四四を探します。数字が赤だったら、その本はすでに貸し出されているという印。数字が黒であれば貸出可能。この方法ならカウンターでの余計な手間を省くことができるでしょう? 表示板で貸出可能とわかったらカウンターに行き、そこにいる司書にH一四四と番号を告げる。そのとき貸出カードも渡します。司書はカードに印刷された番号とH一四四という数字を管理簿に記録します。その後、司書が表示板に行って、H一四四のプレートを裏返すためのつまみを回す。それで裏面の赤い数字が表に出てきます。つまり、その本は現在貸出中を示すことになるわけです。同時に司書は、H一四四のプレートの裏にあるスリットにあなたの貸出カードを差し入れます。そして、書架から本を取り出し、あなたに渡すという手順です」

「本を返却する場合にも同じ過程が繰り返されるわけですね?」

「ええ。あなたはカウンターで本を返却する。司書はカバーの内側を見て、H一四四という書架番号を確認する。表示板に行って、H一四四の番号を赤から黒に戻し、スリットからあなたのカードを回収する。カウンターであなたにカードを返し、本を書架に戻す。システムは非常に機械的です。どんなに不慣れな子供でも、数分で覚えられます」

「記録されるのは二つの番号だけなんですね——貸出カードの番号と書架番号の？」

「それ以上は必要ありませんからね」テンベリーが言う。「その記録から、どの本が一番人気なのかも、どの貸出カードでどの本が借り出されたのかも確認できます。もちろん、その本が館内で読まれたのか、家に持ち帰られたのかまではわかりませんが」

「わたしの目的からすると、その点は関係ありません」クリントン卿は説明した。「よろしければ、お願いしたいことがあるんです、テンベリーさん。キャロン・ヒルの住人の貸出カードを調べていただきたいんです。キャッスルフォード氏、亡くなったキャッスルフォード夫人、キャッスルフォード嬢、そしてリンドフィールド嬢の分も。そして、この六カ月間、その四枚のカードで借り出されたり閲覧された本を調べていただけますか。それぞれの本が出庫した日付も書き出しておいてください。ご面倒だとは思いますが、貴重な情報になりそうなんです」

「わたしが自分で調べましょう」テンベリーは躊躇うことなく承諾した。「本日の閉館時刻までにリストを用意しておきます。おわかりになると思いますが、大した仕事ではありませんから」

「ありがとうございます」クリントン卿はほっとした様子で答えた。「決して無駄な仕事にはならないと思いますので。ところで——」とつけ加える。「外にスティーブンソン型百葉箱（温度計、湿度計などを入れ、正確な気温等を測定するために設置された屋根つきの箱）がありましたね。気象的な統計も取っていらっしゃるんですか？」

「できることは何でもやっていますから」控えめではあるが、どこか誇らしげな口調でテンベリーは答えた。「ビーチクロフトのサッデルさんが非常に立派な道具一式を寄付してくださったんです——ジョルダン日照計、最高・最低気温測定器、風力計、晴雨計。わたしが自分で記録を取っています」

「もしかしたら、それもかなり役に立つかもしれません」嬉しさを隠そうともせずにクリントン卿は言った。「あとで、わたしにも見せていただけますか、テンベリーさん？」

「喜んでご案内しますよ」司書はそう答えたが、相手がどうしてそんなことを言っているのか、さっぱりわけがわからないようだ。

「では、これでよし。ありがとうございました。閉館時刻にまた伺いますから、そのときに、あなたのリストを拝見させてください」

車に戻るとウェンドーヴァーはクリントン卿に顔を向けた。

「いったいどういうことなんだ？」そう尋ねる。「殺人が行われた日の気象状況からなんて、大した推理はできないだろう？――きみが調べようとしているのはそういうことなんだと思うが」

「間違ったことを思っていらっしゃいますね」クリントン卿は文法的におかしな言い方をした。「謎解きは頭にとってはいいことですがね、判事。でも、この点については、ちょっと脇に置いておきましょう。ヒントを差し上げますよ。ひょっとしたらひょっとしてという、かなりの当て推量なんです。当てが外れても――そうですね、覚えておく必要もないような。うまくいけばそれでよし、というくらいのことです。当てが外れてたときには、ひどく滑稽ですが」

「それで、今度はどこに向かっているんだ？」図書館を訪ねたことについて、これ以上は何も教えてもらえないとわかったウェンドーヴァーは尋ねた。

「サニーサイド病院。ペンドルベリー先生に会ってみたいんです」

病院に着くと、クリントン卿の名刺はすぐに医者に届けられた。

「自動車事故の件ですよね？」部屋に入ってくるなり医者は尋ねた。「残念ですが、患者に会うことはできません。輸血を試みたのですが、助かるかどうかも危ういところでして」

「そのためにキャッスルフォードさんをお呼びになったんですよね？」クリントン卿は尋ねた。「彼女のほうは大丈夫なんですか？」

「ちょっと不安定な状態です。でも、最後にはすべてうまくいくでしょう」ペンドルベリー医師は説明した。「これ以上、具合が悪くなることはないでしょうから」

「こうした輸血作業は慣れていらっしゃるんですか？」クリントン卿が問う。「血液型の違いを見分ける方法があるんですよね？　輸血する血液が何の差し障りもないとわかるまでは、実際に輸血してはいけないとか？」

二人はまたしてもここで、熱心な人物に行き当たったようだ。ペンドルベリー医師の表情は少しも職業的ではなく、大好きな話題について突然話し出した人のようだった。

「実に単純なことなんですよ」そう説明する。「我々はどんな人間でも――男性であろうと女性であろうと――その人の血液の性質によって、四つのグループに分類できるんです。検査は二つの項目から成されます。第一には、被験者の血清がほかの三グループに属する人の赤血球にどのように反応するか。第二には、被験者の赤血球が、ほかの三グループに属する人の血清にどのように反応するかによって。要は、血球の凝集反応の問題なんです――血清が加えられたときに凝集するのか、しないのかの」

医者は紙を一枚取り出し、簡単な表を書いて二人に見せた。

	赤血球のグループ			
血清	I	II	III	IV

グループI	−	−	−	−
グループII	+	−	+	−
グループIII	+	+	−	−
グループIV	+	+	+	+

「それぞれのケースで、+は凝集、−は凝集しないことを示しています」そう説明する。「例えば血清の第IIグループは、赤血球の第Iおよび第IIIグループに属する血液とは凝集しますが、第IVグループとは凝集しません。当然のことながら、同じタイプの第IIグループでも凝集は起こりません。技術的には面倒ですが、結果は単純で、この上なく安全です」

「具体的な例で教えてください」今一つ理解できないという表情でクリントン卿は提案した。「今回の自動車事故の被害者ですが、その人物はどのグループに入るんですか？」

「グループIIIです」

「では、キャッスルフォードさんの血液もグループIIIということですね。それでいいですか？」

「ええ、彼女もグループIIIです」

「遺伝的にはどういうことになるんでしょう？」クリントン卿が尋ねる。「父親の血液と同じグループになるんでしょうか？」

「母親もしくは父親と同じグループになりますね——ほかの誰かと同じではなく」ペンドルベリー医師は説明した。

「ふむ！」クリントン卿はどこか納得のいかない様子だ。「それは単に、あなたが科学的に正しいと思っていることですか？　それとも、実際に証明されていることなんでしょうか？」

「あの父娘に関しては証明された事実ですよ」ペンドルベリー医師の顔にはかすかに得意げな笑みが浮かんでいる。「父親の血液も調べましたから。娘さん同様、グループⅢでした。母親の血液もグループⅢだったはずです。もちろん、わたしの知識からの結論ですが」

ペンドルベリー医師はクリントン卿の偽りの疑惑に騙されたわけだが、ウェンドーヴァーには――恐らく、しかし、かなりはっきりと――それが単なる見せかけであることがわかっていた。クリントン卿は情報を求め、医者に騙されていることを悟られることなく、必要なものを引き出していたのだ。

「血液には四つのタイプがあるということですね？」クリントン卿が続ける。「それぞれのタイプに属する人の割合は同じくらいなのでしょうか？」

「いえ、いえ」ペンドルベリー医師が否定する。「何千という検査の結果、割合としては次のようになります――グループⅠの割合は約四十二パーセント。グループⅡの割合もほぼ同じくらいで約四十一パーセント。グループⅢは約十二パーセントで、残りのわずか五パーセントがグループⅣに属する人々です」

「では、職務上の質問に移ります」まるで、これまでの話がただのおしゃべりだったかのように、クリントン卿は話し始めた。「血の染みがついた三枚の布切れを持参しました」そう言って、ポケットから番号のついた三枚の封筒を取り出す。「この染みから、それぞれの血液がどのタイプに属するのか調べることは可能でしょうか？　つまり、それぞれの布切れについた血がどのタイプなのかを教えていただけるか、ということですが？」

「問題はありませんよ」ペンドルベリー医師ははっきりと答えた。「テストは十分に可能です。たとえ、すっかり乾いてしまった血液でも」

「この件で証人席にお立ちいただく必要が出てくるかもしれません。それでもかまいませんか?」

「結構ですよ」医者が言う。「結果はいつまでに必要ですか? お急ぎなら、明日までには調べられますが」

「そうしていただけると助かります。では、また明日。もちろん、この件はごく内密にということで、先生」

病院を出るとウェンドーヴァーがクリントン卿に向き直った。

「血の染みがついた三枚の布切れだって? 出所の見当はつくがね。でも、それが何だっていうんだ?」

「そこから何が判明するかは、わたしにもわかりませんよ」クリントン卿は素直に認めた。「でも、調べてみる価値はあります。それも、徹底的に調べてみる価値が。キャロン・ヒルの住人の血液型リストなら、あとで役に立つかもしれませんから。でも、そこから重要なことが何も出てこなかった場合に備えて、面倒は起こしたくなかったんです。正攻法でサンプルを要求したとしても、手に入らなかったかもしれませんしね」

「きみがあの医者をうまく誘導して、キャッスルフォード父娘の血液がグループⅢに属することを話させたのはわかったよ」とウェンドーヴァー。

「ええ、実に簡単でした。はっきり訊いてみることもできたんですが、悶着は少ないに越したことはありませんから。封筒の中身は、キャッスルフォード夫人のブラウスの切れ端、キャッスルフォード氏の上着の血がついていた袖口部分の切れ端、それに、リンドフィールド嬢の指の切り傷を押さえたハンカチの切れ端です。もし、あなたが本当に世の中の役に立ちたいなら、判事、グレンケイプル医師に喧嘩でも吹っ掛けて、鼻血を出させることもできますよ。そしたら、あの少年以外、関係者全員の血液を手に入れることができる。まあ、全員の分など必要ないんですけどね。最終的には一部を廃棄することになっても、完全なデータを手に入れたいだけのことです」

クリントン卿は車に乗り込み、エンジンをかけて話を続けた。

「ところで、判事、最新ニュースがあるんです。昼食後にかけた電話でわかったことなんですが。本署に電話を入れたんです。リンドフィールド嬢が最近、コルトの自動拳銃を購入していたことがわかりましてね。彼女の小火器免許には記載されていないものです。単に申告を忘れていただけなのかもしれませんが、あとで注意しておく必要がありますね」

「何ということだ！」言外の意味に突然気づいたかのように、ウェンドーヴァーは大声を上げた。

「つまり、きみは――」

「落ち着いてください、判事」クリントン卿が宥める。「彼女が買ったのは二十二口径の銃なんですよ、三十二口径ではなく。早合点はしないでください」

「どうして拳銃なんか必要だったんだ？」考え込むように独りごつ。

「キャッスルフォード父娘から身を守るために。人が言いそうなこととしては、そんなところでしょうかね」クリントン卿は一例を示した。「彼女は、あの父娘から好かれていなかったようですから。さあ、判事、これからシャレーに向かいますよ。そこで精力的な警部を見つけましょう。巡査部長と、たぶんガムレイ巡査も。それから、鋤やら何やらを用意した無骨な農夫たちも見つけなければ。現場に戻って捜査を開始します。その就任式を見逃す手はありませんよ」

シャレーでは前述のメンバーが彼を待っていた。クリントン卿がその面々を、死んだ猫が吊るされていた木立の中へと導く。彼は、的になった空き缶がぶら下がっていた紐の真下部分を中心に、半径六フィートほどの地面をざっと指し示した。

「まずは、この辺りの地面を掘り返してみよう」クリントン卿は警部に告げた。「話しておいたふるいは用意できたかね？　結構。鋤で掘り起こした土をその都度ふるいにかけていくんだ。この辺りにあるものなら必ず見つけ出さなければならない。この範囲で見つからなければ、掘り返す範囲を広げてみよう。それとは別に、巡査部長と巡査は地面に落ちている空の薬莢探しを始めてくれ——ここから十ヤード以内を隈なく探すんだ。集められる薬莢はすべて回収したい。どっさり転がっているはずだからね。あの少年は空き缶と猫の両方を撃っていたんだから——それも、かなりの近距離から」

「承知しました」ウェスターハムがきっぱりとした口調で答える。

「どれほどの成果があったか、今晩知らせてくれたまえ」警察署長はそう命じた。

しばらくのあいだ、彼は掘り返し作業を見守っていた。しかし、これといったものが出てきた様子はない。その間、雑草や下生えの中を探していたフェリーヒル巡査部長とガムレイ巡査のほうは、時々思い出したように成果を上げていた。発見された薬莢はその都度クリントン卿に手渡され、大雑把な見分のあと封筒に収められていった。

ガムレイ巡査が四つめの発見物を持ってくると、クリントン卿はほかの薬莢と同じように調べてから、封筒にしまい込んだ。しかし、その底部分には、さほど特別な注意を向けていないことに、ウェンドーヴァーは気づいていた。

「ものは必ずそこに眠っているからな、警部」封筒をポケットに戻すクリントン卿の声には、かすかに高揚した響きが混じっている。「辛抱強く粘るんだ。そうすれば、必ず発見できる」

腕時計をちらりと見て、彼はウェンドーヴァーに顔を向けた。

「そろそろ閉館時刻ですね。あちらに戻ったほうがいいでしょう」

最後にもう一度警部を激励すると、クリントン卿はウェンドーヴァーを連れて車に戻った。

「さあ、再び公共図書館です。悪くない進捗状況ですね」

「あの木立で何が見つかったんだ？」ウェンドーヴァーが尋ねる。

クリントン卿はポケットに手を入れると、封筒を手渡した。

「ちょっとご覧になってみてください、判事」

ウェンドーヴァーは小さな薬莢を一つ一つ見ていった。彼が思うに、すべて二十二口径の弾だった。一つだけ、縁に深い溝がついていて、ほかのものとは違っている。残りの薬莢は、間違いなく誰かに踏みつけられたのだろう、わずかに変形していた。

「種類の違うものが混じっているように思うんですよ」クリントン卿は言った。「考えを裏づけてくれるものが見つかってよかった。一つだけでは、残念なことに何もわからないですからね」

「これは、あの木立の中で自動拳銃を使った者がいるということを示している」ウェンドーヴァーが呟く。

「ええ。でも、それはいつのことだったんでしょう？　それに、夫人は三十二口径の銃で撃たれているんですよ、二十二口径ではなく」クリントン卿は指摘した。「まあ、あの親切なテンベリーが、無駄な仕事をしていないことを祈るばかりですね」

主任司書は確かに、無駄な仕事などしていなかった。事務室に通された二人を、数枚のタイプ打ち書類を手に迎え入れたからだ。

「これがご要望のリストですよ、クリントンさん」手際よく仕事を終えられて、満足そうに彼は言った。「あなたがお持ち帰りになる場合に備えて、コピーをいくらか取ってあります」

テンベリーはリストのコピーを手渡した。クリントン卿は礼を言い、注意深く中身に目を通している。しばらくするとリストを机の上に置いて、テンベリーに向き直った。

「多種多様な内容ですね」そう感想を漏らす。「でも、四人の人間の好みが入り混じっているんだから、当然と言えば当然ですか。ふむ！　ざっと見では、美術関係の本が……」

「それはキャッスルフォードさんですね」テンベリーが説明する。

「ガーデニングと田舎生活？」

「リンドフィールドさんがその方面に興味を持っていました」

「旅行？」

「旅行関係の本を時々読んでいたのはキャッスルフォードのお嬢さんでしょう」

「降霊術に関する本が一、二冊？」

「それはたぶんキャッスルフォード夫人だと思います。娘さんが借りにきたのですが、わたしが手渡した本を見て笑っていた覚えがあります。きっと、自分が読む本だとは思われたくなかったんでしょう。キャッスルフォード夫人が、というようなことを言っていましたし」

「小説も何冊かありますね。まずは、かなり真っ当なもの。誰が読んでいたのか、わかりますか？」

「キャッスルフォードのお嬢さんとリンドフィールドさんですかね。二人とも、かなりいい趣味をしておられます」

「それに、安っぽい恋愛小説と『シェイク（英国の小説家、E・M・ハルの映画化された作品で、女好きのする男が登場する）』系の小説が何冊か」

「それはキャッスルフォード夫人でしょうね。時々、ご自分で借りにこられましたから。リンドフィールドさんやお嬢さんがいらして、『キャッスルフォード夫人が好きそうな本を』とおっしゃるときには、そうした本をお渡ししていました。それがあの方の好みなのはわかっていましたので。〝大胆不敵〟とか〝あけすけな〟とか、そんな宣伝文句のない本を、あの方が指定することはまずありません」

「推理小説もかなりありますね」

「それはキャッスルフォードさんでしょう」

クリントン卿はリストのページをめくった。

「こちらにも変わった本がありますね。それについて何か覚えていらっしゃいますか？　法律関係の本、法医学、調合法に関する書物、花火、それに『タイムズ』紙が何部か」

テンベリーは日付を見るとすぐに首を振った。

「いいえ、覚えていません。実を言うと、その時期は臨時の職員を雇っていたんです――二カ月ほど前のことですが――何も思い出せませんから、きっと彼が貸し出したんでしょう。その臨時職員というのが、とんでもない人物でしてね。現金やら切手やらがなくなりまして、クビにしたんです。もちろん何の証明もできませんでしたが、次の職場への推薦状もなしに解雇しても何も言いませんでした」

「その人物はどこに移ったんでしょう？」

「その後の噂は聞いていません。少しばかり酒の過ぎる奴で、簡単に次の仕事が見つかったとは思えませんね」

「それはちょっとまずいな」クリントン卿は真意のつかめない言葉を漏らした。「では、次の問題に移りましょう。この日付ですが——法律関係の本が貸し出されていた期間のことです。この一週間の気象情報について、何かわかるものはありますか?」

「記録を調べてみましょう」テンベリーが親切に申し出る。

「今のところ、日照時間と最高気温がわかれば助かるのですが」クリントン卿はさらに説明を加えた。数分もしないうちにテンベリーが紙切れを手に戻ってきた。

「かなり暑い一週間だったようですね」彼は話し出した。「最高気温はこちらです。二十二・三度、二十九・三度、二十九・四度、二十三度、二十六・二度、二十七・一度、二十三・七度。日照時間は、九・三時間、十四・四時間、十三・四時間、九・八時間、十二・五時間、十・二時間、十二・八時間」

「ありがとうございます。よろしければ、その記録をお預かりしてもよろしいでしょうか」警察署長は言った。「それからこの、一八八九―九〇年、一九一〇―一一年の『タイムズ』紙だな。一八八九年にどんな事件があったか覚えていますか、ウェンドーヴァー?」

「一九一〇年に〝クリッペン事件（在英中に妻を毒殺して処刑された米国人の事件）〟があったのは覚えているが、一八八九年のほうはすぐには思い出せないな」

この答えがクリントン卿の記憶を揺り動かした。

「確か、メイブリック事件（ジェイムズ・メイブリックが米国人配偶者フローレンス・メイブリックによって砒素で殺害された事件）が一八八九年だったはずだ。その後、保険会社相手の訴訟が持ち上がったんじゃないかな。夫人の弁護士が、メイブリック氏の生命保険から自分への報酬を要求したとか、そんなことで。ふむ！　関係のありそうな事件で思い出せるのは、それだけか」

相手の言葉で、ウェンドーヴァーもメイブリック事件の概要を思い出した。しかし、砒素による毒殺事件が今回のケースとどんな関係があるのか、さっぱり見当がつかない。クリントン卿は不意にその話題から離れ、本のリストを再び手にすると、中身のいくつかを声に出して読み上げ始めた。

「スミス著『法医学』、フーカム著『若き花火師』、シェビア著『遺産管理法』、『一般医学』が四巻、ケニー著『犯罪法概説』、ヘンリー著『二十世紀の家庭及び職域での調合法』、スミス＆グレイスター著『最新法医学』、『アメリカ科学調合辞典』、ジェンクス著『英国法』。申し訳ないのですが、これらの本については押収しなければなりません、テンベリーさん。それぞれの本のタイトルページにお名前を書いておいていただけますか？　特定のページの写しが必要になったときに、いちいちあなたが宣誓をする手間を省くためです」

「いつ返していただけるんですか？」この要求に、司書としての義務を真っ先に感じたテンベリーが訊き返す。

「たぶん戻ることはないと思います」そう答えたものの、クリントン卿は朗らかな口調で相手を宥めにかかった。「ヨウ素やオスミウム酸で検査をするつもりなんです。そのあとでも本がきれいな状態であるかはお約束できません。でも、それで図書館の財産が失われることはありませんよ。いずれにしても、代わりの本を用意しますから。すぐに揃えていただけますか？」

テンベリーは書架へと急いだ。そして、驚くほどの早さで本を山積みにした小さなワゴンを押して戻ってきた。クリントン卿が調合法に関する本を二冊取り上げ、互いの関連性について調べる。

「ふむ！」本の一部に目を通した彼は呟いた。「ホウ砂、ホウ酸、硫酸アンモニウム？　そうかな。ミョウバンのほうがよさそうだが」

何気なくワゴンの残りの本に目を向けたクリントン卿の興味は、再び燃え上がったようだ。赤い表紙の重そうな四巻が気になり、そのうちの一冊を手に取る。

「『最新かつ実用的な事典……特に家庭用として』『一般医学』」彼はタイトルページを読み上げた。「著者はジェイムズ・クライトン・ブラウン氏、ウィリアム・H・ブロードベント氏、その他多くの著名人。あなたの蔵書用にもぜひ購入すべき本ですね、判事」

一、二ページめくり、本の裏表紙をあける。

「これはこれは！　厚紙の人体図までついていますよ。全部で五枚重なっている。金に糸目をつけずに作られた本なんでしょうね。一枚は血管や呼吸器官を示した図。もう一枚は筋肉、三枚目は骨格図。背面からの骨格図がもう一枚。最後が、臓器、血管、神経なんかを示した図か。ちょっと見てください、判事。おなかが痛くて盲腸なのかどうかを知りたいときには、恐ろしく役に立つ代物ですよ……」

クリントン卿は急に黙り込んだ。本を覗き込んでいたウェンドーヴァーには、彼が息を呑んだ理由がわかった。厚紙の人体図に、ずぶりと針の孔があけられていたのだ。ウェスターハム警部が自分の背中を触ったときの感触が蘇る。その針孔の位置が、キャッスルフォード夫人の致命傷と一致しているのは一目瞭然だった。

「……あるいは、単なる胃痛でも」クリントン卿は、次の言葉を考えるために一瞬間があいたふうを装って締めくくった。「では、テンベリーさん、コピーに署名をしていただいたら、わたしたちもそろそろお暇しなければなりません」

三人がかりで書物を車に運び入れると、クリントン卿は司書の協力に改めて礼を言った。

「まだあいているようなら、食料雑貨店にもちょっと寄りたいんです。あなたはついてこなくてもいいですよ、判事」

店から出てきたクリントン卿は、聞き取り調査の結果に満足しているようだった。

「何がわかったんだ?」ウェンドーヴァーが尋ねる。

「最近、ミョウバンを買いにきた人間がいないか訊いてみただけです。一人だけいました。キャッスルフォード夫人が死の数日前にやってきて、数オンス買い込んだそうです」

その前の発見にあまりに興奮していたウェンドーヴァーは、この報告にはさして気を留めなかった。

「あの針孔についてはどう思う?」代わりにそう尋ねる。「あんな発見ができるなんて予想していたのかい?」

「小さな嘘をついて褒められても仕方ありませんからね」クリントン卿は茶化すように答えた。「いいえ、判事。あれは純粋に天からの贈り物でしたよ。人体図の項目で何かわかるかもしれないとは思っていましたが、まさか針孔が見つかるとは。これで状況がかなりはっきりします。見当違いのことに費やす無駄な時間も大幅に削減できるでしょう」

第二十二章　証拠不十分

サンダーブリッジでの慌ただしい週末のあと、タルガース・グレーンジに戻ったウェンドーヴァーの生活は陰鬱なものになった。数日経った朝、いつものように一人きりの朝食に下りてきたとき、ふと自分が満足していないことに気づいたのだ。ウェンドーヴァーは、彼ならではの几帳面さでその原因を探り始めた。

第一に、クリントン卿にがっかりさせられていた。彼としては、キャッスルフォードのミステリーが解明されることを期待していたのだ。完全な解決には至らなくても、証言の密林を抜ける小道が見えるくらいまではすっきりすることを望んでいた。しかし、とてもそんな状況には至らなかった。クリントン卿がいまだ複雑な情報を手探りしているところで、事件が未解決のままなのは彼にもよくわかっていたのだが。

それに今回のケースでは、警察署長と自分のあいだに今までとは違う空気が流れていた。これまでの事件なら、クリントン卿は彼を協力者のように扱い、新しい証拠が見つかるたびに議論を重ねてきた。それが今回は、自分がまったく歓迎されていない出しゃばり者のような感じだったのだ。何もかもが自分とは無関係に進み、口を出すたびに嫌な顔をされた。

最後に、キャッスルフォード父娘にも失望したことを認めなければならない。娘からの求めに応じてサンダーブリッジまで出かけたというのに、到着してみればあからさまな迷惑顔。クリントン卿の言う通り、まさしくドン・キホーテそのものではないか。キャッスルフォードから受けた印象は悪かったし、ヒラリーの態度も予想とは違っていた。単に不正直な証言をしているだけではないのは明らかだ。いかに生来の騎士道精神の持ち主とはいえ、それほどはっきりした事実を書き換えることはできない。若い娘から素直な態度を期待してしまうほど、ウェンドーヴァーは単純な人間だった。だからこそ、自分の期待とキャロン・ヒルで目の当たりにした事実とのギャップにショックを受けていたのだ。

皿の脇に置かれた郵便物に目を向ける。クリントン卿の見慣れた文字が、胸の中で進めていた苦々しい追及から彼を引き戻した。最初の一文で不満の一因が吹き飛ぶ。クリントン卿がストレートに本題に入るのはいつものことだ。

親愛なる判事殿へ

思い過ごしかもしれませんが、サンダーブリッジでのわたしの態度にあなたが傷ついているかもしれないと心配しています。あなたは、これまでの事件と同じ立場でキャッスルフォード事件にも関わりたいと思っていたのでしょう。だから、一緒にいたあいだ、あれこれ議論することをわたしが暗黙の裡に拒否したことにあなたが腹を立てていたとしても理解できます。でも、考え直していただければ、わたしがそうした理由もわかっていただけると思います。ほかの事件では、あなたは公平な一傍観者でした。特に思い入れもなければ、結果に利害が関わってくることもない。しかし今回は、キャッスルフォード父娘の依頼を受けてこの事件に介入したのです。それが、あなたの立場をこれまでとはまったく別なものにしています。もちろん、あなたが人に情報を漏らすことなどないでしょう。しかし、その先入観のために、何でもない議論がわたしたち双方にとって厄介なものになる可能性があったのです。

ウェンドーヴァーは、この簡潔な文面に心からほっとした。説得力がある。それに、クリントン卿の態度に個人的な要因が何もなかったこともわかった。警察署長は純粋に職務的な方針から沈黙を守っていたのだ。

あなたに（と手紙は続いていた）証拠のすべてを隠しておく必要はないでしょう。どうぞ、じっくりと考えてみてください。事件が最終的に解決したら、一つ一つを一緒に検証し、それぞれが至った結論について検討してみましょう。では、以下がまだあなたのお耳に入っていない情報です。

1　シャレーの火床で見つかった燃えかすのことを覚えていますか？　それをミクロ分析の専門家に預けていたのですが、通常よりかなり多い量のアルミニウムが含まれていることがわかりました。

2　銃創付近で見つかった繊維についても、その道の専門家である顕微鏡分析者に依頼していました。その人物によると、松材に特徴的な〝多孔〟組織が見受けられたということです。

3　ベランダで発見された二十二口径の鉛の弾の先端には、ある模様が残っていました。これは、わたしがキャロン・ヒルから押収した、古いアーチェリーの的にかぶされていた帆布の模様と一致しました。この弾が発射された銃器は右巻き螺旋の施条痕を残します。
4　ウェスターハム警部と部下たちが掘っていた現場から、ニッケルメッキの二十二口径の弾を二つ発見しています。
5　ハッドン家の窓を貫通した鉛の弾には左巻き螺旋の施条痕が残っていました。
6　キャロン・ヒルで発見された三十二口径の二挺の拳銃は左巻き螺旋の施条痕を残します。一方、鳥撃ちライフルのほうは右巻き螺旋です。
7　ペンドルベリー医師の血液検査の結果は以下の通り。フィリップ・キャッスルフォードはグループⅢ。上着の袖についていた血痕はグループⅣ。ヒラリー・キャッスルフォードはグループⅢ。キャッスルフォード夫人のブラウスに残っていた血液はグループⅠ。わたしのハンカチについたリンドフィールド嬢の血液はグループⅣでした。
8　公共図書館から押収した本の検査はまだ終わっていません。気象情報の記録について尋ねたことで、わたしが知りたかったことの一つはお察しいただいているかもしれません。もう一つについては、押収した本から確認できることを期待しています。まだ懸命に調べているところですが。
9　メイブリック事件について調べてみました。一八八九年から九〇年にかけての『タイムズ』紙によれば、ずいぶん注目を集めた事件のようです。メイブリックは自分名義の生命保険に入っていました。彼が死んだときには、配偶者の利益のために管財人に帰属する保険です。夫が毒殺されたあと、メイブリック夫人はその保険とそこから得られる利益を自分の弁護士に帰属させせました。弁護士報酬を確実なものにするためです。保険会社は、その保険は無効だと言い出しました。夫人と弁護士は、メイブリックの殺害は指定された受取人の利害には影響しないと主張。一方、メイブリックの遺言執行人側は、殺人が保険会社の支払い義務に影響することはないが、実際に支払いを受ける人間が誰なのかによってのみ影響を受けると反論しました。法廷は遺言執行人側の主張を支持。犯罪者は自分の犯罪によって利益を受けることはない。従って、メイブリック夫人の利益も、夫殺害の有罪判決によって失効するという、一般的な原則に従ったものです。似たようなことが、クリッペン事件でも起こっていました。

〝証拠不十分〟というスコットランド人の評決については、あなたもご存知ですよね？　つまり、陪審員たちも被告人が罪を犯したことはわかってはいるのですが、法律的には完全に起訴することはできないという意味です。それが今回のキャロン・ヒルでの現状のようですね。犯人はこいつだと指さすことはできる。でも、細かい部分での証明は不可能。陪審員の一人はそれで納得するかもしれない。別の陪審員は〝有罪〟と言い切ることができないかもしれない。でも、二人とも、被告人の犯罪が〝事実上確実〟であることはわかっているんです。

図書館から押収した本について、もう一つ、ちょっとした証拠を披露したいと思っています。今回の事件にしっかり片をつけてくれる証拠です。この一両日中に、もう一度サンダーブリッジまでご一緒していただけるなら――事前に電話しますよ――フィナーレをご覧いただけるかもしれません。

敬具

C. D.

ウェンドーヴァーは朝食も忘れて、この新しい情報について考えていた。1については明らかに、自分よりもクリントン卿にとっての意味のほうが大きそうだ。2は、シャレー近くの木立の中に松の木があったことを思い出させた。3、4、5、6については簡単に理解できる。7も同様。8はきっと、クリントン卿が気象記録で確認した暑かった期間のことだろう。そして少し考えただけで、クリントン卿の言いたかったことにも見当がついた。9については、ウェンドーヴァーは最初、複雑な状況にかなり頭を悩ませた。キャッスルフォード夫人に関わる保険の問題など何も聞いていなかったからだ。しかし、やがてひらめくものがあり、事件を違う角度から見ることができるようになった。クリントン卿が言う通り、事実上は確信できる。しかし、法律的な証明となると、話は別だ。

第二十三章　キャッスルフォードに不利な状況

ウェンドーヴァーはひどく落ち着かない気持ちで、キャロン・ヒルの応接間を見回した。部屋の外には、クリントン卿が自分の車で連れてきたウェスターハム警部、フェリーヒル巡査部長、ガムレイ巡査が控えている。その事実がどうしても頭から離れない。警察署長が単なるボディガードとして部下たちを引き連れてきたわけではないことは、この部屋にいる人間にははっきりとわかっているはずだ。ウェンドーヴァーを不安にさせているのは、その人数だった。犯人を逮捕するだけなら、警部一人で十分なはずだ。

目の前にいる人々にちらちらと視線を向ける。動揺も露わなキャッスルフォードは、チッペンデール風のアームチェアに座っていた。両手でがっしりと肘掛を握り、交差させた脚を椅子の下にたくし込んでいる。まるで無意識に、自分の身体を極限まで小さくしようとしているみたいだ。不安そうに強張った表情。食い入るような目でクリントン卿を見つめている。あたかも、その方向から肉体的な脅威が加えられるのを警戒でもしているかのように。真っ白な顔をしたヒラリー・キャッスルフォードは、全神経を父親に向けているらしい。時々、口の端が震えるのを抑えるために下唇を噛んでいる。一、二度、喉のつかえを払うように小さく咳払いをした。部屋の奥では、リンドフィールド嬢がいつものお気に入りの姿勢で座っていた。掌で顎を支え、ぼんやりと前を見つめている。ほかにはグレンケイプル医師の姿もあった。何の懸念もない様子で、椅子に背を預けて座っている。他人事を面白がるような目でキャッスルフォードを観察しているが、そこにはかすかな軽蔑が混じっているようだ。

「わたしがどうしてこんな方法を取ったのか、みなさん不思議に思われているかもしれません」クリントン卿は事務的な口調で話し始めた。「確かに、まったく異例であることは認めます。しかし、ごく最近——その善し悪しは別として——世論が盛り上がったことがあります。警察が一人一人を個別に尋問する方法についての噂が発端でした。尋問に関する警察側の報告をチェックする公平な立場の人間がいないという主張です。今回のケースは、そうした意見を封じるためには非常にいい機会だと思われます。わたしは、治安判事のウェンドーヴァー氏に偏見のない証人として同席していただきました。そして、この場をよりオープンなものとするため、みなさんの前でそれぞれの方に質問をさせていただきたいと思います。そうすれば、今回の件について、秘密裏に行われたという申し立ては起こらないでしょう。わたしたちの発言のすべてを速記法で記録するため、ウェスターハム警部にも同席してもらいます」

クリントン卿の性格を熟知しているウェンドーヴァーなら、この説明をちょっとしたこけおどしだと思ったかもしれない。しかしそれは、警察署長の大真面目な口調のせいではなかった。〝今回のケースは非常にいい機会〟？　その科白に加えられたわずかな強調がウェンドーヴァーに気合を入れさせたのだ。

「何点かについて、一つずつはっきりさせていきたいと思います」ウェスターハム警部が入ってきてライティングデスクの前に陣取ると、クリントン卿は話し始めた。「まず第一に、グレンケイプル先生、あなたはキャッスルフォード夫人が亡くなったとき、彼女があなたやあなたのお兄さん、リンドフィールドさんにかなり有利になる遺言書にすでにサインをしたものと思っていらしたんですよね？」

「そうです」グレンケイプル医師の口調は落ち着いていた。

「一方、キャッスルフォードさんのほうはそのとき、サインはまだされておらず、奥さんが遺言書を残さないまま亡くなったことを知っておられた？」

「はい、知っていました」押し殺したような声でキャッスルフォードが認める。

「そして、お嬢さんも知っていらしたんですよね？」

自分の名が呼ばれたのを聞いて、ヒラリーはびくりと身をすくめた。

しかし、すぐに気を取り直して答える。「はい。父から聞いていましたから」

「お父さんはそのときの状況についても説明しましたか？　つまり、キャッスルフォード夫人が新しい遺言書を仕上げる前に亡くなった場合、かなりの利益が転がり込んでくることを？　新しい遺言書では、ひどく困窮するのに対してです」

ヒラリーはちらりと父親を窺ったが、キャッスルフォードのほうはそれにも気づけないほど動揺しているようだ。

「わたしたちは何でも話し合ってきました」しばらくして、仕方なくというふうに認める。

「確か」とクリントン卿は続けた。「キャッスルフォード夫人が新しい遺言書にサインしていないという情報を直に聞いたのはあなたですよね、リンドフィールドさん？」

リンドフィールド嬢は掌から顔を上げ、頷いた。

「ええ。姉が話してくれましたから。何かにサインするときには、たっぷり時間をかけて考えたほうがいいって説得したんです。何てバカなことをしたのかしら」

「キャッスルフォード夫人があなたに与えるつもりでいた遺産を失ってしまったことですか？」

「ええ、そうよ」リンドフィールド嬢の口調には苦々しさが混じっている。「そのまま放っておけば、わたしの立場も違っていたでしょうに」

「少々ぶしつけなお話になります」と、クリントン卿。「つまり、こういうことでしょうか。グレンケイプル先生は、キャッスルフォード夫人がいつ亡くなっても、明らかな利益があると思っておられた。キャッスルフォードさんには、奥さんが新しい遺言書にサインをする前に亡くなってくれることに大きな利益があった。一方、リンドフィールドさんの利益は、お姉さんが新しい遺言書にサインをするまで生きていてくれることにあった。みなさんの証言を表面的に捉えると、そういうことになります」

　キャッスルフォードは、しゃっくりを無理に抑え込んだような音をわずかに漏らした。それがまた、ウェンドーヴァーを白々しい気持ちにさせる。これほど縮こまった男の姿は、見ていて気持ちのいいものではない。

「次の質問に移ります」そんなキャッスルフォードには何の関心も払わず、クリントン卿は続けた。「あの日の午後、キャッスルフォード夫人がシャレーにいるのを知っていたのはどなたでしょうか？ご主人は間違いなく知っていらした。あなたがご自分で、途中まで一緒に歩いていこうと提案されたんですから。リンドフィールドさんも知っておられた。なぜならその日、キャッスルフォード夫人がそう言っているのを昼食のときに聞いていらしたから。ヒラリーさん、あなたはその話を聞いていらっしゃいましたか？」

「さあ、覚えていません」自分でもごまかしだと承知しているような口調だ。

「でも、お父さんがあなたにそうおっしゃっていましたよね？　確か、そうだったと思いますが」

クリントン卿は娘の嘘に対して何も言わなかった。

「間違いなく知っていた人物がほかにもう一人います。シャレーでキャッスルフォード夫人と会う約束をしていたスティーヴニッジさんです。ここから外部の関係者に電話で知らされたという可能性もあります」

「もし、わたしのことをおっしゃっているなら――」グレンケイプル医師が慇懃な口調で異議を唱えた。「お門違いもいいところですよ。その件については、わたしは何も知りませんでしたから」

「単に可能性について考えているだけです」クリントン卿が冷ややかに応じる。「あなただと申し上げたわけではありません」

「では、別の問題に移りましょう」クリントン卿は続けた。「あの日の昼食時、リンドフィールドさんはシャレー脇の木立でフランキー・グレンケイプルと会う約束をしました。そのやり取りはお嬢さんの耳に入った。もしかしたら、あなたにも聞こえていたのではないですか、キャッスルフォードさん？」

「覚えていません」声を詰まらせながらもキャッスルフォードは断言した。

クリントン卿がその点を追及することはなかった。

「その約束に明確な時刻は指定されませんでした。フランク・グレンケイプルは決して従順な子供ではないようです。長く待たされれば、退屈したり嫌気がさしたりで、その場を離れてしまうかもしれません」

「その通りですね」ローレンス・グレンケイプルが頷く。「その点については、みな同意するでしょう」

「少年の鳥撃ちライフルの銃声はきっと、犯人による本物の銃声を目立たなくするのに役立ったのだと思います」と、クリントン卿。「たった一発の銃声なら人の注意を引く。でも、木立の中で何度も銃声が響いていれば、もう一発加わったところで、誰も何も思いません。実際、リンドフィールドさんの注意を引きつけたのは、死の銃弾が放たれたあとの悲鳴でした」

コンスタンス・リンドフィールドが承認の印に頷いたのを、クリントン卿は確認した。

「わたしはそのように考えたのです。あの日の午後、少年が木立の中にいることを知っていたのは、リンドフィールドさん、ヒラリーさん、そして恐らく、キャッスルフォードさんもご存知だったのではないかと思っています。少年の存在を知っていた事実をまだ否定されますか、キャッスルフォードさん？」厳しい口調で問い詰める。

「否定はしません」キャッスルフォードはおどおどと答えた。「でも、覚えていないんです。本当に、覚えていないんですよ」

「木立での少年の発砲が、犯人にとってもっと大きな意味を持っていたのは明らかです」クリントン卿の説明が続く。「それによって、殺人を鳥撃ちライフルによる事故に見せかけることができたからです。それには、キャッスルフォード夫人がただ一発の銃弾によって死亡することが必要でした――木立からの流れ弾による死亡だからです。しかし、それはまた、キャッスルフォード夫人が特定の場所に座っていることも必要とします。ティーテーブルがあった場所では、ベランダの屋根で守られていますからね。彼女の椅子は、ベランダのもっと都合のいい場所に移される必要がありました。そして実際、ウェスターハム警部が見破ったように、その椅子が新たな場所に移されるあいだ、夫人はその椅子に座っていたのです」

「どうして、そんなことがわかるんです？」グレンケイプル医師が尋ねた。

「ウェスターハム警部が、空の椅子を引きずった跡と、キャッスルフォード夫人が座っていた椅子がつけた跡を比べてみたんですよ。後者のほうが、コンクリートの床により鮮明な跡を残していました」クリントン卿は説明を続けた。「そこから想像できることの一つは、椅子が動かされたとき、キャッスルフォード夫人は無意識状態だったのかもしれないということです。そこから、モルヒネの問題が浮上してきます」

この言葉にグレンケイプル医師は顔を上げたが、何も言わなかった。

「わたしとしては、キャッスルフォード夫人に投与されたモルヒネは、グレンケイプル先生の在庫品から出たものと確信しています。先生の管理簿を調べたとき、四錠不足しているのがわかったからです。この家の夕食に招かれた夜、先生が持ち込んだ鞄に入っていたモルヒネに近づくことができた人物は五名。フランク少年、リンドフィールドさん、ヒラリーさん、グレンケイプル先生ご本人、そして多分、キャッスルフォードさんも」

「わたしはそんなものには触っていない。そこにあることさえ知らなかったんだ」キャッスルフォードは弱々しく訴えた。

「そのとき、お兄さんにはそれを持ち出す機会はなかった。そう考えて間違いないと思いますが」キャッスルフォードのことは無視して、クリントン卿は医師に尋ねた。

「その通りですよ」グレンケイプル医師が答える。「この家に足を踏み入れてから、わたしと一緒に帰るまで、兄が一人になったことはありませんから」

「わたしはグレンケイプル先生の鞄から何も盗んだりしていないわ」興奮気味の口調で突然口を挟んだのはヒラリーだった。「あの夜、先生がモルヒネを持っていることさえ知らなかったんですから」

リンドフィールド嬢が冷ややかな視線をキャッスルフォード父娘に向ける。二人に合わせて自分も否定しなくてはとは、まったく思っていないらしい。

クリントン卿もその点は重視していないようだ。

「わたしが言いたいのは」と続ける。「どなたかが四錠のモルヒネを手に入れたということです――言い換えれば、二グレインのモルヒネ塩酸塩です。場合によっては致死量を上回る量になります。いずれにしても、十分ほどで人を無意識状態にするには十分な量でしょう――皮下注射器で投与すれば、もっと少量で済みます。さて、キャッスルフォード夫人の場合ですが、モルヒネの大方は胃から検出されました。それはつまり、彼女は薬物を口から摂取したということです。モルヒネというのは苦みが非常に強い薬品で、普通の人間なら、飲み物を一口含んだだけでそれが混ざっていることに気がつきます。しかし、聞いたところによると、キャッスルフォード夫人はお茶をぬるくなるまで放置し、中身を一気に飲み込む習慣があったそうですね――その場合、夫人は薬の苦さを感じる間もなく、中身を飲み干してしまったのかもしれません」

「まさしく、その通りです」グレンケイプル医師が相づちを打った。「これまで見てきた彼女の飲みっぷりからすると、一口でやすやすと飲み干してしまったんでしょう」

「こちらにサッカリンの錠剤はあるでしょうか、リンドフィールドさん？」クリントン卿は尋ねた。

「拝見したいのですが」

リンドフィールド嬢は立ち上がり、引き出しから未開封のサッカリンの容器を取り出すとクリントン卿に手渡した。警察署長が容器から三錠を取り出し、傍らのテーブルに並べる。

「では、先生、お持ちいただくようお願いしていたモルヒネの錠剤を、ここに三錠置いていただけますか？」

グレンケイプル医師が指示通りにすると、ウェンドーヴァーはそれぞれの錠剤を見比べた。モルヒネとサッカリンでは錠剤の大きさが違っている。しかし、その差はほんのわずかで、並べて置かれるのでもなければ取り違えられても不思議はない。

「スティーヴニッジ氏はキャッスルフォード夫人が持っていたサッカリンの小瓶から三錠取り出したと言っています——残っていた最後の三錠でした——そして、それを夫人のティーカップに入れた。モルヒネはそのようにして投与されたのだろうと、わたしは思っています。ほかに考えられる方法はありません。スティーヴニッジ氏はキャッスルフォード夫人に特別な症状が現れるのは見ていません。理由は、夫人がすぐにはお茶を飲まなかったという単純なものです。しかし、いつもの習慣で、冷めるまでそのまま置いておいた。ところが妙なことに、夫人のティーカップの残りを調べても、そこからモルヒネは検出されなかったのです。分析者が見つけたのはサッカリンの痕跡でした」

「彼女がお茶を飲んだあとでティーカップは洗われ、少量の新たなお茶にサッカリンが加えられたという意味ですか？」グレンケイプル医師が尋ねた。

「ほかに考えられる方法がありますか？」クリントン卿は相手を促すように訊き返した。

グレンケイプル医師が首を振る。

「それなら、犯人はサッカリンを入手できた者ということになりますかね」医者はそんな意見を引っ張り出した。

「サッカリンなら、誰でも最寄りの薬局で手に入れられますよ」とクリントン卿。「手がかりとしては役に立ちません」

彼はテーブルの上の錠剤に目を向けた。

「わたしのこれまでの推論は、モルヒネの三錠分についての説明になると思います」クリントン卿は続けた。「なくなったのが四錠なら、残りの一錠についても説明しなければなりません。その一錠は、キャッスルフォードさんが夫人にインシュリンを投与するのに使っていた皮下注射器で注入されたのです。つまり、キャッスルフォード夫人がお茶と一緒に摂取したモルヒネによって意識を失ったあと、さらにモルヒネを投与するために皮下注射器が使われたのかもしれません」

「わたしはモルヒネなど触ったことはありません。そんなものを注射器に入れたことだってないんです。絶対に違います」キャッスルフォードがわめき立てた。

「わたしは、かもしれないと言ったんです」クリントン卿は冷たく突き放した。「誰か一人を責めているわけではありません。それに、もしよろしければ」断固たる口調で言い渡す。「もっと具体的な質問をしなければならなくなったときに、情報を提供する心構えをしておいていただきたいですね」

これにはキャッスルフォードも椅子の上ですくみ上がってしまった。明らかに、自分が追い詰められつつあることを悟ったようだ。「すぐにも気分が悪くなりそうだな」キャッスルフォードの顔を盗み見たウェンドーヴァーは内心思った。「自業自得というものだ」かつては守るつもりでいた相手に対する嫌悪感が沸き起こる。自分の娘の前で披露する態度としては見苦しいにもほどがある。

「ここでやっと実際の殺人の話に移ります」クリントン卿が事務的な口調で続ける。まるで、殺人という言葉がまったく別の意味を持っているかのように。ウェンドーヴァーにはそれが、わざとであることが想像できた。

「犯人の目的は殺人を事故に見せかけることでした。それで、薬を盛られたキャッスルフォード夫人は椅子ごと動かされることになったのです。しかし事故であるなら、死をもたらす銃弾は一発でなければなりません。そのため犯人は、最初の一発で殺害を成功させる必要がありました。確実なのは頭を狙って撃つことです。それにもかかわらず、キャッスルフォード夫人は心臓を撃ち抜かれています」

「そんなこと考えてもみなかったわ」リンドフィールド嬢が独りごちた。それから、心の中で呟くつもりだったことをつい口走ったのに気づいたかのように、かすかな当惑の色を浮かべた。

「そこにはしっかりとした理由があると思われます」クリントン卿が説明する。「高速の銃弾は、その直径よりも小さな銃創を残します――もしそれが、身体の中でも〝弾力性〟のある部分に撃ち込まれたのであれば。頭皮にはそのような〝弾力性〟はありません。頭蓋骨にぴったりと皮膚が貼りついているわけですから。犯人の思惑は、三十二口径の弾を使いながらも、二十二口径の弾で撃たれたような銃創を残すことでした――つまり、鳥撃ちライフルと同じ口径です。それが、頭か心臓かの選択肢で決定を下したのでしょう」

うっかりグレンケイプル医師の顔を見てしまったウェンドーヴァーは、その表情に驚いた。自説を展開するクリントン卿が間違ったことを言い出すのを、今か今かと待ち構えているような顔をしていたのだ。しかし、その表情も、相手の次の言葉で急変した。

「人の心臓を撃ち抜くのは決して簡単なことではありません」クリントン卿が続ける。「心臓の位置については、大抵の人がかなり曖昧な——普通は誤った——認識を持っていますからね。医療関係者であれば——」と彼は、ゆっくりと医者に向き直った。「もっと確かな知識を持っているでしょうね。しかし、いかに医療関係者といえども、被害者の心臓を撃ち抜くのは難しいかもしれません。例えば、十ヤードも離れた位置からでは。たぶん、あなたは射撃の名手というわけではありませんよね、先生？」

「程遠いですね」グレンケイプル医師はむっつりとした顔で答えた。

「わたしが言いたいのは、もし犯人が射撃の名手でないなら、心臓を撃ち抜くためにはごく近距離から撃たなければならないということです。それでいて、遠距離から撃たれたように見せかける必要があった。皮膚に火薬の黒ずみが残るのも、金髪が焦げてしまうのも避けたかったはずです。この点は非常にうまい処置がされています。アルミニウムで耐火処理した大きな紙をキャッスルフォード夫人の背後に広げる。その上で、発射の際の熱が皮膚を焦がさない程度の距離から発砲する。その紙が皮膚や金色の産毛を銃の熱から守ってくれるというわけです。そうすれば、遠距離から撃たれたように見せかけることができます。銃創には紙の繊維がわずかに付着していました。松材に特徴的な〝多孔〟組織から、それが木材パルプ製の紙であることもわかっています。犯行後、その紙はシャレーの火床で、恐らくは灯油の力を借りて燃やされたのでしょう。灰からは異常な量のアルミニウムが検出されています。明らかに、紙を耐火処理するのに使われたアルミニウムが出所だと思われます」

「これはまた、すばらしい思いつきだな」グレンケイプル医師が皮肉っぽい口調で漏らした。

「ウェスターハム警部の徹底的な調査についても驚かれることになるでしょうね」クリントン卿も同じように皮肉っぽい口調で返した。「では、偶然な事故死に見せかけるための、もう一つの策略についてです。二十二口径の銃弾がベランダで見つかりました。ウェスターハム警部はそれを、鳥撃ちライフルから発射されたものと断定しています。施条痕が一致しているためです。さらに、その銃弾の先端には、ある特徴的な模様が刻まれていました。フランク少年が馬具置き場で練習用にしていた古い的は帆布で覆われていましたが、その布目と同じ模様です。その弾が犯人によって的の藁から引き抜かれ、ベランダに放置されたのは間違いありません。死をもたらした銃弾が二十二口径の銃から発射されたものだという偽の考えを補強するためです。我々にとって、それ自体はさほど重要な問題ではありません。その銃弾が、ここキャロン・ヒルの何者かによって、あるいは、何者かの手を介して、用意されたのだという事実を除けば」

ウェンドーヴァーは目の前にいる人々に素早い視線を巡らせた。キャッスルフォードは目を落とし、絨毯を見つめている。ヒラリーは、相手が今にも飛びかかろうと身を屈めている危険な動物でもあるかのように、クリントン卿を注視していた。リンドフィールド嬢は、事の成り行きにはまったく無関心という風情。しかし、状況を監視する目が忙《せわ》しなく動いているのを、ウェンドーヴァーは見逃さなかった。グレンケイプル医師は、持てる注意力のすべてを動員してクリントン卿の推理に聞き入っていた。

「次に、かなり奇妙な件についてお話しします」クリントン卿がさらに話を進める。「例の日の午後四時半ごろ、一通の電報がシャレーにいるキャッスルフォード夫人に届けられました。ここから一番近いポストに投函された申込書をもとに作成され、郵便で配達されたものです。ウェスターハム警部とその部下の先行調査によって、それが非常に単純な暗号文で書かれていたことがわかりました。キャッスルフォード氏に密かに監視されている可能性があるため、すみやかにスティーヴニッジ氏を立ち去らせるようキャッスルフォード夫人を急き立てる内容でした。表面的には、スティーヴニッジ氏をシャレーから追い出し、犯人が自由に犯行を行える状況を作り出すための策略に見えます。ほかに考えられる説明もありますが、ここで披露する必要はないでしょう。肝心なのは、この電報が非常に単純な暗号文で書かれていたという点なのです。キャッスルフォード氏と夫人が若かりし頃、互いのコミュニケーションの手段として似たような暗号を使っていたことは、氏ご自身から聞いています」

「そんなことは知らない。電報なんか送っていない。この瞬間まで、そんな話は聞いたこともなかったんだ。わたしは何も知らない」キャッスルフォードが金切り声を上げた。興奮して同じことばかり繰り返している。

「あなたの仕業だとは言っていませんよ」クリントン卿は冷ややかに言い放った。「その電報を破棄したのがあなただとも言っていません——と言うのも、その電報は何者かによって破棄されたものですから。その人物にはそうしなければならない理由があったのでしょう——ひょっとしたら、そこに単純な暗号文が含まれている事実を隠すためにとか。でも、どうやらあなたは不可知論者のようですね、キャッスルフォードさん。あなたは何も知らない。でも、知っているはずのことが一つだけあります。クラブハウスであなたを待っていた手紙には何が書かれていたんですか?」

　この質問にはキャッスルフォードもすっかり勢いを失ったようだ。

「まったく覚えていません」弱々しく、そう答える。

「いかなる内容であれ、あなたはその手紙を見て大急ぎでシャレーに向かうことになった」どんな否定も認めないという口調でクリントン卿は言い切った。

「そんなの嘘だわ」ヒラリーの逼迫した声が響く。「あの日の午後、父はシャレーのそばにはいませんでした。わたしが証明します」

クリントン卿は冷めた目で相手を見つめた。

「ウェスターハム警部が見つけた事実を聞くまで、お待ちになったほうがいいですよ。警部はあの日の午後、第三者がベランダにいて、濡れた絵筆を踏みつけたことを突き止めているんです。キャッスルフォードさんの靴の底から、それと一致する絵具の跡が確認されました。それに、殺人が行われたちょうどそのころ、シャレーを行き来する姿も目撃されています。その事実を裏づける証人を連れてくることも可能なんですよ。それでもまだ、ご自分の言ったことを証明したいですか？」

反駁しようと身を乗り出したヒラリーを、キャッスルフォードが慌てて押し止めた。

「何も言うな、ヒラリー」そう大声を出す。「無駄だ。自分の立場を悪くするだけだし、わたしにとっても利益はない」

「警告を素直に受け止めてくださって嬉しいですよ」クリントン卿はキャッスルフォードに言った。「我々が集めた証言を前にしては、どちらも互いのアリバイを証明することはできませんからね。さあ、それでは最後の点です。殺害は、キャロン・ヒルから持ち出された三十二口径の自動拳銃で行なわれました。銃には様々な指紋が付着しており、我々としてもそこから割り出せるものはありませんでした。その銃に近づけたのはどなたでしょうか？　リンドフィールドさん、ヒラリーさん、キャッスルフォードさん、そして、ひょっとしたらフランク少年も。我々に考えられるのは以上です」

「わたしでしたら、戸棚にしまったあとは触っていません」キャッスルフォードは断言したが、その声には希望のかけらも感じられなかった。

「ずいぶんきっぱりとした発言ですね、キャッスルフォードさん」言い返したクリントン卿の口調には厳しいものがあった。「ウェスターハム警部が見つけた最後の証拠です。あの日の午後、あなたが着ていた上着の袖口には血痕が付着していました。人間の血です。どうしてそんなことになったのか、あなたは何の説明もしていません」

「わかりません」キャッスルフォードが弱々しく答える。「理由なんか想像もつかない」

クリントン卿は同情のかけらも窺えない表情で頷いた。

「あなたに説明ができるとは思っていませんよ」

そして、集まった人々の顔を見回す。

「キャッスルフォードさんの容疑について調べるのは警察の仕事になります。皆さん、おわかりの通り、よく練られた漏れのない犯行です。動機は明確、機会についても説明可能、凶器と方法については、これまで論じた通り。キャッスルフォードさんの疑わしいアリバイも崩壊しています。さあ、きれいに白状していただけますか、キャッスルフォードさん？」

第二十四章　メイブリック及びクリッペン事件の場合

事件についてクリントン卿の説明を聞いているあいだに、ウェンドーヴァーの期待は徐々にしぼんでいった。しかしそれが、最後の瞬間で再び生き返った。〝ハムレットの悲劇は、デンマークの王子という立場とともに消え失せる〟。調査を進めるときにクリントン卿が最も重きを置いていたものが、自分の目にはまったく見えていなかったのだ。友人のことを熟知している彼には、自分の不注意さこそがその原因だと理解できた。指紋、血痕、借り出した本のリスト、様々な施条痕の特色、そして、メイブリック事件。そのすべてが追及されないままだ。明らかに、ほかにもまだ何か潜んでいる。そしてそれが何であれ、キャッスルフォードにとって不利になるとは思えない。そうでなければ、クリントン卿がこれまでの話の中で指摘していたはずだ。

クリントン卿の無遠慮な促しに刺激されたのか、キャッスルフォードは自棄《やけ》気味に気力を振り絞り、自分を立て直したようだ。

「あなたは証言をみな捻じ曲げているんです」不意にそう話し始める。「自分の推理に合うように歪めて、わたしに不利なものにしているんです。本当のことを話しますよ。これ以上、自分の立場が悪くならないように。もう、嘘をつくのはうんざりですから。もっとも、その嘘だって、うまくいっていたとは言えませんけどね。誰もわたしの話なんか信じてくれなかったんですから。クラブハウスで手紙を受け取りましたよ。頭に血が昇ってしまうような、薄汚い内容でした。それで、リングフォーズ・メドウを登っていったんです。木立を抜けずに、左に曲がってシャレーに向かいましたけどね。何も考えていませんでした。妻の顔を見たら、どうしたらいいのかも。度を失って、何もまともに考えられない状態でした。夫婦間のことにけりをつけたいと思っていただけです。これ以上我慢できない状況をもう終わりにしたいと。彼女が遺言書を書き換えるつもりでいるのは知っていましたよ。でも、わたしが失うものなんて何もありません。いいように使われてきたんですから。何年も何年もそんな日々を過ごしてきたんです――彼女はわたしにとって恥以外の何物でもありません――わたしはもう単純に、そんな状況に我慢できなくなっていました。彼女の行動に見て見ぬふりをしたところで得るものは何にもないんですから」

「拳銃は持っていたんですか?」クリントン卿が冷ややかに口を挟んだ。

「いいえ。凶器なんて持っていませんでした。棒の一本でさえ。木立から出ると、ベランダで妻が居眠りをしているのが見えました。椅子に座ったまま寝ているんだと思ったんです。階段を上っていくと、コンクリートの床に血だまりが見えました。近寄ってみて初めて、妻が死んでいるのがわかったんです。思わず後ずさりましたよ。そして、すっかり度を失ってしまったわけです」

キャッスルフォードはそこでいったん話を止め、息苦しそうに一、二度、喘いだ。

「最初にあの忌まわしい手紙を受け取った日には、わたしも動揺から、拳銃で彼女を脅してやろうかなどとも思いましたよ。死ぬほど怖がらせてやればいいなんて。少しのあいだそんなことを考えて、彼女に拳銃を突きつけるシーンを想像したりもしていたんです。もちろん、実際にそんなことをするつもりなんてありませんでした。ちょっとした憂さ晴らしです。でも、彼女の死体を目の当たりにした途端、次々にそれからのことが頭を過《よぎ》りました——逮捕、裁判……。すぐに警察に知らせるべきだったんです。でも、代わりに頭に浮かんだのは、誰にも見られないうちに逃げ出すことでした。そうすれば、わたしとこの事件を結びつける者は誰もいない。そうでしょう？　でも、もし、その場にいるところを見られたりしたら、人が何を考えるかくらいの想像はつきましたからね。好奇心から百科事典で調べてみたんです。もし、万が一にも妻が遺言書を残さずに死んだ場合、自分が最優先の受益者になる。それだけでも疑われるには十分です。わたしは完全に度を失っていました。自分の行動にまったく責任が持てない有様だったんです。あそこであんな状態の妻を発見するなんて、恐ろしいほどのショックでした。もちろん今なら、自分がどんな過ちを犯したのか理解できます。でも、拳銃がすぐ手の届く場所にあったんですよ。わたしがそれを使わなかったなんて、誰が信じてくれるでしょう？　わたしに彼女を殺す動機があったことは、誰の目にも明らかなんですから。わたしはただ逃げ出したんです。もちろんそんなことをすれば、その瞬間から後戻りはできなくなります。何とか逃げ切らなければなりませんでした。だから、シャレーのそばにはいなかったと主張し続けたんです。自分の嘘を裏づけてくれるよう娘にも言い含めました。それが事の真相です」キャッスルフォードはまとまりのない説明を終えた。

もしこれが芝居だったとしても、ウェンドーヴァーを欺くには十分だった。声の調子にはヒステリーの兆候が窺えた。しかし、結局のところ、キャッスルフォードは弱い人間なのだ。そして、弱い人間は往々にして彼のような態度を取る。キャッスルフォードは拳銃がなくなっていることに気づかなかった。しかし、犯行に使われた銃をすぐそばに保管している状況で、あの場で目撃されたりすれば、非常に厄介な立場に陥ってしまう。反論してくれる目撃者がいなければ、状況証拠としては最悪だ。

そして、こうしたことをすべて踏まえると、ウェンドーヴァーにとってのもう一つの謎も解けた。父親の身の潔白を信じていたヒラリーは、クリントン卿に助けを求めた。リンデンサンズ事件でのフリートウッド夫人に比べれば、父親の立場のほうがずっとましに思えたのだろう。彼女は自分の行動を父親に報告した。父親はすっかり怯え上がり、そのパニックが彼女にも伝染した。当然のことながら自分の行動をひどく後悔したヒラリーは、現場に現れたクリントン卿にその感情を素直に表したというわけだ。

ウェンドーヴァーが驚いたことに、クリントン卿はキャッスルフォードの説明に対して何も言わなかった。

「わたしは数分前に」と話を展開する。「長々と説明したこの事件が、非常によく仕組まれた犯行であると申し上げました。実際、単なる事故と結論づけるには、手が込み過ぎているほどです。人は、ある作品の中に、その作者の手腕を感ぜずにはいられません。あるいは、駒を動かすチェスプレイヤーの動きを、自分の腕前に合わせて見てしまうと言ったほうがいいのかもしれません。木立の中にいた少年、スティーヴニッジを現場から追い払うためにちょうどいいタイミングで配達された暗号電報、キャッスルフォード氏を激怒させシャレーに向かわせるためにクラブハウスで待っていた手紙、ハッドン夫人の耳をそばだてさせた銃声、リンドフィールドさんを驚かせたもう一発の銃声。この一連の出来事は、決して偶然の寄せ集めではなく、よく練られた作戦の一部であることを示しています。わたしは、〝よく仕組まれた犯行〟という言い方をしました。しかし、それを仕組んだのは殺人犯であって、わたしではありません。これは、キャッスルフォードさんをがんじがらめにするために幾重にも仕組まれた犯行なのです。そして、大抵の場合がそうであるように、この犯人もかなり頭の切れる人物のようです。もし、拳銃が死体のそばに残されていたなら、キャッスルフォードさんが必要以上に疑わしく見えてしまったでしょうから」

キャッスルフォード父娘の様子を窺ったウェンドーヴァーには、二人がそれまでの緊張から不意に解き放たれたのがわかった。信じられないという面持ちで話に聞き入っているキャッスルフォード。椅子の背にもたれかかっているヒラリーは、安堵のあまりすっかり力が抜けてしまったようだ。薄茶色の大きな目が、まるで初めて見る相手でもあるかのようにクリントン卿に注がれている。

「証拠の中からいくつかを検証してみましょう」クリントン卿はきびきびと続けた。「まず第一に、クラブハウスで待っていた手紙。それは、ほかの手紙とは違う紙に書かれていたのではありませんか、キャッスルフォードさん？　筆跡を比べてみましたか？」

キャッスルフォードは首を振った。

「白い紙でした。でも、筆跡のほうは気にも留めなかったんです。もう一通の手紙のようにぐちゃぐちゃの字で、わたしにはまったく同じように見えました。比べてみようとも思わなかったんです――前に来た手紙は燃やしてしまいましたから、比べようもなかったのですが。その手紙も焼いてしまいました」

「そこには、あなたがいつシャレーに行けばいいか、時間が書いてありましたか？」

「ええ。もし、五時半過ぎにシャレーに行けば……」

キャッスルフォードは不意に口をつぐんだ。クリントン卿が先を急かすことはなかった。

「おわかりでしょう？　自分の思惑通りに駒を動かすチェスプレイヤーの手腕」とクリントン卿。「その手紙が、元々の不愉快な手紙の送り主よりも、いろんなことを知っている人間によって書かれたものであることは間違いありません。週に一度、キャッスルフォードさんが新聞を読むためにクラブハウスに出かけること。あの日の午後、キャッスルフォード夫人とスティーヴニッジがシャレーにいること。筆跡に関しては、この際、どんな殴り書きでもかまわないんです。文書偽造の名人は必要とされません。

続いて暗号文の電報。送り主はキャッスルフォードさんではありません。またしても、スティーヴニッジ氏を現場から追い出したチェスプレイヤーの仕業です。しかし、もしそれがキャッスルフォードさんでないなら、その人物は夫人からの信頼に厚い人間でなければなりません。なぜなら、キャッスルフォード夫人は瞬く間にその暗号を読み解いてしまいましたからね。犯人には、ほかの人間でもその暗号が解けることがわかっていた──だから、電報はベランダから消え失せたというわけです。それが、一つのしくじりだと言えるでしょう。

モルヒネとサッカリンの問題。これもまた、キャロン・ヒルの事情に非常に詳しい人間を示唆しています。皮下注射器にモルヒネを注入してキャッスルフォードさんを不利な立場に追い込む──これもまた、しくじりです」

ウェンドーヴァーは目の前の人々をこっそりと盗み見た。今やすっかり安心したキャッスルフォード父娘は、食い入るような目でクリントン卿を見つめている。グレンケイプル医師の表情はウェンドーヴァーを当惑させた。不信感が露わなのに、かすかな訝りが見え隠れしているのだ。うつむき加減のリンドフィールド嬢は、警察署長の説明に必死についていこうとしているように、ひそめた眉の下から相手を見上げていた。

「キャッスルフォード夫人は、犯人が使用した紙に耐火処理をするためのアルミニウムを購入しています。また、犯人が複数の出来事を同時に進行させるのに必要とした情報を、郵便局に問い合わせてもいます。自分に害を及ぼすことになる材料を被害者自身に集めさせる。そして、そのような手段で、調査が進むはずの道筋を阻む。そこが最も巧妙な点と言えます。しかし、キャロン・ヒルの人間関係についてわたしが集めた情報からすると、キャッスルフォード夫人が夫やその連れ子のために用事を足して回ることなど、ありそうもない。普段とは行動が違います。もし、夫人がこうした雑用を自分で引き受けたのだとしたら、彼女に対して非常に影響力を持つ人間のためだったのではないでしょうか」

「そのアルミニウムなら、わたしのために買ってくれたのよ」リンドフィールド嬢がぽつりと漏らした。「わたしにぜひ試してみろって、アルミニウムミョウバンの点眼液の処方箋を持ってきたんです。わたしとしてはあまり信用していなかったのですが、姉にそのまま買わせました」

「ありがとうございます」とクリントン卿。「では、郵便局の件は？」

リンドフィールド嬢は首を振った。

「さあ、それについては何も知りません」

クリントン卿は自分の物忘れに腹を立てるような素振りを見せた。

「そうでした！　この近くの郵便ポストの集荷時間について、あなたにお尋ねしたことがあったんですよね。あなたはわからないとおっしゃっていた。そのとき、わたしは少し驚いたんです。すばらしく有能だという評判ばかりなのにと。あなたは、ここにいるウェスターハム警部も驚かせていますよ。無遺言死亡とその結果についての急ごしらえの法的知識に対して。彼は、そんなことまで予想していなかったようですから」

リンドフィールド嬢がこの言葉を遠回しな当てこすりだと思ったとしても、それを顔に出すことはなかった。警部ににっこりと微笑みかけ、クリントン卿に視線を戻す。

「たまたま知り得た情報が、どういうわけか記憶に残ることもありますものね」彼女はそんな説明の仕方をした。

「もちろん、その記憶を更新しなければならないこともあります」とクリントン卿。「最近、わたし自身がその必要に迫られて、ストリックランド・レッジスの公共図書館まで行ってきたんです。それで、キャロン・ヒルの方々が非常に特殊な本を読んでいらっしゃることに気づきました」

この言葉にリンドフィールド嬢はさっと顔を上げた。しかしそこに、動揺の色は少しもない。

「例えば、スミス&グレイスターの『最新法医学』を調べてみたのですが」クリントン卿が無頓着な口調で続ける。「その十八頁に非常に興味深い記述を見つけました。ある状況においては、銃弾による傷口はその弾の直径よりも小さくなることがある、というのです。スミスの『法医学』一六六頁にも同様の記述がありました。そして、そのどちらにも、被害者の皮膚に残る火薬の跡について書かれていました。こうしたことはみな、わたしの職務上関係してくる問題です。しかし、この種の本を、そうですね、ヒラリーさんとかリンドフィールドさん、キャッスルフォードさんが読むのは奇妙に感じます。キャッスルフォード夫人が読んでいたとは、とても思えませんし」

ヒラリーがリンドフィールド嬢をさっと見やり、相手と目が合う前に視線を逸らしたところをウェンドーヴァーは目撃した。キャッスルフォードはクリントン卿をじっと見据えているが、話の流れにすっかり戸惑っているようだ。リンドフィールド嬢は神経を集中して話の筋を追っているらしい。

「キャロン・ヒルの貸出リストにあるもう一冊は、さほど風変りとは言えないでしょう。『一般医学』

というタイトルの大作ですが――医学関係のごく一般的な書物です。第一巻の後ろに厚紙の人体図がついています。広げて見るタイプのもので、骨とか神経、筋肉といった体内組織の位置関係が確認できます。面白いことに、この人体図には針で孔があけられていました。そして、さらに興味深いのは、この針孔がほぼ正確に、キャッスルフォード夫人の心臓を貫いた銃弾の貫通コースを再現していたのです」

クリントン卿はグレンケイプル医師に顔を向けた。

「先生は職業柄、聴診とか触診には慣れておいででしょう。人体の中で心臓がどこに位置するのかも、正確に知っておられる。なので先生なら、どこを撃てばいいかを調べるための人体図は必要なかったはずです。しかし、素人ではどうでしょうか？　人体図が必要不可欠になるのではないでしょうか？」

「たぶん、そうでしょうね」グレンケイプル医師の返事はそっけない。

「わたしでも必要だったと思います」クリントン卿は素直に認めた。「人体図が示してくれるようなことには不案内ですから。次いで、紙の耐火処理の方法についても何冊かの本を調べてみました。ある方法に従って、紙をアルミニウム溶液に浸すことで何とか可能になるようです」

「アルミニウム？」リンドフィールド嬢の方を不思議そうに見ながら、グレンケイプル医師が突然口を挟んだ。「それで？」

「次に花火に関する本がありました」クリントン卿が続ける。「それはもちろん、甥御さんに関わる分野でしょう。導火線や導火紙を作る方法が学べました。ところで、甥御さんはそうしたものを何か作っていたんでしょうか？」

「ええ。いつだったか見せてくれたのを覚えていますよ」グレンケイプル医師は認めた。

「そうだろうと思いました」クリントン卿の口調には関心のかけらもない。「続いて、法律関係の本が三冊——またしても、読み物としては奇妙な選択です。何かわからないものかと自分でも読み通してみました。キャッスルフォード夫人の死に、いくらかのヒントを与えてくれるのは間違いなさそうです。ケニーの『犯罪法概説』から引用してみましょう」

クリントン卿はポケットから紙切れを取り出して読み上げた。

「〝重罪となる殺人に関しては、殺人でも非謀殺でも、その殺人者は被害者の遺言書から得られるいかなる利益の受領からも排除される〟。これは、クリッペン事件の引用へと繋がります。クリッペンは、自分が処刑される前に遺言書を作成することによって、亡くなった妻の財産に対する自分の権利を第三者に譲渡しようとしました。しかし、犯罪者は自分の犯罪によって利益を得ることはできない、というのが英国法の原則です。従って法廷は、クリッペンは元々、殺害された配偶者の財産に対しては何の権利も持たないという判断を下しました。同じようなことが、保険証券をめぐるメイブリックの訴訟でも持ち上がっています。

その英国法の原則が、〝幾重にも仕組まれた犯行〟とわたしが呼ぶものの根底にも関わってきます。よく練られた作戦の目的は、キャッスルフォードさんを殺人犯として有罪にすることでした。そうすれば、キャッスルフォードさんは妻の財産の相続権をすべて失うことになります。財産のうちの一ペニーも手にすることができなくなれば、遺言書によってその権利を人に譲渡することもできなくなってしまうのです。そうなると夫人の財産は、それが誰であれ近親者の手に渡ることになります。

この分野でもまた、キャロン・ヒルの貸出リストは要所を押さえています。というのも、まさにこの問題を詳しく説明しているシェビアの『遺産管理法』が含まれていたからです。付録に、無遺言死亡が発生した場合の相続権の順位を示す表がついていました。ついでながら、ジェンクスの『英国法』にも同じような説明が載っています。そして、その本もまた、キャロン・ヒルの貸出リストに入っていました。シェビアの本に記されている相続権の順位は以下の通りです。

1　配偶者
2　配偶者及び子
3　配偶者及び子以外の指定された人々
4　子
5　親
6　同父母兄弟
7　異父母兄弟
8　祖父母
9　同父母による叔父、叔母
10　異父母による叔父、叔母
11　国王

キャッスルフォード夫人に子供はいませんでした。存命中の祖父母、叔父、叔母もいません。従って、キャッスルフォード夫人が無遺言で亡くなった場合、その財産は生涯に渡ってキャッスルフォードさんが受け継ぐことになります。しかし、彼が殺人罪で起訴された場合、その財産から発生する利益はいかなる方法でも譲渡することはできません。次の相続者が直ちに指定されることになります。先の事情聴取でご自身が指摘しておられた通り、リンドフィールドさんが次の権利者になります」

このような説明が続くなかでも、リンドフィールド嬢の冷静さが失われることはなかった。

「その通りです」あっさりと答える。「自分たちの状況がどうなるのか、確認するために調べてみたんです」

「殺人のあとでですか？」クリントン卿は慇懃な口調で尋ねた。

リンドフィールド嬢の落ち着きがわずかに揺らぐ。重要なことでも思い出すかのように、束の間考え込んだ。

「いいえ、殺人のあとではありません」しばらくして、そう答えた。「その前、遺言書の書き換えが検討されていたころです」

「ということは、図書館からシェビアの本や法律関係の本を借りていたのはあなた、ということでしょうか？」

「はい」リンドフィールド嬢は認めたが、すぐに〝しまった〟という顔をした。

「クリッペンやメイブリックの財産に関する訴訟を報じた『タイムズ』紙も？」

「いいえ」否定するリンドフィールド嬢の態度は冷静そのものだ。「ほかの誰かです。わたしではありません」

この答えに対しても、クリントン卿は何の反応も示さなかった。話題をほかの証拠品に切り替える。

「ウェスターハム警部が、殺人のあった日の午後、キャッスルフォードさんが着ていた上着を押収しています。袖口に大きな血の染みがついていました。キャッスルフォードさんが何の説明もできないとなると、非常に疑わしくなるものです。これも、事件を複雑にし、キャッスルフォードさんを殺人者として暗に示すよう巧みに仕組まれた手口の一つと言えるでしょう。幸いなことに、これは犯人側の単なるしくじりに終わりました」

キャッスルフォードはこれを聞いて忍び笑いを漏らした。

「ペンドルベリー先生によると、人の血液は四つのタイプに分けられるそうです。キャッスルフォードさんの上着についていた血液はグループⅣに属していました。キャッスルフォード夫人の血液はグループⅠですから、その染みは明らかに夫人の血ではありません。キャッスルフォードさんとヒラリーさんはともにグループⅢ。従って、お二人の血でもない。その染みは、キャッスルフォードさんに対する疑いを強めるために、二階の洋服ダンスに吊るされているあいだにつけられたものです。そして、その染みをつけた者は、グループⅣに属する血液を有する者。このタイプの血液を持つ人はそんなに多くありません。二十人に一人しかいないのです」

ウェンドーヴァーの目は思わずリンドフィールド嬢を探していた。膝の上に置いた、包帯が巻かれた手を見下ろしている。やがて彼女は、追い詰められた動物のようにすっと身を起こし、クリントン卿に顔を向けた。友人が引用したシェイクスピアの文句が甦る。今度ばかりは、その意味が理解できた。『ずいぶんひどいことも申しあげましたが、それもおためを想うからこそ』〝ひどいこと〟とはリンドフィールド嬢に対してで、〝おため〟はキャッスルフォード父娘に対してだったのだ。『いやな開幕だが、あとにはもっといやなことが……』今となっては、この台詞の意味を理解するのに想像力は必要ない。
「グループⅣの血液型を持つこの人物を見つけ出すのに、さほど手間がかかるとは思えません」クリントン卿は続けた。「この問題はちょっと保留にして、犯人が犯した別のしくじりについて考えてみましょう。犯行には三十二口径の拳銃が使われています。しかし、犯人は、今回の事件で重要な役割を担う二十二口径のコルトを購入しているのです。ここでのしくじりは、いかなる銃工屋も銃を売った場合、四十八時間以内に警察に報告しなければならないことをその犯人が忘れていたことです。警察は購入者に小火器所有の証明書を発行する必要がありますからね。従って、二十二口径の拳銃がロンドンのはっきりしない銃工屋で購入されたとしても、ここの警察は一両日中にその報告を受けることになるわけです。

木立の中で少年と会う約束が時間的に曖昧だったことは、みなさんご記憶のことと思います。リンドフィールドさんは、少年が予測していたよりもずっと遅くなってから、ご自分が木立に到着したことを思い出していただけるでしょう。ああいう少年ですから、待っていることに飽きて、鳥撃ちライフルを手にその場を離れてしまうのも当然です。そんなわけで、少年はいとも自然に、その場から立ち去りました。しかし、犯人側からすると、その後もしばらくは少年が木立の中にいることを示す必要がありました。二十二口径の拳銃が必要になったのはこの時点です。犯人は二十二口径の拳銃の弾薬筒からニッケルメッキの銃弾を取り出し、二十二口径の鳥撃ちライフルの弾と取り替えました。その上で、少年がまだ木立の中で銃を撃っているように見せかけるため、その銃でハッドン夫人の家の窓を撃ち抜いたのです。しかし、犯人はここでもまたしくじりを犯しています。コルトの施条痕が左巻きなのに対して、鳥撃ちライフルの銃身は右巻きの溝を残すからです。銃弾は窓のカーテンを貫通し、室内の壁に当たる直前に落下しました。弾は変形していますが、施条痕は簡単に見分けられます。それは、鳥撃ちライフルから撃たれたものではありませんでしたし、そのときに少年がまだ木立の中にいた証拠にもなりません。

次に銃弾は、リンドフィールドさんが木立の中で腕にかけて持ち歩いていたカーディガンも撃ち抜いています。それもまた、二十二口径の銃から発射されたものだろうと、わたしは思っています。

しかし、その拳銃が果たすべき役割はそれだけではありませんでした。それまでの銃声に紛れて本当の殺人が行われたあと、犯人が十分に安全な距離までシャレーから離れたときに――死をもたらした発砲の見せかけとして――発射されることで、犯人の完全なアリバイを作らなければならなかったのです。ウェスターハム警部が木立の中で、木の枝に結ばれた二本の紐を発見しています。そのうちの一本は先端が焼け焦げていました。みなさんご存知の通り、フランク少年は花火を作っており、その中には、ゆっくりと燃える糸も含まれていました。必然的にそれは、拳銃を発射させるための導火線を示唆しています。細かい部分を正確に説明することはできませんが、だいたいこんな具合だったのではないでしょうか。木の枝に長い紐が結びつけられている。紐の先端は輪になっていて、拳銃の引き金と用心金をくくっている。紐を輪状にして導火線で留める。そのため、拳銃は前よりも三フィートほど高い位置にぶら下がっています。導火線が燃え尽きると結び目が壊れ、紐の輪がほどけて拳銃は元の低い位置へと落下する。当然のことながら、紐が伸び切った瞬間、引き金と用心金をくくっていた輪が締まり、その結果、引き金が絞られて銃が発射するというわけです。もちろん、ちゃんと作動させるために、銃尾の握把安全装置は縛りつけて下げてあったはずです。自宅のドア口にいたハッドン夫人が二度銃声を聞いていることから、紐には二箇所で輪が作られていたものと思われます。

それぞれの輪に導火線がくくりつけられていた――短い導火線は最初の発砲のため。長い導火線は二度目の発砲のため。今の時点では単なる推測でしかありません。しかし、すぐに証拠が見つかるはずです。

みなさんは当然のことながらお尋ねになるでしょう――こんな策略はいったい何のために為されたのかと。そこには二つの目的があります。一つには、犯人に完全なアリバイを提供するため。二つめは、この犯行が慎重に考え抜かれたものであること、十分に考えた上での行動で、決して突発的な怒りによる発砲ではないことを示して、キャッスルフォードさんの立場をより悪くするためです。陪審員は、耐え難い激情に翻弄された男には憐みを感じるかもしれない。しかし、非情に考え抜かれた殺人には情けなどかけないものです。必要なのは、キャッスルフォードさんの有罪を確実にすることでした。この策略は、犯行全体を通しても大きな賭けだったはずです。

では、先ほどの話に戻りましょう。二十二口径の自動拳銃は、誰のために非の打ち所のないアリバイを提供したのでしょうか？　銃が発射されたとき、ハッドン夫人と話をしていた人物であることは間違いありません。発砲の瞬間、悲鳴を聞いたのは誰だったでしょう？――それも、薬物で意識を失っていた女性の！　リンドフィールドさん以外の何者でもありません。殺人が行われてから警察が到着するまでのあいだに、二十二口径の銃を紐から取り外して隠すのに一番都合のいい機会を持っていたのは誰か？　そのとき、シャレーに一人でいたリンドフィールドさんです。最後に、導火線に火をつけるにはマッチが必要でした。リンドフィールドさんは煙草を吸いません。それにもかかわらず、あの日の午後、リンドフィールドはカーディガンのポケットにマッチ箱を入れていました。カーディガンに銃弾の穴をあけるときには、そこから取り出していたのでしょう」

クリントン卿はリンドフィールド嬢に向き直った。今や仮面を脱ぎ捨てた彼女は、怒りと狼狽を隠しもせず相手を見つめていた。

「大したお話だこと」そう鼻を鳴らす。「こうだと思う、ああだと思う。こんなこともあるかもしれない。でも、みんな当てずっぽうじゃない。嘘ばっかりだわ」

「まだすべてをお話ししたわけではありませんよ」クリントン卿の口調は冷静だ。「あなたが図書館で例の書物を調べていたころは、暑い日が続いていました。そのせいで、あなたの指先もわずかに湿っていたのでしょう。問題のページについていた指紋をオスミウム酸で浮き上がらせるのに、何の手間も要りませんでした。そしてそれは、わたしが苦労して入手したあなたの指紋サンプルと見事に一致していました」

リンドフィールド嬢は軽蔑を装って肩をすくめた。

「そんな証拠じゃ、これ以上何も証明できないわ」そう言い返す。

クリントン卿はしばし、胸の内で何かを推し測るかのように相手の顔を見つめていた。しかしついに、獲物を釣り上げるための一撃を加えることに決めたようだ。

「ちょっとした証拠について、まだお話ししていないことがあります」決然とした口調で彼は話し始めた。「つまり、こういうことです。ウェスターハム警部は、木立の中の紐がぶら下がっていた辺りを掘り返しました。紐の真下の地面から、二十二口径の拳銃の潰れた薬莢が発見されています。わたしの〝当てずっぽう〟は、こうしたものの存在を非常にうまく説明できるんです。その二つは、あなたがハッドン夫人の家にいたときに発射された二つの銃弾と見事に一致しています」

「わたしが関係していることの証明にはならないじゃない」リンドフィールド嬢は言い返した。

「ええ、そうですね。おっしゃる通りだと思います」クリントン卿が即座に認める。「しかし、先の問題を片づけることはできますし、どちらにしても、大した違いはないんですよ。自動拳銃というのは、吐き出した薬莢にそれぞれ固有の跡を残すものなんです。薬莢抜きの爪痕、撃針痕、銃尾の欠陥によるもっと小さな傷。木立で見つけた空薬莢なら、わたしのポケットに入っています。もし、あなたのコルトを上階《うえ》から持ってきていただけるなら、一、二発撃って、施条痕を比べてみることもできますよ」

化粧を施したリンドフィールド嬢の顔が、突然蒼白になった。この決定的な瞬間に、無頓着を装っていた仮面も剝がれ落ちたというわけだ。キャロン・ヒルで繰り広げられるドラマのステージを、超然とした顔で闊歩していた女の正体を、ウェンドーヴァーは垣間見たような気がした。静謐なスクリーンの背後では、どろどろの感情が渦を巻いていたのだ――憎しみ、妬み、欲望、悪意、非情さ、恐れ。そして、すべてを曝け出す強烈な光のもと、陰険な隣人愛がとうとうその本性を現したというわけだ。目には恐れ、口元にはほかのすべての感情が漏れ出ている。しかし、どれほどの混乱に陥っていても、リンドフィールド嬢は高く顔を上げ、まっすぐにクリントン卿を見つめていた。まるで、無言の問いを投げかけ、相手の目にその答えを探しているかのように。

「あなたの罪を告発しているわけではありません――今のところは、まだ」最後の言葉を心なしか強め、クリントン卿はゆっくりと声をかけた。

それが自分の問いに対する答えと受け取ったのか、リンドフィールド嬢は不機嫌に頷いた。部屋の中にいる人々を見回す。ローレンス・グレンケイプルに目が留まると、かすかな笑みを浮かべるかのように唇を歪めた。

「あなたにはずいぶん迷惑をかけてしまったわね、ローレンス。悪かったわ」

そして顔を背けると、よじれた笑みを貼りつけたまま部屋を出ていった。クリントン卿がウェスターハム警部に目を向ける。警部は、心配無用とばかりに頷いた。

「大丈夫ですよ、署長。指示は出していますから。彼女がこの家を抜け出すことはありません」

クリントン卿は何も答えなかった。表面的には無頓着を装い椅子に背を預けているが、耳だけは緊張させているようだ。

突然、上階《うえ》の部屋から乾いた銃声が響いた。その場にいた人々の中で驚かなかったのは、警察署長一人だった。

「ときには、途方に暮れた十二人の陪審員より、たった一人の陪審員のほうが役立つこともありますからね」そう呟いたクリントン卿の声は平静そのものだ。「それに、英国の陪審員は女性を絞首台に送ることを今でも嫌がりますから。もし、何とか体面を保ちつつも避けられるのであれば。警部と一緒に上階《うえ》に上がってみますか、グレンケイプル先生? 医者が必要になるような気がしていたんです」

グレンケイプル医師は不意に疑惑を感じて相手を見つめた。しかし、余計なことは言わぬが花と決めたようだ。

「かわいそうなコニー」医者の口調は、ウェンドーヴァーが思っていたよりもずっと同情的なものだった。「何をしたにせよ、彼女の最期がこんなふうになってしまったのは悲しいですよ」

「恐ろしく頭の切れる女性でしたね」クリントン卿の声は冷静なままだ。「四万ポンドを逃すより、数千ポンドを手に入れたほうがずっとよかったでしょうに。それに気づくだけの知恵がなかったのが残念です」

クリントン卿はキャッスルフォードに顔を向けた。

「わたしがあなただったら、お嬢さんを部屋から出すと思いますよ。気持ちのいい出来事ではありませんからね。席を外したほうがいいでしょう」

訳者あとがき

キャロン・ヒルの女主人が遺言書を残さないまま銃殺死体で見つかった。事故か？　他殺か？　父親の窮地を救うべく、藁にもすがる思いの娘から発せられたＳＯＳによって、クリントン・ドリフィールド卿が事件の捜査に関わることになった。

本書は、一九三二年にＪ・Ｊ・コニントンによって発表された『The Castleford Conundrum』の全訳です。作者は一八八〇年、スコットランド南西部のグラスゴーに生まれ、化学者として大学で教鞭を取りながら数多くの作品を残しました。論創社からも『レイナムパーヴァの災厄』、『九つの解決』が出版されていますので、作者の経歴や作品リストなどについては、ぜひ前二作で確認いただけたらと思います。

さて本書ですが、作者が残したミステリ作品の中でも大きな部分を占めるクリントン・ドリフィールド卿シリーズの第十作目に当たります。五作目の『レイナムパーヴァの災厄』では、現役を退き特殊任務に当たっていた時期のクリントン卿が描かれていましたが、今回の作品はもっと若かりしころ、地方の警察署長をしていたころの話です。何の予備知識も持たずに読み始め（訳者としては不勉強極まりないですが）、物語も三分の二近くになったところで名前が出てきたときには、〝ああ、あのレイナムパーヴァのクリントン卿か〟と、訳出にも俄然力が入ったものです。今回の作品では、被害者の夫であるキャッスルフォード氏の娘ヒラリーからの要請で、彼は事件に関わることになりました。数年前、親子三人でリンデンサンズに滞在したおり、クリントン卿がフリートウッド夫人の事件をみごとに解決したことを覚えていたヒラリーが、地方判事のウェンドーヴァーを通して依頼してきたのです。その時の話がもしかしたら、第三作目の『Mystery at Lynden Sands（一九二七年）』なのかもしれません。邦訳はまだありませんが、こちらもぜひ覗いてみたい気がします。

主要な舞台であるキャロン・ヒルに登場する人々（キャッスルフォード夫人の親族たち）はもちろん、捜査に携わる警察関係者から脇役に至るまで、キャラクター描写が実に詳細、巧みで、長い作品であるにもかかわらず最後まで飽きることなくページを繰ることができます。物語の少なからぬ部分が、登場人物の人となりについての幾分ユーモラスな描写で費やされているのではないでしょうか。地元住民と一番接点が多いはずのガムレイ巡査。しかし、極端な女嫌いと偏屈な性格のため地域社会からは孤立。探偵小説のヒーロー刑事に自分を置き換える空想で、己の存在や仕事を認めてもらえない不満を慰めています。仕事の基準は自分の直観と探偵小説から得た知識。これに対して、上司であるウェスターハム警部はもっと現実的です。小さな証拠を地道に積み上げ、着実に捜査を進めていこうとします。警察官として真面目に仕事に取り組む公的な部分と、決して女嫌いではない私的な部分が並行して存在する、人間味のある人物として描かれています。このウェスターハム警部、ガムレイ巡査の能力をあまり高く評価していませんが、最終的には部下がお得意の直観に従い独断で入手した情報で大いに助けられることになりました。二人の人間性の違いや関係性が面白く描かれている部分だと思います。また、このウェスターハム警部が、とんちんかんな口出しをするウェンドーヴァーに苛立つ場面や、二人のあいだに流れる険悪な空気を何とか取りなそうとするクリントン卿の姿もユーモラスです。

『レイナムパーヴァの災厄』では、姪っ子を人身売買の危険から救い出し、その名誉を守ろうとするクリントン卿の苦悩が描かれていました。今回の『キャッスルフォード』で語られているのは、ただひたすら娘の将来的な安定を願って苦難を乗り越え、耐え難きを耐え忍んできたキャッスルフォードの懊悩です。娘が無一文で世間に放り出されることへの不安。親子を駆逐するために周囲で画策される計略。妻の裏切り。殺人罪に問われることへの恐怖。殺害されたのは夫人のほうですが、今回の一番の被害者はキャッスルフォード自身であったように思われます。

また、『レイナムパーヴァの災厄』を訳出した際には、クリントン卿の最後の決断に驚愕したものです。警察のOBが、いくら身内の将来を守るためとはいえ、選び取った非情な方法。そのときと同じ驚きを、今回の作品のラストでも感じたような気がします。一人で二階に上がっていった登場人物。その時、クリントン卿は確かに耳を澄ませていたのです。これもまた、相手の尊厳を守ろうとする温情と言えるのでしょうか?

なお、本文中のシェイクスピアの引用部分については、以下の通り訳文を使わせていただきました。

第三章　ケニス・グレンケイプルの台詞

……『十二夜』第二幕第三場　ちくま文庫　松岡和子訳

第十九章　クリントン卿の台詞

……『ハムレット』第三幕第四場
新潮世界文学　福田恆存訳

板垣節子

コニントン既訳五長編レビュー

廣澤吉泰（探偵小説研究会）

『キャッスルフォード』は、黄金期の本格ミステリ作家、J・J・コニントンが一九二一年に発表した長編小説である。一九二三年にデビューし、一九四七年に生涯を終えたコニントンの作家活動においては、中盤期の作品となる。

コニントンのシリーズキャラクター、クリントン・ドリフィールド卿が登場し、ワトソン役であるウェンドーヴァー治安判事とコンビを組んで、イギリスの田園風景の中で発生した殺人事件に挑むのである。論創ミステリ叢書では、これまで『レイナムパーヴァの災厄』『九つの解決』が訳出されてきた。いずれもクリントン物だが、ウェンドーヴァーは登場していなかったため、本叢書の読者には、このコンビは初のお目見えとなる。

コニントンのプロフィール、作品リストは『レイナムパーヴァの災厄』に付された塚田よしと氏の解説「災厄の果て――コニントンおぼえがき」に詳しく書かれているので、こちらでは重複を避けることとし、『キャッスルフォード』の内容に絞って進めていくこととする。

キャロン・ヒルの女主人ウィニフレッドは、最初の夫ロナルド・グレンケイプルから莫大な財産を相続し、その後画家のフィリップ・キャッスルフォードと再婚した。しかし、フィリップへの愛情が薄れるなか、遺言書の書き換えを考えるようになった。そこには義弟であるケニスとローレンスのグレンケイプル兄弟の働きかけがあった。現在の遺言書では、ウィニフレッドが死亡した場合の財産分与は次のように定められていた。

ケニスとローレンスは五千ポンドずつ、ウィニフレッドの異母妹で話し相手《コンパニオン》であるコンスタンス・リンドフィールドに五千ポンドが与えられ、残りは夫・フィリップが相続する。夫が先に死亡した場合には、その娘ヒラリーが財産を受け継ぐ。

ケニスとローレンスは、血縁でないフィリップとヒラリーが、グレンケイプル家の財産を手にすることになるのが許せなかった。そこで兄弟は、遺言状の変更案を次のように定めた。

コンスタンスへの遺贈分は五千ポンドから七千五百ポンドに増額。フィリップの分は数千ポンドとし、残りはグレンケイプル兄弟が均等に受け継ぎ、彼らの死後はケニスの息子のフランシス・グレンケイプルが相続する。

しかし、遺言書がこの内容に書き換えられる前にウィニフレッドが死亡した。キャロン・ヒルの敷地内にある山小屋《シャレー》で、銃弾に倒れたのだ。最初は、フランシスが鳥撃ちライフルで遊んでいたため、その流れ弾が当たった事故死だと考えられた。だが、ライフルが二二口径なのに対して、ウィニフレッドはより大口径の自動拳銃で撃たれた可能性が出てきたことや、彼女の体内からモルヒネが検出された点から殺人事件として捜査されることになった。

ウィニフレッドの遺言書は、書き換えを前提に破棄されており、無遺言の状態となったことから、彼女の財産は法律の定めにより、夫のフィリップが全て受け継ぐこととなった。そのため彼は、警察から最有力の容疑者として扱われることとなった。そうした状態を心配したフィリップの娘ヒラリーは、以前親交があった治安判事のウェンドーヴァーに対して、警察署長であるクリントン・ドリフィールド卿の出馬を促す手紙を送る。要請を受けたクリントンは、「自分の思惑通りに駒を動かすチェスプレイヤーの手腕」を持つ犯人の殺人計画に立ち向かう。

本書の一番の特徴は、犯人の隠蔽方法の巧みさにある。それは犯人側のトリックによるものと、作者が読者に仕掛ける叙述面でのトリックの双方がある。その点を詳しく語ろうとすると、どうしても内容に言及せざるを得ないので、ネタばらしとなることをご了承願いたい。

以下、本書のプロットに触れます。未読の方は４１０頁まで進んでください。

まずは、犯人側のトリックに関して、解説する。

無遺言の死で得をするのは誰か？　リンドフィールド嬢やグレンケイプル兄弟は遺言があればこそ分け前に預かれるが、それがなければ無一文となる。したがって、犯行の動機を持つのはフィリップだけとなる。ここで真犯人のリンドフィールド嬢は、容疑の圏外に外れるわけである。

しかし、「無遺言の死」は、実はリンドフィールド嬢に利益をもたらす可能性を秘めていた。それが「殺人者は被害者の遺言書から得られるいかなる利益の受領からも排除される」という「英国法の原則」によるどんでん返しで、フィリップが殺人犯として有罪になれば、彼は妻の財産の相続権を失い、その結果として夫人の財産はリンドフィールド嬢の手に落ちるのである。この迂遠な遺産獲得を狙ったことで、リンドフィールド嬢は「無遺言の死」に対して被害者を装うことができたわけである。

また、シャレーの管理人であるハッドン夫人とともに死体を発見する場面も、容疑をそらすという点では効果的である。

リンドフィールド嬢は、ハッドン夫人に小さな穴があいたカーディガンを見せる。これにより読者は、彼女も鳥撃ちライフルの流れ弾の被害者だと錯覚する。そして「小さな悲鳴」が聞こえたのではないか？　と発言して、ハッドン夫人（ひいては読者）に事件発生時には、現場から離れた場所にいたものと思わせているのである。こうした同行者に暗示を与えて、嫌疑を逃れる手法はＪ・Ｄ・カーの有名作を想起させる。

「自分の思惑通りに駒を動かすチェスプレイヤーの手腕」を用いて、様々な人物を現場付近に呼び出したり、遠ざけたりするリンドフィールド嬢の計画は実に見事である。

こうした犯人側の詭計だけでなく、コニントンは作者による叙述面での仕掛けも採用している。これは作中人物の視点による感想を通じて、読者をして「この人物は良い人だ」「彼女はかわいそうだ」と錯覚させる手法である。その好例がフィルポッツの『赤毛のレドメイン』なのだが、それと同じ手法をコニントンは用いているのである。

リンドフィールド嬢は、キャロン・ヒルの関係者だけでなく、捜査関係者からも終始好感の持たれる人物として描かれている（ただし、クリントンは別である）。そうした登場人物たちの主観を通じて形成された心証から、読者は、リンドフィールド嬢は事件に無関係だと錯覚させられてしまう。

例えば、ウェスターハム警部は、リンドフィールド嬢について、このような印象を持つ。

「一人の女性に、美貌、冷静さ、知性という三つの利点が同時に存在するのは非常に珍しいことなのだ。（中略）簡潔、しかも、驚くほど非感情的。そればかりか（中略）法律に関しても正確な意見を述べていた」

と、べた褒めである。こうしたウェスターハム警部の心の内を知れば、リンドフィールド嬢はさぞかしほくそえんだことであろう（ただし、このような好意的な評価も、真相にたどり着いてから読み返してみると、計画的犯罪者の資質としてしか読めないから不思議なものである）。

そのようなウェスターハム警部にも「惜しい！」という発言があった。死体発見時にリンドフィールド嬢の手が汚れていなかったことに触れて、

「わたしだったら、自分のコートを撃ち抜かれた日には、二発目が飛んでくる前に地べたに這いつくばるでしょうからね。彼女は肝が据わっているんでしょうなあ」

と「肝が据わっ」た人物として賞賛しているのだが、捜査関係者であれば、その前段の「地べたに這いつくば」らなかった点の不自然さを追求すべきであったかと思う（相手がコロンボ警部だったら犯人追及の端緒となりそうだ）。

また、コニントンは読者に好感を抱かせない人物に真実に迫る発言をさせて、読者に「それはないな」と思わせるという高等テクニックも採用している。

ガムレイ巡査は、死体を発見した時に、リンドフィールド嬢が現場に残り、ハッドン夫人を通報に走らせた行動に対して、次の通り言及する。

「彼女は、あんた（筆者注・ハッドン夫人）をその建物から遠ざけたんじゃないのか？　自分一人で何でも勝手なことができるように。証拠を隠滅する、自分に都合のいいように現場を変える、あるいは自分がいた痕跡を消して回るとか。あの女が犯人なら、あんたはこれ以上ないほどの協力をしてや

ったというわけだ」

全てが分かってから振り返ると、このガムレイ巡査の発言は実に真実をついていたことが分かる。しかし、ガムレイ巡査が嫌われ者で、捜査方法も強引なことから、先入観に囚われた読者は、この発言を間違ったものだと判断し、その可能性を排除してしまうのである（またガムレイ巡査は、リンドフィールド嬢があまりにも冷静なため「冷酷な女性犯罪者なのかもしれない」という第一印象を抱く。彼の直感は誤りではなかったのである）。

本書では、クリントン卿は、全体の三分の二を過ぎたあたりからの登場となる。登場を遅くしたのは、ここまで述べたような捜査関係者の誤った心証形成によって、真犯人の存在を隠蔽する仕掛けを行うためだったと考えられる。そして、クリントンは、リンドフィールド嬢に惑わされることなく、冷静に真相へとアプローチしていくのである。


本書を未読の方は、407頁からここまでお進みください。


ジュリアン・シモンズは評論書『ブラッディ・マーダー』で、コニントンやF・W・クロフツ、ジョン・ロードといった作家を退屈派（Humdrum）と名づけた。

本書も、殺人は一件だけで、延々と関係者にあたる捜査が続くため「退屈」と捉える向きもあろう。だが、そうした捜査の過程から、真相を見抜く推理の立脚点となる手掛りが導き出される。解決編の二つ前の章「証拠不十分」でクリントンはウェンドーヴァーに送った手紙の中で、九つの証拠を示す。その九つの論点を確認していけば犯人にたどり着くことができるのである。それだけフェアプレイに富んだ作品であると言える。また、一つ前の章「キャッスルフォードに不利な状況」で、クリントンは真相とは別の解決を語る、といったケレン味も見せている。

決して「退屈な」作家ではないので、この機会にコニントンの他の作品にも手を伸ばしていただければ幸いである。

これからコニントンを読んでいきたいと思った方々のために、次頁以降ではこれまでに邦訳されたコニントンの長編四作品を紹介することとした。

読者の便を考慮して、ブックガイド風に「あらすじ」「ポイント」「訳書」と項目立てを行ったうえで、本叢書の見開きで一作品が読めるようにレイアウトした。こちらはネタばらしを行わない方針で執筆したが、筆者の技量不足より趣向が露呈することもあろう。その場合はご容赦願いたい。

なお、テキストに関しては『或る豪邸主の死』(長崎出版)は二〇〇八年刊だが、既に絶版ということで、論創社編集部・林威一郎氏の手を煩わせて入手した。『九つの解決』と『レイナムパーヴァの災厄』は本叢書のものによった。その際には塚田よしと氏の解説を参考にさせて頂いた。また、『当りくじ殺人事件』は、論創社編集部・黒田明氏経由で、湘南探偵倶楽部・奈良泰明氏から復刻版のテキストデータをご提供頂き読むことが出来た。この場を借りて、ご協力を頂いた皆様には厚く御礼を申し上げたい。

加えて、林氏には、なかなか完成しない本稿を、じっくりとお待ちいただいた。この点にも感謝したい。本当にありがとうございました。

或る豪邸主の死

Death at Swaythling Court（一九二六年）

◆あらすじ　ハバードは、旧家スウェイスリング邸を入手して、フェーンハースト・パーヴァ村に入り込んできた。治安判事のサンダーステッド大佐は、甥のシリル・ノートン大尉が恐喝罪でハバードを告発したため、ボーラム巡査も引き連れ、ハバードの逮捕に向かう。そこでハバードの死体を発見するが、現場はちぐはぐな状況であった。ハバードの死因はシアン化物による服毒死だったが、背中にはペーパーナイフで刺された傷があり、玄関ホールには二十二口径の拳銃が落ちていた。また、現場は電気がつきっぱなしだったが、机の上には蠟燭の燃え残りがあった。ハバードの恐喝の資料は犯人が暖炉で燃やしたようで、部屋はオーブンのように暖まっていた。サンダーステッド大佐は、事件後姿を消したジミー・リー青年の犯行を疑って気をもむ。しかし、検視審問の結果、ハバードはジミー・リーのバンガローを訪問し、十一時近くに帰宅した、という事実が判明した。会社の事務員から、ハバードから十一時に電話があった、という証言もあるので、ジミー・リーのアリバイは成立するのだが、大佐は青年が発明した〈殺人光線発射装置〉がハバード邸に狙いを定めていたことが気がかりであった。なにしろ、殺人光線を受けた場合には、胃にシアン化物が残るというのだから。

◆ポイント　本書の巻頭には「読者諸君に告ぐ」という、フェアプレイを宣言した文章が掲げられている。「さながらエラリー・クイーンに先駆けた〈読者への挑戦状〉」（塚田よしと）が本書のセールスポイントである。コニントンの「諸君は最終章に辿り着くまでに、謎解きに必要なすべての事実を知り得るであろう」という宣言に偽りはない。再読すると、サンダーステッド大佐とジミー・リー青年がゴルフをするだけの第一章の段階で、様々な伏線が散りばめられ、事件の鍵を握る重要な人物が言及されていることに気づき、その配置の妙に驚かされるのである。

本書は、コニントンのミステリのデビュー作である。いろんな趣向を一作にぶち込んだのは、その気負いゆえだろうか。「あらすじ」で言及した〈殺人光線発射装置〉や、バンガローを出たハバードの姿が見えず〈透明人間〉のように思えたというSF的趣向、〈緑の化物〉や深夜に鳴り響く電話といった怪奇小説的趣向である。島田荘司が提唱した〈奇想ミステリ〉の先駆けとも言えようが、真相に竜頭蛇尾感が漂い、改めて奇想の風呂敷の畳み方の難しさを実感させられる。

本書では、お馴染みのクリントン・ドリフィールド卿ではなく、治安判事のサンダーステッド大佐が探偵役を務める。大佐は、村やその住民に心を寄せる一方で、新参者の恐喝者・ハバードには「あのような罪には、絞首刑でも甘いのだ」という辛辣な評価を下す。愛すべき人物だが、探偵としては能力不足で真相は犯人による「たねあかし」で読者の前に提示されることになる。

本格ミステリの巨匠・鮎川哲也は、コニントン好きであったという。本書で描かれるのは、ハバード殺しの一件だけである。一件だけの事件でありながら、犯人以外にも、様々な登場人物が事件当日にスウェイスリング邸に出入りして読者を引き込んでいく。このような鉄道の運行を思わせる、容疑者たちの動きの緻密さを鮎川は愛したのかもしれない。

◆訳書等
田中富佐子訳　長崎出版　海外ミステリ Gem Collection 12　二〇〇八年（完訳）

九つの解決

The Case with Nine Solutions（一九二八年）

◆あらすじ　霧の立ち込めた夜リングウッド医師は、久しぶりにトレヴァー・マークフィールドの訪問を受ける。マークフィールドは、クロフト・ソーントン研究所に職を得ていた。そこに急診を依頼する電話が入る。マークフィールドは、研究所の上司であるシルヴァーデイルの自宅だと知り、マークフィールドは先導を申し出る。往診先が、近くまで案内されたリングウッド医師だったが、間違えて隣家アイヴィ・ロッジに入り、そこでハッセンディーン青年が血まみれで倒れているのを発見する。青年の死を看取った医師は、シルヴァーデイル邸に赴き、猩紅熱に罹患した女中イーナを診断した。警察に通報する際に、診療した縁があったため、警察本部長であるクリントン・ドリフィールド卿に連絡を取った。アイヴィ・ロッジでの捜査を終えて、リングウッド医師がシルヴァーデイル邸に戻ると、彼を出迎えた女中が絞殺されており、シルヴァーデイルの妻・イヴォンヌの部屋には何かを探した形跡があった。シルヴァーデイル夫妻の結婚生活は破綻しており、夫は研究所の職員エイヴィス・ディープカーに熱を上げ、イヴォンヌはハッセンディーンと遊び回っていたという。この夜も夫人はハッセンディーンの車で出かけたが、少し様子はおかしかったという。そこに警察本部宛に「ジャスティス」と名乗る人物から電報が届く。電文に従ってハッセンディーンのバンガローに赴いたところ、イヴォンヌの死体が発見された。彼女は、頭部に銃弾を射ち込まれていたが、直接の死因は毒殺であった。イヴォンヌとハッセンディーンには、殺人、事故、自殺という三つの死因に関して、九つの異なる組み合わせが考えられた。クリントンはフランボロー警部とともに「考えられる九つの解決」を検証する。

◆ポイント　クリントン物の第四作目。クリントンは、二人の被害者に対して、殺人、事故、自殺という三つの死因の順列組合せで九通りの可能性を検証していく。どうせ「殺人―殺人」の組合せだろう、と高をくくっていると足元を掬われる。最終章の「クリントン卿のノートからの抜粋」で、読者は犯人特定の手掛りがフェアに示されていたと知り、地団駄を踏むことになる。

本書に関しては、当時雑誌でミステリ時評を担当していたダシール・ハメットが「きわめて慣習的で、エキサイティングな要素は皆無だが、しかし、まことに面白く読める探偵小説」であり、解決は「完全に満足のいくものである」と賞賛したが極めて的確な評言といえよう。

なお、第三の被害者となる「女中」は最後まで無名のままである。何故コニントンは被害者に名前を与えなかったのか。その理由は、彼女が殺された原因を考えると明らかになる。彼女は、犯人にとって「邪魔だった」という理由だけで生命を奪われたのだ。そこには何のドラマも情動もない。合理主義者のコニントンは、そのような登場人物には名前は不要だと判断したのだろう（その「非情さ」がハメットに好感を抱かせたのかもしれない）。

◆訳書等
渕上痩平訳　論創社　論創海外ミステリ176　二〇一六年（完訳）
本完訳版の前に、黒沼健による抄訳版『九つの鍵』が、左記の通り雑誌掲載されている。
「新青年」新春増刊号　一九三六年
「トリック」一月号～三月号　一九五三年（右の再録分載。残り一回にて中絶）
また、湘南探偵倶楽部の『戦後未収録中短篇集2』（二〇一六年）にも収録。

レイナムパーヴァの災厄

Nemesis at Raynham Parva（一九二九年）

◆あらすじ　休暇を過ごすため英国の片田舎レイナムパーヴァへと車を走らせるクリントン・ドリフィールド卿。滞在先となる姉・アンの家（フェーンロッジ）への途上で、若い女性をめぐって男性二人が争う場面を目撃し仲裁に入る。ロッジに着いたクリントンは、姉から姪のエルジーが、旧知のレックス・ブランドンではなく、アルゼンチン人のヴィンセント・フランシアと電撃結婚したと告げられ衝撃を受ける。翌朝、クリントンは昨夜の女性がメイドのスタッフィンと気づく。スタッフィンは、二人のうちの片方、亜国人のペドロ・ケヴェドが亡くなり、もう一方のテディ・バーフォードが逮捕された、と言う。スタッフィンはテディと付き合っており、彼の疑いを晴らして欲しい、とクリントンに懇願する。ケヴェドは自動車事故を装って殺されていたが、現場を調査したクリントンは、テディの冤《えん》を雪《そそ》ぐ。その後、クリントンはブランドンの紹介で亜国人のエステバン・ローカと出会う。ローカは、クリントンの素性を知ると、自らが亜国の諜報機関（センター）の諜報員で白人奴隷組織を追及していると告白した。ローカの他殺体が発見される。クリントンは、ケヴェド殺しは組織の一員をローカが抹殺したものと推察するが、今度はローカの他殺体が発見される。

◆ポイント　クリントン物の第五作目。デビューから六年目の初期作品でありながら、クリントンは「前警察本部長」で、引退後の事件という体裁を取っている。捜査担当者のレッドベリー巡査部長から助言を求められたり（タイヤ痕等からテディの無実を証明する名探偵ぶりは見事）、その一方で容疑をかけられたり、という微妙な立場になるのも、そうした設定ゆえである。ただし、その後の作品では「警察本部長」として登場することを考えれば、本書は早目に書かれた「クリントン卿最後の事件」であったのかもしれない。

本書での読みどころは、ずばり「悩めるクリントン」。クリントンはフランシアが白人奴隷組織の一員だと突き止める。しかも、フランシアはローカ殺害犯でもあるらしい。一連の証拠を得るため、クリントンはエルジー夫婦の部屋に無断で侵入する。クリントンが「前警察本部長」なのは、果断に脱法的捜査をさせるためのコニントンの深謀遠慮があったかと推察される。

一連の罪を暴露して、フランシアを絞首台に送れば、エルジーも不審な男から解放される——と思いきや、クリントンは「殺人犯及び女性売買の売人の妻としての烙印をエルジーに押す」わけにはいかない、と懊悩する。このような「主人公はこの課題をどのように解決してゆくのだろうか?」という「不可能興味」で物語を引っ張っていくのは、探偵小説の手法というよりは一般文芸のそれに近いといえよう。トリックではなく、プロットへの興味で読者をひきつける点は、今読んでも古さを感じさせないのである。

また、フランシアが被害者となる第三の殺人は、被害者のすぐそばにいたエルジーもブランドンも犯人ではない、それでは犯人はどこに、という探偵小説的な不可能興味に満ちたものなのだが、一般的な「あらすじ」紹介では、物語の半分ぐらいまでしか射程に入ってこないため、省略せざるを得なくなる。そうした点でもコニントンは損をしているのである。
◆訳書
板垣節子訳　論創社　論創海外ミステリ１３５　二〇一四年（完訳）

当りくじ殺人事件

The Sweepstake Murders　（一九三一年）

◆あらすじ　ウェンドーヴァーたちは、ブリッジ仲間のブラックバーンが購入した大競馬籤を九名で持つことした。「九人組」の籤は的中し、彼らは二、四一九、二〇〇円（現在の貨幣価値で約四十億円）もの賞金の権利を得たが、ブラックバーンが旅客機事故で墜落死したためひと悶着が生じた。「九人組」は、賞金を「受領時組合員間に於て公平に分配する」と定めていたが、ブラックバーンの遺族が分け前を主張してきたのだ。遺族との係争により賞金の支払いは差し止めとなったが、その間に「九人組」のメンバーは一人、また一人と生命を喪っていく。ウイレンホールは崖から転落死し、コニストンは自動車事故で死亡した。その結果残った六名の取り分は当初の二六八、八〇〇円から四〇三、二〇〇円へと増加していた。そうしたなか、自分の持分を第三者に売り渡す者も出てきた。また、ハリー・サースフォード青年は「九人組」からの脱退を表明した。その後、サースフォード青年の叔父ピーター・サースフォードが自動車で轢き殺され、運転席から持ち主のファルゲートが人事不省の状態で発見された。犯人は果たして誰なのか？　セヴァン警部は容疑者の現場不在証明を調査し、犯人を絞り込んでゆく。その捜査も暗礁に乗り上げたところ、クリントン・ドリフィールド卿が、新たな切り口を提示する。

◆ポイント　ジェイムズ・サンドウの名作表『読者へのミステリ・ガイド』（一九四四）に挙げられて以来、コニントンのベスト級の作品とされる長編。塚田よしとが指摘するとおり「全体のミスディレクションは効果的」でコニントンは巧みに真犯人から読者の眼をそらしているのである（いささかヒントめいたことを述べると、「九人組」のメンバーから籤を購入した「人物A、B、C、D」の存在に着目することが重要なのである)。

作中では、セヴァン警部が、一覧表を作って容疑者の不在証明の確認をする。明白なアリバイがあれば×、無いときには—と整理して、ひとつの結論に到達するのである。こうした「一覧表」は、本格ミステリ好きの心を躍らせる小道具である。コニントンは本格好きの嗜好をよく理解している。そして、本格好きは、こうした一覧表は当てにならないことも経験的に察知している。だからこそクリントンが一覧表を否定して、真犯人を導き出した際には納得するわけである。

セヴァン警部は、ウイレンホールの遺留品のカメラのフィルムを現像し、被害者の足取りを再現する。こうした地道な捜査は、コニントン作品の特徴である。この部分を面白いと感じるか、まだるっこしいと思うかで評価は分かれよう。警部は、写真にうつっていた影の長さから、被害者が現場に到達した時間を推定するのだが、それは真犯人のトリックに見事に嵌められてしまったのだ。写真トリックの解明は、文章では分かりづらいため、映像化が望まれるところである。

◆訳書
河瀬廣訳　黒白書房　世界探偵傑作叢書16　一九三六年（抄訳）
また、黒白書房版の復刻本が、二〇一三年に湘南探偵倶楽部より刊行された。こちらも抄訳なので完訳版の登場が待たれる。なお、本書では、ドリフィールドは「ドリッフイール」、ウェンドーヴァーは「ウエンドーバー」と記されているが、「あらすじ」等では論創海外ミステリ叢書での表記に統一した。また、両名以外の登場人物は、旧かな遣いを現在のものに改めた。

〔著者〕
J・J・コニントン
本名アルフレッド・ウォルター・スチュアート。スコットランド、グラスゴー生まれ。グラスゴー大学で化学を専攻し奨学金を得てロンドンの大学へ入学、同校で研究を続ける。推理作家としては『或る豪亭主の死』(1926) でデビュー。クリントン・ドリフィールド卿が活躍する Murder in the Maze (27)、ロス警視の登場する The Eye in the Museum (29) など、24 冊のミステリを刊行した。

〔訳者〕
板垣節子(いたがき・せつこ)
北海道札幌市生まれ。インターカレッジ札幌にて翻訳を学ぶ。訳書に『白魔』、『ウィルソン警視の休日』、『J・G・リーダー氏の心』(いずれも論創社)、『薄灰色に汚れた罪』(長崎出版)、『ラブレスキューは迅速に』(ぶんか社) など。

キャッスルフォード
——論創海外ミステリ 238

2019 年 8 月 20 日　初版第 1 刷印刷
2019 年 8 月 30 日　初版第 1 刷発行

著　者　J・J・コニントン
訳　者　板垣節子
装　丁　奥定泰之
発行人　森下紀夫
発行所　論 創 社
〒101-0051 東京都千代田区神田神保町 2-23 北井ビル
TEL:03-3264-5254　FAX:03-3264-5254　振替口座 00160-1-155266
WEB:http://www.ronso.co.jp

印刷・製本　中央精版印刷
組版　フレックスアート

ISBN978-4-8460-1853-5